4
じゃき
jaki
illust. fame
最凶の支援職【話術士】である俺は世界最強クランを従える
The most notorious "TALKER", run the world's greatest clan.
JN132186

CONTENTS

KEYWORD

ウェルナント帝国

皇帝フェリクス三世が治める帝国主義国家。首都はエトライ。貨幣単位はフィル。数十年前に、冥獄十王(ヴァリアント)の第九界『銀鱗のコキュートス』によって滅ぼされた三国を取り込む形で版図を拡大した。だが近年、皇室の権威は衰え、経済成長も停滞。隣国ロダニア共和国との関係も冷え込み、国内には政情不安が影を落としている。

飛行艇

魔工文明最大の発明品。悪魔(ビースト)を素材とした特殊な飛行機関を有する、空を翔ける大型船。飛行艇の所持が認められているのは王侯貴族と七星(レガリア)のみ。飛行機関の動力源となるのは飛行能力を持つ高位悪魔だが、エネルギー化には多大なコストがかかるため、並の探索者(シーカー)にはどのみち手が出ない。

聖導十字架教会

帝国民の大半が信仰するウェルナント帝国最大の宗教団体。探索者(シーカー)にも信者は多く、中には教皇直属の戦闘集団"宿り木"の構成員も存在している。彼らの任務は、派遣先の国に其の武力を見せつけ、教会の権威を広めることにある。

渾沌のマーレボルジェ
士魂のエンピレオ

ノエル・シュトーレン
ここに迎

ジーク・ファンスタイン
リオウ・エディン
えよう
——新たな英雄を。

ベルナデッタ・ゴールディング

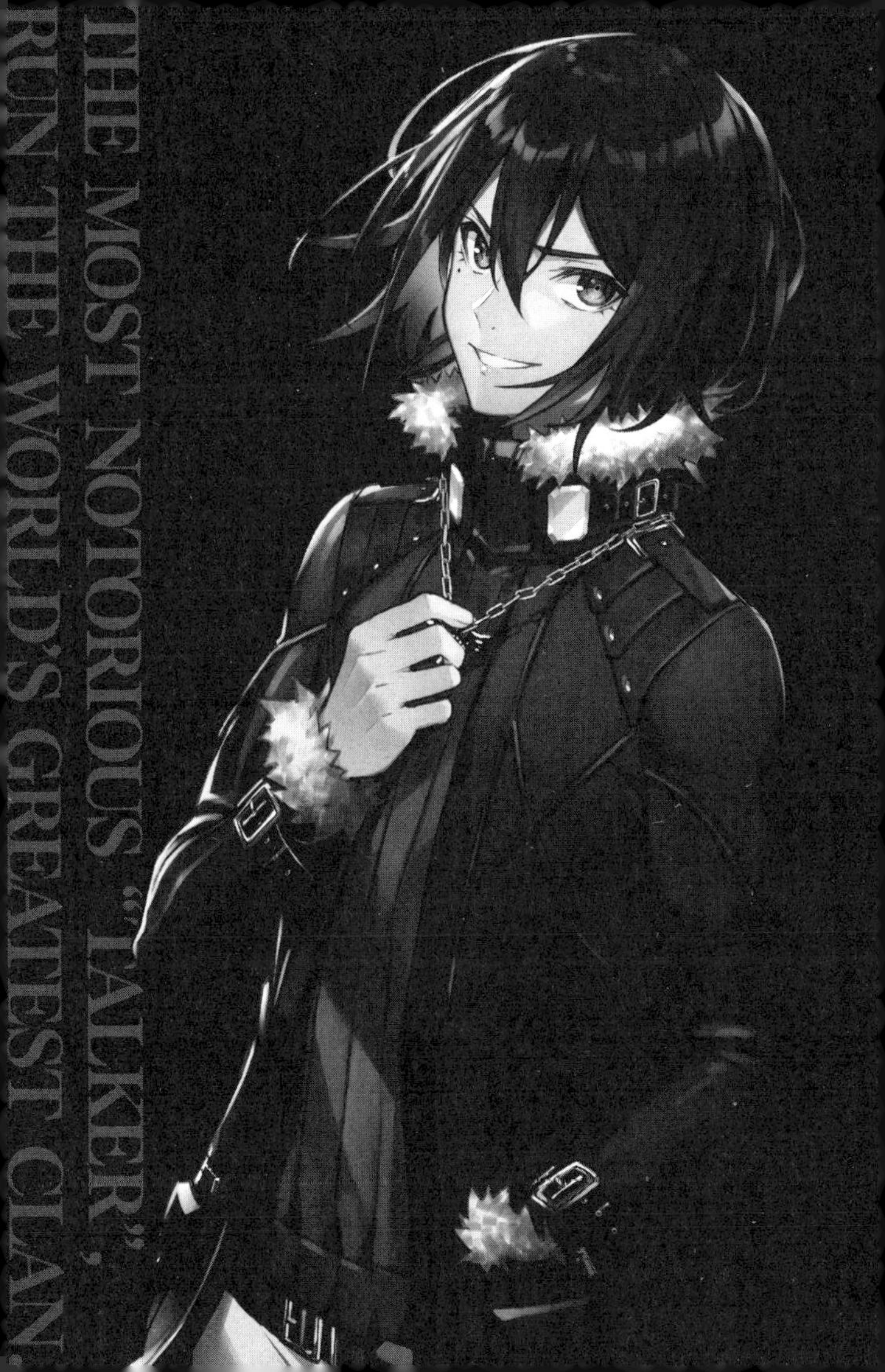
THE MOST NOTORIOUS "TALKER"
RUN THE WORLD'S GREATEST CLAN.

characters

登場人物

《嵐翼の蛇（ワイルドテンペスト）》

話題に事欠かない新進気鋭のクラン。
創設して間もないが、七星に最も近いクランと評される。

アルマ・イウディカーレ 斥候

伝説の暗殺者の血を引く者。
稀有な戦闘センスを持つ。

コウガ・ツキシマ 刀剣士

極東出身の元剣奴。
剣術に長け、前衛を務める。

ノエル・シュトーレン 話術士

嵐翼の蛇クランマスター。祖父の遺志を継ぎ、最強の探索者を志す。

レオン・フレデリク 騎士

元天翼騎士団リーダー。
嵐翼の蛇サブマスターを務める。

ヒューゴ・コッペリウス 傀儡師

元死刑囚のＡランク探索者。
ノエルにスカウトされる。

《幻影三頭狼（ミラージュ・トライアド）》

紫電狼団、拳王会、紅蓮猛火が合併したクラン。

ウォルフ・レーマン 剣闘士

幻影三頭狼マスター。
ノエルの友にして良きライバル。

リーシャ・メルセデス 鷹の眼

長命種のエルフ。
何かとノエルを気にかける。

ヴラカフ・ロズグンド 召喚士

元天翼騎士団メンバー。
狼獣人の大男で、ドライな性格。

《暴力団（ヤクザ）》

帝都を裏から取り仕切る
非合法組織。

フィノッキオ・バルジーニ 断罪者

バルジーニ組の組長。ノエルの良きビジネスパートナー。

《探索者協会（シーカーギルド）》

全ての探索者と
クランを管理する組織。

ハロルド・ジェンキンス 銃使い

探索者協会の監察官。
嵐翼の蛇を担当する。

《百鬼夜行》

七星の三等星。メンバーの実力は高いが、リオウの功績によりその座を維持している。

リオウ・エディン 武神

百鬼夜行マスター。EXランクの一人で帝国最強の探索者だと謳われる。

スミカ・クレーエ 剣豪

百鬼夜行サブマスター。
迦楼羅と呼ばれる希少な鳥人族の生き残り。

《太清洞》

七星の二等星。
異国出身者が多いクラン。

ワイズマン ???

太清洞マスター。東部大陸「晃」出身の異邦人。

《覇龍隊》

七星の一等星。
帝国最強のクラン。

ジーク・ファンスタイン 剣聖

覇龍隊サブマスター。
帝都に三人しかいないEXランクの一人。

ヴィクトル・クラウザー ???

覇龍隊マスター。
EXランクの一人で、『開闢の猛将』の異名を持つ。

シャロン・ヴァレンタイン 銃使い

覇龍隊ナンバー3。
弟子のジークを鍛え上げた実力者。

《黒山羊の晩餐会(ゴートディナー)》

七星の三等星。
帝都で暗躍する異界教団を捜査している。

ドリー・ガードナー 大天使

黒山羊の晩餐会マスター。以前、ノエルにヨハン暗殺を持ち掛ける。

《白眼の虎(カーン)》

七星の二等星。
優秀な血縁者のみで構成されたクラン。

メイス・カーン ???

白眼の虎マスター。飄々とした雰囲気を纏う武人。

《冥獄十王(ヴァリアント)》

深度十三に属する史上最強の悪魔。その目的は人類を滅ぼすことにある。

第八界・渾沌のマーレボルジェ

理を外れた方法で帝都に現界。探索者を共喰いさせるべく暗躍する。

第九界・土魂のエンピレオ

数十年前に討伐された銀鱗のコキュートスに代わり、『冥獄十王』の座に就く。

《剣爛舞閃》

七星の三等星。所属探索者の大半が【剣士】。

アーサー・マクベイン 闘将

剣爛舞閃マスター。マクベイン流・剣闘術の現当主。

《ゴールディング家》

ノエルに資金援助の名目で縁談を迫る。

ベルナデッタ・ゴールディング ???

帝都でも名高い豪商・ゴールディング家の一人娘。ノエルのお見合い相手となる。

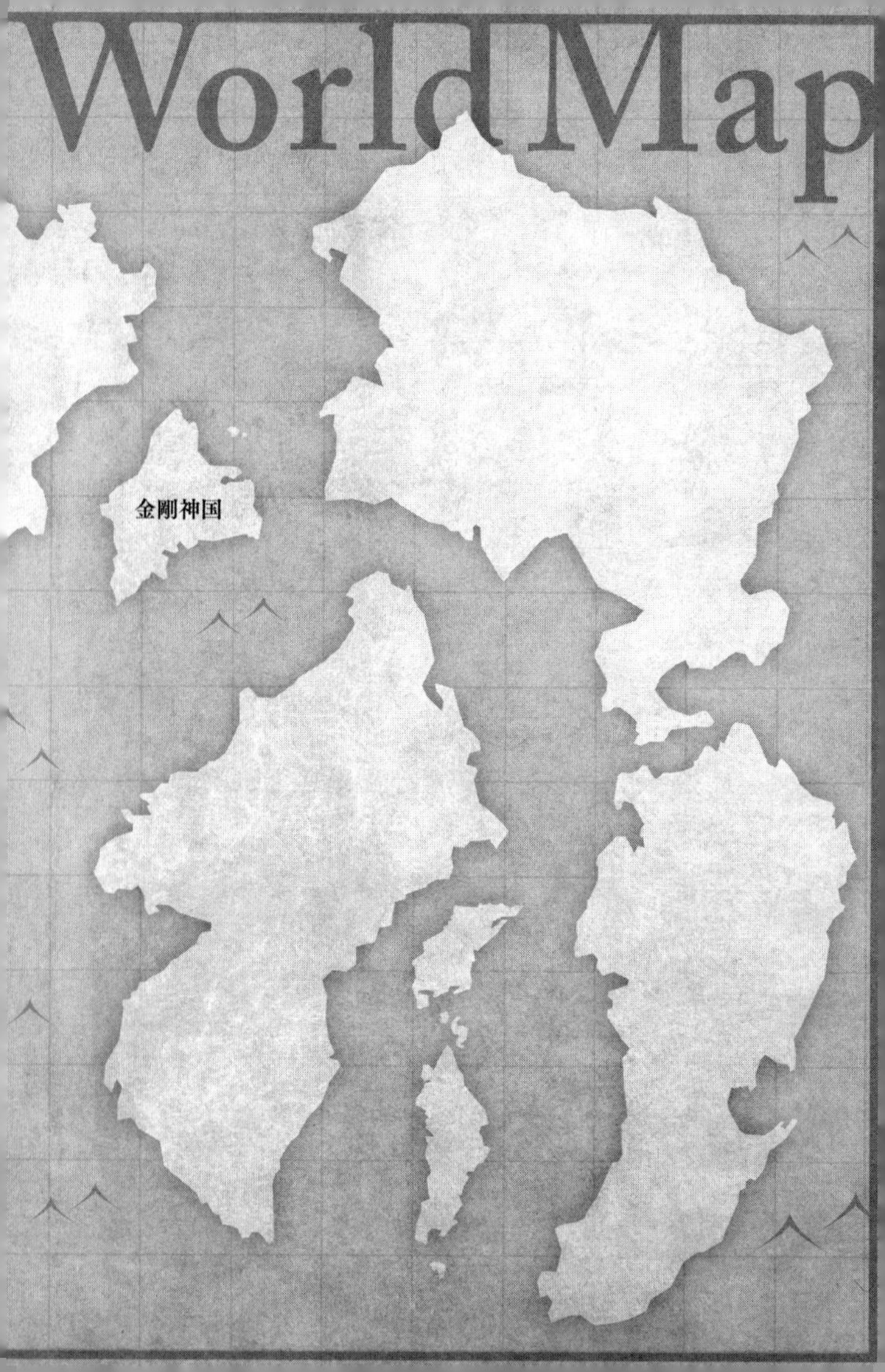
World Map
金剛神国

帝国領
ウェルナント帝国
晃
旧アルキリオ
大公国
帝都：エトライ
旧メディオラ王国
トルメギド
旧自由都市
メンヒ
港湾都市：ソルディラン
ロダニア共和国
N
E

ウェルナント帝国には、七つの守護星が燦然（さんぜん）と輝いている。

世界中を見ても優秀な探索者（シーカー）が集う、ウェルナント帝国の中で、更に抜きん出た探索者（シーカー）組織、即ち（すなわち）クランに与えられる称号——〝七星（レガリア）〟。

皇帝から直々に授けられる称号は飾りではなく、運営費用の一部免税、王侯貴族以外の所有が禁止されている飛空艇の所持、また探索者協会（シーカーギルド）が管理する一般人立ち入り禁止区域への立ち入りも許されることになる。

故に、帝国の探索者（シーカー）にとって、七星（レガリア）は最も権威ある称号だ。その席は、文字通りたった七つ。下から三等星席が四つ、二等星席が二つ、一等星席が一つ。

三等星——〝剣爛舞閃（けんらんぶせん）〟、〝黒山羊の晩餐会（ゴートディナー）〟、〝百鬼夜行〟、〝人魚の鎮魂歌（ローレライ）〟。二等星——〝白眼の虎（カーン）〟と〝太清洞（たいせいどう）〟。そして、一等星——〝覇龍隊〟。

これら七つのクランが、現在の七星（レガリア）の席を埋めている。

——いや、いた。

三等星の一席、〝人魚の鎮魂歌（ローレライ）〟は、俺が率いる〝嵐翼の蛇（ワイルドテンペスト）〟に敗北し、マスターとサブマスターを両方とも失った結果、クランそのものが解体されたのだ。したがって、三等星の一席が空いている状態なのである。

だが、空席の期間は短かった。冥獄十王(ヴァリアント)の現界が迫っている今、帝国の守護星でもある七星(レガリア)の不在は由々(ゆゆ)しき事態だ。だからこそ、帝国は新たな守護星を求めていた。そして、その座に相応(ふさわ)しいクランは、たった一つしかない。

全ては、俺が望むままに――。

帝都エトライ、中央特別区、皇帝居城。

帝国の支配者たる皇帝と、その一族たちが居を構える荘厳な大宮殿にして城塞は、広大な帝都の中でも一際目を引く巨大建造物だ。

正面玄関に連なる凹型状の正面部は、左右対称で横に広く、実に五百メートルにも亘(わた)る。市街地へと突き出ている左右の館が、まるで巨人が両手を伸ばしているような形だ。また、宮殿の周囲には、季節の花が整然と咲き誇る美しい庭園、そして国事行為や皇室行事を行うための施設が所在している。

俺が今いる、白亜の礼拝堂も、その一つだ。皇族の婚礼舞踏会の場として利用されることもある礼拝堂は、広々とした二階建ての吹き抜け構造であり、天井には壮大な天界の光景が装飾画として描かれていた。また、正面最奥には、黄金の祭壇とパイプオルガンが鎮座している。

実に、仰々しいこと極まりない空間だ。普段なら肩が凝るだけの場所だが、今日に限っては悪い気分じゃない。

「あれが〝蛇〟か……」

参列者の誰かが、俺を見て小声で呟いた。

騒々しかった新年の行事が過ぎ去り、巷にも日常が戻り始めている今日この日、この皇室礼拝堂には、錚々たる面々が集まっている。

皇帝フェリクス三世を始めとする皇族たち、各界に多大な影響力を持つ大貴族、聖導十字架教会の大司教、そして七星のクランマスターたちである。

クランマスターたちは、戦装束で立っていた。

〝剣爛舞閃〟のクランマスター、アーサー・マクベイン。暗めの金と銀、ツートンカラーの甲冑を身に纏い、二本のロングソードを背負っている、峻厳な印象の男だ。年齢は三十半ば。暗褐色の髪は短くまとめられていて、鋭い眼光が目立つ。厳しい眼つきで周囲を睥睨する様は、まるで獲物を狙う猛禽類のようだ。

〝黒山羊の晩餐会〟のクランマスター、ドリー・ガードナー。以前に対ヨハンの共闘を持ち掛けてきた、狡猾な女である。二十代後半という実年齢よりも若く美しい顔立ちをしており、肩口で切り揃えられた髪は血のように赤い。肌は青白く、唇だけが髪と同じように血の色をしていた。フード付きの黒いレザードレスを着こなし、その手には木の杖が握られている。

〝百鬼夜行〟のクランマスター、リオウ・エディンは――欠席だった。七星のクランマスターは皇帝の名の下に召集されているというのに、それを蹴るなんて豪胆にも程がある。

やはり、噂通りの男ということか。

リオウの代わりには、サブマスターの女が立っていた。たしか、スミカ・クレーエだったな。艶やかな黒髪を腰まで伸ばした、凛(りん)とした顔立ちの若い女だ。肩回りや太ももが露出した身軽な出(い)で立(た)ちをしている。特徴的なのは、頭頂部と腰から生えた漆黒の翼だ。鳥人族に分類される迦楼羅(カルラ)の特徴である。迦楼羅(カルラ)は人の割合が多い獣人だが、他の獣人と比べて戦闘能力が抜きん出て高い。その代わりに繁殖力が弱く、現代では種族そのものが絶滅の一途を辿(たど)っているため、希少種として認知されている。

〝白眼の虎(カーン)〟のクランマスター、メイス・カーン。褐色白髪の大男だ。既に五十歳を迎えているというのに、その巨体は重厚な筋肉に覆われている。巌(いわお)のような顔には大きな傷痕が走っており、また猛々(たけだけ)しい革鎧(かわよろい)を身に纏っているため、人間ではあるものの獣の趣が強い。だが、どこか飄々(ひょうひょう)とした雰囲気もあり、実際に立派な髭(ひげ)から覗(のぞ)く口元には、悪戯(いたずら)小僧に似た笑みがあった。簡単に人を圧殺できる巨大な戦槌(せんつい)を肩に乗せている一方で、今にも口笛を吹き出しそうな余裕さを醸し出している。

〝太清洞(たいせいどう)〟のクランマスター、ワイズマン。七星(レガリア)のクランマスターの中では、唯一の異邦人だ。東洋出身だが、コウガとは違い東部大陸〝晃(こう)〟の人間である。ワイズマンは帝国での通名で、本国では于浩然(ユー・ハオラン)という名らしい。背は高いが華奢(きゃしゃ)で中性的な顔立ちをしており、立ち振る舞いも女のようにしなやかだ。東洋人特有の青みがかった黒髪を腰まで伸ばし、うなじのあたりでまとめている。身に纏っているのは煌(きら)びやかな東洋風の衣装――着物。

涼しい顔をして、羽根扇子を携えていた。

〝覇龍隊〟のクランマスター、ヴィクトル・クラウザー。帝都最強のクランを従える、金髪の偉丈夫だ。年齢はメイスよりも更に上で還暦間近ではあるものの、肉体的衰えは全く見られず、純白の甲冑を身に纏っていて尚(なお)、その佇(たたず)まいに鈍重さは全く感じられない。眼鏡の奥で光る金色の双眸(そうぼう)も力強く、美しい装飾の鞘(さや)に納められた両手剣を杖のように床に突き立て、威風堂々とした構えを取っていた。

リオウを除き、俺の晴れ舞台を見届ける役者は揃っている。七星(レガリア)だった人魚の鎮魂歌(ローレライ)は解散し、その代わりに新たな七星(レガリア)として選ばれたのが嵐翼の蛇(ワイルドテンペスト)だ。

クランを創設してまだ日は浅く、在籍メンバーの数も少ないものの、既に嵐翼の蛇(ワイルドテンペスト)は多くの功績を挙げており、他の大手クランの追随を許さないほどの成長を遂げた。実力、財力、そして知名度、どれを取っても七星(レガリア)に相応しいクランである。

「ノエル・シュトーレン。前へ」

進行役の大司教が芝居がかった声で俺の名前を呼ぶ。神殿を想起させる皇室礼拝堂の中で、嵐翼の蛇(ワイルドテンペスト)を新たな七星(レガリア)に認める叙任式が始まった。

俺は祭壇の前に立つ皇帝フェリクス三世へと歩み寄る。赤いマントを羽織った宮廷服(ジュストコール)姿の初老の男は、どこか疲れた目で俺を見ていた。金貨の表面に描かれている肖像画通りの顔立ちだ。若い頃は美男子だったのだろう。細面で、くっきりとした目鼻立ちをしているが、長年の公務と心労のせいか実年齢以上に老けた印象を受ける。実際、顔に刻まれた皺(しわ)

は深く、髪と口髭には白いものが交じっていた。

こんなものか。――俺は心の中で毒づく。

皇帝と直接会うのは、今日が初めてだ。帝国を統べるデュフォール朝の長との謁見に僅かながら期待していた身としては、正直なところ落胆しかなかった。

フェリクス三世は有能な皇帝ではない。目立った実績も無いどころか、経済的失敗を起こしたこともある。だが、歴代皇帝を振り返ると、決して無能というわけでもなかった。少なくとも、完全な財政破綻や疫病の蔓延などを防ぎ、帝国という大きな船を沈没させることなく前進させている。だからこそ、同じく人を――組織を従える者として、ある種のシンパシーと敬意を抱いていたのだが、俺の見込み違いだったらしい。

この男は出涸らしだ。まるで覇気を感じない。公務の全ても側近に委ねているのだろう。つまり、皇帝という権威に生かされているだけの人形――いや家畜だ。

こんな男に跪かなければいけないのか。俺は内心で溜息を吐きながら、皇帝の前で膝を突いた。自分の叙任式で嫌だと駄々をこねるわけにもいかない。屈辱でないと言えば嘘になるが、この程度なら許容範囲だ。所詮はただの儀式である。

「汝、ノエル・シュトーレン。帝国の新たな守護星よ」

皇帝がしゃがれた声で告げると、隣に立っていた大司教が、洗礼用の細剣を皇帝に手渡す。剣を受け取った皇帝は、それを俺の肩に交互に置きながら続けた。

「その輝きは弱者を導く光である。力に溺れることなかれ、道を外れることなかれ、生涯永劫(えいごう)に亘って、善を行い悪を排することを、この場に誓え」

　誓約を促され、俺は跪いたまま頷(うなず)く。

「我が父祖に、我が魂に誓います。偉大なる皇帝陛下。そして、偉大なる創造神エメス」

　俺の誓いに、皇帝は低く呻(うな)った。

「誓約はここに為(な)された。今この時より、汝が従えるクラン、嵐翼の蛇(ワイルドテンペスト)を、七星(レガリア)の三等星に任ずる。七星(レガリア)とは文字通り帝国の国宝。その輝きは帝国をあまねく照らす光である。先の誓約を忘れず、己(おの)が道を邁進(まいしん)するが良い」

　要するに、自分の立場を忘れるな、という話だ。俺が改めて頷くと、皇帝は俺の肩から剣を離し、大司教に返した。

「面を上げよ。立つことを許す」

　皇帝の声に従って、俺は立ち上がる。俺と視線が合った皇帝は、どこか自嘲染みた笑みを浮かべた。

「新たな七星(レガリア)を統べる者となった貴公には、この場で抱負を語ってもらいたい。貴公がいかにして七星(レガリア)の名に恥じぬ行いを為すのか、我らに話すのだ」

　慣例に則(のっと)るなら、ここで俺は先の誓約に沿った抱負を述べる必要がある。つまり、新参者として当たり障りのない発言を行い、叙任式を円滑に終わらせるのが役目だ。誓約の内容を詩的——もとい冗長に言い換えるのが相応しい。それで叙任式は終わる。

　だが、俺は端(はな)から慣例に従う気なんて無かった。

「僭越(せんえつ)ながら申し上げます。——私(わたくし)は新たな七星(レガリア)として、帝国全てのクランを対象とした、闘技大会の開催を提案致します」

静寂の中にあった礼拝堂が、俄(にわ)かにざわつき始める。

「……何？　闘技大会だと？」

混乱気味の皇帝に、俺は笑って頷いた。

「左様でございます、陛下。私(わたくし)が開催を進言致しております闘技大会とは、国民全てを鼓舞するための大祭。冥獄十王(ヴァリアント)の現界が迫った今、力持たぬ民たちの不安はあまりに大きい。故に、我ら七星(レガリア)を始めとした帝国の探索者(シーカー)たちが、その実力の程を国民たちに直接示すことによって、彼らの不安を取り除きたいのです」

俺の言葉に誰もが驚愕(きょうがく)し、今や礼拝堂内は嵐の真っただ中にあった。

「探索者(シーカー)の闘技大会だと!?　あまりにも馬鹿げている！　民を鼓舞するためとはいえ、探索者(シーカー)同士が戦えば怪我(けが)では済まんぞ！　治療スキルでも死者を復活させることはできん！　最悪の結果になったら誰が責任を取る!?」

俺を指差し怒鳴ったのは、参列していた大貴族にして高等国務卿(きょう)の一人だ。レスター・グラハム伯爵。現・司法卿である。——そう、ヒューゴの一件で得た、俺の傀儡(かいらい)だ。俺が弱みを握って裏から操り、俺が司法卿の座に就けるよう手筈(てはず)を整えた。

「仰(おっしゃ)る通りです、レスター・グラハム司法卿」

俺はレスターに視線を移した。通常、こういう儀礼場では、司法卿閣下と呼ぶのがマナーだ。敬称を付けないどころか、名前を呼ぶのは不敬にあたる。それをわかっていて実行した理由は、この場の全員を委縮させるためだ。

相手が誰だろうと、異議を唱えるならば立場に阿(おもね)るつもりはない。それをわからせるために、あえてレスターに異議を唱えるよう伝えたのである。

レスターが事前の指示通り閉口したことで、他の誰もが何も言えなくなった。俺に異議を唱えると攻撃的な返答をされて厄介だ、最初に絡んだのはレスターなのだから、最後まで責任を取らせよう、という心理が働いている。

「もちろん、闘技大会で参加者が再起不能になるのは本末転倒です」

さっきまでの騒々しさが嘘のように、参列者の全員が俺の言葉に黙って耳を傾けている。こうなると、もう俺の独壇場だ。

「ですが、私はこれを解決する手段を見つけました。詳細については、後日、参列者の皆様宛てに資料を送付致します。ここで詳しい説明をするよりも、そちらを確認してもらった方が確実でしょう。御質問があれば、いつでも私に御連絡ください」

わずかなどよめきが起こる。無駄に話を長引かせるつもりはない。詳細は全て資料で語る、という建前で面倒な話を省き、確かな根拠があるのだという印象だけを与える。七星(レガリア)のクランマスター以外は、戦闘に関して素人だ。専門家でもない者たちに詳細を語ったところで時間の無駄であり、余計な猜疑心(さいぎしん)を抱かせることにしかならない。確かな資料がある、無知な者を信用させるには、それだけで十分なのだ。

「闘技大会は国民を鼓舞する以外にも、演習目的で役立ちます。冥獄十王(ヴァリアント)を打ち倒すためには、七星(レガリア)を始めとした強豪クランの協力が欠かせません。そこで、闘技大会で模擬戦闘を行うことにより、各々の戦い方を把握するべきだと考えています」

俺は笑みを深くして、更に言葉を付け加える。

「闘技大会の結果は、来るべき戦いの総指揮官を、我々の誰が務めるべきかも明らかにしてくれることでしょう」

様子を窺(うかが)っていた他のクランマスターたちが、一斉に目の色を変える。冥獄十王(ヴァリアント)との戦いにおいて、誰が総指揮官を務めるべきかは、まだ決まっていない。七星(レガリア)の中から選ばれるのは間違いないが、判断材料が不足しているためだ。

つまり、闘技大会は、七星(レガリア)にとっても有用な場なのである。

「恐れながら陛下、何卒(なにとぞ)、闘技大会の開催を許して頂きたく存じます」

俺の懇請に、皇帝は困惑したままだ。だが、側近が近寄り耳打ちをすると、平静さを取り戻した。

「貴公の望み、あいわかった。沙汰があるまで待て」

皇帝の返答に、俺は一礼する。

周囲の様子から判断すると、俺の計画が通るか否かは、半々といったところだ。十分な結果である。後は裏から手を回せば、確実に開催できる。

全ては、俺が望むままに――。

叙任式が終わり、次は記者会見と祝賀会だ。帝国の新たな顔となる以上、公の場での正式な宣言とお披露目は欠かせない。せっかく手に入れた七星（レガリア）という看板だ。最大限利用するためにも、怠ることなく手順を済ませていくつもりである。

だが――

「待て。蛇――いや、ノエル・シュトーレン。貴様とは話したいと思っていた」

宮殿を後にしようとした俺を、呼び止める声があった。

直接会ったことはないが、目の前に立つ美丈夫が誰かはすぐにわかった。顔立ちは皇帝フェリクス三世に似ているものの、あの男とは違って若さと野心に満ちている。長い金髪はまさしくサラブレッドの鬣（たてがみ）。華やかな宮廷服（ジュストコール）を着こなし、立っているだけでも高貴さと威厳さを振り撒（ま）くこの男こそ、カイウス第二皇子である。

「カイウス殿下、お目に掛かれて光栄でございます」

俺が一礼すると、カイウスは顎で正面玄関（エントランス）とは真逆の廊下を示す。

「ここでは人目につく。こっちだ」

カイウスの指示と同時に、護衛の兵士たちが俺の後ろを固めた。逃がすつもりはない、ということらしい。

こんなことをしなくても逃げはしないのに。

肩を竦めてカイウスの後に付き従うと、二階の庭園に面した談話室に通された。貴族たちのサロンの場ともなっている談話室は広く、壁には多くの名画が飾られている。また、部屋にはカイウスの執事らしき初老の男が立っていた。

「座れ」

短く命じられてソファに座ると、カイウスも向かいの席に座った。護衛たちは周囲に立ったまま、俺の動向を注視している。

「まずは、これに目を通してもらおうか」

カイウスの目配せに従って、執事がテーブルに分厚い紙の束を置いた。俺は紙束を手に取り、中身を確認していく。そして、失笑した。

「殿下、これはどういうつもりですか？」

「見ての通りだ。ここに記載されているのは、全て貴様が支払うべき損害賠償金。昨年の暮れに貴様が起こした騒動の責任を取ってもらう」

紙面には無数の目録と数字が記されており、共通するのは俺とヨハンとの戦いによって生じた損害だということだ。ヨハンが襲撃した街の復興費用、経済的損害、そして鉄道計画の遅延による損失。その全てを、この俺に支払えとカイウスは命じているのである。

「損害は既に解体された人魚の鎮魂歌の資金で賄われたはずですよ？」

俺の指摘に、カイウスは笑って首を振った。

「違うな。あれは国が立て替えたに過ぎん。人魚の鎮魂歌の財産は既に国が接収しており、その所有権は人魚の鎮魂歌にではなく国にある。そもそも、此度の損害は全て貴様とヨハンが招いたもの。ならば、責任と共に賠償金も両者平等に発生するのが道理であろう。だが、当のヨハンは故人となっている。よって、賠償金の支払いは全て、貴様に命じる。――総額三千五百億フィル、耳を揃えて支払ってもらおうか」

三千五百億フィル、その莫大な金額は、ちょうど俺が鉄道計画の関連会社の株を空売りして得た額と同じだ。大半はヴォルカン重工業に事業支援金として投資したものの、見返りとして年間一パーセント――想定額にして約五百億フィルの利益配分を得られる契約になっている。

要するに、カイウスはその権利を俺から奪うつもりだ。金目当てではない。俺から経済力を奪い、弱体化させた上で、自らの飼い犬とするつもりなのだろう。

ならば、俺の返答は決まっている。

「申し訳ございませんが、その命令には従えませんね」

カイウスの眼が俄かに鋭くなる。

「七星のクランマスターともあろう者が、己の責任から逃れるということか？」

「責任？　そもそもの話をするなら――」

俺は懐から煙草を取り出し、口に咥えて火を付けた。

「おっと失敬。許可を取るのを忘れていました。煙草、構いませんか殿下？」

「ふん、好きにしろ」

「それでは、お言葉に甘えて」

　紫煙を燻(くゆ)らせながら、俺は先の話を続ける。

「――ヨハンの襲撃は、世間では謎の武装集団による大規模な破壊行為として発表されています。が、実際には人魚の鎮魂歌(ローレライ)が犯人だ。そして、これを隠蔽したのは貴方(あなた)ですよね、カイウス殿下？」

「それを暴露するという脅しか？　だとしたら無意味だな。世間がどちらを信じるか、わからん貴様でもあるまい」

「それはどうでしょうね？　長く、根気強く、戦えば、私の方にも分はあると思いますよ？泥仕合、大いに結構。お互いに根競(こんくら)べといきましょうか？」

　カイウスの目的は俺の首根っこを押さえ、自らの配下に加えること。そうでなければ、こうして直接話し合おうとは思わなかったはずだ。だからこそ、俺と泥仕合にもつれ込むことは本意ではない。ましてや、冥獄十王(ヴァリアント)の脅威が迫っている今、そんなことをしている余裕などありはしないのだ。

　いかに帝国の皇子であったとしても、その目的――同時に何をすれば最も嫌がるかがわかっているのだから、いくらでも交渉の余地はある。

　一向に恭順しない俺に対して、カイウスは眉間に深い皺(しわ)を刻んでいた。

「できると思っているのか？」

「できますよ。私はいつだって、そうやって勝ってきた」

ソファに深く座り直し、俺はカイウスに向かって口元を歪(ゆが)める。

「貴様、無礼にもほどがあるぞ！」

怒声を上げたのはカイウスではなく、その執事だ。執事の怒りに応じて、兵士たちも携帯していた武器に手を掛ける。

「七星(レガリア)とはいえ、ただの平民が、殿下を何と心得る!?　貴様如(ごと)き、この場で処刑することだってできるのだぞ！」

「やれるもんならやってみろよ、糞爺(くそじじい)」

俺は執事を鋭く睨(にら)み付ける。

「殿下を何と心得る、だと？　その敬愛すべき殿下の頭を超えて、勝手な判断で喚(わめ)き散らしている奴(やつ)がよくも言えたもんだな。矛盾しているんだよ、爺。てめぇ、頭ボケて自分が殿下だと勘違いしてんじゃねえのか？」

「なっ、き、ききき、貴様っ！」

「てめぇが本当に忠臣だと言うのなら、大人しく黙ってろ。俺は今、カイウス殿下と話してんだよ」

顔面を真っ赤に染めた執事は、怒りの余り二の句を継げずにいる。

「もういい。蛇の言う通りだ。貴様は口を挟むな」

カイウスが溜息(ためいき)混じりに告げると、執事は項垂(うなだ)れるように頭を下げ、後ろに下がった。

兵士たちもまた、執事に倣う。

「……噂通りの男だな。貴様には恐怖というものが無いのか？」

カイウスの言葉に、俺は声を上げて笑った。

「恐れながら殿下、その質問はずれていますね。恐怖に跪くような者に探索者は務まりません。我々は自らの意思で恐怖を支配できるからこそ、他の者とは異なる力を得られるのですよ」

実際、探索者と一般の兵士では、前者の方が戦闘能力が高くなる傾向にある。これは職能のランクアップが、自らの壁を打ち破らなければいけないことに起因しており、軍という枠組みに囚われた兵士では、それが達成できないためだ。従って、国は探索者の独立性を尊重し、それだけでなく軍の重職には優秀な探索者を登用することが多い。

カイウスが俺に首輪を付けようとしているのも、結局は優秀な配下を必要としているからだ。――おそらく、ヨハンの代わりとして。

「そろそろ茶番は止めにしましょう。殿下、貴方が私に何を求めているかは存じております。だからこそ、言いたい。私に首輪は必要ありませんよ」

ほう、とカイウスは目を細めた。

「表に出ていない貴様の悪行を考えれば、首輪どころか足枷も必要だと思うがな。まあ、それは私の考えだ。貴様の意見も聞かせてもらおうか」

簡単な話です、と俺は続ける。

「私の目的は唯(ただ)一つ。私こそが、この世界で最も優れていると証明することです。そして、それを達成するためには、相応(ふさわ)しい試練——敵の存在が欠かせません。近く現界すると言われている冥獄十王(ヴァリアント)はもちろん、隣国のロダニア共和国、それだけでなく聖導十字架教会も相手をするのが楽しそうだ」

「貴様……」

俺の言葉に、カイウスは僅かに息を呑(の)んだ。

「我々の敵は悪魔(ビースト)だけではない。冥獄十王(ヴァリアント)を無事に倒せたとしても、疲弊した帝国をこれ幸いと狙う者たちは多いのです。殿下も、さぞかし頭が痛いことでしょう。ですが、ご安心ください。この私がいる以上、帝国に降りかかる災いの全てを排してみせましょう。何故(なぜ)なら、あのヨハンを殺した私こそが〝最強〟だからです」

ヨハンの真の強さを、カイウスも知っていたはず。だからこそ、俺の言葉が虚勢ではなく、全て真実だとも理解している。

「それを公に証明するための闘技大会か？」

カイウスの問いに、俺は頷(うなず)く。

「闘技大会が開催されれば、帝国の誰もが私こそが最強だと知るでしょう」

「公の場で小細工はできんぞ？」

「小細工なんて必要ありませんよ。その時がくれば、殿下もわかります」

俺が断言すると、カイウスは一拍の間を置いてから頷いた。

「いいだろう。貴様の言葉を信じてやる。賠償金の件は無しだ。闘技大会の開催も、改めて私から陛下に進言してやる。それだけでなく、人魚の鎮魂歌から接収した飛空艇も、貴様に譲ってやろう」

「急に羽振りが良くなりましたね。どういうつもりですか？」

訝しむ俺に、カイウスは不敵な笑みを浮かべる。

「貴様が真に国家の役に立つ人材であるのなら、これぐらい安いものだ。ただし、わかっているな？　価値が無いとわかれば容赦なく切り捨てる」

「当然ですね。私も飼い犬として養われる気はありませんよ。お互いにビジネスパートナーとして健全な付き合いをしていきましょう」

「ビジネスパートナー、素晴らしい関係だな」

カイウスは俺を見据えながら続ける。

「一つ、私から条件がある」

「どんな条件でしょうか？」

「貴様に不利益のある条件ではない。互いに対等なビジネスパートナーの関係を築くためにも、貴様には正式に貴族となってもらいたいだけだ」

喉元まで出かかった驚愕の声を、俺は危ういところで呑み込んだ。

「……話が見えませんね。わざわざ私を貴族にしなくても、七星という立場で十分でしょう。なにより、我々の関係を公にする気もないはず」

「今は、な。冥獄十王（ヴァリアント）の現界後、この帝国に波乱が訪れるのは必至。ならば、今の内に貴様の権限を拡大しておいた方が、いずれ役に立つかもしれない」

カイウスは笑顔で話すが、何かを企んでいるのは間違いなかった。このまま承諾するのは不味（まず）い。かといって、断る理由に妥当性が無ければ、カイウスも納得しないだろう。

いったい、何を狙っている？

答えを求めて思考を巡らせる俺に、カイウスが右手を差し出す。

「互いに良いパートナーになろうじゃないか」

皇子であるカイウスに差し出された手を無下にするわけにはいかなかった。カイウスにも花を持たせてやらなければ、今日のやり取りが後々の蟠（わだかま）りとして残るだろう。

ただでさえ危険視されている状況なんだ。頑（かたく）なに我意を通そうとすることは、利よりも害の方が大きいと判断される材料になる。そうなると互いの均衡は崩れ、カイウスは容赦なく俺を潰そうと考えるはずだ。

——仕方ない。

俺はカイウスの手を取り、固い握手を交わした。

「殿下、よろしかったのですか？」

ノエルの退室後、執事が心配顔でカイウスに尋ねる。

「あのような者を信用するばかりか、貴族の位を与えると約束するなど、いくら殿下とはいえ越権行為になりますぞ」

　だが、当のカイウスは豪快に笑った。

「ハハハハハハッ！　それは逆だ！」

「……逆、ですか？」

「そうとも。私は奴に利するために貴族の位を与えるのではない」

　カイウスは笑いながら言った。

「たしかに、奴の言う通りだ。我々の敵は悪魔(ビースト)だけじゃない。勢力の拡大を狙うロダニア共和国、宗教組織でありながら帝国を内部から支配しようと目論(もくろ)む聖導十字架教会が、暗い闇の中で爪を研ぎ澄ませ、虎視眈々(こしたんたん)と目を光らせている。ヨハンを失った以上、奴らに対抗するためには、蛇のように狡猾(こうかつ)で強(したた)かな探索者(シーカー)の力が欠かせない」

　だが、とカイウスは険しい表情となり、視線を窓の外へと向けた。

「蛇は危険だ。奴と手を組む前に、奴の牙を折る」

　嵐翼の蛇(ワイルドテンペスト)が新たな七星(レガリア)に就任したことは、祝賀会や記者会見を通して、全ての帝国民に知れ渡った。結成してまだ半年ほどのクランが七星(レガリア)となったことに批判的な声は多いが、それ以上に称賛する者たちが多い。スポンサーの数も現在進行形で増え続けている。冥獄十王(ヴァリアント)の現界が迫った今、誰もが新たな英雄を求めているからだ。

　ましてや、俺は不滅の悪鬼(オーバーデス)の孫だ。冥獄十王(ヴァリアント)の一柱、銀鱗(ぎんりん)のコキュートスを討伐した祖父、その唯一の血縁者である俺の従えるクランが新たな七星(レガリア)となったことに、運命を感じない者は少ない。

　運命は自ら切り開くものだと考える俺でさえも、見えざる意思の力を感じずにはいられないのだから、無知蒙昧(もうまい)な一般市民はなおさら霊的な力を見出(みいだ)しているようだ。

　俺にとっては都合の良い展開である。目に見えないものを勝手に信じる衆愚ほど扱い易(やす)いものはない。俺の野望を叶(かな)える後押しとなるだろう。

　だが、全てが俺の思い通りに進むわけではなかった。

「あの糞(くそ)皇子、やってくれやがったな」

　クランハウスの執務室で、俺は読んでいた新聞を机の上に叩(たた)きつけた。

　新聞の一面には、カイウスが行った記者会見について書かれている。七星(レガリア)となった嵐翼(ワイルドテンペスト)の蛇のクランマスターである俺を改めて称賛し、その偉業に報いるために、俺を貴族にすると公の場で宣言したのだ。

　そこまではいい。俺も仕方ないとはいえ承諾した条件だ。問題なのは、その後に語った、俺も知らなかった俺の血筋についてだ。

『爵位の授与にあたって、ノエル・シュトーレンの戸籍を調査したところ、驚くべきことが判明した。彼の祖父、誰もが知る大英雄である不滅の悪鬼(オーバーデス)ことブランドン・シュトーレンは、かつて不運な事故によって落命した大貴族、ガスパール・ド・コレトールの落胤(らくいん)だったのである』

驚愕の真実だ。そんなこと、俺は祖父から聞かされていなかった。

『ブランドンは落胤であるためコレトール家の家系図に名を連ねることはなかったが、父ガスパールの厚意により、戸籍には彼が実の父として認知したことが記載されている。つまり、正式な親子関係だ。ガスパールの貴き血は子であるブランドンに、そしてブランドンの血はノエルへと受け継がれている』

　戸籍に関する話はカイウスの嘘だ。過去に興味本位で親族図を確認したことがあるが、そこにはガスパールなんて名前は無かった。祖父は非嫡出子で、母親——俺にとっての曽祖母の名前だけが記載されていたことを覚えている。

　もっとも、祖父が貴族の落胤であることは本当のはずだ。俺にも心当たりがある。祖父は粗暴な性格に反して、その所作には何故か品を感じられた。当時は大して気にしなかったが、カイウスの話と合わせて推測すると、やはり祖父は貴族の落胤だったのだろう。

『現在、コレトール領は後継者不在のため、周辺領主によって分割管理されているが、ついに正式な主を迎えることになるだろう。ノエル・シュトーレン、彼こそが新たな領主として相応しい。貴き血が新たな七星となることを、第二皇子として心より歓迎する』

　俺がコレトール領の領主だと？　当時はどうだったか知らないが、現在は閑散とした糞田舎だ。あんなところの領主になっても旨味は無いし、それどころか維持管理で赤字となるのが目に見えている。

　いや、そんなことは大した問題じゃない。最初から貴族としての待遇には期待していなかった。俺にとって問題なのは、カイウスが俺の素性を公の場で明らかにしたことだ。

「ふふふ、困ったことになったね」

　俺の隣に立っていた男が、笑い混じりに言った。

「流石はカイウス殿下だ。君の一番嫌がることを見事に実行した。今更言っても遅いが、もっと上手く立ち回るべきだったね」

　俺は男に視線を移す。整った顔立ちをした銀髪の男が、嫌味ったらしい笑みを浮かべて、俺を見下ろしていた。

「カイウス殿下の一手によって、君は〝民衆の英雄〟から〝貴族の英雄〟となった。平民が活躍を認められて貴族になることは、同じ平民を喜ばせる英雄譚となる。だが、最初から貴族だったものが貴族に戻ることは、平民にとって単なる茶番だ」

　淡々と語る男の言葉に、俺は苦いものを噛み締めながらも頷いた。

「知らなかった、じゃ通らないな。カイウスの話が嘘だと証明しようとしても、労力に対して望む効果は得られないはずだ。それに、カイウスは俺を邪魔する一方で、約束通り闘技大会の開催を行政府に認可させた」

　連絡があったのは昨日だ。後日、俺とカイウスの二人で記者会見をする約束になっている。だからこそ、今回のカイウスの邪魔を理由に争うのは、俺にとって得にならない。

「そもそも嘘じゃない。君の御祖父は貴族の落胤だ」

「……わかっている」

俺は溜息を吐く。良くない状況だ。

「これまで君は、最短距離で頂点に至るために、多くの無茶を通してきた。そんな君を民衆は新たな英雄として称賛してきたが、君が貴族の血脈だというなら話は別だ。最初から貴族たちによる出来レースだったと疑う者が多く現れるだろう。扇動的に活動してきた分、その反動は大きい」

「今までのように新聞会社を使って民意を操るのも危険だな。金と暴力で奴らを支配してきたが、奴らが従順だったのは俺が恐ろしいだけでなく、同じ平民として活躍を望む心があったからだ。だが、俺が貴族の血脈だと知れ渡った今、奴らが俺に肩入れする理由は無くなってしまった。つまり、いつ裏切られるかわかったものじゃない」

たった一手で状況は覆ってしまった。これから多くの不都合が発生するだろう。その対処に追われながら、闘技大会の準備と冥獄十王との戦いに備えなくてはいけない。まったく、とんだ墓穴を掘ってしまったものだ。

「それにしては嬉しそうだね」

男は俺の心を読み、そう言った。

「嬉しいだと？　馬鹿を言え」

「いいや。君は嬉しいんだよ。カイウス殿下が君の障害になりうる男だとわかったことが。君も言ったじゃないか。君は君を満足させてくれる敵を望んでいる」

「カイウスの狡猾さは認めるが、奴が俺の敵になることはないよ。俺は奴にとって必要な人材だ。だからこそ、管理しやすいよう弱体化を図ったに過ぎない」

首を振る俺に、男は深い笑みを浮かべたまま覗き込んでくる。

「君は孤独だな。戦うことでしか己の価値を証明できない」

「それはおまえもだろ？」

俺が言い返すと、男は楽しそうな笑い声を上げた。

「ハハハハハハ、その通り！　私と君は同類さ！　だから――」

一転して憐れむような眼差しが、俺に向けられる。

「私は君が望む〝死地〟を得られることを、心から望んでいる」

「ふっ、余計なお世話だ」

小さく笑った時、部屋のドアがノックされた。

「レオンだ。入ってもいいかい？」

「ああ、構わない」

俺が許可すると、サブマスターのレオンがドアを開けて入ってきた。レオンは部屋に入るなり、不思議そうな顔で室内を見回す。

「ノエル、部屋には君一人だったのかい？」

「そうだ。俺以外は誰もいない。話し声もしなかっただろ？」

「あ、ああ。でも、気配は感じたんだけどなぁ……」

小声で言いながら首を傾げるレオンを俺は笑った。

「ここが以前はどういう場所だったか忘れたのか？」

俺の言葉にレオンは顔を青くして仰（の）け反（ぞ）る。

「そ、そういう冗談は止（や）めてくれよ」

そして溜息を吐き、俺を真（ま）っ直（す）ぐに見た。

「会議室に他のメンバーが集まっている。あとは君だけだ」

「わかった。早速、今後の作戦を共有するとしよう」

俺は椅子から立ち上がり、レオンを伴って執務室を出た。

「――以上が、現在の状況だ」

俺は会議室に集まったメンバーに対して、嵐翼の蛇（ワイルドテンペスト）が置かれている状況を端的に説明した。闘技大会の開催が正式に決まったこと、そしてカイウスの妨害。アルマ、コウガ、レオン、ヒューゴの四人は、俺の話を聞き終え、複雑な表情となる。

「カイウス殿下は、よほどマスターに御執心のようだな」

ヒューゴが眼鏡を中指で押し上げながら言った。

「きっちり首輪をはめてきた」

俺は苦笑し、煙草（たばこ）に火を付ける。

「思っていた以上に厄介な御仁だよ」

「モテる男は辛（つら）いね」

小憎たらしい笑みを浮かべたアルマが横から口を挟む。

「ノエルが男も惑わす魔性の美少年なのは知っていたけど、貴族だったのは驚き。全然、そういう感じじゃなかった。だって、言動が完全にヤクザだし」

「「たしかに」」

アルマの言葉に他の三人も頷いた。

「おまえらなぁ……」

俺は紫煙を燻らせながら溜息を吐く。

「笑い話じゃないんだぞ？　カイウスのせいで良くない状況だ。この問題を解決するためにも、闘技大会は必ず成功させなければいけない」

「わかってるって」

でも、とアルマは顎に人差し指を当てながら首を傾げた。

「ノエルにしては珍しい失態。……まさか、後遺症？」

アルマの言葉に、他の三人が緊張した面持ちとなる。

「違う。単にカイウスが優秀だっただけだ」

俺は否定したが、それで安心する者はいなかった。

ヨハンとの戦いで、俺は寿命の大半を失う結果となった。余命は長くても十年。もちろん、後悔はしていない。あの方法でなければ、俺はヨハンを倒すことはできなかった。ヨハンを倒せたおかげで今がある。対価は大きかったが、それに見合う結果を得ることができた。万事、想定の範囲内だ。

「俺の言葉が信じられないのか？　安心しろ。Ａランクとなった今、身体(からだ)の調子は以前よりもずっと良い。おまえたちも、それは見ればわかるはずだ」

　嘘ではない。事実、身体の調子は良かった。ランクアップによって身体補正が増えたことにより、脳への負荷が弱まったからだ。アルマ、レオン、ヒューゴは俺の言葉に頷いた。だが、コウガ、コウガだけが、苦々しそうな渋面を浮かべている。

「コウガ、言いたいことがあるなら言ってみろ」

「……別に」

　コウガは吐き捨てるように言い、俺から顔を背けた。あの戦い以来、ずっとこんな調子だ。俺が寿命を捨ててまで戦ったことが気に入らないらしい。多少の苛(いら)立ちを感じながらも、俺はコウガの態度に言及することなく話を続ける。

「ともかく、俺については心配いらない。重要なのは闘技大会だ。現状、フィノッキオの監督下で闘技場の準備も進んでいる。警備や現場のスタッフについても、バルジーニ組(ファミリー)から派遣される手筈(てはず)だ」

「気狂い道化師(マッドピエロ)に任せても大丈夫なのかい？」

　レオンの質問に俺は頷く。

「問題ない。そもそも、バルジーニ組(ファミリー)が傘下に入っているルキアーノ組(ファミリー)は、最初から皇室と関係を持っているヤクザだ。今更になって文句を言われる筋合いはないし、今回のような興業はヤクザの本分でもある」

「その点については理解しているよ。俺が心配しているのは――」

　レオンは顎を摩りながら思案顔となる。

「ルキアーノ組内のパワーバランスだ。今回の闘技大会が成功すれば、実行委員を務めているフィノッキオに莫大な金が入るだけでなく、立役者として組内の地位が更に向上する。直参である彼の場合、そのまま次の会長の座に就くことだってありうるだろう。それだけに、他の直参組長から妨害を受ける可能性もあるんじゃないのかな？」

「もっともな心配だな」

　俺は頷き、レオンを見返す。

「正直なところ、その点に関しては俺も不安が無いわけじゃない。あのオカマは俺の力を借りずとも役割を果たせると豪語していたが、他の直参組長たちの肚次第では難しい状況に置かれることになる。それはこちらにとっても好ましくない」

　信頼していないわけではない。むしろ、俺はフィノッキオのことを高く買っている。だから、フィノッキオにも信頼していると言った。

　問題なのは、優秀過ぎる点だ。優秀だからこそ、奴をやっかむ政敵は多い。レオンが危惧しているように、闘技大会を成功させれば、奴の地位は盤石なものとなる。もはや、全ての対抗馬を引き離し、独走状態となるだろう。

　つまり、他の政敵にしてみれば、フィノッキオの独走を食い止められるのは今しかないのだ。

「近く、ルキアーノ組(ファミリー)の幹部会が開かれるそうだ。他の直参組長の考えは、そこでわかる。フィノッキオのおこぼれに与(あずか)ろうとするのか、それとも抗争を望むのか、どちらにしても答えが出るだろう。情報屋たちにも探らせているが、肚の中まではわからないからな」

「抗争を望む輩(やから)は、俺たちが処理するのかい?」

レオンの言葉に、俺は目を見開く。

「おまえがヤクザと事を構える気でいたなんて驚いたな。恨みでもあるのか?」

「まさか! 何の恨みも無いよ!」

レオンは困ったように笑いながら否定した。

「ただ、ここまできて邪魔をされるわけにもいかないだろう? ヤクザの抗争に介入するなんて嫌だけど、必要なら手を汚す覚悟はできている」

「へえ、随分と考え方が変わったもんだな」

俺はレオンを見据えたまま、吸っていた煙草を灰皿に押し付けた。生真面目で潔癖症のきらいさえあったレオンが、進んで手を汚そうとしている。

もっとも、俺はそれを成長だとは思っていない。今のレオンは合理的になれているわけではなく、人魚の鎮魂歌(ローレライ)との戦い、そして七星(レガリア)への就任を経て、すっかり逆上(のぼ)せあがっている状態だ。平静さを取り戻せなければ、誤った方向へ進む危険性さえあった。

だが、邪道な戦い方をしてきた俺が宥めても、逆効果にしかならないだろう。普段の行いが自分の首を絞めるな、と内心で自嘲するしかなかった。

「もちろん、抗争に介入する場合は、おまえたちの力が必要だ。当のフィノッキオにも肚を括っておくよう発破を掛けてある。だが、カイウスの策略のせいで、今はあまり日立つ動きをしたくないのが本音だ」

「たしかに、これまでのように揉み消すのは難しそうだね……」

「だから、暴力による解決は最後の手段だ。多少手間は掛かるが、抗争を避けて交渉で穏便に済ませたい。俺の目的はフィノッキオをルキアーノ組の次期会長に就任させること。邪魔者を一度に消せるならともかく、後に遺恨を残すような暴力の行使は望ましくない。奴が新会長になっても、組織の分裂を招くようでは意味が無いからな」

「暴力に頼らない手段はあるのかい？」

「ある。要は、他の直参組長たちに、新会長が務まる者はフィノッキオしかいないと認めさせればいいんだ。そのための台本は、俺の頭の中にある」

俺が断言すると、レオンは頷いた。

「わかった。君の判断に任せるよ」

「これから俺は忙しくなる。探索者協会からの討伐依頼もあるが、指揮を執るのは難しそうだ。レオン、そちらは任せるぞ」

「ああ。任せてくれ」

七星(レガリア)になったことにより、嵐翼の蛇(ワイルドテンペスト)は今まで以上に多くの討伐依頼を受けられることになった。反面、責任も大きくなり、既定の討伐数を達成できなければ称号を剥奪される処分が待っている。だが、先の人魚の鎮魂歌(ローレライ)との戦いでアルマもAランクとなった今の戦力なら、俺抜きでも高位の悪魔(ビースト)を狩れるはずだ。流石(さすが)に魔王(ロード)は難しいが、魔王(ロード)の現界は頻繁にあるものじゃない。

「話を闘技大会に戻す。詳しいルールは事前に配った資料の通りだ」

俺は机の上にあった資料を指で叩(たた)いた。

①参加できる者は帝国で認可されているクランのメンバーに限る。また、一つのクランから参加できる者は、最大でも二人。

②使用できるスキルは二つまで。事前申請が必要。

③武器の持ち込みは可。ただし人が携帯できる大きさに限定される。

④闘技大会はトーナメント式。戦闘の邪魔になる審判(レフリー)はいない。

⑤ギブアップ、ダウン後に十カウントしても起きられない時、行動不能、またはリングアウトによって敗北となる。

⑥行動不能状態にある対戦相手への追い打ちは問答無用で失格。

「基本的なルールは六つ。ルール①は他国の工作員を弾(はじ)くことが目的だ。参加に制限を設け、また数を絞ることで、参加者の事前調査を徹底する。現在、帝国で認可されているクランは、七星(レガリア)を含め七十二。つまり、最大で百四十四人の参加者が集まることになる。闘技大会は予選と本選に分け、予選は七星(レガリア)以外の参加者で戦ってもらう」

「戦闘回数が多い分、七星(レガリア)外の参加者が不利にならないか？」

ヒューゴの質問に、俺は首を振った。

「いいや、むしろ彼らにとっては見せ場が増える方が得だ」

「と言うと？」

「そもそも、今回の闘技大会は単なる力比べではなく、冥獄十王(ヴァリアント)との戦いに備えた軍事演習でもある。もちろん、戦闘回数が増えれば疲労が重なり、他の対戦相手に手の内を晒(さら)すことになるが、それでも結果を残せた者は、たとえ敗退したとしても、冥獄十王(ヴァリアント)との戦いで重要なポジションを得られる。何故(なぜ)なら、戦場で求められている戦力は、運の良い勝者ではなく、どんな状況でも戦い抜ける真の探索者(シーカー)だからだ」

「なるほど。理に適(かな)っているな。ルール②で使用できるスキル数を二つに制限したのも、それが理由か」

その通りだ、と俺は頷いた。

「限られたスキルでどう戦うかの適応力、また相手のスキルが何か推測する観察力を確認するためのルールだ。もちろん、競技性を維持する目的もある」

「競技、か。これまで実現しようとした者は数多(あまた)いるが、形にできたのは君が初めてだな。この闘技大会の要である〝ダメージを肩代わりしてくれる装置〟、開発するのに莫大な金が必要だったんじゃないか？」

「まあな。だが、必要な投資だった」

　これまで探索者（シーカー）の闘技大会が開催されなかったのは、試合中の負傷を誰もが恐れたからだ。悪魔（ビースト）との戦いが本分であるのに、対人戦で討伐依頼の遂行に支障をきたすわけにはいかない。だから、開催にまで至らなかった。

　この問題を解決したのが、多額の投資を行い実現にまでこぎつけた特殊装置――〝方尖柱（メガリス）〟である。

　悪魔（ビースト）素材で構成される方尖柱（メガリス）は、舞台（リング）近くに設置され、リンクしている闘技者のダメージを全て肩代わりしてくれる。許容限界はあるが、柱とリンクしている間はほぼ無敵だ。吸収できるダメージ量が八割を超えると、当該柱とリンクしている闘技者は金縛り状態となる。つまり、行動不能状態。八割でストップがかかるのは、行動不能後への追い打ちを受けても負傷しないためである。

　万が一、柱が完全な限界を迎えた場合、当該柱とリンクしている闘技者だけでなく、対戦相手も強制的に金縛り状態となる。これが事実上のレフリーストップだ。

「もともとは軍事目的で開発されていた装置だ。それを俺がブラックマーケットで買い取り、闘技大会に利用できるよう、フィノッキオに任せていた」

「これは悪魔（ビースト）との戦いにも活（い）かせないのか？」

　無理だ、と俺は即答した。

「装置の本体は柱ではなく、闘技場そのものだ。柱は使い捨てのカートリッジ。この装置は巨大過ぎるんだよ。しかも巨大さに反して、効果範囲や吸収できるダメージ量も少ない。つまり、今回のような用途でしか使い道が無いのさ」

「なるほど。だから研究は頓挫し、ブラックマーケットを通じて君の手に渡ったのか」

「そういうことだ。また、競技目的で使用するため、いくつか特殊な設定を加えている。参加者へのダメージは吸収するが、痛みや衝撃はそのままだ。剣で腕を斬られたら、相応の痛み、そして部分的な麻痺（まひ）が起こるようになっている。これは柱とリンクしている限り続く。臓器の場合は更に深刻だ。生命活動に問題が無い範囲で機能が落ちる。したがって、柱に余裕があっても戦闘継続が困難だった際にはギブアップが推奨される」

「毒は？」

　質問したのはアルマだ。

「毒の影響も再現している。実戦のように体内に注入することはできないが、柱が毒を感知し、相応の機能不全を引き起こす」

　俺が答えると、アルマは拳を握りしめて喜んだ。

「よしっ！　だったらボクが最強だね！」

　アルマの職能（ジョブ）は【斥候（スカウト）】系Aランクの【死徒（デス）】。他の追随を許さない高機動力と、毒を始めとする即死攻撃を得意とする戦闘系職能（ジョブ）だ。闘技大会の性質上、圧倒的な速さで翻弄しながら敵を仕留められる【死徒（デス）】のアルマは、間違いなく最強の一角だろう。

　だが、俺は苦笑しながら首を振った。

「勘違いするな。俺はおまえを出すつもりはない」

「えっ!?　なんで!?」

「おまえは戦闘能力にムラがありすぎる」

「ムラってなに!?」

「生死が関わっていないと本領を発揮できないってことだ」

アルマが龍化したゼロを単騎で撃破したことは、レオンから聞いている。その死闘を制したことにより、アルマはAランクとなった。最初から飛び抜けた才能を持つ女だとはわかっていたものの、想定外の戦果である。

だが同時に、アルマの弱点も浮き彫りになる結果となった。

「アルマ、おまえは戦闘のボルテージを上げるのが遅いんだよ。ギリギリの生死の狭間(はざま)に置かれて初めて、やっと本領を発揮できる。つまり、生死が絡まない今回の闘技大会には不向きだ。格上には勝てない」

「むっ、むぅっ……」

思い当たるところがあったのか、アルマは唇を噛(か)み締めながら唸(うな)った。

「じゃ、じゃあ、レオンとヒューゴを出すの？」

レオンもヨハンとの一騎打ちで素晴らしい戦いをした。死闘を経て、以前よりも飛躍的に戦闘能力が向上している。なにより、戦いの最中に習得した《天帝の理(ヘヴンズロウ)》は、闘技大会の性質とも噛み合っている強力なスキルだ。格上相手にも勝率は高い。

そして、嵐翼の蛇（ワイルドテンペスト）の最強戦力であるヒューゴは、才能を開花させたレオンよりも遥（はる）かに強い。狭い舞台（リング）上では人形兵を横に展開できないという弱みはあるものの、豊富な戦闘経験と対応力の高さで大半の敵を圧倒できるだろう。

だが、俺はアルマに首を振った。

「いや、レオンとヒューゴも出さない」

目を丸くする仲間たちを見回し、はっきりと宣言する。

「闘技大会に参加するのは、俺とコウガだ」

「ええっ!?」

仲間たちの驚愕（きょうがく）の声が、会議室に響き渡った。

「そんなに驚くことか？」

俺は机の上で指を組み苦笑した。仲間たちは完全に面食らっている。

「驚くに決まっているだろ」

ヒューゴは溜息（ためいき）を吐（つ）き、首を振った。

「ノエル、君が対人戦に優れているのは知っている。闘技大会のルールも君に味方するだろう。だがそれでも、【話術士】の君が勝つのは難しいんじゃないか？」

「まあな。だが、企画者の俺が参加しないわけにはいかない。他の七星（レガリア）のクランマスターたちにも示しがつかないからな」

「勝算はあるのかい？　まさかヨハン戦と同じ手を使うわけじゃないだろ？」

表情を強張らせるレオンに、俺は頷く。

「当然だ。あれを使える余裕はもう無い」

ヨハン戦で俺は、寿命を大幅に縮める代わりに、魔王の力を扱える秘薬を用いた。魔力に満ちた体内を深淵に模し、魔王の能力だけを現界させる仕組みである。

この秘薬のおかげで勝利を収めることはできたものの、代償として俺の余命は最大でも十年まで縮んだ。急激な存在変化を経たことにより、俺の魂は深く損傷している。

魂とは個の情報そのもの。命の設計図だ。この設計図に従って、精神と肉体が構成される。つまり、設計図に問題が生じた場合、精神と肉体は急速な劣化を免れることができない。

現在、俺はヨハンとの戦いを経てAランクとなった。その身体補正効果と、医者が用意した薬のおかげで、なんとか劣化を抑えることはできているが、それにも限界がある。そのタイムリミットが十年だ。

今の俺の寿命では、あの秘薬はもう使えない。使った瞬間に身体が崩壊する。そもそも、あの秘薬を精製できるリガクは死んだ。俺が殺した。予備も残していない。あれを再利用することは不可能だ。

「秘薬無しでも負けるつもりはない。そのために選んだのが新しい職能だ」

真実、俺が選んだランクアップ先は、対人戦闘に適している。

その名は――

「【真言師（しんごんし）】。俺の新たな職能（ジョブ）は、条件さえ揃（そろ）えば最強だ」

【話術士】系Aランク職能（ジョブ）、【真言師（しんごんし）】。支援職（バッファー）であることは変わらないが、強化（バフ）スキルだけでなく、特殊な弱体（デバフ）スキルを習得できる。

【話術士】から【戦術家】にランクアップした俺は、本来なら【軍師】になる予定だった。

【話術士】系Aランク職能（ジョブ）、【軍師】は、【戦術家】の正統進化職能（ジョブ）だ。強化（バフ）スキルの効果量が上昇し、更に効果範囲も大きくなる。悪魔（ビースト）との戦闘を見据えるなら、【軍師】の方が【真言師（しんごんし）】よりも役に立つだろう。

　だが俺は、あえて【真言師（しんごんし）】を選んだ。理由は単純。【軍師】と違って、【真言師（しんごんし）】に覚醒したのは、職能（ジョブ）の歴史を紐解（ひもと）いても、俺一人しかいないからだ。

　おそらく、一時的とはいえ存在が人外に変化し、更に死を経験したことが原因だろう。前例が無い分、自ら能力の調査をする必要があるが、逆を言えば外部の者に俺の能力を秘匿できる利点がある。

　調査協力を依頼している鑑定士協会にも、金を握らせて外部に漏らさないよう口を封じた。無論、公的機関である鑑定士協会をいつまでも黙らせておくことはできないため、【真言師（しんごんし）】の詳細が公にされるのは俺の死後という契約である。

　カイウスにも言ったように、俺の戦う相手は悪魔（ビースト）だけじゃない。冥獄十王（ヴァリアント）との戦いが終われば、疲弊した帝国を魑魅（ちみ）魍魎（もうりょう）たちが狙うだろう。奴（やつ）らを排除するには、どうしても

【真言師（しんごんし）】の力が必要だった。

「誰と戦っても負ける気はしない」

俺が断言すると、アルマは複雑な表情になった。

「ノエルが出るのはわかったよ。でも、コウガは？　このクランで一番の雑魚じゃん！　参加しても格上に瞬殺されるのがオチ！」

アルマの指摘にコウガは眉を顰（ひそ）めたが、反論することはなかった。コウガは決して雑魚ではない。だが、嵐翼の蛇（ワイルドテンペスト）の中では唯一のBランクだ。

「コウガは元・剣奴だ。闘技場での立ち回りは、俺たちよりも上だよ。それに、東洋出身だ。こちらとは異なる戦い方、そして【刀剣士】という職能（ジョブ）は、格上が相手でも対応に手こずるはず。つまり勝つ可能性が高い」

実際、俺も苦戦を強いられた。最終的には俺が勝ったが、コウガが本気で殺す気なら、俺はとっくに死んでいただろう。

「ノエルの考えも理解できるが、だからといってBランクのままでは勝ち上がれない。やはり、コウガにもランクアップしてもらいたいな。才能的にも可能なはずだ。闘技大会はいつから開催されるんだ？」

質問するヒューゴに、俺は視線を向ける。

「予選は三週間後。本戦は四週間後を予定している。今週中に、俺とカイウスで記者会見を開き、その場で発表する手筈（てはず）だ」

「つまり猶予は一ケ月か……」

ヒューゴは難しい顔をしながら唸った。

「コウガほどの逸材でもギリギリだな」

「ああ。だから、おまえも手伝ってやれ。悪魔との戦いだけでなく、おまえの人形兵と訓練を重ねれば、ランクアップは可能なはずだ」

「そうは言うが、ただの訓練じゃ意味が無いぞ。極限の戦いを積み重ねなければ、新たな可能性の扉を開くことはできない」

「だが、おまえなら調整可能だろ？」

俺が微笑むと、ヒューゴは大きく息を吐いた。

「はぁ、マスターは人使いが荒い。人形作家の仕事は当分できないな」

「悪い。特別手当は弾むよ。――コウガ、おまえも問題無いな？　血反吐を吐くことになるが、得られる見返りは大きい。全力で挑め」

水を向けられたコウガは、強く頷いた。

「わかっとる。死ぬ気で挑むつもりじゃ」

意気軒昂なコウガに俺も頷き、不満顔でいるアルマへと視線を移す。

「アルマ、おまえも手伝ってやれ」

「はぁっ!?　冗談でしょ!?　なんで、このボクが!?」

「おまえも弱点を克服しろ。今のままでは話にならない」

「だとしても一人でやるよ！　コウガの噛ませ犬になるなんて、絶対ヤダ！」

「――黙れ」

俺は声を荒らげることなく、静かにアルマを制する。

「これは命令だ。おまえに拒否権は無い。どうしても拒むなら――」

「わ、わわわわ、わかったよ！　ボクも手伝うから！」

真っ青な顔で距離を取るアルマを見て、上げかけた腰を下ろす。

「次は無いぞ。肝に銘じておけ」

「……は、はい。…………怒ったノエルの顔、恐(こわ)過ぎでしょ」

ぶつぶつと不満を呟(つぶや)くアルマを無視し、俺は煙草(たばこ)に火を付ける。

「今後の方針(スタンス)は以上だ。俺は闘技大会の開催に専念する。その間、悪魔(ビースト)討伐の指揮を執るのはレオンだ。現場ではレオンの命令を絶対とする。他三名は、依頼の合間にコウガのランクアップを第一目的として訓練を続けろ」

了解、と仲間たちが頷く。会議は終わった。解散を伝えようとした時、レオンが思案顔で俺を呼び止めた。

「待ってくれ、ノエル。闘技大会の本当の目的は、君が冥獄十王(ヴァリアント)との戦いの場で、総指揮官のポジションに相応(ふさわ)しいと証明することだろ？　君とコウガを信じていないわけじゃないが、かなり厳しい戦いになるのも事実だと思う。だから、もし君たちが二人共敗退した時のバックアッププランも知っておきたい」

　俺は何かを実行する際、常に複数の計画を用意している。レオンもそのことを知っているため、詳細を明らかにしてほしいのだろう。

　だが、俺は首を振った。

「今回に限っては、バックアッププランは無い。あっても邪魔なだけだ。策を複数用意するということは、それだけ自分の痕跡を残し、弱みに繋（つな）がるということでもある。完璧なメインプランがあるなら、他は必要ない。何故（なぜ）なら、俺の目的が叶（かな）うのは絶対だからだ。チェスでいうところの王手（チェック）の状態だな」

「王手（チェック）だって？　まだ大会が開催されてもいないのに？」

　どういうことなんだい、とレオンは答えを促す。俺が答えようとした時、ヒューゴが先に口を開いた。

「ノエル、君の真意がわかったぞ」

「へえ。じゃあ、答え合わせといこうか」

　答えを託されたヒューゴは、愉快そうに口元を歪（ゆが）める。

「君は負けるつもりはないと言った。だが、勝つつもりもないんだろ？」

「イエス。それで、その先は？」

「私の読みが正しければ、君の本当の狙いは――」

　そこから先、ヒューゴの語った内容は全て正しかった。俺はヒューゴに拍手を送り、他の仲間たちは驚愕で言葉を失っている。

「素晴らしい。完璧な答えだ」

「短い付き合いだが、君の考えは理解しているつもりだからな。――それにしても、とんでもないことを思いつくものだ。やはり、君こそが最強の探索者だよ」

ヒューゴは呆れ気味に言って、レオンを見る。

「この計画、要は君だ。修正を希望するなら今のうちだぞ？」

「……いや、その必要は無い」

レオンは引き攣った笑みを浮かべながら首を振る。

「相変わらず正気の沙汰とは思えない作戦だけど、詳細を聞いて納得した。たしかに、王手の状態だな。ほぼ間違いなく、君が総指揮官になるだろう」

「ほんと、正気じゃない。頭がプッツンしてる」

アルマも困ったように笑った。諫言したところで無駄だと悟っている顔だ。

その通り。俺に諫言は無意味だ。とっくに覚悟はできている。他の仲間たちも俺という男を理解していると思っていた。

だが、コウガだけは違った――。


「この馬鹿もんがッ!!　おどれは何を考えとるんじゃ!?」

コウガの怒声が、会議室に響き渡る。

「ヨハンとの戦いで寿命の大半を失ったおどれが、まだそがいなバクチするつもりか！

今度こそ死んでまうぞ！」

　震える声で叫んだコウガは、激怒しているのか、荒い呼吸を繰り返していた。そんなコウガを見据えながら、俺は紫煙を燻（くゆ）らせる。

「博打（ばくち）じゃない。これは極めて勝算の高い計画だ」

「じゃが、絶対じゃないじゃろ！　おどれは死ぬかもしれん！　そがいな計画、仲間として認めるわけにはいかん！」

　語気を荒くするコウガに、俺は思わず噴き出してしまった。

「今更、何を言ってんだ。最強の探索者（シーカー）を目指す俺が、死を恐れるとでも？」

「……わかっとる。今更なんは、ワシもようわかっとる。じゃが、今ならまだ引き返せるんちゃうんか!?　十年じゃぞ!?　ノエル、おどれはたった十年しかもう生きられんのじゃ！　じゃったら、もっと命を大切にしてもええんちゃうんか!?　最強になっても、生きられへんかったら意味がないじゃろ！」

　必死に訴えるコウガの瞳には、薄（うっす）らと涙が浮かんでいた。

「ワシはおどれを殺すために仲間になったんちゃうぞ……」

　拳を握り締め、項垂（うなだ）れるコウガ。会議室にいる誰もが何も言えなくなった。耳が痛くなるほどの静寂の中、俺はゆっくりと口を開く。

「俺は俺だ。おまえの言葉に従う気は無い」

「おどれ、まだわからんのか……」

「わかっていないのはおまえだ、コウガ。俺が自らの命を惜しむような男だったのなら、おまえは仲間になりたいと思ったのか？　俺が俺だからこそ、おまえは俺の下で戦い続けることを選んだんじゃないのか？……答えろ、コウガ」

俺はコウガを睨み付け、ドスを利かせた声で一喝する。

「答えろって言ってんだよ、コウガッ!!」

コウガは俺の怒声を受け、怯むように後退った。だが、すぐに俺を睨み返し、額が触れ合う距離まで歩み寄ってきた。

「その通りじゃ。ワシはおどれの中の漢に惚れた。それが真実じゃ。じゃが、ワシにもワシの考えがある。ノエル、おどれが何を言おうと、おどれの計画には反対じゃ」

「だったら、どうする？　どうやって白黒つける？」

「簡単じゃ」

コウガは俺を睨んだまま、腰に差していた刀を摑んだ。

「このワシが、闘技大会で優勝する。そうすりゃあ、おどれの計画を実行せんでも、ワシの雇い主であるおどれが最強じゃ。誰にも文句は言わせん」

鋭い眼差しで宣言するコウガを、俺は鼻で笑った。

「おまえが優勝するだって？　笑えない冗談だな。おまえはクランの看板に泥を塗らない程度の結果を出せばいいいんだよ。誰も優勝できるだなんて思っていない」

「抜かしておけ。ワシはやるっちゅうたらやるんじゃ」

自分に言い聞かせるように宣言したコウガは、俺に背を向ける。

「ノエル、おどれの計画はワシが斬り捨てる。――絶対にじゃ」

会議室から出ていくコウガに、誰も掛ける言葉を持たなかった。


会議が終わり、室内には俺とレオンだけが残された。コウガだけでなく、アルマとヒューゴも、既にクランハウスを出ている。

「コウガの言葉、どう思う？」

躊躇（ためら）いがちに尋ねてくるレオンに、俺は肩を竦（すく）めた。

「どうもこうもない。鼻息を荒くしたところで、勝てないものは勝てない」

コウガの実力は信頼している。闘技大会では良い戦果を上げてくれるだろう。だが、闘技大会の参加者には、コウガを遥（はる）かに上回る化け物が揃（そろ）っている。

中でも恐ろしいのが、ウェルナント帝国が抱える、現役最強の二人。

即（すなわ）ち――

覇龍隊のサブマスター、玲瓏たる神剣（イノセント・ブレイド）こと、ジーク・ファンスタイン。

百鬼夜行のマスター、王喰い（キングスレイヤー）の金獅子こと、リオウ・エディン。

この二人の最強がいる限り、今のコウガでは逆立ちしても勝てないだろう。

「あいつは感情的になっているだけだ。冷静になれば、自分がどれだけ馬鹿げたことを言っているかわかるさ」

「だけど、その感情が大事なんじゃないのかい？　強い意志で己の限界を超えることができる者にこそ、勝利の女神は微笑む。それは君が一番実感しているはずだ」

「俺とコウガを同列に扱うつもりか？」

「そうは言ってないさ」

　レオンは微笑みながら首を振る。

「君の意志の強さが誰よりも優れているのは俺も知っているよ。だけど、コウガの想いも強いのは確かだ。さっきの宣言は本気だと思う。一時の感情に任せたものじゃない。コウガは君のことを心の底から守りたいと願っているんだ」

「だから、慮ってやれと？」

「ああ。その通りだよ。俺も少し浮かれていた。コウガの言葉で目が覚めた。ノエル、君はもっと生きるべきだ。俺もそう望んでいる。君は狂暴で悪辣だし、天翼騎士団を解散させられた恨みもある。だけど、君の純粋な在り方は素直に尊敬できる。だから、死んでほしくない。アルマとヒューゴだって同じ想いのはずだよ」

「……俺は俺だ。今更、生き方を曲げるつもりはない」

　諭すようなレオンの言葉に、俺は反論しようとしたができなかった。

　ここにくるまで、多くのものを犠牲にしてきた。だが、そのことに後悔はない。納得できている。迷いだって無い。吐き出す煙と共に告げると、レオンはどこか寂しそうな表情になった。

「わかっている。君は君だよ。生き方を曲げる必要は無いんだ」

だけど、とレオンは穏やかな口調で続ける。

「俺たちが君を支えたいと望むことも許してほしい」

「おまえたちのことは信じているし、頼りにしているよ。おまえたち無しじゃ、このクランは成り立たない」

そうじゃない、とレオンは首を振る。

「俺たちはクランの仲間というだけでなく、友だちとして君を支えたいんだ」

レオンの言葉に、俺は息を呑んだ。何も言えないでいる俺を見て、レオンは可笑しそうに笑う。

「俺も自分の気もちに驚いているよ。だけど、本心だ」

そう付け加えて、レオンは姿勢を正した。

「俺も行くよ。判子を押さないといけない書類がたくさんあるんだ」

レオンも会議室を去り、室内に残されたのは俺一人だけとなった。

「良い仲間――いや良い友だちを持ったじゃないか」

どこからか、落ち着いた男の声がする。

「君は君が思っている以上に恵まれている」

「……かもな」

俺は呟き、すっかり短くなった何本目かの煙草を、灰皿に押し付けた。

「俺の計画を斬り捨てる、か」

　コウガの誓いを反芻すると、不意に肩が揺れた。込み上げてきた笑いが、俺の肩を揺らす。

「ククク、コウガの奴、言うようになったじゃないか。あの馬鹿がどこまでできるか、見物だな」

　絶対に不可能だという確信と、コウガなら奇跡を起こしてくれるかもしれないという矛盾した期待、その狭間から生まれる愉悦が、たまらなく愛おしかった。

†

「あなた方の担当を外されることになりました。新しく選出された担当が、後日そちらのクランハウスに伺います」

　隣を歩くハロルドが、気落ちした声で言った。この季節には珍しい暖かな昼下がり、銀雪が積もった帝都郊外の林道を、俺とハロルドは連れ立って歩いている。

「カイウス殿下の策略のせいですよ。あの御方が直接何かをされたわけじゃない。ですが、ノエルさんが貴族の血筋だと公になったせいで、あなたは民衆からの支持の多くを失った。結果、あなたは以前のように民意を武器にする戦い方ができなくなり、代わりに他の誰かがあなたと同じように民意を武器にして、探索者協会に不正を正すよう働きかけている状況です。実際、私はあなたにかなりの便宜を図りましたからね。この状況下でそこを突かれると痛い。協会の公平性を示すためには、私が担当を外れる必要があったのです」

ハロルドが言ったように、この爺さんのおかげで俺たちは本来の評価以上の依頼を受けることができた。魔王である〝真祖〟がその最たるものだ。本当なら創設されて一年も経っていないクランが、魔王の討伐依頼を受けることはできない。だが、ハロルドの便宜により、俺たち嵐翼の蛇は魔王討伐の依頼を受けることができた。そして、その討伐実績が、七星就任の後押しとなったのだ。

もちろん、当時にも批判の声はあった。だが俺は、ヒューゴの冤罪を晴らし、監獄爆破事件を解決した民衆の英雄だった。真実がマッチポンプだったとしても、民衆にはわからない。帝国内には俺を英雄視する者たちが溢れ返り、少数からの批判の声など簡単に潰すことができた。それが、俺の策略だった。

「民意を都合よく悪用してきた付けが回りましたね」

ハロルドは話しながら煙草を咥え、紫煙を燻らせる。

「全ての民から信頼を失ったわけではありません。依然として、あなた方のファンは多い。ですが、以前ほど圧倒的な数ではない。民意という武器を背景にのし上がってきたあなたにとっては、致命的な状況です。貴種流離譚は民衆に好まれる物語ではあるものの、カイウス殿下の一手は、民衆に嫌悪を抱かせるやり方でした。民衆は貴種そのものを神聖視することはあっても、政治的な繋がりが見え隠れすると反感を覚えてしまうものですから。

自身の評判も落としかねないのに、豪胆な御方だ。それほどまでに、カイウス殿下はあなたを危険視されているのでしょうね」

ハロルドの問うような眼差しに、俺は肩を竦めるしかなかった。

「礼節を以て対応させてもらったんだけどな。殿下は俺のことが信用できないらしい。俺が民衆を煽って革命でも起こさないかと恐ろしいんだろう」

「日頃の行いのせいですね。私が殿下でも同じように考えます。とはいえ、あなたが帝国のこれからに必要な人材だとも考えているようです。闘技大会開催の承認を得るために、随分と尽力されたと聞き及んでいますよ」

「当然だ。そのぐらいしてくれないと割に合わない」

「帝国の皇子も、あなたにとっては駒の一つですか。恐ろしい人だ。その太々しさ、安心しました。てっきり、殿下にいいようにやり込められて、落ち込んでいるのかと思っていましたから」

悪戯っぽく笑うハロルドに、俺は眉を顰める。

「見くびるなよ、糞爺。たしかに、カイウス殿下の豪胆さには驚かされたが、大局的には些細な問題だ。俺の計画が狂うことはない」

「私があなたの担当を外されたのも計画通りだと？」

「実のところを言えば、それに関してはむしろ好都合だった」

俺は足を止めてハロルドを見る。ハロルドもまた立ち止まった。

「どういうことですか？」

「俺たちの担当を外されたあんたの配属先、噂(うわさ)ではトルメギドだと聞いている」

「……相変わらず、良い耳を持っていますね」

帝国、旧メディオラ王国領、トルメギド。その地はかつて、メディオラ王国並びにアルキリオ大公国、そして自由都市メンヒの三大国を滅ぼした悪魔(ビースト)、冥獄十王(ヴァリアント)の一柱である銀鱗(ぎんりん)のコキュートスが現界した場所だ。

トルメギドは複数の地脈が交差している超大気場であり、探索者協会(シーカーギルド)の調査が正しければ、近く——半年以内に地脈の大噴出が起こると予測されている。

そしてその結果、新たな大災厄、冥獄十王(ヴァリアント)が現界することもだ。

「今のトルメギドは実質、世界を吹き飛ばしかねない時限爆弾だ。もちろん、俺たちも手をこまねいているつもりはないが、冥獄十王(ヴァリアント)に対処するための準備には相応の時間が掛かる。もし、現界が予測よりも更に早まれば、俺たちは成す術(すべ)無く駆逐されるだろう」

つまり、と俺は苦笑した。

「彼(か)の地が敵対者に荒らされないよう、信頼できる人材が管理しなければいけない。俺の手が届く範囲にも限界があるからな。今の探索者協会(シーカーギルド)で最も信頼できる人物はあんただよ、ハロルド」

「過分なお言葉、痛み入りますね。……やはり、来ますか？」

「断言はできないが、可能性は高い。帝国には敵が多いからな。千変万化(フェイスレス)には隣国のロダニア共和国を探らせている。案の定、きな臭い動きがあるそうだ」

「千変万化、あの情報屋ですか。あなたの得た情報なら確かなのでしょう」

ハロルドは疲れた顔で溜息を吐いた。

「やれやれ、荒事に従事するような歳ではないのですがね。とはいえ、もしロダニアが帝国の滅亡を狙っているのならば、老骨に鞭を打つしかありませんか。帝国だけでなく世界中が存亡の危機だというのに、一致団結して立ち向かうどころか、後ろから刺そうとするなんて、人というのはつくづく救い難い」

「ロダニアにも冥獄十王に対抗できる奥の手があるんだろうな。だとしたら、冥獄十王に邪魔な帝国を滅ぼさせ、その後に自国で冥獄十王を討伐すればいい、と考えているんだろう。……ふっ、連中の考えそうなことだ」

我ながら冷え切った声で吐き捨てると、不意にハロルドが首を傾げる。

「……ノエルさん、身体の具合は大丈夫ですか？」

「大丈夫だ。余命の問題はあるが、身体の具合はすこぶる良い」

「そ、そうですか。ならいいんですが……」

「行こう。もうすぐだ」

俺が歩き出すと、ハロルドは吸っていた煙草を指で揉み消し、後ろに付き従った。

「帝国の探索者は変革を求められている」

歩きながら話を続ける。

「冥獄十王《ヴァリアント》との戦いに勝っても、帝国は一時期、国力の低下を免れることができない。前回は周辺諸国にも余力が無かったが、今回は違う。帝国だけが弱さを見せれば、奴らは躊躇《ためら》うことなく襲い掛かってくるだろう。それを防ぐためには、探索者《シーカー》が強くならなければいけない。今までとは違う、新しい在り方が求められている」

　これまでは心技体、そして財さえ優れていれば良かった。もちろん、ライバルとの競り合いに勝つために智謀《ちぼう》策謀を巡らせることはあったが、どれも小規模なものばかりだった。

その漫然とした流れを変えたのが、俺とヨハンである。

「探索者《シーカー》の本分は悪魔《ビースト》との戦いだ。そのために鍛錬し、実績を重ねていくのが王道。広報戦略を重視し、民意を武器にする戦い方、あるいは国や企業と協力し他の探索者《シーカー》とは異なる偉業を成し遂げようとする戦い方は、誰も思いつかなかった。いや、思いついても実行するまでのコストやデメリットを危惧し、王道の戦い方をせざるを得なかったんだ」

「ですが、あなたはそれを成し遂げた」

　その通り、と俺は頷《うなず》く。

「もし俺がいなければ、ヨハンが帝国最強の探索者《シーカー》として名を轟《とどろ》かせていただろう。結果的には俺に敗北したが、それでも鉄道計画達成まであと一歩だった奴の功績を軽視することはできない。よっぽどの馬鹿でない限り、その重要性は理解できているはずだ。帝国中の探索者《シーカー》が、な」

「つまり、帝国中の探索者《シーカー》が、あなたとヨハンに倣う、ということですか？」

「道は示された。既に感化された者たちは多い。だから、あんたは担当者から外されることになった。市民の俺への反感を利用し、協会がそう動くよう働きかける戦い方は、俺のやり方そのものだ。嬉（うれ）しいね。模倣者が現れるというのは先駆者冥利に尽きる。七星（レガリア）となった俺は、もう追う側ではなく、追われる側になったってわけさ」

先駆者として慢心は許されない。同じ手を使う者たちが増えたからといって、簡単に転げ落ちるようでは論外だ。得た地位を守りながら、更に先へと進んでこそ本物である。

「嬉しい、ですか。楽しそうでなによりですが、そのとばっちりを食ったせいで私が僻地（へきち）に飛ばされることをお忘れなく」

恨みがましそうなハロルドの物言いに、俺は声を上げて笑った。

「ハハハ、あんたは生粋の帝都人だ。僻地に骨を埋（うず）めたくはないよな」

「笑いごとじゃありませんよ。役割は果たしますが、あなたも私が早く帝都に戻ってこられるよう手を回してください」

「わかっている。あんたは老いぼれだが、まだまだ帝国に必要な人材だ。冥獄十王（ヴァリアント）との戦いが終わっても、その役割が終わることはない。きちんと帝都に呼び戻してやるよ」

「頼みますよ。もし嘘（うそ）なら化けて出ますからね」

ハロルドが軽口を叩（たた）いている間に、ちょうど目的地が目視できる距離に入った。俺たちの眼前には、巨大な半円状（ドーム）の構造物が聳（そび）え立っている。

「大きいですね。あれが闘技大会の競技場ですか？」

「ああ。収容人数は約五万人。バルジーニ組(ファミリー)が施工を仕切っている施設だ。もともとは興業場として三年前から着工していたものを競技場として整えた。といっても、施設そのものはほぼ完成していたから、方尖柱(メガリス)を含む闘技大会用の設置をするだけの作業だったがな。それも終わり、今は施設の装飾をしている段階だ」

「素晴らしい。こうやって実物を見ると、年甲斐(としがい)もなく胸が躍ります」

少年のような笑みを浮かべたハロルドに、俺は笑って頷く。

「有史以来、初の探索者(シーカー)による闘技大会だ。面白くないわけがない」

「時代が変わりますね。闘技大会は、あなただけでなく、他の猛者たちの戦い方を学べる場だ。誰もが大会を通して、より優れた探索者(シーカー)に生まれ変わる」

「黄金時代の幕開けだよ、ハロルド」

俺は歌うように言った。

「帝国に探索者(シーカー)の黄金時代がやってくる。そしてその先頭に立っているのは、他の誰でもない、この俺だ。俺が、全ての時代で最も優れた探索者(シーカー)たちの頂点に立つ。後世の者たちは必ず、俺こそが最強にして至高の探索者(シーカー)だと語り継ぐだろう」

断言した俺に、ハロルドは神妙な顔で頷いた。

「私が保証します。あなたは既に不滅の悪鬼(オーバーデス)をも凌(しの)ぐ探索者(シーカー)だ」

「かもな。祖父が存命でも否定しなかっただろう」

だが、と俺は立ち止まって空を見上げた。

　嘘のように透き通った冬の青空、祖父ちゃんはその先にいるのだろうか？　もしいるとしたら、どんな顔で俺のことを見ているのだろう？

「決して褒めてはくれなかっただろうな」

　ハロルドは何か言おうとしたが、言葉が見つからなかったのか視線を逸らした。

「ノエルさん……」

「つまらない話は終わりだ。施設を案内するよ」

　俺は視線を戻し、先へと進む。

　もう後戻りできない、俺だけの道を——。


　競技場では多くのスタッフたちが作業に従事していた。白い半円型の競技場は広く、飲食店等を対象とした貸店舗が並んでいる。既に全ての貸店舗が埋まっており、闘技大会が開催される際にオープンする予定だ。

　俺とハロルドは階段を上り、最上階の特別観覧席に入った。ガラス張りの室内からは、フィールドに配置された四つの舞台がよく見える。

「予選では四つの試合を並行して行う予定だ。激しい試合になっても被害が出ないように、観客席はもちろん、個々の舞台にも強固な防壁機構が組み込まれている。帝都の市壁に仕込まれているのと同じ代物だ」

「なるほど。ざっと見回った感じですと、安全面の基準は満たせているようですね。協会にもそのように報告しておきます」

　ハロルドが競技場を訪れた理由は、協会に競技場のことを報告するためだ。担当監察官からは外された立場だが、帝都にいる間の責任者は依然としてハロルドに任されている。俺が企画した闘技大会に問題が無いか調べるのも、この爺さんの仕事である。

「視察も済みましたし、私はお暇させて頂きます。闘技大会であなたがどう暴れてくれるのか、楽しみにしていますよ」

　ハロルドが去った後も、俺は競技場に残った。

　施設内を歩き回り、問題が無いか再確認していく。本番当日には、他国の工作員の破壊工作を防ぐため、厳重な警戒態勢を敷く予定だが、念には念を入れる必要があった。爆弾を仕込めそうな場所、中でも爆破されると施設内に甚大な被害が出る場所をリストアップし、警備主任に渡した。

　巡視を終えた俺は、帰路につく前に煙草を吸うことにした。スタッフたちの作業の邪魔にならないよう、競技場外の片隅で煙草を吸っていると、見知った人影が姿を現した。

「あら、ノエルちゃんじゃない」

　派手な化粧をしたオカマ、バルジーニ組の組長であるフィノッキオ・バルジーニだ。俺を見つけたフィノッキオが、優雅な足取りで歩み寄ってくる。

「もしかして、工事の進捗を確認しにきたの？　相変わらず、嫌な子ね。工事は万事順調。問題は何もナッスィングよ。フクロウ便でそう伝えたでしょ？」

「進捗に問題が無いのは知っているよ。そのことを俺の監察官に確認してもらう必要があっただけだ。もう帰ったけどな」

「アンタの監察官って、ハロルドとかいうロマンスグレー？　あのおじさま、すっごくアタシの好みなのよねぇ。渋くて本当に良い男。会えなくて残念」

「あっちは会わずに済んで助かったな」

「ちょっとそれ、どういう意味⁉」

目を吊り上げて立腹するフィノッキオを、俺は笑った。

「ハハハ、冗談だよ。まあ、いずれ会う時があるさ」

言いながら煙草を指で揉み消し、近くのゴミ箱に捨てた。

「おまえも現場の視察か？」

「まあね。口うるさい小姑に後で嫌味を言われたくないし、定期的にアタシ自ら視察してんのよ。感謝しなさいよね、まったく」

「殊勝な心構えだな。闘技大会は帝国でも最大規模の催しになる。一般市民だけでなく、王侯貴族に有力な資産家たちも集まる場だ。それだけに他国の工作員の標的にされる危険性が高い。施設のチェックと警備は慎重に行え。さっき警備主任に爆発物を仕掛けられそうな場所を伝えておいたから、おまえも後で確認しておけよ」

「はいはい。わかりました。ほんと、アンタが来ると仕事が増えて困るわ。アンタちょっと、仕事中毒にもほどがあるわよ。そのうち過労死すんじゃない？」

フィノッキオは呆れたように言って、薄く微笑んだ。

「ま、大事な時期だから神経質になるのも当然だわね。正直、初めて会った時は、アンタがここまでやるとは思わなかったわよ。それが今や、帝国の守護星なんだから驚きだわ。当時のアタシに言っても、絶対に信じなかったでしょうね」

「隠居した爺みたいな言い方は止めろ。俺にとって七星は通過点だ。ゴールじゃない。フィノッキオ、おまえもこれからが本番だぞ？」

「わかってるわよ。……例の件でしょ？」

フィノッキオは周囲に人がいないことを確認し、声を落とした。

「抗争の準備はできているわ。殺ろうと思えばいつでも殺れる」

「その件だが――」

俺はフィノッキオを見据えながら続ける。

「殺るのは無しだ。交渉で済ませる」

「はぁっ!?　なんですって!?」

「糞皇子のせいで状況が変わったからな。今は目立ちたくない」

「それはアンタの問題でしょ。アタシには関係ないわよ」

フィノッキオは腕を組み、鼻で笑った。

「アンタがカイウス殿下に嵌められたのは知っているわ。らしくない失態だったわね。闘技大会が始まるまで大人しくしていたい心情もわかる。でも、動けないのはアンタだけであって、アタシは別」

冬の日没は早い。茜色(あかねいろ)の夕日が、フィノッキオの顔に複雑な陰影を落とす。

「アタシが闘技大会を仕切っていることに不満を持っている奴(やつ)らがいるのよ。このまま野放しにしておくと、結託して厄介な障害になるわ。中立の立場にいる幹部たちも取り込まれかねない。だから、血による解決しかないわ」

「わかっている。だが、おまえたちだけでは戦力が心許(こころもと)ない」

「余計なお世話よ。ウチには精鋭が揃(そろ)っている。アンタらの助けなんて端(はな)から勘定に入ってないわ」

だいたい、とフィノッキオは俺を睨(ね)め付けた。

「アタシに邪魔な幹部を殺すよう唆したのはアンタよ？　それが今になって怖気(おじけ)づくなんて話にならないわ。失望させないで、蛇」

「だから、状況が変わったと言っているだろ。ルキアーノ組(ファミリー)の幹部会に俺を連れていけ。そこで俺が奴らと交渉する」

「アンタを幹部会に!?　冗談でしょ!?」

驚愕(きょうがく)するフィノッキオに、俺は首を横に振った。

「俺は本気だ。台本は既に用意してある」

「……台本、ね。アンタは【話術士】。どんな裏社会の重鎮たちが相手でも、口先で意のままに操ることができる。それがアンタの異才。わかってるわよ。アンタができるって言うなら、絶対にできるんでしょうね。参ったわ。降参。もうアタシの出る幕は無し。流石(さすが)は天下の七星(レガリア)様だわ。――――とでも言うと思ったか、この糞餓鬼ッ!!」

怒声を上げたフィノッキオは、俺の胸ぐらを乱暴に摑(つか)んだ。

「オレはてめぇの操り人形じゃねえぞッ！　てめぇの失態なんざ知ったことか！　オレはオレの好きなように殺る！　てめぇの指図は受けねぇッ！」

怒気だけでなく殺意を漲(みなぎ)らせるフィノッキオは、どこまでも荒々しい。だが、俺の心に恐怖は無く、平然と口元を歪(ゆが)めた。

「凄(すご)むなよ、フィノッキオ。疲れるだけだぞ」

「んだとてめぇ!?　七星(レガリア)になったからって、調子に乗るんじゃねぇぞ！」

「違うな。俺がおまえを恐れていないのは、七星(レガリア)だからじゃない。おまえが、この俺に惚れているからだよ」

「……は？　はぁぁぁぁあああああぁぁっ!?」

驚き叫んだフィノッキオは、俺から手を放し、よろめくように後退(あとずさ)る。

「ばっ、ばばばば、ばっかじゃないの!?　こ、ここここ、このアタシが、アンタみたいな餓鬼に惚(ほ)れるわけないでしょうが！　し、信じられない！　言うに事欠いて、何言ってくれちゃってんのよ！　この馬鹿！　馬鹿ッ!!　馬鹿ァッ!!」

馬鹿馬鹿と連呼するフィノッキオの顔は、夕日と同じ色に染まっている。俺は笑みを浮かべたまま、フィノッキオに歩み寄った。

「頼むよ、フィノッキオ。一生のお願いだ。今回だけは俺に従ってくれ」

「ぐっ、い、いやでも、ここで命令を変えたら、子分たちに示しが……」

「俺とおまえの仲じゃないか。子分たちも理解してくれるさ」

「うっ、ううぅっ、で、でも、でも！」

「フィノッキオ、俺の言うことが聞けないのか？」

「わ、わわわわ、わかったわよ！　だから、凛々しい顔して近づくの止めて！」

フィノッキオは俺から大きく飛び退き、両手で顔を覆い隠した。

「こ、今回だけなんだからね！　次は絶対に無いからッ！」

そして、逃げるように走り去っていくフィノッキオ。その姿を見送った俺は、深々と溜息を落とした。

「使える奴だが、あの性格だけはどうしようもないな」

†

カイウスとの記者会見を翌日に控えた俺は、以前に討論会を開いた帝都内のホテルを訪れていた。その最上階の会議室が召集された場所だ。

重厚な扉の奥からは、複数の人の気配がある。あちらも俺に気が付いているようだ。分厚い扉越しに、粘着質な視線を感じた。

「ふっ、手厚い歓迎だな」

俺は笑って呟(つぶや)き、扉に手を掛ける。室内には、既に役者が揃っていた。円卓に座る大英雄たち。即(すなわ)ち、七星(レガリア)のクランマスターたちだ。

剣爛舞閃(けんらんぶせん)のクランマスター、アーサー・マクベイン。

黒山羊の晩餐会(ゴートディナー)のクランマスター、ドリー・ガードナー。

白眼の虎(カーン)のクランマスター、メイス・カーン。

太清洞(たいせいどう)のクランマスター、ワイズマン。

覇龍隊のクランマスター、ヴィクトル・クラウザー。

唯一、百鬼夜行だけが、俺の七星(レガリア)叙任式の時と同じく、サブマスターであるスミカ・クレーエが代理出席していた。

リオウ・エディンは欠席らしい。相変わらず自由な男だ。

他のクランやパーティがそうであるように、七星(レガリア)にもまた、互いの活動内容を共有する報告会が毎月行われている。――この場が、それだ。

こちらも絶対の義務ではないが、七星(レガリア)という皇室公認の称号を冠している以上、無断での欠席は査定に大きく響く。勝手が過ぎれば七星(レガリア)の称号を剥奪される可能性もあり、そうなってもクラン側に文句を言う権利はない。

なのに、リオウは叙任式に続いて、報告会の出席も放棄している。奴は七星(レガリア)という座に興味が無いのだろうか？　気にはなるが、今ここで考えても仕方がない。

それよりも、俺には無視できない違和感があった。

会議室には既に他の面子が全員着席している。集合時間の十分前であるため、時間に正確な者たちなら揃っていることに不思議はない。問題なのは、空気中に舞っている埃の量だ。俺が入室した際に舞った量を含めても、あまりに少ない。この空気の落ち着きようは、俺よりも以前に入室した者が大分前である証拠だ。

俺が集合時間を間違えた？　いや、違う。――そういう魂胆か。

「おやおや、皆様とっくに集まっていましたか。新参者が最後になってしまい、誠に申し訳ございません。集合時間より早めに来たつもりだったんですがね」

俺は笑いながら言って、空いている入口手前の席に座った。円卓を上下に、下座は三等星、上座を一等星と二等星が分ける席順になっている。

「流石は七星の諸先輩方だ。時間に正確なだけでなく、お友だち同士のコミュニケーションを取る時間も十分に用意するだなんて、スケジュールに余裕があって実に羨ましい。ここは下町の井戸端会議かな？」

薄い笑みを浮かべたまま首を傾げると、部屋の最奥――つまり円卓の上座に座っている覇龍隊のヴィクトルは一瞬驚いた後、困ったように笑った。

「我々が先に集まったのは、君を除け者にしたかったからじゃないよ、ノエル君。だが、気分を害したのなら謝ろう。決めたのは私だ。申し訳なかった」

ヴィクトルは俺に嘘の集合時間を伝えたことを隠そうともしなかった。どうやら、俺以外の面子が先に集まり、俺への対策を練っていたらしい。だから、俺よりも更に早く、会議室に全員が着席していたのだ。

「気分を害したなんてとんでもない。むしろ、偉大なる諸先輩方にそこまで警戒してもらえるなんて、こんなにも誇らしいことはありませんよ。天下の七星が揃いも揃って、クランを創設して半年足らずのガキを恐れている。とても気分が良い。歌でも歌ってあげましょうか？」

「弁えろ、小僧」

静かな怒気を垣間見せたのは、左隣に座る剣爛舞閃のアーサーだ。

「おまえも七星の端くれなら、殺然とした振る舞いを見せたらどうだ？」

「殺然とした振る舞い！　それはごもっともですね！」

俺はアーサーに視線を向け、乱暴に円卓の上に足を乗せた。そして煙草に火を付ける。

「これでいいですか、アーサー先輩？」

「おまえッ！」

激怒したアーサーが腰を浮かそうとした瞬間、ヴィクトルが鋭い声を発する。

「いい加減にしろ」

ヴィクトルの叱責に、アーサーは渋々という体で椅子に座り直す。

「喧嘩を好むのは若者の特権だが、時と場所は選んでもらいたいものだね」

ヴィクトルは溜息を落とし、俺を真っ直ぐに見据えた。

「ノエル君、まずは七星(レガリア)就任、改めておめでとう。新たな守護星の誕生を心よりお祝いするよ。そして、七星(レガリア)会議にようこそ。もう知っていると思うが、私の名はヴィクトル。覇龍隊のクランマスターだ。この会議では、僭越(せんえつ)ながら議長の役も担当している」

「では、ヴィクトル議長、七星(レガリア)会議を私物化した理由を聞かせてもらいましょうか？　この場は本来、我々の活動結果を共有し合う場だ、特定の人物を陥れるために私物化することは許されていないはず。たとえそれが、議長であるあなただろうとね」

「当然の意見だ。もちろん、説明はさせてもらうよ。だが、その前に――」

一陣の風が吹き、俺の手から煙草が消えた。

「この会議室は禁煙だ」

何らかのスキルを発動し、俺から煙草を奪ったヴィクトルは、それを指で揉(も)み消した。

――速い。警戒していたというのに、煙草を奪われるまでスキルの発動が全く読めなかった。間違いない。ヴィクトルもレオンと同じ体質だ。生まれつき魔力の流れが常人よりも滑らかであるため、スキルを高速発動することができる〝天翼〟の使い手。

老い衰えていても神域到達者(EXランク)。開闢の猛将(ビギニング・ワン)の二つ名は未(いま)だ健在というわけか。

「そもそもの原因は、君にあるんだよ、ノエル君」

ヴィクトルは円卓の上に肘を突き、両手の指を合わせる。

「君の発案した闘技大会、素晴らしい企画だと思う。だが、些(いささ)か急じゃないかな？　我々も寝耳に水だった」

「闘技大会は私が七星(レガリア)に就任できたからこその企画です。それこそ予知能力者でもなければ、あなた方に事前周知することなんてできませんよ。なにより、あなた方だって真に受けなかったはずだ」

「違うな。私たちが物申したいのは、そこじゃない。承認が早過ぎる、ということだ。カイウス殿下との記者会見、明日だそうだね？」

ヴィクトルの眼(め)が、俄(にわ)かに鋭くなる。——そういうことか。状況とヴィクトルの目的が読めてきた。

「つまり、私がカイウス殿下と結託し、あなた方に不利益をもたらそうとしている、と疑っているわけですね？」

「その通りだよ、ノエル君。巷(ちまた)の噂(うわさ)を信じているわけじゃないが、君を信じられる根拠が無いのもまた事実だ。君は叙任式で、闘技大会が冥獄十王(ヴァリアント)との戦いの総指揮官を決めることにも役立つ、と言ったね？　なるほど、君の言葉は正しい。君が送ってくれた資料を信じるのならば、我々は安全かつ公平に競技性の中で力比べをできる。だが、最終的に決定を下すのは、協会と行政府だ。その際に主催者である君への忖度(そんたく)が無いことを、我々はどうして信じることができる？」

　真っ直ぐぶつけられた問いを、俺は鼻で笑った。

「七星(レガリア)の一等星とは思えない言葉ですね。私だけならいざ知らず、協会と行政府を疑うだなんて。ひょっとして、陰謀論に興味がある？」

「話を逸らさないでくれるかしら、坊や」

右隣に座る、黒山羊の晩餐会のドリーが横から口を挟んだ。

「惚けたって無駄。あなたとカイウス殿下が結託しているのは明らかよ。まずは、その説明をするべきじゃなくて？」

「結託、というのは語弊がありますね、ミス・ガードナー。闘技大会は帝国最大規模の祭典だ。国の上層部と協力し合うのは当然でしょう」

「私が言っているのは程度の問題よ。主催者だからといって勝手をされては困るわ。あなたには身の潔白を証明する義務がある。違う？」

「違いますね。私にそんな義務はありませんよ」

俺は円卓から足を下ろし、ドリーを見据えながら断言した。

「そもそも、七星という特権は、皇室に連なる行政府と協会が我々に与えたものです。それを信用できないというのなら結構。ならば七星の特権全てを返上するべきでしょう」

「話が飛躍し過ぎじゃない？　私が求めているのは、あなたの真実だけよ」

「語るに落ちましたね。あなたは私がカイウス殿下と結託していると言った。そして、あなたの私に対する難癖は全て、それを根拠とするものだ。なのに、私だけに開示責任を求めるのは筋が通らないでしょう。カイウス殿下――延いては行政府と協会の責任も求めないのなら、それは即ち、あなた自身が私の潔白――カイウス殿下と結託していないことの証明になるのでは？」

ドリーはすぐに反駁しようとしたが、一拍の間を置いてから口を開いた。

「もちろん、あなただけでなく、カイウス殿下にも真偽を問い質すわ」

「それは見上げた覚悟だ。つまり、七星の特権を返上するということですね？」

「たしかに、七星は行政府と協会から与えられた特権。だけど、探索者組織としての独立性を放棄するものじゃない。むしろ、独立した組織だからこそ、行政府と協会の暴走を防ぐ義務がある。私の要求は、なんら七星の理念に背くものじゃない」

「詭弁ですね。真に憂国の士を標榜するというのなら、あなたはやはり既存の利権から脱却することが求められる。それができない現状、あなたの言葉には何の説得力も強制力もありませんよ」

淡々と説き伏せる俺に、ドリーは奥歯を噛み締めた。甘いな。安全な立場からノーリスク・ノーコストで一方的に攻撃することを、この俺が許すわけがないだろう。

「ミス・ガードナー、あなたの主張は難癖の域を出ておらず、何の正当性も無いんですよ。いい加減、目に見えない敵と戦うのは止めたらいかがですか？」

「あなた……」

「ですが、正義の追求に関しては、私も賛成だ。それもまた七星の義務です。だからこそ、私はここで告発します。ミス・ガードナー、あなたは私に、故ヨハン氏の暗殺共謀を持ちかけました。それは七星の理念に反する行いだ。あなたは七星に相応しくない」

俺の発言に、全員が愕然とするのがわかった。特にドリーの顔は見物だ。この状況で、俺が暴露するとは夢にも思わなかったのだろう。顔面蒼白で唇をわななかせている。

ドリーが強気だったのは偏に、この会議で俺が孤立しているからだった。なにしろ、俺抜きで事前打ち合わせまでしたのだ。周り全員が敵の中で、俺がドリーの悪行を暴露しても誰も信じないし、余計に立場を悪くする可能性が高い。――そう、俺が警戒し臆すると高を括っていた。

だが、それは間違った認識だ。孤立しているのは俺だけじゃない。この場の全員だ。他の面子は俺に圧力を掛けるために、一時協力しているに過ぎない。そうでなければ、土壇場で打ち合わせをする必要などなく、もっと以前から水面下で共謀すれば良かった。それができなかったのは、互いにそこまでの信頼関係が無いからだ。誰が抜け駆けするかわからない状況で、足踏みを揃えることなど不可能。つまり、信頼関係が無い以上、俺の暴露もまた有効というわけだ。

俺の暴露によって、この場の全員が、ドリーに冷たい眼差しを向けることになった。ドリーも判断こそ誤ったものの、愚かではない。これ以上立場を悪くしないよう、下手な釈明はせず、黙して場が動くのを待っている。俺の暴露だけで七星の称号が剥奪されることはないと理解しているためだ。

「ノエル君、君の言い分はわかった」

ヴィクトルは平然たる態度を崩さなかったが、内実に僅かな焦りを感じた。俺は微表情が読める。どんな些細な心境の変化も、決して見逃しはしない。

「だが、我々にも言い分がある。やはり、今の君を信じることはできない。信じることができない以上、君の闘技大会には参加できない――と言いたいところだが、我々の君に対する疑惑に確たる証拠が無いのも事実だ。君だけならまだしも、憶測でカイウス殿下の顔に泥を塗るわけにはいかない」

だから、とヴィクトルは背筋を正して続ける。

「我々と君の妥協案を用意した」

「妥協案？　なんですか、それは？」

「我々も闘技大会の運営に加えてもらいたい。それを認めてくれるなら、君のことも信じよう」

ヴィクトルの提案に、俺は失笑するしかなかった。

「アハハハ、本気ですか？　何の投資もしていないあなた方に、主催者権限の一部を譲渡しろと？　馬鹿げている！」

「無論、君が認めてくれるのなら、相応の対価を支払うつもりだ。闘技大会の準備に掛かった費用は莫大なはず。君にとっても悪い条件じゃないだろ？」

「否定はしません。だとしても、あなた方に興行収入を分配することになるのなら、結局は同じことです。とても承認できませんね」

「分配は求めない。利益は君が総取りすればいい」

ヴィクトルは薄い笑みを浮かべ、そう明言した。

「初の探索者（シーカー）間による闘技大会の開催を実現したのは、全て君の功績だ。それを横から掠め取るなんて、そんな恥知らずな真似はしない」

言外に、俺とヨハンの一件を揶揄（やゆ）しているのはすぐにわかった。俺はヨハンの鉄道計画の利権を横から台無しにし、そのおかげで七星（レガリア）への道を得た。ヴィクトルだけでなく他の奴（やつ）らも、そのことを熟知しているらしい。

「これは君にとって利益にしかならない話なんだよ」

「たしかに、悪くない話ですね」

実際、闘技大会の開催には、莫大な費用が掛かっている。バルジーニ組（ファミリー）と協力して事に当たってはいるが、負担割合は発案者である俺の方が遥（はる）かに大きい。ヴィクトルの提案が魅力的なのは事実だった。

「だが、俺の答えはノーだ」

俺は口調を変え、せせら笑うように断言した。

「話にならないねぇ。あんたらは俺の不正を恐れているようだが、金であんたらの運営参入を認めてしまえば、結局は他のクランから不公平だと反感を買うことになる。その場合、槍玉（やりだま）に上がるのは主催者であるこの俺だ。得るものよりも失うものの方が大きい」

「我々は闘技大会を私物化するつもりなどないよ。君が決めたルールにも文句は無い。明らかな問題が無い限り、運営にも口は出さない。ただ、全ての参加者が正しく評価されるかを見極めるために、君と同じ立場に就きたいだけなんだ」

「よく言うぜ。六人掛かりで俺を与(くみ)しようとしている奴らが、どの口で干渉しないなんてほざけるんだ？　寝言は寝て言えよ、糞爺(くそじじい)」

「私たちは君とは違いますヨ、蛇」

　涼やかな声で言ったのは、ヴィクトルの隣に座る、太清洞(たいせいどう)のワイズマンだ。

「他のクランから不満が上がるというのなら、私たちが前に立って事情を説明します。もちろん、カイウス殿下や君の面目を潰さない言葉でネ。誰かを貶(おとし)めることで自分たちが有利になるような戦い方はしません」

「その言葉を信じろと？」

「そもそも人にとっての公平性とは、誰もが正しく平等であることではなく、実際には誰もが納得できる妥当性のことを示します。では、この場合に求められる妥当性とは何か？　それは抑止の存在ですヨ。君がもし暴走した時に正す者が他にいるという抑制均衡が、他の信頼に繋(つな)がるのです。だから、君の心配は杞憂(きゆう)でしかない。社会の基本ですネ」

「もっともらしい言葉だが、話がズレているぜ。俺はおまえたちが信用できない、と言っているんだ。話を逸らして上から物を言うのは、詐欺師の常套(じょうとう)手段。あんた、探索者(シーカー)よりもそっちの方が向いているんじゃないか？」

「ふふふ、品性下劣、ここに極まれりですネ。人を詐欺師だと蔑む前に、自らの行いを顧みたらどうですカ？　天に向かって唾吐く愚かさを知りなさい」

　羽根扇子を口元に当てて笑うワイズマンに、俺は肩を竦(すく)めた。

「俺が唾吐いているのは、天じゃなくておまえだよ、ワイズマン。その汚ぇ面がちょっとは綺麗になるかと思ったが、駄目そうだな。悪い、自分でなんとかしてくれ」

俺が謝ると、ワイズマンは眼を見開き、こめかみに青筋を立てた。見るからにナルシストだとわかる風貌の男だ。自慢の容姿を貶されて怒らないわけがない。俺は怒りで言葉を失っているワイズマンから視線を外し、ヴィクトルを改めて見据えた。

「おまえたちの提案は却下させてもらう。残念だったな」

「なるほど。それが君の答えだというのなら仕方がない。我々は闘技大会への参加を辞退させてもらう。七星無しの闘技大会にどれほどの価値があるのか、浅薄な私には想像もつかないが、大きく価値が下がるのは間違いないだろう。興業の失敗による損失、そして君への責任の追及がどうなるか、想像するだけで胸が痛いよ」

「ふふふ、思ってもいないことを言わない方がいい」

「君を心配しているのは本当だよ」

「そっちじゃねえ」

俺は苦笑し、それからヴィクトルを鋭く睨み付ける。

「そんな子どもじみたハッタリで、この俺を本当に謀れると思っているのか？　あんたは口でどう言おうと、闘技大会に出るしかないんだよ」

「ほう。何故、そう思うんだい？」

「簡単な話さ。闘技大会以外、冥獄十王との戦いの総指揮官を決める場が無いからだ。話し合いで決める？　無理だね。それが可能なら、とっくに決まっている。だったら、血で血を洗う抗争に挑む？　無理だね。倫理観の問題ではなく、暴力で総指揮官の座についても、肝心な冥獄十王との戦いで戦力を欠くことになるからだ。それでは意味が無い。最後の手段、俺と同じことをする？　無理だね。今から闘技大会の準備を始めても、物理的に間に合わない。仮に開催を強行したところで、まともな進行は絶対に不可能だ」

つまり、と俺は懐から煙草を取り出し、火を付けた。禁煙だと諭された場で、紫煙を燻らせながら俺は続ける。

「誰が総指揮官に相応しいか決めることができる公の場は、闘技大会以外に無いんだよ。そして、その場を用意できたのは俺だけ。この俺こそがルールだ」

ヴィクトルたちは誰も反論できない。ただ渋面を作っている。

「この際だから、はっきり言おう。闘技大会が無くても、俺は総指揮官になれる。そういう戦い方を俺がすることを、おまえたちも知っているはずだ。だが、それではおまえたちも納得しないだろう。冥獄十王との戦いで、俺の駒になることを了承できないはず」

だからこそ、と俺は深い笑みを浮かべた。

「誰が最も優れているか、闘技大会ではっきりさせようぜ」

俺の言葉に、会議室にいる誰もが、低い唸り声を上げた。

「そこまで言うのなら――」

眉間に深い皺を刻んだアーサーは腕組みをし、ゆっくりと口を開く。

「おまえ自身も闘技大会に出場するんだろうな？　各クランに許された出場枠は二枠。これだけ威勢の良いことを言っておきながら、肝心の戦いを仲間に任せ、自分は高みの見物を決め込むなど、許されるわけがない。蛇、おまえの答えを聞かせろ」

俺は一呼吸置いてから、強く頷く。

「当然だ。闘技大会には俺も出る」

瞬間、会議室にどよめきが起こった。

「おいおい、マジかよ!?　【話術士】のてめぇが、闘技大会に出るだって!?」

驚きの声を上げたのは、白眼の虎のメイスだ。

「おい、チビガキ！　泣いて謝るなら今のうちだぜ！　数万の群衆の前で恥掻くのは、てめぇだって嫌だろ？」

「盛った犬みたく興奮してんじゃねぇよ、爺。心臓発作で死んでも知らねぇぞ」

「おお、言うじゃねえか。よし、男に二言は無いと受け取るぜ！　だったら、白眼の虎は闘技大会に出てやる！　最弱の職能持ちがどう戦うか、特等席で見なきゃ損だ！」

メイスは馬鹿でかい声で宣言し、他の面子を見回した。

「てめぇらはどうする？　ここまでチビガキに虚仮にされたっつうのに、大人しく家に引っ込んでいるつもりか？」

「俺も――剣爛舞閃も出よう」

アーサーが頷くと、次々に他の者たちも賛同した。

「黒山羊の晩餐会（ゴートディナー）も出るわ」

「仕方ありませんネ。太清洞（たいせいどう）も出ます」

「……百鬼夜行も出る」

スミカも承諾し、最後に残ったのはヴィクトルだけとなった。

「やれやれ、血の気が多い者たちばかりだな。だが、他の皆が承諾したのに、私だけが拒んでも場を乱すだけか。わかった。覇龍隊も出場しよう」

ヴィクトルは白い歯を見せて笑った。

「ノエル君、私は君の勇気に敬意を表するよ。良い戦いをしよう」

一見穏やかな笑顔には、まるで獣が牙を剝（む）くような獰猛（どうもう）さが込められている。

あまりにも出来過ぎた流れ。

こいつらの真の目的が何だったのかは、もはや考えるまでもなく明白だ。つまり、俺の闘技大会の出場を、この場で確約させたかったのである。

戦闘に不向きな俺が出場すれば、クランの出場枠が一つ潰れるだけでなく、総指揮官に相応（ふさわ）しくないと印象付け易（やす）い。運営に加えろという主張は、全てブラフだ。俺が圧に屈して認めるなど端（はな）から思っておらず、好戦的だったのも全ては孤立した俺の選択肢を狭めるための演技。俺が圧に屈しないために弁を弄するほど思惑通りの結末に近づく、というのがこいつらの策略だ。俺の性格志向も読んだ上の計画だったのだろう。

だが、こいつらは勘違いしている。俺は最初から闘技大会に自ら出場するつもりだったのだ。俺の本当の狙いを読めている者は、この場に誰もいない。俺を罠に嵌めたつもりなのだろうが、罠に掛かったのはおまえたちの方だ。おまえたちが闘技大会に出場すると決めた時点で、俺の勝利は完全なものとなった。

おそらく、この場にいる誰もが心中で思っていることを、俺も強く思う。

即ち――

最強は、この俺だ――。

†

ノエルが七星会議に参加している同時刻、ヒューゴ、コウガ、アルマの三人は、帝都で運営されている地下訓練所に集まっていた。

広大な訓練施設は様々な環境が再現されており、三人が集まっているフロアは山岳エリアだ。実際に高所にいるわけではなく、足場の不安定さと空気量の少なさによって山頂が再現されている。冷たい風が吹き荒ぶ岩肌に、ヒューゴはただ一人立っていた。その側には十体の人形兵が控えている。

「もう終わりか？」

ヒューゴは足元に倒れているコウガに向かって尋ねた。コウガの姿は文字通りボロ雑巾のような状態だ。具足は半壊し、全身至る所に深刻な裂傷を負っているだけでなく、両手

足がありえない方向に曲がっている。外からは見えない内臓も弱っているはずだ。そんな姿になっても、コウガは刀を手放そうとしていない。

——通算、十五回目の光景だ。

「……ま、まだ、じゃ。ワシは……まだ、やれ、るっ！」

蚊の鳴くような声。その眼に闘志の炎こそ宿しているが、コウガの身体はとっくに限界を迎えていた。立とうと藻掻いても、割れた爪が土を虚しく掻くだけだ。

だが、ヒューゴは神妙な顔で頷いた。

「オーケー。続きを始めよう」

ヒューゴの声に反応して、一番近くの人形兵が動いた。格闘タイプの人形兵の手がコウガを摑み上げ、その剛腕を振り被り鳩尾を打ち抜く。

「がはぁっ！」

容赦ない拳撃によって岩肌に叩きつけられたコウガは、盛大に血を吐き動けなくなった。今度は完全に意識を失っている。呼吸すら怪しい瀕死の状態だ。その姿を確認したヒューゴは、別の人形兵に指示を出す。

「癒せ」

命令に応じて、杖を持った人形兵がコウガに温かな光を放った。回復タイプの人形兵による治療効果は覿面。コウガの傷が瞬く間に癒えていく。だが、身体が負ったダメージそのものは消えない。全ての傷が癒えても、コウガは暫く動けないだろう。休憩にするか、と考えたヒューゴは、その場に腰を下ろす。

ヒューゴに身体的疲れはない。ノエルに押し付けられて始めたコウガの修行は、レベルで言えば、まだレベル1の段階。創出している人形兵の数も十体しかおらず、余力は十分だ。だが、精神的な疲れはあった。なにしろ、加虐趣味があるわけでもないのに、仲間を極限にまで追い詰めなければいけないのだ。仲間になってまだ日は浅いものの、苦楽を共にしてきたコウガを何度も半殺しにするのは、心的負担があまりにも大きかった。

だが、これを乗り越えられなければ、早期のランクアップは叶わない。

「ダメダメじゃん」

離れた場所から嘲るような声がした。小高く隆起した柱状の岩山の上で、アルマが胡坐を掻きながら意地の悪い笑みを浮かべている。

「話にならないね。たった十体――あ、回復型を除けば九体か――の人形兵に手も足も出ないんだから。コウガはやっぱり雑魚」

肩を竦めるアルマに、ヒューゴは溜息を吐いた。

「そう言うなよ。修行はまだ始まったばかりだ」

「ボクが言っているのは潜在能力の話。まるで見込みがない」

「潜在能力だけならコウガは私よりも上だよ」

内実を伴わない身内贔屓の意見ではない。真実、コウガはヒューゴよりも探索者の才能に恵まれている。

最強の職能と評される【傀儡師】が発現し、数多の戦場で勝利に貢献してきたヒューゴではあるが、とっくの昔に自身の天井は見えていた。探索者として絶頂期を迎え、同時にこれ以上強くはなれない、と自覚したのは六年前、まだ十八歳だった頃だ。

徹底的に鍛えれば更に強くなることはできた。だが、頂点に肩を並べられるほどにはならない。そう確信できるほど、目に見えて能力の上昇が停滞し始めていたのだ。

もともと、ヒューゴは暴力を好まない性格だ。探索者になったのも、単なる金目当て。十分な資金が集まったら、探索者を辞め、本来の夢であった人形作家になるつもりだった。

そして、そうなった。だから、ショックは無かった。あるいは、そういう気性だったからこそ、神域到達者の仲間入りをすることができなかったのかもしれない。

職能のランクアップとは畢竟、同一個体の生物的進化だ。進化とは本来なら幾度も世代を経ることで実現する、環境に適応した新たな力のこと。同一個体に起こる現象ではない。その自然界では絶対にありえない現象を、人は【鑑定士】の力を借りることで実現する。

だが、【鑑定士】の力も万能ではない。ランクアップが可能なのは、選ばれし一握りの天才たちだけだ。CからBに、BからAに、そしてAから神域に至るほど、対象者は指数関数的に減少していく。

また、才能があっても、条件を達成できなければランクアップは叶わない。戦闘職に限って言えば、細胞の一つ一つが進化しなければ生き残れないと誤認するほど危険な環境で、勝利を積み重ねることだ。その果てに、ランクアップに必要な器が完成する。

才能が次の領域に通じる門なら、強固な意志は門を開くための鍵だ。ヒューゴの道には神域に通じる門が無く、また鍵も有していなかった。強制的に門を作り出し、鍵どころか破城槌で門をこじ開けたのは、ヒューゴのボスのノエルだが、あれは異例中の異例である。真似できる芸当ではない。

対して、コウガには神域にさえ踏み込める才能がある。数多の探索者を見てきたヒューゴだからわかる、たしかな観察結果だ。コウガはいずれ、神域到達者となるだろう。飽くなき強さを求める、意志という名の鍵も有している。

問題なのは、コウガほどの逸材であっても、闘技大会の本戦が始まるまでにAランクに至ることは、至難の業だということだ。

「アルマ、君もコウガの修行を手伝ってくれよ」

ヒューゴは立ち上がってアルマを見上げる。

「ボクの助けが必要な段階には見えないけど？」

「交代でコウガの修行相手をしよう。同じ相手とばかり戦うよりも、その方がコウガの戦闘能力の向上も早くなる」

ランクアップできる段階に至らなくても、戦闘能力が向上すれば修行をレベルアップできる。より過酷な修行を経ることでランクアップを狙う作戦だ。ヒューゴの提案に、アルマは腕組みしながら首を捻った。

「う〜ん、やめた方がいいと思うな」

「どうして？　君も協力してくれなければ困るよ」

「だって――」

　アルマの眼に、凶兆を含む禍々しい光が宿る。

「ボク、コウガを殺しちゃうと思うから」

　全身総毛立つほどの純粋な悪意。ヒューゴは思わず身構えそうになるのを理性で抑え、不気味な笑みを浮かべているアルマを真っ直ぐ見据えた。

「理解できないな。何故、そんなにもコウガに敵意を抱くんだ？」

「むかつくから」

「君とコウガが犬猿の仲なのは知っているが、だとしても――」

「ヒューゴはむかついてないの？」

「……私が？」

　言い終わる前に尋ねられて首を傾げるヒューゴに、アルマは頷いた。

「会議の時のコウガの言葉、聞いたでしょ？　自分だけがノエルを心配してるみたいなこと言ってさ、あれじゃあボクたちがノエルの死を望んでいるみたいじゃん」

「……言わんとすることはわかるが、コウガにそういう意図は無かったはずだ」

「知らないよ、そんなこと。ボクがむかついた。話はそれで終わり。理由があれば何を言ってもいいってわけじゃないでしょ？」

　ヒューゴは返す言葉を持たなかった。コウガに配慮が欠けていたのもまた事実だからだ。

誰もノエルの死を望んでなんかいない。全てはノエルの意志を尊重していたに過ぎない。彼が危険を犯さずに済むのなら、それが仲間の誰にとっても最良だ。

「コウガのことは最初から気に食わなかった」

アルマは呟くように続ける。

「でも、仲間だと思っていた。思うようにしていた。いつかは好きになれると思っていた。なのに、当のコウガは自分のことしか考えていなかった」

「アルマ、それは違う。コウガはノエルのことを一番に思ったから、私たちへの配慮が欠けただけなんだ。その気もちは君も理解できるだろ？」

「できる。できるから、コウガには身の程を知ってほしいってのが本音。たしかに、コウガの潜在能力は高いのかも。でも、可能性はあくまで可能性。実力も伴わないのに、大口を叩いた挙句、ボクたちに鍛えてもらおうなんて都合が良過ぎない？」

「辛辣だな」

ヒューゴは苦笑するしかなかった。これは説得できそうにない。

「わかったよ。君は好きにしろ。ノエルにも告げ口はしない」

「ありがと。ついでだけど、ボクの修行相手もしてくれない？」

アルマの頼みに、ヒューゴは首を振った。

「私じゃ君の欲求は満たせそうにない。今の君が求めているのは、自分よりも強い存在だろ？」

「謙虚だね、ヒューゴは。まだヒューゴの方が少しだけ強いのに」

果たして、アルマの言う少しとはどれほどの差なのだろうか。アルマはAランクにランクアップしたばかりだというのに、既にその戦闘能力はヒューゴに迫るほど高い。

全ては才能がもたらす結果。ノエルも一目を置くアルマの才能は、コウガよりも更に優れている。コウガが神域に到達できるかもしれない才能の持ち主なら、アルマは確実に神域到達者となれる才能の持ち主だ。

「あと少し……あと少しで、ボクはボクの一番深いところに届きそうなんだ。今のボクなら、魔王（ロード）やジーク、ヨハンにも善戦できる確信がある。ううん、勝つことだって不可能じゃない。万に一つの可能性でも、掴み取ってみせる」

アルマは岩山から音も無く飛び降りた。そして、巨大な岩山にそっと手を触れ、軽く押すように力を込めた。

「誰が相手でも、ボクは絶対に負けない」

踵（きびす）を返し去っていくアルマ。その姿が見えなくなった瞬間、巨大な岩山が突如として砂状化した。周囲を埋め尽くす、大量の砂、砂――砂。今や砂漠と化した場所で、ヒューゴは深い溜息を落とした。

「才能というのは、どこまでも残酷だな……」

苦笑を浮かべたまま立ち尽くしていると、コウガが立ち上がる気配がした。

「……な、なんじゃ、こりゃぁ？」

目覚めたばかりのコウガは、ふらつきながら怪訝そうな顔をしている。

「砂漠にステージ変更だ。このまま続きを始めるぞ。問題無いか？」

「ああ、大丈夫じゃ。続きを頼む」

コウガの装備も身体の回復と同時に修理済みだ。傀儡スキル《損傷修復》。万全——というわけではないが、修行の続行には問題無い範囲である。

「構えろ、コウガ。本当に強くなりたいなら、もっと死力を尽くせ」

「応ッ！」

コウガの白刃が閃き、人形兵たちとぶつかり合った。戦いは際限無く激しさを増し、熱き想い宿る剣の鋭さを、着実に研ぎ澄ませていく——。

†

闘技大会の開催を、公の場で発表する日がやってきた。ホテルのパーティ会場には既に記者会見の準備が整っており、大勢の記者たちで満席だ。

会見の時間になるまで、俺はカイウスと共に控室で待機していた。他にもカイウスの護衛が室内外で俺たちを守るべく警護している。なかなかの猛者たちだ。宮殿にいた兵士たちとはまるでレベルが違う。特に俺の目を引いたのは、白い立襟の祭服を着た褐色の男だ。佇まいだけでわかる。この男、恐ろしく強い……。

「前回と違って、随分と護衛のレベルが高い。殿下、まだ私のことが信用できませんか？　そんなに恐れずとも、取って食ったりしませんよ」

皮肉を込めた笑みを向けると、カイウスは眉間に皺を寄せた。

「まったく信用できない言葉だな。貴様のことは買っている。だから、闘技大会の開催も後押しした。だが、まだ信用はできん」

「慎重な方だ。私を陥れることに成功して、もっと増長しているかと思っていましたが、単なる杞憂だったようですね。落胆せずに済みました」

「なんの話だ？　まるで記憶に無いな」

惚けるカイウスは、優雅に紅茶を啜る。

「貴様も今は貴族だ。策を弄することにばかりかまけるのではなく、領主としての務めも果たせ」

「心配せずとも、頂いた領土は専門家に任せてありますよ」

この時代、直接領土を管理する貴族は少ない。代理の者に管理を任せ、帝都で暮らしている者がほとんどだ。華やかな帝都の社交界でビジネスパートナーたちと交友を深め、新たな事業を計画したり、その出資者になったりするのが主な仕事である。地方に引き籠って時代の流れから取り残されるようでは話にならない。俺も彼らに倣い、領土は管理委託業者に任せてある状況だ。

「売り払おうかとも思いましたが、せっかくの殿下からのプレゼントをタダ同然で他人に譲り渡しては、流石に申し訳ないと考え直した次第です」

　カイウスは不快そうに頬を引き攣らせたが、何も言わなかった。俺から視線を逸らし、口を閉じている。俺の方も、特に共有したい話題はなかった。カイウスに嵌められた恨みはあるが、だからといって意趣返しするほどのことではない。俺は紅茶を啜りながら、白い祭服の男を横目で垣間見る。

　この男、何者なのだろうか？　これほどの強さを秘めた男なら、必ずどこかで存在を聞き及んだことがあるはずだ。だが、思い当たる情報は無い。……いや、待てよ。この男と結びついていないだけで、情報そのものは記憶にあるんじゃないか？　思い出せ。皇族の護衛。俺が最高レベルの警戒を抱くほどの猛者。

『これまで暗殺者教団は、独立した秘密組織だったけど、近いうちに帝国の傘下組織に生まれ変わるって、今の教団長が言ってた。殺しよりも、諜報活動とかを主にやっていくんだって。まあ、殺しもするみたいだけど。組織の在り方は、かなり変わることになる』

　思い出した。前にアルマが言っていた話と、この状況を合わせて推理すると、男の正体は一つ。間違いない。この男は、暗殺者教団の教団長だ。

「しかし、どこも人材不足が深刻ですね。有能だからといって本来と異なる業務に従事させられるようでは、いずれ限界が訪れる。殿下も為政者としてそう思いませんか？」

　俺の質問に、カイウスは一瞬だが表情を強張らせた。教団長の方は無表情を崩さなかったものの、視線でカイウスの反応を確認していた。

十分だ。やはり、俺の推理は正しかった。

「貴様――」

カイウスが俺に向かって口を開いた時、控室の扉がノックの後に開かれた。

「殿下、時間になりました。ご準備をお願いします」

控室に現れたのは、カイウスの執事。もう記者会見を始める時間だ。

「わかった。おい、貴様も行くぞ」

カイウスに促されて、俺たちは警護に囲まれながら会場へと向かう。道中、カイウスが俺にだけ聞こえる声で囁(ささや)いた。

「やはり、食えん男だな」

「頼もしいでしょう?」

「ふっ、そう願っているよ」

軽く笑ったカイウスの横顔には、どこか満足そうな雰囲気が漂っていた。


「皆様、本日はお集まり頂き、誠にありがとうございます」

カイウスは壇上から記者たちに向かって、朗々と語りかける。

「事前に配布した資料でもお伝えしましたが、本日の記者会見は重大な発表を告知するためのものです」

記者席からは押し殺した興奮と緊張が伝わってくる。

「皆様もご存じのように、帝国には危機が迫っています。即ち、冥獄十王の現界。予想されている約半年後までに、我々は国民の皆様を守るための準備を済ませなくてはいけない。帝国は強い。帝国が抱える探索者たちもまた、強い。皆様の安全は、必ず私たちがお守りします。ですが、やはり間近に迫った大災厄の脅威を前にしては、その不安の全てを取り除くことは難しいでしょう」

だからこそ、とカイウスは声を強くする。

「我々は皆様の心を鼓舞するべく、史上初の試みを実施することにしました。ここから先は、この企画の発案者にして功労者である、七星の三等星、嵐翼の蛇の若きクランマスター、ノエル・シュトーレンがお伝えします」

カイウスに代わって、俺は記者たちの前に立つ。

「今回の企画の目的は三つ。一つ、帝国の探索者たちの強さを改めて示し、国民の皆様の不安を取り除くこと。二つ、探索者同士の演習。そして三つ、来るべき決戦の日、その総指揮官に相応しい者を選出すること。以上、三つの目的を達成するために、私は準備を進めてきました。その発表を行えることを、心より嬉しく思います」

記者席の興奮と緊張はピークを迎えていた。会場にいる誰もが、俺の言葉の続きを待っている。その期待に応えるべく、俺は声を張り上げた。

「私は今日この日、この場で宣言します！　帝国最強の探索者を決める闘技大会、〝七星杯〟の開催をッ！」

記者会見が終わり三日後、闘技大会運営に寄せられた参加申請は、七星(レガリア)を除いても既に六十を超えていた。帝国内に存在するクラン総数は合計で七十二。これは驚異的な数字だ。七星(レガリア)の出場は確実だとわかっていたが、他のクランの参加申請率がここまで高いとは俺にも読めなかった。

探索者(シーカー)の本分は悪魔(ビースト)討伐。クランは協会から依頼を受け、日夜悪魔(ビースト)の討伐に明け暮れている。七星(レガリア)や七星(レガリア)に近い大手クランなら、いくらでも闘技大会のためのスケジュール調整ができるが、一般クランにそれほどの余力は無い。

にも拘(かか)らず、発表からたった三日で大半のクランが参加すると決めたのは、七星杯(しちせいはい)の重要性を理解できているからだ。ロダニア共和国に渡っているロキ以外の情報屋たちがもたらした調査報告によると、参加を保留している残りのクランも、最終的には参加を決めるだろう、とのこと。賢明な判断だ。この帝国に、目先の儲(もう)けに目が眩(くら)み、大局を見逃すようなクランは存在しない。

とはいえ、帝国に存在する全てのクランが闘技大会のために動き出すとなると、国内の悪魔(ビースト)討伐率が下がることになる。上位悪魔(ビースト)は七星(レガリア)と大手クランが担当するため最初から問題は無い。下位悪魔(ビースト)はクラン未所属の探索者(シーカー)パーティに外注依頼として託されるだろう。

問題は、その中間だ。この問題に関しては、嵐翼の蛇(ワイルドテンペスト)が可能な範囲で請け負うと協会に伝えてある。どのみち、俺が討伐に同行できない現状、受けられる依頼の格も下がる。なら、協会に恩を売っておくべきだ。

複数の依頼を同時進行するため、帝国中を行き来することになるが、今の俺たちには〝天翔(あまか)ける翼〟がある。

帝都郊外、飛空艇発着場。他の飛空艇に並び、美しい流線形の船体を誇る漆黒の翼が、晴れやかな朝日の下に神々しいまでの威容を構えていた。

「船の名前は、黒の令嬢(ブラック・オディール)。人魚の鎮魂歌(ローレライ)が所有していた白の令嬢(ホワイト・オデット)を改修した。全長、五十メートル。最大速度、マッハ二。最大搭乗員数、二百。空戦装備と防壁機構(バリア)も備えている。他の飛空艇がそうであるように燃費こそ莫大(ばくだい)だが、現存する飛空艇技術の粋を集めた最先端にして至高の船だ」

船を前にして説明すると、仲間たちは眼(め)を輝かせながら感嘆の声を上げる。

「凄(すご)い。なんて綺麗(きれい)な船……」

黒の令嬢(ブラック・オディール)に見惚(みと)れているアルマに、レオンが頷(うなず)いた。

「黒の下地に金の装飾。各種武装を備えながらも、猥雑(わいざつ)さを感じない美しい流線形の艦体。完璧な飛空艇だ。改修デザインはヒューゴが担当したんだっけ？」

ヒューゴは満足そうな笑みを浮かべながら頷いた。

「ああ。ノエルに頼まれてね。元となった白の令嬢(ホワイト・オデット)そのものが良い船だったから、本来の良さを損なわないか不安だったけど、見事な仕上がりだ。私も文句は無い」

「お、よう見たら、船首側の船底にワシらのクランシンボルがあるぞ」

興奮気味のコウガが指差した先には、金色の翼の生えた蛇が描かれていた。飛空艇は文字通り空飛ぶ船だ。地上の者たちは船底に描かれたシンボルを見ることで、誰が船の所有者かを知ることになる。

「だけど、こんな素晴らしい船を譲ってくれるなんて、後が怖いな」

レオンの問うような眼差し(まなざ)しに、俺は苦笑した。

「安心しろ。それだけ殿下も必死だということさ。ヨハンが消え、隣国に対抗するために頼れるのは俺しかいない。俺が成功しなければ、殿下が一番困るんだよ」

「だといいんだけど。殿下の件は棚上げするとして、目下の問題はこれだね」

渋い顔を作ったレオンは、手に持っていた資料を叩(たた)いた。

「カタログスペックに目を通したけど、この御嬢様(おじょうさま)、とんでもない大喰(おおぐ)らいだ。今回引き受けた、深度五から八までの全ての討伐報酬を足しても、赤字の方が大きい。経理の人たち怒っていたよ。飛空艇を使うなら深度十以上の悪魔(ビースト)じゃないと採算が取れないからね」

飛空艇の動力源は、飛行能力を持つ高位悪魔(ビースト)だ。完全な液体になるまで溶かし、特殊な製法で再結晶化したものを、専用の魔導機関(エンジン)に燃料として使用することで、飛空艇は驚異的な飛行能力を発揮できる。この結晶エネルギー体が恐ろしく高価なのだ。

「今回は赤字覚悟の遠征だ。協会に恩を売ることを優先する」

闘技大会の準備に莫大な費用が掛かったため、潤沢にあった嵐翼の蛇(ワイルドテンペスト)の資金は底をつきかけている。だからといって、冥獄十王(ヴァリアント)の現界を控えた今、出し惜しみするのは愚策だ。帝国最大の危機にして最大の好機に、持ち金全てを張る覚悟も無い奴(やつ)が、最強の探索者(シーカー)になれるわけがない。

「というわけだ。後の指揮は頼んだぞ」

今回の遠征に俺は参加しない。闘技大会の準備があるのに、帝都を離れるわけにはいかないからだ。

「何かあったら、船内にある通信機で連絡しろ」

「わかった。後のことは任せてくれ。コウガの特訓も、可能な限り手助けする」

「無理をする必要は無い。仮にコウガがAランクになれなくても、俺の計画に大きな影響は無いからな」

「計画だけが全てじゃないだろ？」

思わず唸(うな)り声(ごえ)が出る。俺が何も答えずにいると、レオンは困ったように笑って、黒の令嬢(ブラック・オディール)に視線を移した。

「皆、そろそろ行くぞ！　時間が押しているからな！」

レオンの指示に従い、仲間たちは黒の令嬢(ブラック・オディール)に乗り込む。一瞬、昇降口(ハッチ)に立つコウガと視線が合ったが、互いに何も言うことはなかった。もはや、語るべき言葉は無い。結果で示すのみだ。コウガは俺から視線を切り、船内に姿を消す。

魔導機関(エンジン)に火が灯(とも)った。唸りを上げながら滑走路を走り始める、漆黒の翼。離陸する姿は、その巨体にも拘らず、羽根が舞うように軽やかだ。

見上げている中、黒の令嬢(ブラック・オディール)は十分な高度を得ると一気に加速し、音の壁を容易(たやす)く破る。視界から消えた後に遅れてやってくる、衝撃波の嵐と耳を劈(つんざ)く轟音(ごうおん)。

俺は風で乱れた髪を手で直しながら笑った。

「あいつら、酔って吐かなければいいんだけどな」


執務室に戻ってからは、ずっと情報屋たちが集めた参加者の情報を確認する作業だった。

闘技大会が始まった時に、他国の工作員や危険思想を持った反政府主義者が紛れていては困る。参加者の経歴だけでなく、政治思想(イデオロギー)、宗教観、出身地や親族、更に現在の交友関係等を全て把握しておく必要があった。

闘技大会の最高責任者は俺だ。妥協は許されない。

一通り目を通したが、問題のある参加者はいないようだ。現段階では、全員がシロだと断定しても問題ないだろう。もちろん、油断はできない。たとえば、開催前日になって工作員に身内を人質に取られた参加者が、破壊工作の片棒を担ぐことを強要される可能性だって十分にあるためだ。

今が問題ないからといって、決して気を抜くことはできない。開催当日まで継続して異常が無いか調べさせるべきだろう。そのための人員は、バルジーニ組から確保済み。情報屋から得た情報を使い、組の構成員たちに見張らせる予定だ。

バルジーニ組の構成員は街中に根付いている。娼館はもちろん、レストラン、散髪屋、病院、服屋等、日常のあらゆるところにだ。少しでも不審な動きを見せれば、俺の耳に入る手筈となっている。

参加者の情報を確認し終えた俺は、改めて闘技大会のルールを検討することにした。

ルールそのものに問題は無い。大会の趣旨にも沿っている。また、使用スキルを二つに制限したことで、参加者の応用力と観察力を見極められるだけでなく、他国の工作員に戦力の底を知られる恐れもない。この点に関しては、参加者からも評価されており、クランハウス内に臨時に設けた窓口にも、質問や苦情の類は一切入っていない。

だが、そのルールをいかにして遵守させるのか、という不安の声は多かった。一番多かった質問は、申請していない自己強化スキルを事前に使用していた場合、それを反則行為として見破ることができるのか、というものだ。

結論から言って、見破ることは確実に可能だ。選手が舞台に上がる前に、身体の魔素濃度を計測すればいい。もしスキルを発動していた場合、魔素濃度が必ず上昇している。この現象は、あらゆるスキルでも魔具でも隠蔽することができない。俺の【話術士】のように、魔力消費無しにスキルを発動できる職能もあるが、効果を発揮する以上、やはり対象の魔素濃度が上昇するため、すぐに計測器で不正を炙り出すことができる。

そもそも、闘技大会という場での不正は、極めて実現が難しい。何故(なぜ)なら、会場には参加者だけでなく非参加者も含め、大勢の探索者(シーカー)が観客として試合を見るからだ。参加者が事前申請した二つのスキルを知ることになる者は俺以外の運営だけだが、まともな探索者(シーカー)ならスキルの発動の有無を見破ることは容易い。つまり、必ず誰かが気が付く。

かといって、不安の声が上がっているのに運営が具体的な解決策を提示しないのでは、参加者の信頼を損ないかねない。そこで、ルールの一部を改正し、各参加者に一名、介添人(セコンド)を認めることにした。

介添人(セコンド)には異議申し立て権を与える。異議申し立てができるのは、試合開始前と試合終了後、それぞれ一度のみ。権利を悪用した試合の妨害を防ぐため、試合中にはできない。介添人(セコンド)の異議申し立てが正しかった場合、不正を行った対戦相手を失格とする。

もし、介添人(セコンド)が不正を見破ることができなければどうする？　という質問は予想されるが、それに関しては参加者の問題だと切って捨てるつもりだ。

七星杯(しちせいはい)は最強の探索者(シーカー)を決める闘技大会。優秀な信頼できる介添人(セコンド)――仲間の存在も、探索者(シーカー)にとっては欠かせない能力だ。絶対に言い訳はさせない。

新たなルールの制定は、公平性確保のためにも、既に参加を決定しているクランだけでなく、参加を保留にしているクランも含め、全ての関係者に直接手紙で報(しら)せなければいけない。メモにペンを走らせていた時、執務室のドアがノックされた。

「マスター、いらっしゃいますか？」

声の主は秘書だった。俺が許可すると、ドアを開けて入室する。

「お忙しいところ申し訳ございません。マスター宛てに、いくつか郵便物が届いています。ご確認ください」

机の上に置かれたのは、大小それぞれの封筒だった。

「すぐに確認しておくよ。それと同じ手紙を複数に出すから、準備を頼む。文言と郵送先はこれを参照するように」

必要事項を書き記したメモを渡すと、秘書は頷いた。

「かしこまりました。すぐに準備致します」

そのまま退室するかと思っていたが、秘書は部屋に留まり、気まずそうな顔で俺のことを見ている。

「なんだ？　まだ何かあるのか？」

「実は、他にもマスター宛ての郵便物がありまして……」

「だったら早く持ってきてくれ」

「こちらにあります……」

秘書は小脇に抱えていた封筒を俺の前に置いた。俺は小首を傾げながら手に取り、中身を確認する。そして、大きな溜息を吐いた。

「またか……」

「ええ、また、なんです……。差出人の住所ですぐにわかりました……」

封筒の中に入っていたのは、俺宛ての手紙と、台紙(フォトフレーム)に収められた少女の写真。差出人は、嵐翼の蛇(ワイルドテンペスト)のスポンサーの一人、ラルフ・ゴールディング。帝都にその名を轟(とどろ)かす豪商だ。証券取引場や航空運輸業、また悪魔(ビースト)素材技術研究所等、様々な事業の経営をしている。そんな財界の巨頭からの手紙に書かれていたのは、端的な要求だった。

即(すなわ)ち、俺とラルフの一人娘の、お見合いである。

「これで五度目か……」

嵐翼の蛇(ワイルドテンペスト)を創設してからというもの、この手の話は多い。

所謂(いわゆる)、政略結婚というやつだ。

探索者(シーカー)を奨励する帝国に於(お)いて、優れた探索者(シーカー)と深い繋(つな)がり——スポンサー関係を持てることは、自身のステータスに繋がる。また、討伐した悪魔(ビースト)の素材を優先的に卸してもらえるという商業的メリットもある。だから、貴族や豪商たちは積極的に探索者(シーカー)のスポンサーになるわけだ。当然、七星(レガリア)を始めとする大手クランともなると、そのスポンサーの数も劇的に増える。そこで他のスポンサーを出し抜くために取られる作戦が、自分の子どもと結婚させることである。

貴族、豪商、これまでにお見合いの話はいくつもあったが、俺も仲間たちも断ってきた。打算目的の結婚など、百害あって一利無しと理解しているためだ。門前払いしてばかりだと体裁が悪いため、一度だけコウガに強制的に受けさせたことがあるが、幸か不幸か、あちら側から断ってきた。どうにも、本当の狙いは俺だったらしい。

政略結婚を目論む者たちは、やはりクランの長である俺を落としたいと考えているようだ。次点で、サブマスターのレオンである。もっとも、俺もレオンも政略結婚なんて端から御断りだ。相手側も無理強いして俺たちとの関係を悪くしては元も子もないため、丁重に断れば引き下がってくれる。

唯一、ラルフ・ゴールディング以外は……。

「まったく、しつこいおっさんだ……」

魔王討伐の祝賀会で知り合って以降、俺への執着が凄い。何が何でも、俺と愛娘を結婚させたいようだ。今のところ強引な手段は使っていないが、何度断ってもお見合い写真を送られてくると、流石の俺も辟易してくる。

頭を抱える俺に、秘書は躊躇う素振りを見せながら口を開いた。

「マスター、僭越ですが、お見合いを受けられてはいかがでしょうか？」

「ああ？　この大事な時に、そんな時間があると思っているのか？」

「ですが、ラルフ・ゴールディングは大切なスポンサーです。このまま断り続けるのも、いかがなものかと……」

「スポンサーなんて他にもいる」

「わかっております。ですが、闘技大会の開催準備に加え、今回の遠征で、クランの資金がほぼ底をついている状態です。闘技大会の興行収入はバルジーニ組と分け合う約束ですし、そもそも賞金に回す予定なので儲けはほとんどありません」

七星杯も闘技大会である以上、もちろん賞金はある。告知している額は、優勝者に三百億、準優勝者に二百億、準決勝で敗退した二名を同率三位とし、それぞれ五十億だ。総合賞金、六百億。その全てを嵐翼の蛇が出す。

「また、鉄道の配当金が入るのもまだまだ先です。なので、ゴールディングの機嫌を取っておいても損は無いかと……」

秘書の言い分は正しい。別に結婚する必要は無いのだ。お見合いを引き受けて、少しの間だけでも交際関係になれば、ゴールディングの面子を守ることはできる。財布の紐も緩み、俺たちに追加投資する気になるはずだ。

当座を凌ぐだけなら銀行の融資を頼る手段もあるが、公に金が無いことを晒す羽目になってしまう。大手クランの情報網なら、それぐらいすぐに調べられる内容だ。闘技大会の開催を控え、更に冥獄十王との戦いで総指揮官になることを狙っている俺が、弱みを見せるわけにはいかない。

「……わかった。お見合いを受けよう」

「え？　ほ、本当ですか？」

目を丸くして驚く秘書に、俺は頷いた。

「ああ。さっさと先方に返事を出してこい」

「わ、わかりました！　すぐに準備します！」

慌てて退室する秘書の背中を見送った俺は、内心の苛立ちを紛らわせるため、煙草を咥えた。火を付け煙を吸い込み、机の上の見合い写真に目を落とす。

「陰気そうな女だな……」

決して醜いわけではない。繊細な顔立ちは恐ろしく整っているし、夜明けの空に似た群青色の瞳には不思議な魅力がある。また、絹糸のように滑らかな青みを帯びた銀髪は、彼女の高貴さを醸し出していた。

だが、何度見ても、陰気な雰囲気を感じる。微笑んでいるのに微笑んでいない。冷たいのではなく、暗い印象を受ける。職業柄、周りにいる女は誰もが強く逞しいので、余計にしっくりこないのかもしれない。とにかく、写真から受ける印象は良くなかった。

「……名前、何だったかな？」

煙草を咥えながらラルフの手紙を読み返すと、そこに彼女の名前があった。

「なるほど。ベルナデッタ・ゴールディングというのか」

†

人はどこまでも愚かだ。

他の生物よりも優れた知能を持ちながらも、何度も同じ過ちを繰り返し、そして自滅する。赤子だ。巨大な赤子たちが互いを貪り合う地獄。それが人の世だ。

「実に素晴らしいですね」

身なりの良い黒髪の男が、眼下に広がる光景を眺めながら呟いた。ここは帝都某所に建造された、吹き抜け構造の地下神殿。二階のホールに佇む三人の影が、薄暗い一階で繰り広げられている儀式に視線を落としている。

儀式を執り行っているのは、頭部に様々な動物の皮を被り、その下は生まれたままの姿という、異様な格好をした五十人ほどの男女だ。原始的な太鼓のリズムが神殿中に反響する中、彼らは互いを貪り合うように淫らな行為に耽っている。

儀式の前に接種した薬によって、誰もがトランス状態にあった。もはや、彼らは自分が人なのか、それとも獣なのかもわかっていないだろう。

祭壇には、彼らの信仰の対象が鎮座していた。上半身は翼の生えた女体、下半身は不気味な触手という、異形の像だ。その手前、石のテーブルの上には、全裸の若い女が仰向けになっていた。かっと眼を見開いているが、焦点が合っておらず、何事かをずっと呟いている。彼女もまた、深いトランス状態の中にあった。その壇上に山羊の被り物をした男が上り、黒曜石のナイフを振りかざしながら叫ぶ。

「異界の神よ！　我らが供物を受け取り給え！」

男は女の双丘の真ん中目掛け、鋭いナイフを振り下ろした。その一突きで、女は口から血を吐き絶命する。薬のせいで抵抗は無かった。ただ、陸に上がった魚のように、痙攣を続けている。

男がナイフを引き抜くと、傷口から真っ赤な鮮血が噴き出す。血塗れになった男はそれにも構わず、ナイフを使って乱暴に女の胸骨を開き、そこから心臓を抉り出した。そして、その心臓を、恭しく異形の像の足元へと置く。男の異常な行為に集団は興奮し、狂ったような歓声を上げた。異形の像——異界の神を信じる狂信者たちによる儀式は、まさに最高潮を迎えつつあった。

「面白い見世物でしょう？」

　二階から禍々しい儀式を眺める三人の影の内、若く妖艶な女が残酷な笑みを浮かべる。露出度の高い東洋風のワンピースドレスを着た、肉感的な女だ。頭頂部からは狐に似た獣耳が生えている。その耳は獣人である証拠だ。

「異界教団。魔界に住む高位悪魔を真なる神だと崇める愚か者たちの集団です。彼ら信者たちは愚かだけれども、教祖に従順だ。そして死を恐れない」

「素晴らしい。まさしく、私たちが求めるものですよ。帝都最高の仲介屋だという評判は本当でしたね。商談は成立です、レイセン」

　男は興奮した声で言った。レイセンと呼ばれた女は、満足そうに頷く。

「私と異界教団の教祖とは親しい関係です。彼らは無政府主義だ。金さえ積めば、貴方たちロダニアの諜報員の命令にも従うことでしょう。仲介は私めにお任せください」

　レイセンと話す男の正体は、ロダニア共和国の諜報員だ。前任者の失敗の後始末をするために本国から派遣されて以降、帝都で諜報活動を続けている。そして、本国から新たな任務を通達されたのが数日前のことだ。

「お願いします。我々の計画には、異界教団の存在が欠かせません。彼らを上手く使い、七星杯の観覧に訪れる帝国の要人を暗殺することが、我々の使命です。失敗は絶対に許されない。頼りにしていますよ」

「お任せください。計画実行の際には、彼の力も役立つはずです」

レイセンは隣に立つ黒衣の怪人を見た。目深に漆黒のローブを被っているため、その表情を窺うことはできない。

怪人の裏社会での通り名は〝蠅の王〟。どんな危険な仕事でも請け負う何でも屋――屍肉喰らいの中でも、最も優秀にして最も危険な怪人だ。

「ご期待ください、ロダニアの人。貴方たちの望みは必ず果たされます」

蠅の王が笑い混じりに断言すると、男は神妙な顔で頷いた。

「お噂はかねがね伺っています。蠅の王、貴方の御助力も得られるなら、実に心強い。――それでは、計画をお伝えします」

一階の血腥い喧噪を他所に、三人は密談を交わしていく。計画の共有が終わると、男は静かに地下神殿を去った。残された二人は、一階に視線を向けた。乱痴気騒ぎは既に終わっており、疲れ果てて眠っている信者たちの姿が見られる。

「まんまと私たちを信じたね、マーレボルジェ」

蠅の王が嘲るように言うと、レイセン――マーレボルジェは愉快そうに肩を揺らした。仲介屋レイセンは、世を忍ぶ仮の姿。その真の名をマーレボルジェと言う。人類の怨敵、冥獄十王(ヴァリアント)の一柱、混沌(こんとん)のマーレボルジェ。

「君が人ではなく悪魔(ビースト)だなんて、夢にも思っていないはずだ」

「騙(だま)しているのはお互い様さ。あの男、いかにもな紳士を装っていたけど、その分厚い皮の奥に、冷たい殺意を感じた。仕事が終われば、証拠隠滅のために私たちも殺すつもりだ。まったく、ロダニア人はこれだから好きになれない」

　肩を竦(すく)めるマーレボルジェに、蝿の王は頷く。

「同感だね。寝首を掻(か)かれる前に、こちらから仕掛けよう」

「それには及ばないよ。奴(やつ)らの始末は、帝都の探索者(シーカー)に任せる。私たちはいつも通り、狙った好機が訪れるまで高みの見物をしているだけでいい」

「大丈夫なのかい？　黒山羊の晩餐会(ゴートディナー)のドリー・ガードナーが、君のことを怪しんでいるんだろう？　下手に探索者(シーカー)を使えば、足がつくんじゃないかな？」

　マーレボルジェとドリーは、既に面識がある。向こうは仲介屋レイセンのことしか知らないが、探索者(シーカー)の勘なのか、その正体を疑っているようだ。情報屋を雇い、マーレボルジェの身辺を探っている。今はまだ隠し通せているものの、正体がバレるのは時間の問題のように思えた。

「せっかく君が作った異界教団も、このままだと台無しになるかもね」

　異界教団を影から操っているのは、マーレボルジェだ。然るべき日に備えて、大規模な破壊工作を実行するために、現体制に不満を持つ者たちを集めてきた。大半の構成員は何も知らない狂信者だが、幹部は皆、デュフォール朝の滅亡を目論む活動家たちだ。ここ以外にも多数の支部で、地下活動に勤(いそ)しんでいる。

「そうはならないさ」

マーレボルジェは飄々(ひょうひょう)とした態度で言った。

「黒山羊の晩餐会(ゴートディナー)の疑惑を逆手に取り、ロダニアの諜報員にぶつける。戦力的に黒山羊の晩餐会(ゴートディナー)が勝つのは確実だが、彼らもただではやられないだろう。後は、疲弊した黒山羊の晩餐会(ゴートディナー)に奇襲を仕掛ければ良い」

「それで倒せるかな？　黒山羊の晩餐会(ゴートディナー)は七星(レガリア)だよ？」

「勝つ必要は無い。私たちを追うだけの余力が無くなれば、自(おの)ずと手を引くさ。黒山羊の晩餐会(ゴートディナー)は七星(レガリア)だ。だからこそ、組織の力を維持できなければ、他のクランに取って代わられる恐れがある。組織の再編が完了するまで大人しくするはずさ」

それに、とマーレボルジェは口元を邪悪に歪(ゆが)めた。

「同じ七星(レガリア)にも、決して油断できない毒蛇がいるからね」

「毒蛇――ノエル・シュトーレンか……」

新たな七星(レガリア)、嵐翼の蛇(ワイルドテンペスト)のクランマスターであるノエルは、前任者であるヨハンを屠(ほふ)ることで今の地位に就いた、帝国屈指の武闘派探索者(シーカー)だ。少しでも弱みを見せれば、容赦なく咬(か)みついてくるのは必至。絶対に警戒を怠ることができない相手である。

「だけど、もしドリーとノエルが手を組んだらどうするんだい？　あの二人、手段を選ばない武闘派という点では、同類だからね」

「ありえないね。ノエルは七星杯の準備に追われている身だ。ドリーを助ける余裕なんて無いよ。仮にドリーが協力を頼んでも、前回のように断るだけさ」

「それは甘い考えじゃないかな？　もし、ドリーが君の正体を摑めば、ノエルだって協力を拒まないと思うよ。なにしろ、君の正体は冥獄十王だ」

「その時はその時さ」

マーレボルジェは軽い調子で言ってのけた。

「私には無限の時間がある。全て最初からやり直せば済む話だ。君と違ってね」

低く唸る蝿の王。マーレボルジェは鈴を転がすように笑った。

「アハハハ、そう剣呑にならないでくれよ。私だって真剣なんだ。七星杯に乗じて大規模な破壊工作を実行し、帝国の指揮系統を潰す。そうすれば、来るべき日の勝利は確実だ。蛇も黒山羊も、些末な問題だよ」

「だと良いんだけど……」

「君の方こそ気を付けた方が良い。蛇と因縁があるのは、私ではなく君だからね。執念深い蛇の毒牙が、君に向かわないとは限らない」

蝿の王は押し黙った。ノエルが利用しようとした大富豪、フーガー商会の代表、アンドレアス・フーガーを、ノエルの目の前で暗殺したことは記憶に新しい。

「決戦の日は近い。お互いに手抜かりなくいこう」

表情を改めたマーレボルジェに、蠅の王は頷く。

「そうだね。世界の分岐点は眼前に迫っている。私たちは、何を犠牲にしても、必ずやり遂げなければいけない」

全ては、人類の救済のために――。

決意を新たにした蠅の王は、踵を返した。

「私は帰る。何かあれば、また連絡してくれ」

蠅の王が言った瞬間、その身体が無数の蠅に変じる。この場にいた蠅の王は、本体が操る蠅の使い魔の集合体だ。黒い霧のような蠅の群れが、地下神殿を飛び去って行く。

全ての蠅が視界から消えた時、マーレボルジェの背後に、音も無く白いコートを羽織った男が立った。

「いつまで、あれを使うつもりだ？」

「壊れるまで」

抑揚の無い無機質な声で答えたマーレボルジェに、男は――士魂のエンピレオは、嫌悪に満ちた渋面を作る。

「やはり、貴様のことは好きになれん」

「私は君に好かれたくて生きているわけじゃないよ、エンピレオ」

「なら、遠慮はいらないな。全てが終わった時、必ず貴様を殺す」

エンピレオは殺意を込めた捨て台詞を残し、現れた時と同じように音も無く去った。後にはもう、残り香一つない。

「必ず貴様を殺す、か。素敵な言葉だ」

歌うように呟いたマーレボルジェの瞳は、宵闇のように暗く淀んでいた。


使い魔の接続を切り、身体を寝台から起こすと、胸に鋭い痛みが走った。

「くっ、つぅっ……」

気を失いそうになるほどの痛みに堪えながら、小さな胸に両手を当て、深呼吸を繰り返す。すると、漸く身体が楽になった。楽にはなったが、倦怠感が酷い。堪らず身体を横たえ、そのまま気分が良くなるのを待つ。

以前からこうだったわけじゃない。スキルの発動による魔力消費はあっても、身体が言うことを聞かなくなるなんて、ありえない話だった。

全ての原因は、ヨハンの攻撃を受けたことにある。あの攻撃のせいで、魂そのものに損傷を受けることになった。幸いにもそこまで深い損傷ではなく、またマーレボルジェの治療によって回復こそしたものの、負った傷そのものは消えていない。その後遺症として、長時間スキルを発動すると、全身に異常をきたすようになったのだ。

主な症状は全身の激痛、そして意識喪失。おそらく、更に長い時間スキルを行使すると、臓器不全を起こし、死に至るだろう。タイムリミットは、約一時間というところだ。

このことは、マーレボルジェにも話していない。全て完治したと伝えてある。もし、あの悪魔（ビースト）に本当のことを知られたら、用済みだと葬られる危険性があった。マーレボルジェとは協力関係にあるが、信用することは絶対にできない。あの女は、正真正銘の悪魔（ビースト）だ。それだけでなく、とある疑惑も抱いている。

いずれにしても、マーレボルジェの協力は不可欠だ。今はまだ、奴との関係を断つわけにはいかない。

だが、いずれ殺し合う関係になるのも、また事実。マーレボルジェをいかにして葬るか、その策を用意しておかなければいけない。簡単に殺せる相手ではないのは百も承知。幾重にも策を巡らせ、そして完膚なきまでに殺し尽くす必要がある。

「一人じゃ無理だ。協力者がいる」

策はある。だが、実行するには、協力者の存在が不可欠だ。ましてや、この身体では、猶更（なおさら）のことである。残された時間は少ない。限られた時間の中で、最善策を実行できなければ、これまでの努力が水泡に帰すだろう。

天蓋に覆われた柔らかなベッドの中で思考を巡らせていると、窓を雨が叩（たた）く音が聞こえた。雨が降ってきたようだ。雨脚は次第に強まっていく。その騒々しさに苛立（いらだ）ち、改めて身を起こした時、馬の嘶（いなな）く声が聞こえた。——馬車だ。ちょうど家の前で停車し、人が降りてくる気配がする。

「……帰ってきたか」

耳を澄ませると、玄関の扉が開き、使用人たちが主を迎えているのがわかった。このまま寝ているわけにもいかない。寝間着の上からブランケットを羽織り、ベッドの下に揃えてあったスリッパを履いて自室を出ると、そのまま階段を下りて玄関へと向かう。

玄関では、壮年の男が雨に濡れたコートを使用人に手渡しているところだった。男はこちらに気が付き、笑顔を向けてくる。

「おかえりなさい、お父様」

「ただいま、ベルナデッタ」

男の名は、ラルフ・ゴールディング。ベルナデッタの実の父親だ。

「外は酷い土砂降りだ。早めに帰ってこられて良かったよ」

「本当ですね。道が水没すると、事故が怖いですから」

ラルフは頷き、食堂を指差した。

「夕食の準備ができている。一緒に食べよう」

「わかりました。お父様と一緒に食事するのも久しぶりですね」

「すまない。仕事が立て込んでいてね」

申し訳なさそうな顔をするラルフに、ベルナデッタは柔らかく笑った。

「謝らなくてもいいです。優しいお父様はきっと、埋め合わせのために素敵なプレゼントを用意してくれるはずですから。ちゃんと我慢できます」

「ははは、駆け引きが上手だな。流石は、このラルフ・ゴールディングの一人娘だ。天国のお母さんも、鼻が高いだろうさ」

ラルフは愉快そうに笑った。ベルナデッタの母は、幼い頃に病気で死んだ。親戚は多いが、肉親と呼べる相手はラルフだけだ。

「実は、プレゼントが無いわけじゃない」

「そうなんですか？　でも、手ぶらなようですけど？」

小首を傾げるベルナデッタに、ラルフは意味深な笑みを浮かべた。

「今この場には無い。だが、きっと気に入るはずだ」


二人がテーブルに着くと、使用人が食事を運んでくる。久しぶりの親子水入らずの食事に、談笑が絶えることはなかった。

「身体の具合はもう大丈夫かい？」

ラルフに尋ねられて、ベルナデッタは頷いた。

「ええ。もう大丈夫です。お医者様も、快方に向かっていると仰っていました」

ヨハンから受けたダメージのせいで、ここしばらくはまともに歩き回ることもできなかった。調子が悪いと床に臥す日々が続いたが、今ではベッドの外に出ることもできる。

もっとも、根本的な魂の損傷は、一生癒えることはないだろう。それはラルフが知ることのない話だ。ベルナデッタが裏でしていることを、ラルフは何も知らない。

「突然体調を崩した時は心配したが、その様子だと大丈夫そうだな」

ラルフは安堵したように笑い、ワインで喉を潤した。

「そういえば、来月誕生日だったね」

「はい。来月で二十歳になります」

「もう二十か。時が経つのは早いな。片手で抱き上げられるほど小さかった私だけのお嬢さんが、今では立派な淑女だ。私に白髪が増えるのも無理はない」

　感慨深そうな声で言った後、ラルフは姿勢を正した。

「ベルナデッタ、今日はおまえに大事な話がある。成人を迎えて五年、おまえも嫁に行ってもおかしくない年齢になった。だから、お見合いをしないか？」

　ベルナデッタは父の顔を見ながら、どうしたものかと考える。

　過保護なラルフは、これまで娘の近くに男を一切寄せ付けなかった。社交パーティの場ではもちろん、仕事相手から縁談の話があっても、その全てを断ってきたほどだ。

　ラルフ曰く、娘の相手は私自ら見つける、だそうだ。断った縁談の中には、有力貴族の子息も含まれており、誰もが娘を手放したくない男親の言い訳だと考えていた。当のベルナデッタでさえ、そう思っていたほどだ。

　だが、そのラルフが、真剣な顔で、お見合いの話をしている。つまり、ラルフのお眼鏡に適う相手が見つかった、ということだろう。

「突然、ですね。もしかして、プレゼントというのは、縁談のことですか？」

「その通り。相手を聞けば、おまえも必ず喜ぶはずだ」

　自信満々に頷くラルフ。どうやら、お見合い相手は、よほどの大物らしい。でなければ、ラルフがここまで前のめりになるわけがない。

　断るのは難しそうだな、とベルナデッタは内心で舌打ちをした。

　ラルフは優しい父親だが、若くして経済界の重鎮にまで上り詰めただけあって、一度決めたことは絶対に貫徹する意志の強さを持っている。仮にベルナデッタが断っても、ラルフが納得できる理由を用意できなければ、絶対に引き下がらないだろう。

　だったら、無駄な抵抗なんてせずに、お見合いを受ける方が話もややこしくならない。お見合いだけして、後で相性が合わなかったと断れば、ラルフも納得するしかないはずだ。父を騙(だま)すようで多少の罪悪感を抱きはするものの、それが一番良い方法なのは明白だった。

「お父様がそう言うのなら、素敵な殿方なのは疑いようがありませんね。わかりました。そのお見合い、謹んでお受け致します」

「おお、そうか！　話が早くて私も嬉(うれ)しい」

「それで、その御方(おかた)は誰なのですか？」

　ベルナデッタはラルフに尋ね、それからワインを口に含んだ。疲れているせいか、喉が凄(すご)く渇く。あるいは、父への罪悪感のせいかもしれない。

　ベルナデッタの心中を知らないラルフは、満面の笑みで其(そ)の名前を口にした。

「おまえのお見合い相手の名は、ノエル・シュトーレン。七星(レガリア)である嵐翼(ワイルドテンペスト)の蛇のクランマスターだ」

「ブフォッ!?　ゴホッ、ゴホッ!?」

其の名を聞いた瞬間、ベルナデッタの口からワインが霧となって噴き出した。気管にも入ったらしく、咳が止まらない。

「ど、どうしたんだ!?　大丈夫か!?」

心配して慌てるラルフに、ベルナデッタは咳き込みながら頷いた。

「げほ、げほっ……。だ、大丈夫です、げほ……お、お父様」

「そ、そうか。もし、身体が辛いようだったら、また別の日に――」

「いえ、問題ありません！　どうぞ、お話の続きをなさってください！」

ベルナデッタは声を大にして先を促した。

蛇とお見合いだと？　いったい、何がどうなっている？

話が唐突過ぎて、理解が追いついていない状況だが、このままラルフに任せていたら、ますます置いてけぼりになるのだけはわかった。

まずは、状況の正しい確認。それから、身の振り方の決定だ。

「おまえが、そこまで言うのならいいだろう……」

ラルフは怪訝そうにしながらも、話を続ける。

「私がノエル・シュトーレンを相手に選んだのには、深い理由がある。端的に言えば、彼が今後の帝国に欠かせない存在になると確信しているからだ。冥獄十王の現界が発表された直後、彼は討論会を開き、他の大手クランマスターたちに負けない異才を見せつけた。その結果がどうなったかは、おまえも知っているだろう？」

「司法省の不正を暴き、ヒューゴ・コッペリウスの冤罪(えんざい)を証明しました」

「その通り。彼はあの若さで、多くの有力者を動かしただけでなく、国の決定をも覆したんだ。なかなか狙ってできることじゃない。おそらく、ずっと前から準備していたんだろう。そして、冥獄十王(ヴァリアント)の現界発表を躍進の好機と捉え、実行に移した。計算高さと行動力だけでなく、機を見る力も備えている」

　熱っぽい口調で語るラルフの瞳は、少年のように輝いてる。

「その後も彼は躍進を続け、魔王(ロード)の討伐にも成功した。そして今や、天下の七星(レガリア)の一員だ。本当に素晴らしい男だよ、彼は」

「ですが、彼は探索者(シーカー)です。お父様の仕事は引き継げませんよ？」

「いや、彼ならどんな仕事もやれるさ。身元調査をしたところ、探索者(シーカー)になる前はワイナリーを経営していたらしい。しかも、なかなかの儲(もう)けを出していたそうだ。もちろん、適性があるからといって、無理に後継者にするつもりはない。彼は既に成功者だ。他人の地位を継ぐことになんて興味は無いだろう。私もそれで良いと考えている」

　ラルフは喉が渇いたのかワインを呷(あお)り、ジャケットの内ポケットから一枚のくたびれた紙切れを取り出した。

「ベルナデッタ、これが何だかわかるかい？」

　いいえ、とベルナデッタは首を振る。

「わかりません。何の紙なのですか？」

「これはね、紙幣という紙のお金だ」

聞いたことがある。硬貨と違い、それそのものに価値は無いが、政府が経済取引の決済手段として認めた通貨のことだ。紙である分、硬貨よりも保管と移送が楽であり、また硬貨のように金や銀、それに銅といった限られた原材料に発行数が左右されないため、経済活動を更に活発化する効果が期待されている。

「帝国は硬貨から紙幣への移行を望んでいる。全ては経済活動をより活性化させるためだ。硬貨は使い勝手が良くないからね。人にとっても、国にとっても」

「では、その紙幣は、帝国が発行するものなんですか？」

「違う。この紙幣は、帝国政府が発行するものじゃない。かつて、自由都市メンヒで発行されていたものだよ」

「自由都市メンヒ……」

数十年前、冥獄十王（ヴァリアント）の一柱――銀鱗（ぎんりん）のコキュートスに滅ぼされた国の名だ。帝国に吸収合併されたため、もはや巷（ちまた）でその名前を聞くことは少ない。

「自由都市メンヒは、非常に先進的な経済観を持っていた。他国に先んじて紙幣経済を導入できたのも、長年の知識と経験、そして信頼あってこそのもの。実際、自由都市メンヒの紙幣は、他国からも国際通貨として認められる予定だったんだ」

だが、とラルフは冷笑を浮かべる。

「おまえも歴史で学んだ通り、自由都市メンヒは紙幣を正式発行する前に滅んだ。不謹慎な話になるが、紙幣が出回る前に滅んでくれて助かったよ。もし出回った後だったら、自由都市メンヒと取引をしていた全ての国が、経済に大打撃を受けていただろう。何故なら、紙幣は貴金属ではなく紙だからだ。発行した国が滅んでしまっては、通貨としての価値が無くなる。もはや、鼻紙にも使えない、ただの紙屑さ」

たしかに、紙幣を通貨として成り立たせているのは、発行した国だ。人は紙幣そのものを使うのではなく、紙幣を発行した国の信用を取引に使うのである。国の信用無くして、紙幣は成り立たない。

「以降、紙幣への国際的信用は落ちる一方となった。紙切れになるかもしれないものを、誰も取引に使われたくないからね。ジレンマだよ。どの国も本当は紙幣経済に移行したいのに、自由都市メンヒの惨劇を忘れることができないんだ」

ベルナデッタは頷く。頷き、そして首を傾げる。

「紙幣の話はわかりました。でも、それが私と何の関係があるんです?」

「私はね、人も紙幣も同じだと思っているんだ」

「……同じ、ですか?」

「ああ、同じだよ。それそのものには価値が無く、信用という外的評価によって初めて、紙幣も人も価値を認められるんだ」

ラルフは言って、遠い目をする。

「世間は私を経済界の巨人だと言う。年商二十兆フィルは、たしかにそう呼ばれるに相応しい成果に違いない。私も自らに誇りを持っている。だが、私が金を稼ぐ以外取り柄の無い男であることも、また事実なんだ。なにしろ、明日履く靴下の場所すらも、私はわからないんだからね」

　父の物言いに、ベルナデッタは苦笑した。

「お父様は素晴らしい人ですよ。そう卑下なさらないでください」

「卑下しているんじゃなく、本当のことだよ。素の私の価値なんて、おまえという素晴らしい娘の父親であることぐらいさ」

　ラルフは優しく微笑(ほほえ)み、それから表情を改めた。

「真実、私の価値は、帝国あってこそのものだ。冥獄十王(ヴァリアント)が現界した時、探索者(シーカー)たちが首尾良く討伐に成功しても、その後の国がどうなっているかはわからない。だから、ずっと考えていたんだ。私の大切な娘は、どんな時も揺るがない強さを持つ男の下に嫁がせてあげたい、と」

「それが、ノエル・シュトーレン？」

「彼以外に考えられない。まあ、多少背は低いし、年齢もおまえより年下だが、ずば抜けて優秀であることに変わりはないからね。顔だって美形だ」

「顔は大事ですか？」

「可愛(かわい)い孫を存分に甘やかすのが私の夢なんだよ」

　ラルフは冗談ぽくウィンクをしてみせた。

「ふふふ、わかりました。善処します」

ベルナデッタは父に向ける笑顔の裏で、チャンスかもしれない、と考えた。

蛇の目的は十中八九、ラルフの金だろう。でなければ、あの人でなしがお見合いなんてするわけがない。だがそれは、金次第で蛇を打倒マーレボルジェの協力者として利用できる可能性が高いということでもある。その場合、お見合いは奴に警戒されず近づける絶好のチャンスだ。

蛇は強く狡猾。そのことは、蛇を絶賛している父以上に深く理解している。ヨハンを屠った奴なら、マーレボルジェの背中も刺せるはずだ。

「それにしても、彼が心変わりしてくれて助かったよ」

そのラルフの言葉に、ベルナデッタは引っ掛かるものを感じた。

「心変わりとは、どういうことなんですか？」

「お見合いの話、彼には四回も断られたんだ。それが急に、向こうからお見合いをしたいと連絡が入ってね。諦めず粘った甲斐があった」

「そ、そうなんですか……」

ベルナデッタの背中に、冷たいものが走った。ラルフはよほど蛇を気に入っているのか、蛇に関する話を続けている。だが、その話はまったくベルナデッタの耳に入らなかった。

四回も断っていた？　それが何故、急に翻意した？

最初、蛇は単なる金目的だと考えていた。だが、ラルフの話から推理すると、他に目的があるように思える。でなければ、断っていたお見合いを受けるはずがない。

もちろん、七星杯の開催に伴って、クランの資金繰りが悪化したことが原因の可能性もある。だが、そう断ずるのは危険な気がした。あの蛇は、ただ経営難だからといって、一度決めたことを変えるような男ではない。もし本当に金に困っているとしても、資産家の娘とお見合いなどせず、内情を周囲に悟られないよう徹底するはずである。

「ベルナデッタ、顔が真っ青だぞ？」

ラルフの心配する声を聞き、ベルナデッタは我に返った。

「やはり、大丈夫じゃないな。すぐに自室に戻って休みなさい。お見合いの話は、また後日にしよう。どうせ、お互いに準備が必要だ」

「はい、そうさせて頂きます」

よろよろと立ち上がり、ベルナデッタは自室へと戻っていく。その途中も、頭の中は蛇の行動の謎で埋め尽くされていた。何度考えても、単なる金目的だとは思えない。

──まさか、蠅の王の正体に気が付いたのか？

だとしたら、全ての合点がいく。

蠅の王とは、ベルナデッタの使い魔だ。故に、ベルナデッタという素性を晒すことなく、これまで暗躍することができた。だが、必ずしも、正体を隠し通せるわけではない。使い魔を遠隔操作する際の魔力痕跡を辿ることができれば、この家にいるベルナデッタが使い魔の主だと見破れるだろう。簡単に実行できる捜査ではないが、可能なのは事実だ。

即ち、蛇が相応のコストを払ってまでベルナデッタの正体を既に掴んでいるとしたら、それは確実に、奴が明確な殺意を抱いている証拠である。敵に勝つためなら、躊躇なく己の寿命を差し出すイカれた行動理念の持ち主が、ベルナデッタの命を狙っている……。

そのことに考えが至ったベルナデッタの全身から、恐怖心を原因とする冷たい汗が噴き出した。汗は身体を濡らし、身体だけでなく心をも冷たくしていく。

死ぬことは恐くない。真に恐ろしいのは、あの蛇に捕らえられた場合、死よりも恐ろしい拷問が待っているという確信。蛇は決して、己の敵に容赦をしない。目的のためなら手段を選ばず、監獄だって爆破する男だ。

『――執念深い蛇の毒牙が、君に向かわないとは限らない』

マーレボルジェの言葉が、脳裏をよぎる。蛇は強く狡猾なだけでなく、残忍で執念深い。狙われたが最後、逃れる術は無いだろう。

マーレボルジェに事情を話し、助けを求めるか？――いや、駄目だ。蛇に恐れをなして奴を頼れば、自力で解決もできない雑魚だと侮られる。侮られるということは、奴の計画から弾かれることを意味する。それだけならまだしも、足を引っ張る無能だと始末される可能性さえあった。なにより、マーレボルジェに抱いている疑惑がもし真実なら、助けを乞うだけ無駄だろう。奴を信用することはできない。

「……私がやるしかない」

自室に続く階段を上りながら、ベルナデッタは呟いた。

「殺される前に、私が蛇を殺す」
その声に、もう恐怖は無い。あるのは明確な殺意だけだ。

†

嵐翼の蛇(ワイルドテンペスト)が魔王(ロード)――〝真祖(ノーブル・ブラッド)〟を討伐したのは、約半年ほど前。旧アルキリオ大公国領で死闘を繰り広げた後、見事撃破に成功した。戦闘前から廃墟(はいきょ)と化していた街並みは、両者の戦いの余波によって、今やほぼ更地と化している。そして今、かつては栄華を誇った、この不毛の大地に、新たな血が流れようとしていた。

広大な深淵(アビス)の最奥で対峙(たいじ)するのは、人と悪魔(ビースト)、互いの軍勢。

一方は深度十二、魔王(ロード)と呼ばれる悪魔(ビースト)、真祖(ノーブル・ブラッド)が率いる精霊兵(エレメント・ソルジャー)。

前回、嵐翼の蛇(ワイルドテンペスト)に討伐された真祖(ノーブル・ブラッド)とは、異なる個体である。同じ土地に発生した深淵(アビス)からは、同種の悪魔(ビースト)が現界し易(やす)いという統計はあるものの、同じ魔王(ロード)種が短い期間に二度も現界するのは珍しい。

新たな真祖(ノーブル・ブラッド)は前回と違い、女型だった。艶(あで)やかなドレスを身に纏(まと)った銀髪の美しい少女が、豪奢(ごうしゃ)な椅子にふんぞり返って座り、宙に浮かんでいる。その眼下には、真祖(ノーブル・ブラッド)が召喚した三百を超える精霊兵(エレメント・ソルジャー)の軍勢が陣営を構えていた。

対する人の軍勢は、真祖(ノーブル・ブラッド)の討伐依頼を受けた探索者(シーカー)たちである。Aランクが四人、

Bランクが二十人、Cランクが三人。上から下まで、歴戦の猛者たちが揃（そろ）っている。だがそれでも、この戦力では対峙している真祖（ノーブル・ブラッド）に勝てないだろう。せいぜい、精霊兵（エレメント・ソルジャー）の軍勢を排除するのが限界だ。

　実際、彼らも勝てないことはわかっていた。協会から報告を受けた真祖（ノーブル・ブラッド）の戦闘能力は、前回よりも更に上だ。討伐するためには、最低でも今ある戦力の二倍は必要だろう。戦えば勝てない。勝てないから動けずにいるのが現状だった。

「まるで、蛇に睨（にら）まれた蛙（かえる）ですね」

　真祖（ノーブル・ブラッド）は唇を酷薄に歪（ゆが）めながら言った。

「勝てないのがわかっているのに、のこのことやってくるなんて。まさか、私とお話をしに来たわけでもないでしょう？」

　慇懃無礼（いんぎんぶれい）な真祖（ノーブル・ブラッド）の態度に、黒髪の迦楼羅（カルラ）が舌打ちをした。

「ちっ、とことん舐（な）めているな……」

　迦楼羅（カルラ）の名前はスミカ・クレーエ。この場にいる探索者（シーカー）たちの集団――百鬼夜行のサブマスターにして指揮官だ。

　スミカは腰に差した刀に手を掛ける。極東の島国〝金剛神国〟の出身であるスミカの職能（ジョブ）は、【刀剣士】系Aランクの【剣豪】。ひとたび刀を抜けば、迦楼羅（カルラ）の身体能力と相まって、無類の戦闘能力を発揮する。だが、そのスミカを以（もっ）てしても、眼前の真祖（ノーブル・ブラッド）に斬り掛かる隙を見つけるのは困難だった。

「睨み合いにも飽きました。もう死んでください」

真祖(ノーブル・ブラッド)は蔑むように目を細め、オーケストラを指揮するように、その人差し指をスミカたちに向けた。即座に配下の精霊兵(エレメント・ソルジャー)が主の命令に従い動き出す。

「来るぞ！　総員、戦闘準備！」

スミカが鋭く号令を放つと、仲間たちは精霊兵(エレメント・ソルジャー)を迎え撃つために武器を構える。

——首尾は順調。真祖(ノーブル・ブラッド)は完全にスミカたちを舐め切っており、戦闘の全てを精霊兵(エレメント・ソルジャー)たちに任せる肚積(はらづ)もりだ。

この分なら予知能力も上手(うま)く機能しないだろう。未来が視(み)えるといっても、それは僅か数瞬先のこと。真祖(ノーブル・ブラッド)の戦闘準備が整っていなければ、確実に反応が遅れる。そう確信できるほどに、真祖(ノーブル・ブラッド)が彼我の実力差を過信しているのは明白だった。

だが、真祖(ノーブル・ブラッド)は知らない。百鬼夜行には、帝国最強の男がいることを。

王喰い(キングスレイヤー)の金獅子、リオウ・エディン。

百鬼夜行の作戦は単純だ。スミカたちが囮(おとり)となり、潜伏しているリオウが真祖(ノーブル・ブラッド)の不意を衝(つ)いて殺す。相手は魔王(ロード)だが、神域到達者(EXランク)であるリオウなら、確実に仕留められるだろう。真祖(ノーブル・ブラッド)は時を止める力を有している。その対策として、時を止められる前に不意打ちを成功させるのが、今回の作戦の肝だ。

もし、百鬼夜行が真祖(ノーブル・ブラッド)を討伐するのに十分な戦力を有しているクランだった場合、予(あらかじ)め強力な防壁(バリア)を重ね掛けすることで、時を止められても全ての攻撃を完封し、魔力が尽きたところで蹂躙(じゅうりん)するという作戦も実行できたが、今の百鬼夜行にそれほどの力は無い。

作戦通りに事が進めば、スミカたちが精霊兵(エレメント・ソルジャー)と交戦している最中、真祖(ノーブル・ブラッド)の背後に忍んでいるリオウが、真祖(ノーブル・ブラッド)を一撃の下に葬り去る手筈(てはず)である。

だが、スミカの描いた作戦は、完成前に瓦解することになった――。

「なんだと!?」

驚愕(きょうがく)のあまり叫んだのは、スミカだった。百鬼夜行と精霊兵(エレメント・ソルジャー)がぶつかるまさにその瞬間、両軍の間に上空から降ってきた一人の影が着地する。――金髪の男だった。男が着ている革衣は腕周りが露出しており、屈強な筋肉と肌に刻まれた深紅の刺青(いれずみ)を曝(さら)け出している。そして、男の顔には、獅子(しし)を模した仮面が着けられていた。

「リオウ!? どういうつもりだ!?」

仮面の男の名はリオウ。百鬼夜行のクランマスターにして、王喰い(キングスレイヤー)の金獅子の異名を冠する、帝国最強の探索者(シーカー)だ。

本来なら、リオウはまだ潜伏しているはずだった。それなのに、リオウはあろうことか、真祖(ノーブル・ブラッド)の正面に現れたのだ。スミカの驚愕は仲間たちにも伝わり、全員が動揺している。また、敵対している真祖(ノーブル・ブラッド)でさえも、突然のリオウの登場に目を丸くしていた。

「……伏兵? ですが、正面に現れては意味が無いでしょう?」

真祖(ノーブル・ブラッド)は呆(あき)れたように笑う。

「オマヌケさんは嫌いです。一緒に死んでください」

精霊兵（エレメント・ソルジャー）がリオウ目掛けて殺到する。数も質も圧倒的。百鬼夜行の仲間たちが助けようとしても、既に手遅れの距離まで肉薄していた。これほどの軍勢と衝突しては、たとえAランクの探索者（シーカー）でも、成す術も無く血霧と化すだろう。

だが、リオウは神域到達者（EXランク）である。——音も無く、影すら見せず、神速で放たれた無数の拳撃が、刹那の内に全ての精霊兵（エレメント・ソルジャー）を打ち抜いた。

そして訪れる、完全なる静寂。

深度八から十に相当する戦闘能力を持った、総勢三百を超える精霊兵（エレメント・ソルジャー）たちは、悉（ことごと）く破壊し尽くされ、その細かな残骸が雪のように降り注ぐ。

リオウの拳筋を見極めることができた者はいない。予知能力を持つ真祖（ノーブル・ブラッド）の眼（め）にも、断続的な光景としてしか映らなかった。攻撃が放たれるタイミング、攻撃が着弾するタイミング、その全てを一連の流れとして理解することができないのだ。

リオウの拳はあまりにも速く、また余人には読むことのできない、流麗にして無謬（むびゅう）なる極技。もし、リオウの拳が真祖（ノーブル・ブラッド）に向けられた時、予知能力を駆使しても回避することは絶対に不可能だろう。

「あ、ありえない……」

真祖（ノーブル・ブラッド）の頬を冷たい汗が伝った。冥獄十王（ヴァリアント）を除けば、魔界（ヴォイド）ですら圧倒的な強さと権威を誇る真祖（ノーブル・ブラッド）が、自身の内に明確な恐怖を抱いていた。

「おまえ——」

リオウは真祖(ノーブル・ブラッド)を見上げ、ゆっくりとした口調で語りかける。その声は仮面でくぐもっているが、不思議と耳に届く。

「時を止められるそうだな？　面白い。やってみろ」

そのリオウの言葉に、この場にいる誰もが耳を疑った。

あらゆる属性魔法を行使できる真祖(ノーブル・ブラッド)は、世界の時をも止めることができる。膨大な魔力を消費し、また時を止めている最中に他の力を使うことはできないが、数多(あまた)ある攻撃方法の中でも間違いなく最強の力だ。不意を衝くか、真祖(ノーブル・ブラッド)の攻撃能力を上回る防壁(バリア)でしか、対抗する手段が無い。

にも拘(かかわ)らず、リオウは歌手に一曲リクエストするような気軽さで、真祖(ノーブル・ブラッド)に時を止めてみろと言ったのだ。百鬼夜行の仲間たちは絶望に顔を歪め、真祖(ノーブル・ブラッド)は怒りと羞恥で奥歯を噛(か)み締めているだけでなく、その両目には涙が滲(にじ)んでいた。

「虫ケラめっ、絶対に殺してやるッ!!」

憤怒と怨嗟(えんさ)に塗(まみ)れた真祖(ノーブル・ブラッド)が吠(ほ)えた瞬間、その身体が異形と化す。背中からは蝙蝠(こうもり)に似た翼が、頭からは二本の捩(ね)じれた角が生え、華奢(きゃしゃ)だった右腕が肥大化し、樹木のように節くれ立つ。本体こそ可憐(かれん)な少女のままだが、各部位に生じたアンバランスな異形は、混合魔像(キメラ)を想起させた。

実際、より優れた部位を組み合わせるという術式概念は同じ。嵐翼(ワイルドテンペスト)の蛇に討伐された個体が、単純に巨大化することで真なる力を発揮できたのに対して、この真祖(ノーブル・ブラッド)は変異箇所を最適化しているのだ。結果、圧縮された真なる力は、全身を巨大化させる変異よりも、遥かに身体能力を向上させている。

変異後の両者の差は、実に十倍。同じ真祖であっても、格が違う。

「物言わぬ肉塊と化すがいいッ!!」

だが、それほどの力を誇る真祖は、僅かな慢心を抱くこともなく、時間停止魔法を発動した。膨大な魔力と引き換えに世界の理が書き換わり、全てが停止する。止まった時の中で、真祖はリオウ目掛けて異形の右腕を振り抜いた。地形をも変える真祖の一撃がリオウを捉え——そして、その左手に軽々と止められていた。

「なっ!? ど、どうして!?」

ありえない。あってはならない。時は正しく静止している。この止まった空間内で動けるのは真祖だけだ。なのに何故——この男は動ける?

「おまえの時間停止魔法は、二つの術式が同時に働いている」

リオウは真祖の拳を摑んだまま、呟くように言った。

「一つは時を止める力。そしてもう一つは、止まった時の中でも動ける力。正確には、自身を時間停止魔法の対象外にする力だな。判別方法は、おまえの魔力。つまり、おまえと同じ魔力を持つ者なら、この静止した世界の中でも動くことができる」

「私と同じ魔力!? 何故、貴様が!?」

「それが、俺の——【武神】の力だ」

【格闘士】系EXランク、【武神】。神域到達者（EXランク）であるリオウは、【格闘士】の能力を限界を超えて行使することができる。その一つが、武神スキル《天衣無縫》。自身の魔力波長を対象と同期させることで、魔力由来の攻撃と防御を無効化するスキルだ。

「さて、時間停止魔法は不発に終わった。次は何を見せてくれるんだ？」

小首を傾（かし）げるリオウに、真祖（ノーブル・ブラッド）は絶句する。頼みの綱だった時間停止魔法は通じず、膂力（りょりょく）でも圧倒されている。リオウに掴まれている拳は、どれだけ力を込めても振りほどくことができない。

「くっ、くそうぅ……」

自らの死を悟り、青褪（あおざ）めた顔で涙を流す真祖（ノーブル・ブラッド）。もはや、勝負は決していた。

「予知能力が使えても、この結末は視えなかったか。――いや、時間停止魔法とは併用できないんだな。止まっている時の行方は誰にもわからない。おまえが視えていたのは、時間停止魔法を発動する瞬間までか。存外、大した能力じゃなかったな……」

リオウは溜息（ためいき）を吐（つ）き、拳を構える。

「我は神罰の化身。我が慈悲と祈りが、貴殿を浄化し救うことを祈る」

一撃確殺。――リオウの神拳は、一瞬にして真祖（ノーブル・ブラッド）を粉砕した。青い血と肉と骨と臓物が、雨となってリオウに降り注ぐ。

真祖（ノーブル・ブラッド）が討伐されたことにより、世界の時間が戻った。そして、深淵（アビス）が浄化される。

赤い霧が晴れ、鉛色の曇天が姿を見せた。

「……か、勝ったのか？」

百鬼夜行のメンバーが、呆然と呟く。だが、その顔に喜びは無かった。誰もが真祖の青い血に濡れたリオウを凝視し、恐怖で足を竦ませている。

仲間たちを振り返ったリオウは、一言も発することなく、集団の真ん中を通り過ぎようとする。進行の邪魔になる位置にいた者たちが、悲鳴を上げそうな顔になり、慌ててリオウから飛び退いた。恐怖だ。もはや恐怖しかない。

「ま、待て、リオウ！」

唯一、サブマスターであるスミカだけがリオウを呼び止めるが、その歩みが止まることはなかった。スミカは焦りと苛立ちで舌打ちをする。

「おまえたちは先に飛空艇に戻れ。私はあの馬鹿と話がある」

「わ、わかりました」

有無を言わせぬスミカの迫力に、仲間たちは首を振る。スミカは先を行くリオウに駆け寄るが、やはり何の返答も無かった。

「待てと言っているだろ！」

いよいよ堪忍袋の緒が切れたスミカは、強引にリオウの肩を掴んで止めた。

「……何の用だ？」

向けられたリオウの眼は、どこまでも暗く冷たい。その底知れなさに一瞬だけ怖気づきそうになったスミカだが、すぐに心を奮い立たせ、真正面からリオウを見据える。

「何故、私の作戦を無視した？」

問いかけるスミカに、リオウは仮面の奥で嘲笑する。

「必要無いと判断したからだ。実際、俺一人で十分だった」

「それは結果論だろ！　もしおまえが負けていたら、私たちは止まった時の中で嬲り殺しにされていたんだぞ！」

「だとしても、俺には関係ない」

冷たく突き放すリオウの物言いに、スミカは腹の底から激昂した。

「ふざけるな！　おまえは、仲間を何だと思っているんだ!?」

「他人だ。俺はおまえたちに干渉しない。だから、おまえたちも俺に干渉するな。その約束が守られる限り、脆弱なおまえたちを導いてやる」

「おまえぇッ！」

怒りに任せてリオウに殴り掛かろうとした時、鋭く制する声が聞こえた。

「止せ！　それ以上はやめろ！」

金髪のポニーテールをなびかせながら走ってきたのは、燕尾服を着た若い女だ。マリオン・ジェンキンス、百鬼夜行を担当する協会の監察官である。周囲を警備する監督役を務めていた彼女が仲裁に現れたことにより、スミカは振り上げた拳を下ろすしかなかった。

「何があったかは知らないが、仲間同士で争うな」

間に割って入ったマリオンに諭され、スミカは拳を握り締めたまま俯く。

「討伐の確認はできた。あとはオレたちに任せてくれ」

マリオンはスミカに心配そうな目を向けながら言った。

「なら、俺はもう必要ないな」

素っ気なく呟いたリオウは、また歩き出す。向かっている先は、百鬼夜行の飛空艇が停泊している位置とは逆だ。

「どこに行くつもりだ？　そっちに飛空艇は無いぞ」

問いかけるマリオンを、リオウは鼻で笑った。

「おまえには関係ないだろ」

「いいや、関係あるね。おまえは百鬼夜行のクランマスターだ。監察官であるオレは、常におまえたちの動向を把握しておく必要がある。——もう一度聞く。そんな血塗れの姿で、あげく仲間たちを放り出し、どこへ向かうつもりだ？　リオウ、オレはおまえの責任能力を確認しているんだよ」

マリオンが厳しく詰問すると、リオウは立ち止まって溜息を落とした。

「……はあ、風呂だよ。血で汚れたからな。近くの街で風呂に入りたい」

「おまえ、オレのことを舐めているな？」

険しい表情となったマリオンは、リオウに射貫くような視線を向ける。

「百歩譲って、オレを虚仮にするのは許す。だが、忘れるなよ。おまえたちが帝国を侮るようなら、身の程ってやつを叩きこんでやる」

「それ、脅しのつもりか？」

　リオウは振り返り、マリオンを嘲るように見下ろした。

「大口叩いて恥かくのは、おまえたちの方だぜ？」

「そう思うなら、てめぇのエゴを貫き通してみせろよ。オレをここで殺せば、オレたち探索者協会（シーカーギルド）と、おまえたち聖導十字架教会の関係は完全に断絶する。それが、おまえの望みなんだろ？」

「雑魚が、組織の威を借りて偉そうに吠えてんじゃねえよ」

「どっちつかずの蝙蝠（こうもり）野郎に言われたくないね。リオウ、おまえは間違いなく最強だ。なのに、いつまで日和（ひよ）ったダセえことしてんだよ？　おまえがクランの仲間たちを突き放すのは、聖導十字架教会の指示で活動している後ろめたさのせいか？」

　リオウの正体は、聖導十字架教会の関係者だ。帝国最大の宗教団体である聖導十字架教会の信者は探索者（シーカー）にも多いが、リオウは単なる信者ではなく、教皇直属の戦闘集団――〝宿り木〟の構成員である。

　彼らの任務は、派遣先の国に其（そ）の武力を見せつけることで、教会の権威を更に拡大すること。まさしく、大樹に寄生して繁栄する宿り木の如（ごと）く、彼らは武力によって多くの国々の中枢に潜り込んできた。リオウが探索者（シーカー）になったのも、任務を遂行するためだ。

　探索者（シーカー）側でこのことを知っているのは、マリオンを含む一部の探索者協会（シーカーギルド）の関係者と、百鬼夜行のサブマスターであるスミカのみ。

探索者協会（シーカーギルド）はリオウの正体がわかっていても排除するだけの名目を持たず、また其の類（たぐい）稀（まれ）な武力を利用するために黙認している状況だ。

マリオンもまた、リオウの戦闘能力そのものは高く買っている。だが、だからといって、監察官としての職務責任を放棄する気は無い。

「オレはおまえの立場を問わない。たとえ、教会の飼い狗（いぬ）だろうとな。だが、いかなる理由があろうと、一度クランマスターになることを選んだのなら、その責任を取れ。仲間たちを信頼し、彼らと共に戦え」

懇々と諭すマリオンに、リオウは何も言わず背を向けた。その背中は、知ったことか、と暗に語っている。

「リオウ、おまえが本気になれないのは、相応（ふさわ）しい敵がいないからか？」

問いかけるマリオンの声に返答は無い。歩み去ろうとするリオウに、マリオンは声を大きくして続ける。

「自惚（うぬぼ）れるなよ。おまえがどれだけ強くても、上には上がいる」

その言葉に、リオウの足が止まった。

「……冥獄十王（ヴァリアント）か。安心しろ、奴（やつ）らとの戦いには参加する」

「いいや、冥獄十王（ヴァリアント）じゃない」

「へえ？　なら、覇龍隊か？」

「違う。オレが言っているのは、ノエル・シュトーレンだ」

マリオンが断言すると、リオウはゆっくり振り返り、そして人目も憚らず腹を抱えながら哄笑を轟かせる。

「ハハハハハハ、おまえ、俺を笑い死にさせるつもりか？　よりにもよって、あの詐欺師だと？　たしかに、奴は狡猾だ。知恵が回る。七星杯という茶番を企画できたのも見事だ。だが、それがどうした？　確約しよう。俺なら一秒で奴を挽肉に変えられる」

嘲笑し続けるリオウに、マリオンは動じることなく冷静なままだ。

「なら聞くが、おまえはノエルと同じことができるのか？」

「俺は奴と違って詐欺師じゃない。そんな仮定は無意味だ」

「言い逃れするなよ、リオウ。できないことはできないと言え」

マリオンが切って捨てると、リオウが仮面越しにも気色ばむのがわかった。

「リオウ、おまえは最強だ。だが、おまえよりもノエルの方が上だ。おまえがどれだけ強くても、ノエルには勝てない」

「詭弁だな。言葉だけなら何とでも言える」

「そう、言葉だけなら何とでも言える」

だから、とマリオンは言葉を区切り、好戦的な笑みを浮かべた。

「どちらが上か、七星杯で決めるといい」

そして、リオウに歩み寄り、懐から取り出した一通の手紙を押し付ける。

「ノエルからの手紙を預かってきた。読め」

手紙を受け取ったリオウは、不承不承という体で封を開き、その文面を確認していく。

リオウの表情はわからない。だが暫く(しばら)して、仮面の奥から忍び笑いが漏れてきた。

「ククク、なるほど。……了解した。七星杯(しちせいはい)には俺も出る」

リオウの宣言に、傍観していたスミカは驚いた。

「おまえが出るのか？　茶番だと馬鹿にしていたおまえが……」

クランが参加するか否かの決定権はスミカに託されていたが、リオウは茶番に参加するつもりはないと最初から断っていた。それがどうして翻意したのかはわからない。ただ、リオウの身体(からだ)からは、狂気さえ感じる闘志が迸(ほとばし)っていた。

「マリオン、蛇に伝えておけ」

リオウは持っていた手紙を破り捨て、爛々(らんらん)と眼(め)を光らせる。

「首を洗って待っていろ、とな」

†

「悪いね、わざわざここまで来てもらって」

帝都から馬を使って一時間の距離にある険しい岩山の頂上で、上半身裸のジークは朗らかに笑いながら言った。横脇には脱いだ服と剣が置かれている。

まだ昼間でよく晴れているため、雪こそ降っていないが、凍(い)てつく風が身を切るように冷たい。よくもこんな極限状態で半裸になれるものだ。

ジークは良くても、忙しい時に突然フクロウ便で呼び出された俺はたまったものじゃない。風が強過ぎて、煙草（たばこ）を吸うこともできない有様だ。

「まともな場所を選べ、馬鹿野郎。頭おかしいんじゃないのか？」

俺が罵倒すると、ジークは楽しそうな笑い声を上げた。

「アハハハ、悪かったよ。一度来たことがあるし、大丈夫かと思ったんだ」

「あの時は夏だったろ。今は真冬だ」

当時も冷たい風が吹き荒（すさ）んでいたが、今ほどではなかった。空気も薄いし最悪だ。修行をするにはもってこいの場所ではあるけれども、ちょっとでも油断すると瞼（まぶた）が凍り付いて眼を開けられなくなる。空気中にきらきらと輝いている細氷は全て、俺とジークの呼吸に含まれている水分だ。おそらく、気温はマイナス三十度を下回っているだろう。

「ああ、寒い……。糞（くそ）、前髪が凍ってやがる……」

「文句を言う割には軽装で来たね」

ジークが指摘したように、俺はいつも通りの格好だ。大した登山道具も持たず、手ぶらで山頂にやってきた。黒鎧龍（ブラックドラゴン）の心筋繊維で仕立てられたコートが、少しだけ寒さを和らげてくれている。

「祖父（じい）さんに鍛えられたんでね。寒いのは寒いが、耐えることはできる」

「僕も同じ。もう子どもの頃の話だけど、うちの鬼婆（おにばば）ときたら、こういう極限状態でばかり修行をさせるんだ。おかげさまで、環境の変化に強い身体になったけれどね」

「鬼婆……シャロン・ヴァレンタインか」

覇龍隊の現ナンバー3、かつては元ナンバー2だったエルフの女傑だ。ただの田舎の悪たれ小僧でしかなかったジークを見出(みいだ)し、徹底的に鍛え上げたのも彼女である。

つまり、ジークの師匠だ。また、ジークに限らず、帝国中から才能ある子どもたちを集め、探索者(シーカー)のエリート教育を施す人材育成システムを構築し、多くのAランクを育て上げることに成功した功績でも有名である。結果、覇龍隊は帝国最強のクランになった。

世間が評価するのは、EXランクであるヴィクトルとジークだが、覇龍隊の真の立役者は間違いなくシャロンだ。彼女の指導能力は、それほどに卓越していた。俺の師である不滅の悪鬼(オーバーデス)でさえも、近代探索者(シーカー)理論を教えるにあたって、シャロンの著書を教科書に使ったほどだ。

『仮に全盛期の儂(わし)が最強の探索者(シーカー)だったとしたら、シャロン・ヴァレンタイン女史は最高の指導者(トレーナー)じゃな。ノエル、おまえが探索者(シーカー)として更に学びたいと考えた時は、彼女を二番目の師に選ぶといい。儂が推薦書を書けば、あちらも門前払いはせんじゃろう』

結局、俺は実戦で強くなることを選んだので、彼女の許(もと)を訪れることはなかったが、祖父の判断は間違っていなかったと思う。嵐翼の蛇(ワイルドテンペスト)のクランマスターとなった今も、戦闘では彼女の戦術指南書で学んだ知識を基本とすることが多いからだ。

養成学校に通っていたレオンや、独学で探索者(シーカー)の在り方を模索していたヒューゴでさえも、シャロンの影響を強く受けている。異国で育ったコウガや、山に籠って修行していたアルマのような特殊な例は除き、おそらく帝国でシャロンの影響を受けていない探索者（シーカー）はいない。シャロンを指して、〝探索者（シーカー）の母〟とはよく言ったものだ。

「彼女とは一度議論を交わしてみたいな」

「それは止（や）めた方が身のためだよ」

呟（つぶや）く俺に、ジークは表情を硬くする。

「君はシャロンに嫌われているからね。議論をするどころか、出会い頭に銃口を向けられてもおかしくない。……冗談じゃないよ？」

「なるほど。それは残念だな」

シャロンと会ったことはないが、嫌われているだろうという自覚はある。俺は相手が誰であろうと邪魔だと判断したら排除する男だ。探索者（シーカー）の重鎮として、権威と品格を重んじている彼女とは相性が悪い。それに、七星会議（レガリア）で俺がどう振る舞っていたかも、耳に挟んでいるはず。だったらなおのこと、俺を嫌っているだろう。

「君の弱点だね」

ジークは薄い笑みを浮かべ、俺を真（ま）っ直（す）ぐ見据える。

「ノエル君、君は素晴らしい探索者（シーカー）だ。他者には無い唯一無二の才能を持っている。だから、その若さで数々の偉業を成し遂げることができた。多くの強者たちが君に惹（ひ）かれるのも当然だ。だけど、君の暴君染みた振る舞いは、確実に多くの敵も作っている。単純に打ち倒せば済む敵だけでなく、中には共に高め合える相手もいたはずだ」

話を聞いていた俺の脳裏に、四人の顔が浮かんだ。ロイド、タニア、ヴァルター、そして――チェルシー。

「人が一人で強くなれる範囲には限界がある。だからこそ、互いに高め合うことで、限界を超えようとするんだ。君がシャロンと論を交わしたいと考えたようにね。だが、君の戦い方は、そういった機会を全てふいにしてきた。それは人として致命的な弱点だよ」

ジークの主張はもっともだ。だが同時に、鼻で笑い飛ばせる指摘でもあった。

「俺は自分の在り方を弱点だとは思っていない。友好的な関係を築かなくても、互いに高め合うことはできる。それは、おまえが証明したことじゃないか」

「……ふむ。否定はできないね」

ジークはヨハンとの戦いを経て、更なる強さの扉を開くことができた。戦闘で負った全ての怪我も癒えているらしく、以前にも増して凄絶な気迫が漲っている。

「あれは素晴らしい戦いだった。誰かさんの邪魔さえなければね？」

不満そうに片目を眇めるジークに、俺は苦笑する。

「もともと、あれは俺の戦いだ。レオンがどう頼んだかは知らないが、文句を言われる筋合いは無いね。それに、おまえの本命は別にいるだろ？　浮気するなよ、色男」

「そこを突かれると痛いな……」

ジークはコートを摑んで立ち上がると、素肌の上から羽織った。

「本題に入ろう。僕が君を呼んだのも、それが理由だ。……ノエル君、リオウは君が開く七星杯に参加するんだろうね？」

「ああ、既に言質は取ってある」

　俺が即答すると、ジークはわずかに驚いた顔を見せた。

「へえ、それは凄い。どんな卑怯な手を使ったんだい？」

「人聞きが悪いことを言うな。手紙で発破を掛けただけだ」

「手紙で発破を掛けた？」

　鸚鵡返しに問うジークに、俺は頷く。

「もし参加しなかったら、リオウは戦いから逃げた臆病者だと街中で喧伝するって書いたんだよ。そうしたら、奴の担当監察官から参加すると返事があった」

　俺が答えると、ジークは怪訝そうに眉を顰める。

「……それだけで？」

「奴は圧倒的な強者だ。そしておそらく、俺のことを見くびっている。想像してみろ。おまえだってリオウの立場なら腹が立つだろ？」

「それはまあ……」

「腹が立った以上、プライドを守るためには、俺を正面からねじ伏せる必要がある。だから、参加すると決めたんだ。この手の煽り方には、俺も不快な記憶があるんでね。効果的なのは最初からわかっていた」

　ゼロがロキを人質にして俺を呼び出そうとした時、似た文言で挑発してきたことは記憶に新しい。俺は挑発だとわかっていても、無視することができなかった。

「強者は強者であるからこそ、プライドに縛られる。プライドを否定することは即ち、自分の強さを否定することだからな。美学、と言い換えてもいい。俺たちはプライドという名の美学すら持てない弱者とは違う。故に、それが弱点でもあるんだ」

　黙って話を聞いていたジークは、感心したように頷いた。

「理解した。君はやっぱり糞野郎だ。性根が腐り切っている」

　そして、子どものような無邪気な笑みを見せた。

「そんな君だから、僕も惹かれたんだろうな……」

　ジークは俺から視線を切り、背中を向けたまま続ける。

「ノエル君、約束を守ってくれてありがとう。感謝する」

「お互いに利用し合う関係だ。礼はいらないよ」

「だとしても、だ。これが僕の美学なんだよ」

　肩越しに笑みを見せるジークに、俺も頬を緩めた。

「あんたのそういうところ、嫌いじゃない」

「嬉しい言葉だけど、七星杯本番では容赦しないよ。実のところを言うと、君と戦えるかもしれないことにも期待しているんだ。なにしろ、色男だからね」

　ジークは笑みを浮かべたままだが、その奥に獰猛な闘志を感じる。望むところだ。本戦は抽選になるため、俺が対戦相手を決めることはできない。それでも、ジークと戦ってみたいという想いは、俺にもあった。

「了解した。その時がきたら、全力で戦おう」

この男にならば、俺の全てを見せてもいい。そう熱くなってしまうのは、俺が策士に徹することができない愚か者だからだろう。その愚かさが、俺のプライドであり美学だ。

「そろそろ行くよ」

そのまま山を下りようとしたが、不意に湧いてきた悪戯心が足を止める。

「ジーク、あんたはたしかに色男だ。この帝国であんたに股を開かない女は少ない。だけど、俺だってモテるんだぜ？」

「君がモテるのは知っているよ。男女問わず、ね」

皮肉で返すジークに、俺は余裕の笑みを見せた。

「明日、とある令嬢とお見合いをすることになった」

「良いことじゃないか。おめでとう。どこのお嬢さんなんだい？」

「ラルフ・ゴールディングの一人娘、ベルナデッタ・ゴールディングだ」

「な、なんだってッ!?」

驚愕の余り、いつも細めている両目を大きく見開いたジークの顔こそ、俺の見たい光景だった。

あれからラルフのことを改めて調べたが、一人娘のベルナデッタを大層可愛がっているらしく、これまでどんな男(虫)も寄せ付けなかったようだ。驚いたのは、ラルフが排除してきた男(虫)の中に、目の前にいるジークの名前もあったこと。

なんでも、ジークがベルナデッタをパーティで口説こうとしたところ、まずベルナデッタが断り、それからラルフが正式に覇龍隊に抗議したそうだ。その一件で、覇龍隊はラルフを含む関連商会(グループ)との関係が悪化し、大きな経済的損害を被ることになった。原因となったジークが、仲間たちからどんな叱責を受けたかは想像に難くない。

「あのベルナデッタ嬢が、君とお見合い!?　冗談だろ!?」

「さて、どうだろう？」

俺は含みを持たせたまま振り返り、足早に山を下り始めた。

「ノエル君、待ちたまえ！　話は終わっていないぞ！」

後ろからはジークが俺を呼び止める声が聞こえるが、足を止めるつもりはない。ジークの間抜け面を見られて満足だ。明日のことを考えると憂鬱ではあるものの、今だけは心の底から晴れ晴れとした気もちだった。

†

窓から見える鉛色の曇り空は、ベルナデッタの心情と全く同じ色をしている。

お見合い当日、ベルナデッタ、ラルフの父娘と、ノエルの三人は、ラルフが所有するレストランで顔を合わせることになった。貸し切りであるため、広いフロアに他の客はいない。最高の従業員たちのサービス、そして高級料理と酒に舌鼓を打ちながら、ラルフとノエルは談笑している。

「ほう、探索者を始める前は、ワイナリーを経営していたのですか」

ラルフは既に知っていた情報にも拘らず、ノエルの話に関心を示す。

「ええ。すぐに経営を知人に譲渡しましたが、楽しい経験でした。それに、経営を退いた後も、良いワインができたら私に送ってくれるんです」

燕尾服姿のノエルは、朗らかな笑みを浮かべながら続ける。

「当時の一番の収穫は、やはり彼ら従業員たちとの絆ですね。お金に換えることのできない、私の大切な宝物です」

「わかります。世間では私のことを冷酷な男だと評する者もいますが、私も貴方と同じで、人同士の絆こそが最も大切だと考えているんですよ。ノエルさん、今日は貴方とこうして話すことができて本当に良かった」

「恐縮です。私の方こそ、経済界の巨人、ラルフ・ゴールディング氏と、こうして胸襟を開いてお話できることを、心から嬉しく思っています」

あからさまなビジネストークを交わす二人の傍らで、ベルナデッタは話に入ることなく、笑みを浮かべた置物でいることに徹している。資産家の令嬢として、女が男同士の話に口を出すのは無作法だと弁えているだけでなく、内心に抱えている恐怖と不安に圧し潰されそうになるのを必死に耐えているためだ。

ベルナデッタが直接会ったノエルは、蟲を通して視てきた姿よりも遥かに美しく、そして底知れない覇気を備えていた。

人には格というものがある。容姿、身体能力、頭脳、芸術性、カリスマ、人徳、財力、地位、権力、血筋、人脈、偉業——。ありとあらゆる人の価値に於いて、持つ者、持たざる者、両者を分かつ壁は巨大で絶対だ。人は決して平等ではない。

ある貧者が言った。——人生は金が全てではない。

ある富豪が言った。——人生は金が全てではない。

同じ言葉であっても、そこに込められた重みはまるで違う。

持たざることが悪というわけではない。だが、人は持たざる者を信用しない。心を打たれない。何故なら、その言動の裏付けとなるものが無いからだ。人の格とは即ち、有無を言わさず他者を納得させるだけの背景——価値の結晶である。

その点を鑑みると、経済界の巨人と崇められるラルフでさえ、たった十六の少年であるノエルに格で負けていた。見ようによっては少女のような儚さを感じさせる少年が備えた、圧倒的な存在感と深遠さ——。数多くの偉業の果てに得ただろう完全無欠さを、見過ごせる者がどれだけいるだろうか。

ベルナデッタも裏の世界ではいくつもの修羅場を経験した立場にいる。だがそれでも、ノエルのことが恐ろしい。恐ろしさが、判断力を鈍らせる。そのにこやかな笑みの奥に隠された真意を、どれだけ目を凝らしても見抜くことができない。

わからない。この美しい男が、いったい何を考えているのか——。

「お加減がよろしくないのですか？」

心配そうに尋ねるノエルの声に、ベルナデッタは我に返った。

「い、いえ、大丈夫です……」

「それにしては顔色がよろしくない。今日のところは解散し、また日を改めてお会いした方が良いように思えます」

ノエルが提案すると、ラルフも頷いた。

「そうさせてもらいなさい。体調が優れないまま会食を続けても、却って無作法というものだ。——ノエルさん、本日は申し訳ございませんでした」

「お気になさらず。体調が優れない時ぐらい誰にもあります」

「そう言ってもらえると助かります。では、また後日よろしくお願いします。その際には、娘と二人だけでお会いしてもらっても構いませんか？」

「わかりました。女性には不慣れですが、喜んでエスコートさせて頂きます」

ノエルに笑顔を向けられ、ベルナデッタは曖昧に頷く。

「失礼、少し席を外します」

不意にラルフが立ち上がった。用を足しに行くのだと思っていたが、去り際にベルナデッタに軽いウィンクをしてみせた。どうやら、会食を終える前に二人きりで話しなさい、というラルフなりの気配りらしい。

ラルフが席を離れた後、ベルナデッタはどう切り出すか迷った。

そもそも、本当にノエルはベルナデッタの正体を摑んでいるのだろうか？　もし摑んでいるとしたら、あえてお見合いの話を受けたのは何故か？

緊張で喉が渇く。ワインで口を潤し、意を決してノエルと視線を合わせた。

「一つ、お聞きしてもよろしいですか？」

「私に答えられる質問なら何でも」

「今回のお見合いの話、貴方は最初は断っていたと父から聞きました。それがどうして、心変わりされたのです？」

「なるほど。その件ですか」

ノエルは自嘲気味に微笑んだ。

「正直にお伝え致しますと、金のためです。私は貴方の御父上、ラルフ・ゴールディング氏に資金を援助してもらいたいと考え、お見合いを承諾しました」

直球で投げられた返答に、ベルナデッタは面食らってしまった。言葉を失っていると、ノエルはテーブルの上で指を組んで続ける。

「ご存じかと思いますが、私は今、七星杯という祭典の開催に尽力しています。故にお恥ずかしながら、莫大な出資が嵩み、資金繰りが厳しい。そこで、貴方の御父上を頼ろうと考えた次第です」

「……本当に正直ですね。けれども、それで私が機嫌を損ねるとは思わなかったのですか？　金のためだと言われて、喜ぶ人はいません」

呆れるベルナデッタに、ノエルは笑みを浮かべたまま頷く。

「仰る通りですね。貴方には不愉快な想いをさせてしまいました。ですが、この件については、御父上も承諾済みです。だから、いずれ貴方の耳にも入るなら、私の口から最初に伝えておくべきだと思ったのです。それに――」

ノエルは言葉を区切り、ベルナデッタを品定めするように目を細める。

「このお見合い、乗り気じゃないのは貴方も同じなのでは？」

「そんなことは……」

ありません、とは言い切れない。相手がノエルでなくても、誰かと結婚する気などない。ましてや、敵であるノエルとなんて絶対に考えられない。お見合いをすると決めたのは、ノエルの真意を測ることが目的だっただけだ。

否定できないベルナデッタに、ノエルは笑みを深くする。

「気にする必要はありませんよ。御父上は貴方のことを愛されていますが、だからといって貴方自身の気もちが蔑ろにされていい理由にはならない」

「父は冥獄十王の現界によって、今ある社会が崩壊することを恐れているのです。だからこそ、貴方のような強い人を私の伴侶にしたがっている」

「高く買ってくれるのは嬉しいですが、御父上の心配は杞憂に終わるでしょう。何故なら、この私がいる限り、帝国の未来は盤石だからです」

当然の如く言ってのけたノエルの瞳は、他を圧倒する輝きを帯びている。本心で言っているのだと、ベルナデッタは理解せざるを得なかった。嘘偽りなく、ノエルは冥獄十王に勝てると信じている。——いや、確信している。

真に恐ろしいのは、敵であるベルナデッタでさえ、ノエルならできるかもしれないと考えてしまっていることだ。世界を滅ぼせる厄災よりも、目の前の少年の方が恐ろしい。そう感じてしまうほどの迫力を、ノエルは備えていた。

「よろしければ、偽装恋人になりませんか？」

「……偽装、ですか？」

問い返すベルナデッタに、ノエルは頷く。

「私と貴方、お見合いに乗り気でないのは同じ立場です。ですが、立場上、私の方から断ることはできない。一方で貴方も、御父上の顔を潰さないために、すぐに断ることはできないはずです。だから、暫くの間は交際関係を続けませんか？」

「父を騙せと？」

「嘘を吐くことが、必ずしも愛する人に背く行為というわけではありません。もちろん、貴方が許せないと考えるのならば、すぐに断るべきです」

「私がすぐに断れば、父からの投資を受けられなくなるんじゃないですか？」

「前金として既に十億もらっています。交際が上手くいけば、追加で五十億という約束ですね。貴方の協力が得られなかった場合、得られる投資は少なくなるものの、このお見合いが完全な徒労に終わるわけではないんです」

「私も断りづらい立場なのをわかっていたのだから、余計なことを話さなければ丸々六十億手に入れられたでしょうに……」

「本音を話して貴方に断ってもらわないと、そのまま結婚までいくじゃないですか。それはお互いに望まない結果でしょう?」

なるほど、とベルナデッタは苦笑する。

「少しだけ考えさせてください」

ベルナデッタは口に手を当てて悩む振りを見せた。

実際のところ、ノエルの提案を断る理由は無い。悩む振りを見せたのは、即答して疑惑を持たれることを避けるためだ。

本当に単なる金目的なのか、それとも別の意図があってベルナデッタに近づいたのか、まだ判然としない以上、繋（つな）がりを断つのは時期尚早だ。可能な限り情報を引き出し、打倒マーレボルジェに利用できるかも見極めたい。

この男を殺すのは、それからでも遅くないだろう。

「わかりました。貴方と偽りの恋人になりましょう」

偽りとはいえ、ベルナデッタとノエルは恋人関係になった。

初顔合わせが終わって翌日、ノエルの方から次の予定の打診がフクロウ便で送られてきた。空いているスケジュールの中からベルナデッタの都合の良い日を選んでほしい、とのことだ。手紙をやり取りし数日後、初めてのデートの日を迎えた。

「蛇が何かを仕掛けてくるとしたら今日だな……」

ベルナデッタは化粧台の前で化粧をしながら呟いた。

鏡に映る自分の顔は緊張で強張っている。前回はラルフがいたが、今日はノエルと二人きりだ。緊張するな、という方が無理な話だった。

もし、ノエルがベルナデッタの正体を知っていた場合、それをネタに強請るか、あるいは直接始末しようとするのか、どちらかの行動に出るだろう。

だが、ベルナデッタにも戦いの心得は十分にある。ノエルに襲われたとしても、一方的にやられてやるつもりは無い。

「大丈夫だ。私なら蛇が相手でも上手くやれる」

化粧を終えたベルナデッタは、鏡の中の自分に言い聞かせるように呟いた。そして椅子から立ち上がった時、部屋の片隅が不意に歪んだ。歪みは大きくなり、別の空間に通じる。その穴を通って現れたのは、見知った女だった。

「マーレボルジェ……」

東洋風のワンピースドレスを着た蠱惑的な狐獣人の女が、薄い笑みを浮かべてベルナデッタの部屋に立っている。

「何をしにきたんだい？　ここには来るなと言ったはずだけど？」

　ベルナデッタが尋ねると、マーレボルジェは手に持っていた新聞の表紙を見せた。そこに載っているのは、ノエルとベルナデッタの交際を伝える記事(スクープ)だ。

「面白いことになっているね、蠅(はえ)の王」

　マーレボルジェの愉快そうな声に、ベルナデッタは内心で舌打ちをした。

　ノエルとの交際が話題になるのはわかっていた。片や七星(レガリア)のクランマスター、片やラルフ・ゴールディングの一人娘だ。話題になるのは当然である。

　だが、あまりにも早い。おそらく、素破(すっぱ)抜かれたのではなく、ラルフがリークしたのだろう。帝国中に二人の交際の周知徹底を図ることで、外堀を埋める算段に違いない。

「まさか、君が蛇と恋仲になるだなんて夢にも思わなかったよ」

　マーレボルジェは目を細め、ベルナデッタの様子を探っている。

「こんな重要なこと、何故この私に教えてくれなかったんだい？　友だちなのに水臭いじゃないか」

　悲しそうに眉尻を下げるマーレボルジェに、ベルナデッタは笑みを浮かべる。

「必要ないと判断したからだよ」

「ふむ、つまり、こういうことかい？　それは私たちへの宣戦布告かな？」

　マーレボルジェは穏やかな声で尋ねてきたが、その身体(からだ)からは禍々(まがまが)しい敵意が迸(ほとばし)っている。ここで選択を誤れば、戦闘になるのは必至。仮初の身体であるマーレボルジェの戦闘能力は、本来の千分の一も無いものの、それでも強敵であることには間違いない。戦えば、負けるのはベルナデッタの方だ。

「勘違いしないでほしい。私は君たちと敵対するつもりはない」

ベルナデッタは両手を上げて、戦意が無いことを示す。

「蛇との縁談は、父が勝手に決めたことなんだよ。私の方から頼んだわけじゃない。偶発的な事故さ。ただの事故なのに、君たちに報せる必要があるのかい？」

「相手は蛇だ。私たちの敵だ。報せるのは当然だと思うけどね？」

「敵だからこそ、この交際関係を通して蛇の内情を探ろうと考えている。君だって、私の知らないところで同じことをしているだろう？　私だけが責められるのは納得がいかないな。非難するなら、まず君の隠している情報を全て教えるべきじゃないかい？」

ベルナデッタの反駁に、マーレボルジェは顔つきを厳しくした。変わらず炎のような威圧感を放っているものの、心中の天秤が揺れ動いているのがわかる。殺すべきか否か、様々な思惑を秤に掛けているようだ。

ベルナデッタの予想だと、天秤は僅かながら一方に傾いている。――ここで殺すべきだ、という明確な殺意の色が読み取れた。

戦えば勝てない。ベルナデッタは気取られないよう逃げ道を探す。――深い谷底の上で綱渡りをしているような心地に陥っていた時、外から馬車の停車する音が聞こえた。そのまま耳を澄ませていると、誰かが急いで階段を上がってくる気配を感じた。

「お嬢様、ノエル様がお迎えにいらっしゃいました」

ドアのノックと共に、使用人がノエルの来訪を伝えた。ベルナデッタはマーレボルジェに視線を合わせたまま、ゆっくりと口を開く。

「……わかりました。すぐに向かいますので、ノエル様には応接間で待ってもらうよう伝えてください」

「承知しました。そのようにお伝え致します」

使用人が階段を下りていく間も、ベルナデッタは緊張を解くことができなかった。互いに睨(にら)み合ったままでいると、不意にマーレボルジェの威圧感(プレッシャー)が消える。

「わかったよ。蛇に関しては、君に任せよう」

そう言って、マーレボルジェは踵(きびす)を返す。

「ベルナデッタ、君は異邦人だ。この世界のどこを探しても、私たち以外の理解者なんていない。そのことを忘れないように」

「……ああ、わかっているよ」

「なら良かった。――任せた以上、私の期待を裏切らないでね？」

ベルナデッタが頷くと、マーレボルジェは空間の向こうに去った。瞬間、極限の緊張から解放されたせいで、脱力感に支配される。危うく頽(くずお)れそうになった身体を、化粧台に置いた手で支え、深い呼吸を繰り返した。

マーレボルジェは見逃してくれたが、関係の決裂は決定的だ。そもそも、仮にノエルのことを伝えていても、関係が悪化することは確実だった。いずれ決別すると決めてはいたものの、その時は想像以上に早く訪れたようだ。こうなってしまっては、是が非でも対マーレボルジェの協力者を得る必要がある。

呼吸を整えたベルナデッタは、姿勢を正して部屋を出た。階段を下り応接間に入ると、ソファに腰かけたノエルが優雅に紅茶を啜っていた。

「お待たせして申し訳ございませんでした」

目礼するベルナデッタに、ノエルは微笑む。

「それでは行きましょうか」

立ち上がったノエルにベルナデッタが付き従うと、女中たちがベルナデッタに向かって拳を握り締めていた。デートを頑張ってね、という応援らしい。ベルナデッタは苦笑するしかなかった。彼女たちが真実を知った時、どんな顔をするだろう？　それは想像するだけで、暗澹とした気もちになる光景だった。

今日の予定は、昼食を共にし、それから帝都で流行りの演劇を鑑賞する段取りになっている。レストランの予約をしたのも、演劇のチケットを取ったのもノエルだ。

ノエルにエスコートされて入ったレストランは、各界の要人だけが入店できる完全会員制の店だった。互いに社交界の華であるため、礼節を弁えた要人たちであっても、二人に対して好奇の視線を向けてくる。だが流石に、二人の交流を邪魔してくるような不躾者はいなかった。これが普通のレストランだったら、今頃大騒ぎだっただろう。

「貴方はどうして、探索者を志されたのですか？」

食事をしながら、ベルナデッタはノエルに尋ねた。

席についてからというもの、二人の会話は思っていた以上に弾んでいる。軽い冗談話から始まり、最近の社会的な出来事、またファッションや音楽の趣味等を語り合ったことで、少し踏み込んだ質問をしても問題無い空気ができていた。

「一番の理由は祖父に憧れていたからですね」

ノエルは微笑んで答える。

「祖父は高名な探索者です。幼い頃に両親を亡くし、祖父に育てられた私は、必然的に祖父の冒険譚が寝物語でした。探索者を志したのは、それが一番の理由です」

「御祖父への憧れが、貴方の成功の原動力だったんですね」

「いえ、憧れはきっかけに過ぎません。原動力はもっと別の感情です」

「そうなんですか？」

「人にとって探索者は強さの象徴です。なにしろ、軍や官憲はもちろん、恐ろしい悪魔にも負けない猛者たちだ。人は彼らを通して、人の真の強さ——その可能性に魅せられる。私も同じです。私が今の地位に就けたのは、ひとえに強さを求め続けたからです。そして、それはこれからも変わりません。強さを求める心が、私の原動力です。なにより、今際の際の祖父にも、最強の探索者になると誓いましたから」

ノエルの言葉は明瞭で、迷いというものが微塵も感じられなかった。

「……貴方は純粋なんですね」

嘘偽りの無い、素直な感想だった。

この男は真実、純粋で混じり気の無い生き方をしている。だからこそ、ヨハンを打倒するために、寿命の大半を費やすという暴挙に及んだ。その生き方には不純物が存在しない。相反する立場にいるベルナデッタでさえ、美しいと思えるほどに澄み切っている。

まるで、底の見えない海のように美しく、だからこそ恐ろしい――。

「羨ましいです。貴方のように生きられたら痛快なのでしょうね」

「う～ん、それはどうかなぁ。たしかに、私は私の人生に満足していますが、完璧主義のきらいがある。こればかりは自分にもどうしようもない感情です。振り回されて損をすることも多い」

「何もかもが完璧な人なんていないと思いますよ」

「仰る通りですね。私は美学だなんて嘯いていますが、明らかな欠点なのは間違いないです。つまるところ、度が過ぎた負けず嫌いなんですよ。……たぶん、小さい頃のトラウマが原因なんだろうなぁ」

「トラウマ、ですか？」

ベルナデッタが首を傾げると、ノエルは困ったような顔になった。

「実は私、小さい頃はよくイジメられていたんです」

「えっ、貴方が!?」

信じられない。人をイジメ殺すのが趣味のような男が、小さい頃は自分がイジメられていただなんて……。ベルナデッタは目を瞠（みは）って驚くばかりだった。

「意外でしたか？」

「え、ええ、驚きました。貴方は全探索者（シーカー）の中でも、一、二を争う武闘派だと聞いていましたから……。イジメられていたようには、とても見えないです……」

「イジメられていたから、なんでしょうね。他人よりも攻撃的で容赦が無いのは、人の残酷さを身を以（もっ）て体験したからです。だから、強くなりたかった。誰にも馬鹿にされない強さが欲しかった。もう、誰にも負けたくない」

　そう締め括（くく）ったノエルは、照れ臭そうに笑った。

「この話、他言無用ですよ？　クランの仲間たちにも話したことが無いんです。表に出ると、ちょっと恥ずかしいですから」

「それはもちろん……。でも、だったらどうして話してくれたんです？」

「御父上（おちちうえ）を騙（だま）す片棒を担がせた負い目のせいですよ」

「負い目？……ぷっ、アハハハ！　父から六十億も騙し取ろうとしている人が、今更律儀なことを言わないでくださいよ」

　ノエルのずれた生真面目さが面白くて、ベルナデッタは思わず噴き出してしまい、そのまま声を上げて笑い続けた。

「そんなにおかしいことを言いましたか？」

　首を傾げるノエルに、ベルナデッタは目尻の涙を拭ってから頷いた。

「はい、おかしいです」

「笑いの沸点が低いんですね。少し驚きました」

「ノエル様が変わっているだけだと思いますよ」

「そうかなぁ。そんなことはないと思うんだけどなぁ。……でも、女性とデートするのは初めてだから、ひょっとして緊張しているのかもしれないです」

　デート、という言葉に、どきりとした。たしかに、二人は今、デートをしている。偽装恋人ではあるものの、それは間違いない。そして、ノエルは異性とデートするのが初めてだと言ったが、初めてなのはベルナデッタも同じだった。

「顔が赤いけど、大丈夫ですか？」

「だ、大丈夫です！」

　急に指摘されたせいで、声が裏返ってしまった。ベルナデッタは誤魔化すように咳払いをし、表情を改める。

「そういえば、私はノエル様よりも四つも年上ですが、その点は問題無いのでしょうか？」

「問題も何も、偽装恋人なんだから、特に興味無いです」

「た、たしかに、そうでした……」

　間違えた。動揺していたせいで、歳の差を気にしているような質問をしてしまった。偽装恋人関係なのだから、真面目に考える方が馬鹿だ。

「それに、歳の差は四つじゃないです。昨日、十七歳になりましたから」

「そうなんですか？　それは……おめでとうございます……」

「ありがとうございます」

ノエルは軽く笑って、それから時計を確認した。

「開演の時間が迫っていますね。店を出ましょうか」


劇の内容は、若い王子が病床の王に代わって、侵略戦争を企てる隣国に立ち向かう話だった。暗い雰囲気こそあるものの、若く賢い王子と、王子を慕う臣下たちとの奮闘がドラマチックで面白い。侵略戦争を企てる隣国の王も単なる悪役（ヒール）というわけではなく、自国を愛する想（おも）いや、子煩悩な一面が強調されており、憎めないキャラクターになっている。

登場人物たちに扮（ふん）する俳優たちの演技力も優秀だ。小道具や舞台演出にも凝っており、最新の技術が贅沢（ぜいたく）に使われている。

流石は帝都で今一番人気のある演劇だ。観客席は全席埋まっており、誰もが舞台に夢中になっている。ベルナデッタだって同じだ。

唯（ただ）一人、隣に座るノエルだけは違った。

ノエルは目を閉じ、スゥスゥと静かな寝息を立てている。その安らかな寝顔には、演劇への興奮など無かった。退屈だったのか、それとも単に疲れているだけなのか、どちらにしても夢の中にいる方が幸せらしい。

寝ていても隙が無いのは恐れ入るが、ノエルの子どものような無垢な寝顔を見ていると、ベルナデッタは毒気が抜かれていくのを感じた。

これまでの言動を考えると、おそらくノエルはベルナデッタの正体に気がついていない。でなければ、敵の前で寝顔を晒すなんて、絶対にありえないからだ。油断させるためだとしても、あまりに非効率的である。平時のノエルなら、そんなまどろこしい真似などせず、もっと直接的にベルナデッタを攻めている。

全てはベルナデッタの杞憂だった。ノエルの目的は当初の予想通り、ラルフの金だ。他の目的は無い。ベルナデッタの正体が蠅の王だとは、夢にも思っていないに違いない。

ベルナデッタは心の底から安堵した。そして、考える。いかにしてノエルを利用すれば、マーレボルジェを殺すことができるか、と。

殺し合わせるだけなら話は簡単だ。ノエルに匿名でマーレボルジェの正体を伝えればいい。問題なのは、マーレボルジェにやってもらうべきことがまだ残っている点。排除するのは、それからでなければ意味が無い。最も望ましいのは、相打ちで死んでくれること。マーレボルジェだけでなく、ノエルもこれからの世界には邪魔だ。その思想は危険過ぎる。絶対に死んでもらう必要があった。

上手く脚本を書かなければいけない。——目の前の演劇のように。

劇場に割れんばかりの拍手が鳴り響いた。演劇が終わり、感動した観客たちがスタンディングオベーションを行っている。立ち上がって拍手を送っているベルナデッタの隣で、いつの間にか目を覚ましていたノエルが、眠たそうに手を叩いていた。

物語は最後、王子の死で幕を閉じる。隣国の王との一騎打ちの果てに、差し違える形で命を落としたのだ。悲劇、といえば悲劇なのだろう。だが、王子は隣国の侵略を防いだ。国は王子を失ったものの、王子の遺志を受け継いだ忠臣たちがいる限り、滅びることはないだろう。

悲劇なのに、奇妙なカタルシスのある物語だった。ベルナデッタは自然と涙を流す。その涙は、死んだ王子を悼む心。そして、これから先に起こる結末への涙だった。


ベルナデッタとノエルは、入館した時と同じように、関係者が使う劇場の裏口から、人通りの少ない路地裏に出た。人目を避けないと、大勢の注目を集めてしまうためだ。ノエルが席の予約をする際、事情を話して使えるように交渉したらしい。

路地裏を出たすぐ先の表通りに、馬車が待機している。予定は全て終わったので、後は帰宅するだけだ。

「今日はとても楽しかったです。ありがとうございました」

ベルナデッタが微笑んで御礼を言うと、ノエルも柔らかく笑った。

「こちらこそ、ありがとうございました。今日のようなデートを何度か重ねたら、御父上も騙されてくれるでしょう。その後に、結婚するには相性が悪いので交際を解消したいと伝える作戦でお願いします」

「それは構いませんけど、仮にもデート中に居眠りするのはどうかと思いますよ？　疲れているなら、気を遣わず最初にそう言ってください」

「……居眠りなんてしていませんよ。ちゃんと起きていました」

真顔で否定するノエルに、ベルナデッタは瞬いた。

「ね、寝てましたよ？　なんで、否定するんですか？」

「それは貴方の気のせいです。私は居眠りなんてしていません」

「い、いいえ、たしかに寝ていました！」

ノエルが認めようとしないので、ベルナデッタもついムキになってしまう。

「ひょっとして、恥ずかしいんですか？」

「はぁ？　恥ずかしくなんてないんですが？」

「頑な人ですねぇ……。変に意地を張っても逆効果ですよ？」

「……うるせえなぁ。説教すんじゃねえよ。寝てねえつってんだろうが。俺が寝ていたって証拠あんのかよ？」

「しょ、証拠って……」

態度を急変させたノエルに、ベルナデッタは狼狽（ろうばい）した。

この男、いくらなんでも短気過ぎる……。

さっきまでの紳士然とした振る舞いが嘘のように、好戦的な態度を隠そうともしない。

腕を組んで、ベルナデッタに鋭い視線を向けている。

「嘘だと思うなら、演劇に関する質問を何でもしてみろ。全部答えてやるから」

「はぁ？　なんで、そんな喧嘩腰に言われないといけないんですか？」

乱暴な物言いに腹を立てたベルナデッタが反論すると、ノエルは不愉快そうに綺麗な柳眉を逆立てた。

「おいおい、最初に難癖付けてきたのはあんただぜ？　こっちがずっと下手に出てたら、しょうもねえ言い掛かりをつけやがって。面倒な女だなぁ」

「貴方が居眠りしていたから、それを注意しただけでしょうが！」

「だから居眠りなんてしてねえって言ってんだろうが！　馬鹿！」

「誰が馬鹿だ、この糞ガキ！　年下の癖に生意気言うな！」

売り言葉に買い言葉とは、このことだ。ノエルにつられて、ベルナデッタまで言葉遣いが乱暴になってしまう。

「だいたい、今日の演劇を選んだのはあんたなんだから、話を知っていてもおかしくないでしょ！　それこそ何の証拠にもならない！」

「じゃあ、おまえは俺が寝ていたって証拠を出せんのかよ？　証拠も出せないのに難癖付ける、おまえのその安い根性が気に入らねえ」

「証拠証拠って、オウムかあんたは！」

「誰がオウムだ、このまな板ヒステリー女！」

「まな板ヒステリー女!?……この糞ガキ、おまえ、そこを動くなよ？　その綺麗な顔をぶん殴って――」

激昂したベルナデッタがノエルに迫ろうとした刹那、僅かだが人のものとは異なる魔力を感じた。次いで、異変を察知したノエルが驚愕に目を見開き叫ぶ。

「伏せろ！」「ええっ!?」

ノエルがベルナデッタを押し倒して覆い被さった瞬間、耳を劈く爆発音が轟いた。近くで大きな爆発があったのだと理解すると同時に、建物の破片物が降り注ぐ。ノエルが盾になってくれているので怪我をすることはなかったが、破片物には人の頭ほどの大きさのものも含まれていた。

しばらくして破片物が落ちてこなくなると、ノエルは立ち上がり、倒れているベルナデッタに手を差し伸ばす。

「無事か？」

「え、ええ、ありがとうございます」

濛々と土煙が立ち込める中、ノエルの手を掴んで起き上がったベルナデッタは、彼の顔が血で濡れているのに気が付いた。

「頭を打ったんですか!?」

「大丈夫だ。この程度なら問題無い」

「でも、私を庇ったせいで……」

「あんたは大事な金づるの娘だからな。怪我をさせるわけにはいかないだろ？」

ノエルは醒めた笑みを浮かべ、顎で表通りを示した。

「行こう。状況を確認したい」

ベルナデッタは頷き、一緒に瓦礫だらけの道を歩き出す。路地裏から表通りに出ると、そこは大量の負傷者たちで阿鼻叫喚の有様となっていた。二人を待っていた馬車も、瓦礫に圧し潰されて、原形を留めていない
周囲を見回すと、爆心地らしき建物を見つけた。劇場のすぐ近くの建物で、劇場に入る前に見た時は五階建てだったのに、今は三階建てになっている。上の階層が爆弾で吹っ飛んだらしく、黒煙が立ち上っていた。

「ベルナデッタ、あんたは家に帰れ」

ノエルが煙草に火を付けながら言った。

「見たところ怪我は無さそうだし、一人で帰れるだろ？　俺は残って、救助活動を手伝う。【話術士】の支援があれば、この地獄も少しはマシになるはずだ」

ベルナデッタは頷くことしかできなかった。

「わかりました。お気を付けて」

踵を返して現場を離れるベルナデッタの胸に、苦いものが去来する。

まず間違いなく、この惨状を招いたのはマーレボルジェだ。

何が目的だったかはわからないが、爆発が起こった瞬間、マーレボルジェの魔力を感じ

た。最初はベルナデッタを狙ったのかと警戒したものの、それにしては手緩（てぬる）いし、脅しにしても中途半端だ。何か別の理由があったのだろう。

いずれにしても、マーレボルジェが招いた惨劇は、ベルナデッタでさえ目を覆いたくなるような光景だった。平穏だった街並みは一瞬にして崩れ去り、多くの怪我人たちが血を流し苦しんでいる。中には怪我をした赤子を抱きしめて泣き叫んでいる母親の姿もあった。

ベルナデッタは堪（たま）らず視線を逸（そ）らし、足早に去っていく。

「これが代償か……」

苦々しい想いで呟（つぶや）いた言葉は、人々の悲鳴の中に消えた。

ベルナデッタが去った後、俺は駆け付けてきた官憲と消防隊、そして善意の探索者（シーカー）たちと共に救助活動を行った。探索者（シーカー）は市街地に深淵（アビス）が発生した時に備えて、基本的な救助活動の知識と技術を習得している者が多い。祖父に鍛えられた俺はもちろんのこと、市民を助けるために集まった他の探索者（シーカー）たちも素人ではなかった。

俺は七星（レガリア）のクランマスターとして彼らの指揮を執り続け、なんとか日が沈む前に全ての被災者を救助することに成功した。

重傷者こそ多かったものの、死者が出なかったのは幸いだ。また、運良く優秀な【治療師（ヒーラー）】たちが集まってくれたおかげで、怪我人たちを素早く治療することができた。軽傷者は完治し、重傷者も自力で帰宅できるほど回復している。

俺が煙草を吸って一息ついていると、消防隊の隊長が現れた。

「御協力ありがとうございました。貴方のおかげで、迅速に被災者たちを救うことができました。消防隊を代表して、心より感謝致します」

「帝国民として当然の義務を果たしたまでです。貴方たちもお疲れ様でした。――ところで、爆発の原因は特定できたのですか？」

「いえ、まだわかっておりません。官憲が現場の調査を行っています」

「そうですか。では、お手数ですが、何かわかったら私にも教えてくれるよう、官憲に伝えてもらえますか？　それまでここで待っています」

承知しました、と隊長は頷(うなず)き、踵を返した。現場は官憲たちに封鎖されており、部外者は入ることができない状況だ。離れた場所からは野次馬たちのざわつく声が聞こえる。

「明日の一面はこれで決まりだな」

陽(ひ)はとっくに沈んでいる。街灯の下、足元に煙草の吸い殻が目立ち始めてきた時、俺の前に予想外の人物が現れた。

「驚いたな……」

「今晩は、ノエル君」

不敵な笑みを浮かべながら現れたのは、黒山羊の晩餐会(ゴートディナー)のクランマスター、ドリー・ガードナーだ。その後ろには、愛想笑いを浮かべた官憲が立っている。

「そ、それでは、私はこれで失礼致します」

そそくさと退場する官憲を見送った俺は、ドリーに視線を向けた。

「あんた、この事件をずっと追っているのか？」

でなければ、都合良く官憲を伴って現れるわけがない。

「察しが良い男は好きよ、ノエル君。消防隊の人から聞いたわ。事件の概要を聞きたいそうね？」

「あんたが噛んでいるとは知らなかったからな。そういう事情なら、俺は手を引く。あんたと争っている暇は無いんでね」

踵を返そうとした俺を、ドリーが呼び止める。

「早とちりしないで。私もあなたに聞きたいことがあるのよ。だから、交換条件といきましょう。あなた、爆発が起こった時、現場にいたそうね？」

打って変わって神妙な顔をするドリーに、俺は頷く。

「ああ、それがどうかしたのか？」

「その時に、何か気が付くことはなかった？　あなたほどの探索者なら、爆発が起こる前に異変を察知できたはずよ」

ご明察。たしかに俺は、爆弾が爆発する前に異変を察知できた。

「気が付いたことはある。――あるが、文脈がわからないと正確には答えられないな。まずは、そっちが情報を開示する方が先だと思うぜ？」

俺が促すと、ドリーは溜息混じりに頷いた。

「はぁ、わかったわよ。これを見てちょうだい」

ドリーは懐から一枚の写真を取り出し、俺に手渡す。写真には、若い獣人の女が写っていた。知らない顔だ。誰なんだろう？

「その女の名前はレイセン。帝都の仲介屋よ」

内心の疑問に、ドリーが答える。

「娼婦（しょうふ）みたいな格好をしているけど、隣国のスパイとも取引する危険な女なの」

「それで、あんたが追っているのか？」

「理由は他にもあるけどね。端的に言えば、帝国に害を為（な）す存在だからよ。既に官憲とも協力して行方を追っているわ。そして、その捜査の途中で、新しい情報を入手したの。——ノエル君、異界教団って知っている？」

いいや、と俺が首を振ると、ドリーは声を低くする。

「悪魔（ビースト）を神と崇（あが）める狂信者たちの集団よ」

「……それは素敵な趣味だな」

「連日怪しい儀式を行い、生贄（いけにえ）として攫（さら）ってきた人を殺してもいるわ。それだけならまだしも、奴（やつ）らの幹部たちは反体制主義者たちで構成されている」

「つまり、カルト教団の皮を被った、テロリストたちってことか？」

「そういうこと。そして、この異界教団の立役者となったのが、仲介屋のレイセンよ。おそらく、他国の工作員に頼まれてやったことでしょうね」

「最終的な目的は、テロリストを利用した大規模な破壊工作か……」

最も犯行の可能性が高いのは、ロダニア共和国だ。潜伏している情報屋からも、連日の如くきな臭い話が届いている。

「なら、さっきの爆発は、奴らの仕業か？」

「その通りよ。でも、計画的なテロ行為ではないの」

「どういうことだ？」

「あの爆発は、私の落ち度が原因よ……」

ドリーは忌々しそうに顔を顰める。

「そもそも、あの建物は教団幹部が所有する物件なの。レイセンの居場所を特定するため、部下に監視を頼んでいたんだけれど、捜査に繋がる情報は得られなかったわ。だから仕方なく、幹部を誘拐して無理やり口を割らせることにした。幹部が非戦闘員なのに対して、部下は潜行に長けたAランクの猛者。失敗するなんて思ってもいなかった……」

だけど、と繋いだドリーの言葉には、激しい怒りが込められていた。

「彼女は爆発に巻き込まれ、瀕死の重傷を負ったわ。官憲の連絡を受けて駆け付けた私が治療したけれど、生き残れるかは微妙なところね。身体の損傷が酷過ぎて、十分な治療を施せる余地が無かったのよ……。私がもっと警戒していれば、こんなことにはならなかった……」

悔やむドリーの気もちは痛いほどに理解できる。俺も仲間を従える立場だ。俺の命令一つで、仲間たちは生きもするし、死にもする。その責任の重さは、どれほど地位を得ても軽くなることはないし、決して軽んじてはいけない。それが組織の長の義務だ。

「部下は気の毒だったな。快癒することを俺も祈っている」

「ふふふ、あなたに慰められる日がくるとは思わなかったわ。——感傷に浸るのは止めて、話を続けます。現場を検証した結果、爆発を起こしたのは幹部の身体だとわかったわ」

「体内に爆発物を仕掛けられていたってことか？」

「爆発物といっても、爆弾ではないわ。——魔力よ。事前に幹部の体内に仕込まれていた魔力が、遠隔操作か何らかの条件を満たして凄まじい爆発を起こしたの」

「おいおい、魔力が暴発しただけで建物を吹き飛ばし、更にAランクの探索者に致命傷を与えたって言うのか？　そんな強力なスキル、聞いたことがないぞ」

　私もよ、とドリーは険しい表情で頷く。

「最初の質問に戻るわ。ノエル君、あなたは爆発の直前、何を感じたの？」

「……異質な魔力を感じた」

　俺は爆発が起こった時のことを思い出しながら続ける。

「日常では触れることのない性質の魔力だ。だが同時に、馴染み深い感覚もあった。皮膚にまとわりつき、軽い酩酊感を錯覚させる魔力——」

「それって……」

「ああ。あんたもわかるだろ？　あれは、深淵に漂う魔素と同じだった」

深淵の魔素と違ったのは、何者かの凶暴な害意が込められていたこと。だから俺は、大規模な攻撃が行われるのだと予測することができた。

「そう……。やっぱり、そうなのね……」

ドリーは得心したように頷く。

「貴重な情報をありがとう。おかげで対策を練れそうよ」

「こっちも助かったよ。あんたの情報が無いまま七星杯を開催していたら、テロリスト共に好き放題されるところだった」

「どういたしまして。それで、そっちに対策はあるの？」

「入場検査を更に厳格にする予定だ。魔力計測器を使えば、爆弾にされている奴を炙り出せるだろう。人とは異なる魔力なら猶更、な」

「それなら安心ね。私も出場者として開催を楽しみにしているわ」

表面上、冷静さを保ったまま言葉を交わしたが、内心は穏やかではなかった。ドリーからも、その平静さの奥で動揺しているのが伝わってくる。

「私は捜査に戻るわ。またね、蛇さん」

手をひらつかせて去ろうとするドリーを、今度は俺が呼び止めることにした。

「待て。もしよければ、手を貸そうか？」

俺の言葉に、ドリーは目を丸くする。

「前は共闘を断ったのに、今更どういうつもり？」

「危険なテロリストを野放しにすることはできないからな。あんたには七星会議の恨みがあるが、それは水に流してやってもいい」

「恨みですって？　それを言うなら、ヨハンの一件を暴露された私の方が君を恨んでいるわよ」

「あれは、あんたの自業自得だろ。あんたがヴィクトルと組んで俺を嵌めようとしなければ、俺も暴露するつもりはなかった」

「物は言いようね。まあ、その件はもういいわ。たしかに、あなたの協力は魅力的ね。特に、【傀儡師】ヒューゴの力は喉から手が出るほど欲しい」

　だけど、とドリーは困ったように笑った。

「共闘は断らせてもらうわ」

「一応、理由を聞かせてもらおうか？」

「勘違いしないでね。前に断られた意趣返しをしているわけじゃないし、七星会議の件も関係ない。これは、私の美学の問題。あなたと同じよ、ノエル君。あなたがヨハンを自らの獲物だと定めたように、私もレイセンを自分の手で狩りたい。あの女は私の獲物」

　ドリーは微笑んでいたが、同時に確固とした拒絶の意志を感じる。その仄暗い瞳は、邪魔をするなら誰が相手でも許さない、と物語っていた。

「了解した。だったら、俺は関与しない」

「理解してもらえて助かるわ。私も今は、あなたと争いたくないもの。それに、あなたと共闘関係を結ぶには、他にも問題があるしね」

「どういう意味だ？」

「知りたい？」

俺が首を傾げると、ドリーは警戒する間も無く懐に入ってきた。そして、柔らかな身体を密着させ、俺の耳元に甘ったるい息を吹き掛ける。

「それはね――」

不快に感じた俺が突き放そうとした時だった。聞き覚えのある声が、ヒステリックに響き渡る。

「マスター！　ノエルに何をしているんですか!?」

声の方を見て驚いた。若葉色のローブを身に纏った金髪の女が、険しい顔をして俺たちを睨みつけている。

「やっぱり、ついてきちゃったんだ」

ドリーは軽く笑って俺から離れると、憤慨している女の横に立った。

「待機命令、出したんだけどな？　そんなにノエル君が心配だった？」

顔を覗き込みながら尋ねられ、女は気まずそうに視線を逸らす。

「まっ、いっか。そういう激情家なところも理解した上で雇ったんだし。今回は許してあげる」

「……申し訳ございませんでした」

女が項垂(うなだ)れるように謝ると、ドリーは俺に視線を戻す。

「答え、出ちゃったね。この娘が、私の言った問題」

二人のやり取りを呆然(ぼうぜん)としながら見ていた俺は、腹の底から沸々と怒りが湧いてくるのを感じた。

「てめぇ、どういうつもりだ？　何故(なぜ)ここに――」

怒りのせいで喉に引っ掛かった女の名前を、殺意と共に絞り出す。

「タニアがいる？」

タニア・クラーク。嵐翼の蛇(ワイルドテンペスト)の前身である、蒼の天外(ブルービヨンド)時代の仲間だ。そして、パーティ資金を横領した報いを受けさせるために、俺自らの手で奴隷に堕(お)とした女でもある。主人が死んだことで自由になり、今は悠々自適の生活をしているはずだった。

なのに、タニアは探索者(シーカー)時代の姿で、俺の目の前に現れた。ドリーとの会話から察するに、どうやら黒山羊の晩餐会(ゴートディナー)に所属しているらしい。その理由はわからないが、仮にドリーが俺に対抗する道具としてタニアを雇ったのなら、絶対に許すことはできない。

俺は自然と右肩に掛かっている重さを意識した。ジャケットの下にはショルダーホルスターを装備しており、新調した魔銃(シルバーフレイム)が収められている。流石(さすが)にこの場でドンパチをする気は無いものの、怒りが臨戦状態を錯覚させていた。

「怒らないでよ、ノエル君。美人が台無し」

俺は殺意を込めて睨み付けるが、ドリーは飄々(ひょうひょう)とした態度を崩さない。

「言っておくけど、彼女を雇ったのは純粋に探索者（シーカー）としての能力を評価したからよ。他の理由は無いわ。同じ【治療師（ヒーラー）】である私なら、彼女の才能を開花させることができる。たとえ、少しのブランクがあってもね」

「……本当にそれだけなんだろうな？」

「誓って、他意は無いわ。あなたにとって不愉快なのはわかっている。でも、これは真実よ。他人の微表情を読めると嘯（うそぶ）いていたあなたならわかるでしょ？」

たしかに、ドリーは嘘（うそ）を言っていない。もし嘘を吐（つ）いているのなら、本人の意思に拘（かかわ）らず微表情が顔に出る。冷静になって観察すれば一目瞭然だ。

「なら、構わない」

俺は踵（きびす）を返し、二人から離れる。ドリーにタニアを利用して俺を貶（おと）しめる魂胆が無いのなら、口出しする気は無い。タニアが黒山羊の晩餐会（ゴート・ディナー）に所属しようと、それは個人の自由だ。何の興味も感慨も湧くことはない。

俺は野次馬に囲まれないよう、人通りの少ない道を選び、封鎖区域の外に出た。事故現場に繋がる大通りには、依然として多くの野次馬たちが押し寄せ、官憲と黄色い規制線に阻まれながらも、中の様子を窺（うかが）おうとしている。

警備をしている官憲たちも大変だ。今晩は徹夜で対応しなければいけないだろう。俺が野次馬たちに見つかると、彼らの仕事が増える。注目を浴びないように暗がりを選んで歩いていた時、後ろから俺を呼ぶ声がした。

「ノエルッ！」

声の主はタニアだった。息を切らせて俺に走り寄ってくる。このまま無視をしてもよかったが、名前を連呼されると厄介だ。せっかく人目を避けているのに、野次馬たちに気が付かれてしまっては元も子もない。仕方なく、俺は足を止めた。

「……何の用だ？」

振り返って問いかけると、タニアは走るのを止めた。だが、立ち止まることなく、華奢な肩で荒い息をしながら、俺に歩み寄ってくる。そして、その白い手を俺の頭にかざした。途端に温かな光が溢れ出し、俺の頭の傷を癒す。忙しさで忘れていたが、そういえば頭を怪我していたな、と今更のように思い出した。

「どうして、怪我をしているのに治してもらわなかったの？」

タニアの責めるような口調に、俺は心底辟易した。

「おまえ、マジでウザいよ」

頭にかざされていたタニアの手を振り払い、更に続ける。

「そうやって構い続けていたら、俺が情に絆されて翻意するとでも思っているのか？　だとしたら、勘違いも甚だしい。くだらねぇ真似は止めて、てめぇの身の丈にあった生き方をしろ」

俺がはっきりと拒絶すると、タニアは一瞬だけ悲しそうに顔を曇らせたが、すぐに黒い憎悪を漲らせた。

「ラルフ・ゴールディングの令嬢と交際しているそうね？」

「それがどうした？　おまえに何の関係がある？」

「言ったはずよ。あなたに近づく女は全員、私が殺してやるって」

「できもしねえことを吹かしてんじゃねえよ」

「できるわ。私は本気よ」

断言するタニアに、俺は舌打ちをした。

「そうやって、一生俺に付き纏うつもりか？」

「そうよ。あなたが私のものにならない限り、絶対に離れない」

「……調子に乗りやがって」

もう我慢の限界だ。俺はタニアの胸ぐらを掴み、その繊細な顎にホルスターから抜き放った魔銃を突き付ける。

「殺すぞ、糞女」

「……殺してよ」

タニアは魔銃を突き付けられながらも、臆することなく言った。虚ろな瞳は、決して揺れることなく、俺だけを映している。タニアが壊れているのは明らかだった。壊れるほどに俺を想い続けた結果が、この有様だ。

僅かに、本当に僅かだが――胸の奥が痛んだ。

「おまえなんて殺す価値も無い」

俺はタニアから手を離し、魔銃もホルスターに収めた。

「これだけは言っておく。ベルナデッタ・ゴールディングには関わるな」

「そんなにあの女が大事？　交際したばかりなのに、随分な入れ込みようね」

タニアは責めるように言ったが、その声は震えていて、今にも泣きそうだ。

「……嫌よ。あなたがあの女と一緒になるなんて絶対に嫌。何を犠牲にしても、あの女を殺してやる」

「無理だよ」

俺は感情を殺した声で否定する。

「おまえには無理だ。この俺がいる限り、絶対にな」

タニアの双眸から涙が零れ出した。血が滲むほど唇を噛み締め、何も言えないまま立ち尽くしている。そうして暫く経ち、ゆっくりと踵を返して去っていった。

「憐れな娘だな」

気が付くと、隣に銀髪の男が立っていた。男の視線は俺にではなく、力無く歩くタニアの小さな背中に注がれている。

「あの分だと、本当に君が殺してあげた方が楽になるだろうね」

「……消えろ」

俺の一言で、銀髪の男は消えた。一人残された俺は煙草を取り出し、マッチの火を灯した。煙草の先で小さく燻る火を見つめながら、甘い香りのする煙を肺の奥にまで行き渡らせる。それを勢いよく吐き出すと、少しだけ心が安らぐのがわかった。

「この街で俺に優しいのは、おまえだけだな……」

　吐き捨てるように呟いた言葉に、答える者は誰もいない――。


　官憲と話し終えたドリーがクランハウスに戻ろうとした時、ノエルを追い掛けるために飛び出したタニアが帰ってきた。タニアの意気消沈した様子に、ドリーは苦笑する。

「また振られたの？　懲りないなぁ」

　俄かにタニアの視線が鋭くなったが、すぐに弱々しいものに変わる。

「……馬鹿なのはわかっています」

　唇を噛み締め目を伏せるタニアの足元には、ぽつぽつと雫が落ちていた。

「手に入らないから、余計に欲しくなる。わからない気もちでもないけど、あなたのは深刻ね……」

　ドリーはタニアに歩みより、その肩に手を置いた。

「タニア、あなたには才能があるわ。だけど、それを開花させるためには、あなたの強い意志が必要なの。今の状態じゃ、強くなれない」

　ドリーがタニアを雇ったのは、純粋に彼女の実力を評価したからだ。優秀な人材を積極的に雇用するのは、単にクランを強化できるだけでなく、他のクランを牽制する意味もある。風の噂では、以前に覇龍隊のジーク自らがノエルを勧誘したそうだが、それは決して珍しい話ではない。

「それに、あなたが強くなれば、蛇——おっと、ノエル君も見直してくれるんじゃないかしら？」

ドリーは柄にも無く優しく諭すが、タニアは溜息を吐くだけだった。

「……先にクランハウスに戻ります」

とぼとぼと去っていくタニアを見送ったドリーは、ゆっくりと首を振る。

「思っていた以上に重症ね……」

見込み違いだったのだろうか？　いや、仮にそうだとしても、他のクランで大成することを防げたと考えれば、タニアを雇ったのは正しい選択だったはずだ。ドリーはそう納得し、近くの建物の壁に背中を預けた。

「……少し、疲れたな」

独りになったせいだろうか、疲労が全身に圧し掛かってくる。虚ろな眼になったドリーは、服のポケットから小型写真容器を取り出した。小型写真容器を開くと、そこには赤ん坊を抱えた赤髪の少女の写真が収まっていた。

ドリーは暫く写真を眺めた後、そんな自分を自嘲する。

「くだらない」

呟いた声は、自分でも驚くほど冷たく、また弱々しかった——。

†

　レオンが指揮官代行を務める討伐遠征は、無事全ての依頼を終えようとしていた。広大な帝国中を巡る旅になったものの、嵐翼の蛇(ワイルドテンペスト)が所有する飛空艇、黒の令嬢(ブラック・オディール)のおかげで、スケジュールに一切の遅延は無い。

　討伐自体も、レオンを含め以前よりも遥(はる)かにレベルアップした仲間たちの前には、たとえ深度八の悪魔(ビースト)であっても、何の障害にもならなかった。

　この分だと、予定より早く帝都に帰還できそうだ。レオンは艦内備え付けの通信機を使って、そうノエルに伝えた。その声は、喜びに満ちている。

「たぶん、七星杯(しちせいはい)の予選が始まる前に帰れると思う」

　当初の予定だと、予選が始まっている最中に帰還する予定だった。七星(レガリア)である嵐翼の蛇(ワイルドテンペスト)が参加するのは本戦からであるため、それでも余裕はあったのだが、少しでも早く帰還できた方が嬉(うれ)しいのは当然の感情だ。

「この高速船には本当に助けられたよ。速過ぎて、最初は戸惑ったけどね」

　レオンが笑うと、通信機越しにノエルも笑うのがわかった。

『誰か酔って吐かなかったか？』

「ヒューゴが吐いた」

『ヒューゴが？　意外だな。てっきり、コウガが吐くと思っていた』

「俺も意外だったよ。彼、ああ見えて船が苦手らしい」

『飛空艇に乗る前に言えよ。そんな話、初耳だぞ』

「飛行型の人形兵には平気で乗っているから、自分でコントロールできない船が苦手なんだろうね。真っ青な顔してトイレに籠っていたよ」

『……よくそれで討伐遠征に耐えられたな』

「俺が持参していた酔い止め薬をあげたんだ。よく効いたみたいだったよ」

『えらく準備が良いじゃないか』

「おかげさまで、薬を欠かせない生活を送っているからね。酔い止め薬を準備しておくとぐらいわけないよ」

レオンの皮肉に、ノエルは忍び笑いで答える。笑いごとじゃない、と突っ込みたいところだが、言ったところで無意味だろう。もう諦めた。

「コウガの修行も順調だよ。本戦に間に合うかは微妙なところだけれど、遠征前よりもずっと強くなっている。やる気も十分だ」

『俺の前で啖呵を切った手前、退くに退けなくなっているんだろうな』

「また、そういう風に言う……。コウガに強くなれと命じたのは君なんだから、素直に認めてあげればいいのに……」

『俺が認めるのは結果だけだ。口だけの奴に興味は無い』

「なら、コウガが結果を出せば、ちゃんと認めてあげるんだね？」

　ノエルからの返答は無かった。交信機の調子が悪いわけではないので、答えたくないだけだろう。変なところで意地っ張りなのは年相応だな、とレオンは内心で苦笑する。

「話は変わるけど、お見合いをしたって本当かい？」

『ああ。ゴールディング家の令嬢と交際している。新聞で知ったのか？』

「うん。帝国の新聞会社は各支部と繋がっているからね。そっちの朝刊の記事だって、昼には知ることができる。みんな驚いたよ。君、そういうの嫌がってなかったかい？」

『……深い事情があるんだよ』

　ノエルは今にも溜息を吐きそうな疲れた声で答えた。

『詳しい話は酒の席で教えてやる』

「ははは、楽しみにしているよ。ただ、話の内容によっては、アルマに刺されるかもしれないから、気を付けた方がいいね。現在進行形で、かなりキテるから」

『キテるって？』

「君のお見合いを知った時、一人でも帰って問い質すって大暴れしたんだ。なんとか宥め賺したけど、仕事の時以外は自室に籠って、君の名前をずっと呟いているよ。あれはもう、完璧なホラーだね」

『知ったことかよ。あいつの馬鹿は、今に始まったことじゃない』

「忠告はしたからね？　俺は何があっても仲裁に入らないよ」

　怒り狂ったアルマの前に出るのは、二度と御免だ。ナイフを抜きこそしなかったものの、レオンだけでなくヒューゴとコウガも、アルマが落ち着くまでしこたま殴られた。傷が癒えた今でも、殴られたところが痛む。特にコウガは普段からの不仲が祟って、顎と脇腹の骨が砕けるほど酷く殴られていた。あのアルマと比べたら、虎だって可愛い子猫だ。

『くだらん。――他に連絡事項はあるか？』

呆れた声で尋ねるノエルに、レオンは平時の癖で首を振った。

「いいや。特には無いよ」

『そうか。また何かあったら連絡してくれ。帰還を待っている』

ノエルとの通信を終えたレオンは、シャワーを浴びて寝ることにした。時間は既に深夜、明日も討伐があるのに夜更かしはできない。欠伸をしながら艦内の廊下を歩いていると、窓から外を眺めている寝間着姿のヒューゴに出くわした。

「ヒューゴ、どうかしたのかい？」

レオンが尋ねると、ヒューゴは顎で窓の外を示した。促されるまま顔を近づけたレオンの目が捉えたのは、飛空艇の外――停泊中の草原で、一心不乱に刀を振り続けるコウガの姿だった。

「……今日の修行は終わったって言ってなかったっけ？」

「終わったよ。あれはコウガが勝手にやっているだけだ」

「オーバートレーニングは逆効果じゃないかな？」

「そうとも言い切れない。ランクアップするためには、自分の限界を超える必要があるからね。徹底的に身体を痛めつけてトランス状態に入った方が、ランクアップの近道になる可能性もある」

　なるほど、とレオンは頷き、窓から離れた。

「ヒューゴの眼から見て、コウガは期日までにランクアップできそうかな？」

「悪く無い仕上がりだよ。自動操作の人形兵が相手なら、百体でも倒せるようになった。当初と比べると劇的な進化だ。だが……」

「決定的に足りないものがある」

　レオンは言い淀むヒューゴに代わって先を答えた。

　修行は順調だ。それは間違いない。遠征中、ヒューゴだけでなくレオンも修行を手伝っているため、コウガの成長速度が凄まじいことは十分に理解している。だが同時に、期日までにランクアップするためには、今のまま続けても難しいとレオンも考えていた。

「やっぱり、君もそう思っているんだね……」

「才能は素晴らしいが、これぱっかりは本人が自分で気が付けないとどうしようもない。私たちの感覚を伝えても、逆に混乱させる可能性がある。闇雲に強さを目指しても駄目なんだ。自らの思い描く強さと自分を同期させなければいけない」

「言葉では伝えづらい感覚なんだよな……。そもそも、人によって思い描いている強さの理想が異なるからね」

「コウガ自身も、自分に足りないものに気が付いているはずなんだ。だからこそ、ああやって刀を振ることで、内なる己と向き合おうとしている。後はもう、時間との戦いだな。私たちにできることも少ない」

ヒューゴは自分の言葉に頷くと、レオンに背を向けた。

「もう寝るのかい？」

「いや、コウガに夜食を作ってやる。腹が減っては何とやらだ」

予想外の返答に、レオンは目を丸くした。

「……夜食だって？　随分と献身的じゃないか」

ヒューゴは振り返り、意味深な笑みを浮かべた。

「コウガが強くなった方が、私たちにとっても得だろ？」

なにしろ、とヒューゴは笑みを深くする。

「コウガが七星杯(しちせいはい)で優勝すれば、ノエルをギャフンと言わせられるんだからな」

「……呆れた。それが本当の目的か」

苦笑するレオンに、ヒューゴは首を傾(かし)げた。

「なら君は、ノエルをギャフンと言わせたくないのか？」

「はぁ？　言わせたいに決まっているじゃないか」

「だろう？」

ノエルのことは尊敬しているが、だからこそ、ギャフンと言っているところが見たい。

敬意と悪戯心(いたずらごころ)は決して矛盾しない感情だ。

「俺も夜食の準備を手伝うよ。少しは料理の心得があるんだ」

「よしきた。美味いものを作ってやろう」

二人は互いに頷き合い、調理室を目指すことにした。

「ところで――」

レオンはずっと気になっていたことを告げる。

「いつまで枕を小脇に抱えているんだい？」

「む！」

顔を赤くしたヒューゴは廊下に枕を投げ捨て、逃げるように走り出した。レオンは笑いながら、その後を追う。――男三人の夜は、まだまだこれからだ。

「ついに！　ついにッ！　この日がやってまいりましたッ!!」

五万を超える観客たちが集まった帝都競技場に、拡声器を通して若い女の声が響き渡る。その歓喜と興奮は、全観客たちが共有する感情だ。誰もがこの日を待ちわびていた。

小型音響器(マイク)を握り締める女の様子は、俺がいる最上階の特別観覧席(プレミアムラウンジ)からも確認することができた。栗色(くりいろ)の髪を左右で束ねた髪型(ツーサイドアップ)にしたノームの若い女が、実況席に座っている。目鼻立ちは整っているものの、ノームであるため童顔で背が低く、子どもっぽい。フリルの付いた白とピンクのドレスが、余計にその印象を強めていた。

名前は――

「私、ルーナ・ルーチェ、この祭典の実況者になれて、死ぬほど光栄です！」

最近話題の歌姫(アイドル)だ。大の探索者(シーカー)オタクらしく、その知識と知名度を評価され、実況者に抜擢(ばってき)された。もっとも、選んだのは俺ではなく、ルーナのプロデューサーを務めているフィノッキオだ。当のフィノッキオも、解説としてルーナの隣に座っている。

「七星(レガリア)の三等星にして異形の天才、ご存じ、嵐翼の蛇(ワイルドテンペスト)のクランマスター、ノエル・シュトーレンと、カイウス殿下の会見から三週間！　期待で眠れない日々を過ごしたのは、私だけではないはず！　皆様も待ちに待ったことでしょう！　今日これより、我々の夢が実現するのです！　すなわちッ！」

　ルーナは声を張り上げて叫んだ。

「帝国最強の探索者（シーカー）を決める祭典、七星杯（しちせいはい）の開催ですッ!!」

　瞬間、大地を割らんばかりの大歓声が、競技場内に轟（とどろ）く。観客たちの興奮は止（や）むことなく、競技場中から叫び声が聞こえた。それに負けじと、実況者であるルーナは、常人離れした大声を張り上げる。

「盛り上がっている観客の皆様！　試合が始まる前に燃え尽きないでくださいね！　今日から一週間は予選！　もちろん予選といっても、参加する探索者（シーカー）たちは、誰もが名だたる猛者ばかりです！　彼らの雄姿をしかと目に刻むためにも、全身全霊で盛り上げていきましょう！　うぇ――――いッ!!」

「「うぇ――――いッ!!」」

　ルーナの掛け声で、会場は一つになった。悪くない盛り上がり方だ。俺が感心していると、隣から溜息（ためいき）が聞こえた。

「どうにも品が無いな」

　隣に座っているカイウス皇子が呆れたように言った。特別観覧席（プレミアムラウンジ）には、俺とカイウス以外にも、各界の重鎮、そしてその護衛たちが集っている。

「もう少しまともな候補はいなかったのか？」

「私は適役だと思いますよ。実況者を務めるのは初めてなのに、五万人の観客にも物怖（ものお）じすることなく、非常に堂々としている」

俺が答えると、カイウスは露骨に顔を顰めた。

「堂々とこなせる人材なら他にもいただろうが……。まったく、あっちの席に行かなくて正解だったな」

カイウスが視線を向けたのは、こちらとは反対側の特別観覧席だ。皇帝や他の皇室ファミリー、また国の政治に関わる大貴族たちが七星杯を観覧している。カイウスは七星杯を推した手前、彼らに世俗的だと見くびられるのが嫌らしい。いつも偉そうにしている癖に、小さいことを気にする男だ。きっと金玉が小さいのだろう。

俺が横目でカイウスの様子を窺っている間にも、大会は進行していく。

「選手たちが入場するまでの間、解説のフィノッキオお姉様を交えて、七星杯のルールを説明させて頂きます。お姉様、本日はよろしくお願いします！」

「本大会の運営委員長兼、解説のフィノッキオ・バルジーニよ。普段は経営コンサルタント業をメインに、ルゥちゃんみたいな歌姫のプロデュースもしているの。観客の皆様、七星杯が終わるまでよろしくね」

フィノッキオはウィンクや投げキッスをして観客席に愛嬌を振り撒く。顔が良いから黄色い声援が飛び交っているが、フィノッキオの正体を知っている者たちは内心穏やかじゃないだろう。帝国最凶のヤクザにして奴隷商が表舞台に経つ日がくるとは、本人も予想しなかったはずだ。

「七星杯は今までに無い闘技大会です」

　ルーナが観客に説明を始める。

「その最大の特徴は、選手の怪我を完全に防げること。舞台に設置された二本の塔が、同期した選手のダメージを吸収するからです。怪我しないなら茶番じゃん、と思われた方、ご安心ください。怪我こそしないものの、負うはずだったダメージの再現は完璧。相応の痛みが選手を襲うだけでなく、ダメージ量に応じて行動阻害が発生します。ですよね、お姉様？」

「その通りよ、ルゥちゃん。腕を斬られたら腕を動かせなくなると思ってちょうだい。また、毒の効果も正確に再現されるわ」

　おお、とルーナの口から感嘆の声が漏れる。

「毒も再現されるのは凄いですね」

「ええ。だから、実戦と同じように攻撃は回避した方が身のためね」

「攻撃を受け過ぎた場合、つまり塔のダメージ吸収量が限界に達しそうになると、同期している選手は動けなくなります。逆に、塔に余裕があっても動けなくなった対戦相手に追撃すると、その選手も動けなくなります。本大会はレフリー不在ですが、それが事実上のレフリーストップですね。また、行動不能状態の対戦相手に追撃を行った選手は、問答無用で失格となります。ルールはちゃんと守りましょう！」

　ルーナとフィノッキオは、他にも大会のルールを観客に伝えた。

使用できるスキルは二つに限定され、事前申請が必要なこと。武器の持ち込みは可能だが、人が携帯できる大きさを超えた場合は認められないこと。ギブアップ、ダウン後に十カウントしても起きられない時、行動不能、またはリングアウトによって敗北となること――。

二人が基本的なルールを説明し終えた時、運営スタッフが実況席に現れ、ルーナに耳打ちをした。

「ただいまスタッフさんから連絡がありまして、選手たちの準備が整ったそうです！　それでは拍手と歓声でお迎えください！　七星杯（しちせいはい）・第一ブロック予選、選手たちの入場です！」

ルーナに従って観客たちが拍手と歓声を贈ると、交響楽団の演奏する行進曲が流れ始め、第一ブロックの選手たちが続々と入退場口から現れる。

数にして、二十名。介添人（セコンド）を含めると四十人だ。武装姿の選手たちは、観客に笑顔で手を振っている。中には、見知った顔もあった。

幻影三頭狼（ミラージュ・トライアド）のウォルフ、リーシャ、ローガン、ヴェロニカの四人である。様子を見る限り、選手がウォルフとヴェロニカ、介添人（セコンド）がローガンとリーシャらしい。俺は一目見て、四人が以前よりも遥（はる）かに強くなっているとわかった。人魚の鎮魂歌（ローレライ）との戦いの経験が、四人の能力を開花させたのだろう。だが、同じクランの選手二人が、同じブロックに割り振られるなんて、運は良くないようだ。

「結局、何人が集まったんだ？」

カイウスが選手たちに視線を向けたまま尋ねてくる。

「予選は百三十人です」

「つまり、七星を除いた六十五のクランから、誰一人欠けることなく、二人の代表が参加したということか」

素晴らしい、と口元を緩めるカイウスに、俺は頷いた。

「ええ、それだけ探索者側の関心と期待も大きいということです。人数調整の問題で、ブロックによっては戦う回数が増える選手もいますが、この大会の趣旨を考えると決して悪いことではありません。自らの力を示せる回数が増えれば、評価も上がりますから」

「だが、純粋に勝ちを狙いたい者もいるだろう？」

「それはもう運ですね。運もまた、探索者にとって大事な要素ですよ。もし、運命を跪かせたいのならば、相応の力を身につけるしかありません。半端者が許されるほど、この業界は甘くないですから」

なるほど、とカイウスは頷き、俺を横目で見る。

「経験者は語る、か」

「一般論ですよ」

俺は軽く笑って、サイドテーブルのワインに口を付ける。ボトルを半分ほど空けた時、選手たちの入場、そして開会式の簡単な挨拶が終わった。最初の試合を行う選手たちは、既に舞台に上がっている。

時は満ちた。帝国最強の探索者を決める戦いが、幕を開ける――。


予選は最大で四試合が並行して行われる。四つの舞台の上では選手たちの死闘が繰り広げられていた。ランクこそ全員がBだが、俺の目から見てもレベルの高い戦いだ。誰が勝ってもおかしくないし、誰が負けてもおかしくない。観客たちも、普段目の当たりにすることがない探索者同士の戦いを前にして、その目を興奮で輝かせている。

だからこそ、その悲鳴に彼らは凍り付くことになった。

「ぎゃあああああぁぁぁぁぁあああああッ!!」

まるで断末魔のような叫び声に、観客はもちろん、戦闘中だった選手たちも、何事かと注意を向ける。その先では、選手の一人が左腕を押さえ、口の端から泡を吹きながら悶絶していた。彼の尋常ではない苦しみように、対戦相手までもが驚愕している。

「おおっと！　これは一体どうしたことか!?　ダウンしたギリアム選手、全く立ち上がることができない！　ギリアム選手の異変に、対戦相手もびっくりの様子！　お姉様、解説をお願いします！」

ルーナに解説を求められて、フィノッキオは口を開く。

「ギリアム選手がダウンしたのは、痛みの反映に耐えられなかったからよ。選手二人共が同じ【剣闘士】の戦いは、実力が拮抗していることもあって、膠着状態にあった。そこで功を焦ったギリアム選手は、肉を切らせて骨を断つ作戦に出たの。あえて左腕を斬らせることで油断を誘い、その隙を突いて首を刈る作戦。だけど、左腕で斬撃を受けた直後、反撃に出るよりも先に、塔から反映された痛みがギリアム選手をダウンさせたの」

「つまり、怪我をすることはないと高を括って（くく）いたら、予想外の痛みに耐えられなくてダウンしたというわけですか！　なんだか残念な決着ですね！」

　容赦ないルーナの結論に、フィノッキオは苦笑めいた笑みを浮かべる。

「たしかに、ルゥちゃんの言うことも正しいんだけど、探索者（シーカー）としてのギリアム選手は非常に優秀よ。実際、彼の強さは皆さまも御覧になった通りだったわ。なにより、もし実戦だったのなら、左腕が斬り飛ばされようと決して怯む（ひる）ことなく、獲物を打ち取っていたでしょうね」

「えっ!?　でもでも、ギリアム選手は痛みに耐えられなくてダウンしたんですよ？　それじゃあまるで、本当に必要以上の痛みが反映されたことになっちゃいます」

　ルーナが困惑すると、フィノッキオは頷いた。

「実はその通りなの」

「ええっ!?　ど、どういうことですか!?」

「正確には、純粋な痛み、ということね。塔はダメージを吸収してくれる代わりに、本来負うべきだった痛みや麻痺（まひ）を選手に与えるわ。その仕組みは簡単。電気信号よ。神経を流れる電気信号に介入し、負うはずだったダメージの結果を再現する。つまり、塔は選手たちの脳を騙すのよ」

フィノッキオは残酷な笑みを浮かべ、自分の頭を指で叩いた。

「そして、これは私たちにとっても予想外の発見だったけど、脳を直接騙して痛みを錯覚させた場合、職能による身体補正が働かないの。だから、本来なら腕を斬り飛ばされる痛みに耐えられる者も、補正なしで受ける純粋な痛みには耐えられなかった。それが、ギリアム選手がダウンした真実よ」

塔の純粋な痛みの反映は、狙って仕込んだ機能ではない。偶然の産物だ。俺自ら実験体になった時に判明した。塔と同期し、右腕をナイフで斬りつけた俺は、普段とは桁違いの痛みに襲われた。初めは塔の調整を失敗したのかと考えたが、すぐに痛みの性質そのものが異なる点に気が付き、問題があるのは自分の方だと理解した。

戦闘系職能は、その種類に拘らず、身体能力を強化してくれる。身体能力とは即ち、膂力、敏捷性、耐久力のことだ。そして耐久力には、痛みを軽減してくれる効果もある。だが、脳に直接痛みを錯覚させると、この効果は機能しないのだ。

【話術士】の場合、元の身体補正こそ低いものの、強い精神耐性——外的要因に精神を左右され難い特性を有している。にも拘らず、ナイフで腕を斬りつけた直後、まともに身動きできなくなるほどの痛みに襲われた。

実験を繰り返す中で、俺は耐えるコツを摑むことができたが、純粋な痛みに慣れていない者たちは、まず耐えられないに違いない。痛みに弱いのではなく、身体補正の働かない純粋な痛みは、俺たち戦闘系職能（ジョブ）持ちにとって未知の痛みでもあるからだ。どんな猛者であっても、想像を超えた痛みに耐えられる者などいない。

一時戦闘を中断していた選手たちは、フィノッキオの説明で全てを理解したらしく、青褪（あおざ）めた顔で立ち尽くしている。最悪の結果に思い至ったことが原因なのは明白だった。

「何が怪我をすることはない安全な大会だ。最悪、廃人になるぞ」

眉間に皺（しわ）を刻んだカイウスは、俺に険しい眼差（まなざ）しを向けた。

「戦力が不足したことで、冥獄十王（ヴァリアント）との戦いに負けては元も子も無い。貴様、状況を本当に理解しているのか？」

「僭越（せんえつ）ながら、その心配は杞憂（きゆう）ですよ。御覧ください」

俺が選手たちを顎で示すと、カイウスは目を瞠（みは）って驚いた。

「そんな……。どうして……」

呆然（ぼうぜん）とするカイウスの視線の先で、残り三組の選手たちが熾烈（しれつ）な戦いを再開していた。

もう彼らに恐怖は無い。それどころか、先ほどよりも更に洗練された動きを見せている。

刹那に散る剣戟（けんげき）の火花、魔法の閃光（せんこう）、豪雨のように降り注ぐ矢――。彼らは戦いのリスクを知ってなお、いや知ったからこそ、覚醒することができたのだ。

「強くなっている……。何故（なぜ）だ、彼らは七星（レガリア）のメンバーでもないのに……」

「たしかに、彼らは七星（レガリア）ではない。ですがそれでも、エリート中のエリートなんですよ。死を恐れるどころか、死というリスクをバネにできる強さを備えている。何故なら、戦闘職に於(お)いては、死のリスクが伴う戦いこそが、己の生存本能を覚醒させ、更なる進化に導くからです。ランクアップにまで至らずとも、基本的な戦闘能力が大幅に向上することを、彼らエリートは身を以(もっ)て知っているのです」

「それはわかっている。だがしかし……」

「殿下、英雄は決して私やヨハンだけではありません。彼らにも、英雄になる資格はある。七星杯(しちせいはい)を経て自らの殻を破り、その先に待つ真の戦いに挑むことを望むのは、彼らにとって当然の心理です」

カイウスは難しい顔をして唸(うな)った後、表情を和らげた。

「……業腹だが、貴様の言う通りだな。彼らは私の想像を遥かに超えて優秀だ。皇族の一人として、心から誇らしく思う。貴様も七星(レガリア)になったからといって慢心していたら、あっという間に追い抜かされるぞ」

「ご安心ください。そうはなりませんよ」

俺はワイングラスを選手たちに向かって掲げる。

「この七星杯(しちせいはい)で証明しましょう。私こそが絶対にして至高だと」

第一ブロック予選は順調に進み、勝ち残った二人が死闘を繰り広げていた。

一方は、茶髪の双剣使い、【剣闘士(グラディエーター)】のウォルフ。

対戦相手は、直前の戦いでヴェロニカを下した、【聖騎士(パラディン)】の老兵だ。

加齢による身体的衰えこそ見られるものの、卓越した剣技によって、紅炎魔人（イフリート）と同化したヴェロニカに何もさせないまま勝利した、燻（いぶ）し銀（ぎん）の猛者である。

老兵はAランク。ヴェロニカはBランク。もちろん、ランク差による戦闘能力の差はあったが、決して覆せないレベルではなかった。ヴェロニカが完敗した理由は、ひとえに老兵の剣技が圧倒的だったからだ。

だが、これほどの猛者であっても、やはり老いには勝てなかった——。

「ぶっ飛びやがれッ！　《迅雷狼牙（ボーパルソード）》ォッ!!」

気合一閃（いっせん）。劣勢だったウォルフが、老兵の一瞬の隙を突き、雷撃を伴った突進を繰り出す。老兵は盾で防ぐと同時に防御スキルを発動したが、それでもウォルフの全身全霊が込められた突進を止めることはできない。

焦る老兵の顔には、《絶対聖域（エクス・インビンシブル）》さえあれば、と書かれていた。あらゆる攻撃を跳ね返す【騎士（ナイト）】系の絶対防御スキルはだが、一度使うと二十四時間使えないという制限がある。ランク差に加えて、剣術とキャリアで勝る老兵は、戦いを優勢に運んでいたものの、ウォルフの自らを顧みない猛攻に怯み、既に《絶対聖域（エクス・インビンシブル）》を発動済みだった。

——老いが彼の闘志を鈍らせたのだ。

「ウオオオオオオォォォォオオォォッ!!」

飢えた猟犬のように食らいつくウォルフ。そして、老兵の顔が焦りと後悔で塗り尽くされた瞬間、ついに老兵を場外へと弾（はじ）き出した。

「リングアウト確認ッ！」

実況のニーナが、素早く宣言する。

「第一ブロック予選の勝者は、幻影三頭狼（ミラージュ・トライアド）のクランマスター、ウォルフ・レーマン選手です！　大物喰い（ジャイアント・キリング）達成！　とんでもない番狂わせが起こりました！　ＢランクがＡランクに勝利するとは驚きです！　予選から素晴らしい試合を見せてくれた両名に、熱い拍手と歓声を送りましょう！」

轟（とどろ）く拍手と歓声を受けたウォルフは、両拳を天に突き上げる。

「よっしゃあああぁぁぁあああぁぁぁッ‼」

勝利の雄叫（おたけ）びを上げるウォルフ。対して、敗者である老兵は、憑（つ）き物（もの）が落ちたような顔をしていた。きっと、今回の大会は、彼にとって名を上げる最後のチャンスだったのだろう。だが、素晴らしい戦いを見せてくれた一方で、老い衰えた姿も晒（さら）してしまった。これではもう、冥獄十王（ヴァリアント）との戦いに貢献できるとは思えない。

あの強さを手に入れるまで、彼は何を犠牲にしてきたのだろう。強さによって得てきた物と同じぐらい、失った物は多かったはずだ。敗者となった老兵は、ただただ疲れ果てた笑みを浮かべている。俺は彼の探索者（シーカー）人生に敬意を抱き、心の中で拍手を送った。

「リングアウトが無ければ、老兵の勝ちだったな。彼にはまだ余力があった」

戦いを見届けたカイウスは、惜しむような声で呟（つぶや）いた。ひょっとしたら、彼の境遇に想（おも）いを馳（は）せ、同情しているのかもしれない。

「どのみち、老いによる衰えを見せた彼では、使いものになりませんよ」

リングアウトは関係ない。老兵がウォルフに怯んだ時点で、彼の栄光への道は途絶えていたのだ。仮に、老兵がウォルフに勝っていたとしても、本戦は辞退していたように思う。彼ほどの実力者なら、本戦に上がっても醜態を晒すだけだと弁えているはずだからだ。

「盛者必衰。どんな猛者も、老いには勝てません」

「正論だが、それだけか？　試合を観戦している貴様の横顔を見て気が付いた。貴様、ウォルフに特別な思い入れがあるようだな。勝利の瞬間、頬を緩めていたぞ」

意外に目敏い。いや、流石だと評価するべきなのだろうか。

「あの馬鹿はルーキー時代からの知り合い——いや友人なんですよ」

馴れ合うための関係ではなく、互いに切磋琢磨できる関係だ。今でこそ、俺の方が立場も実力も上だが、蒼の天外時代には、あいつを目標にしていたこともある。

だから、友人だ。

「友人？　貴様にもそんな感情があったとは驚きだ」

「いけませんか？」

いいや、とカイウスは首を振る。

「友人は大切にしろ。……失ってからでは、話したいことも話せなくなる」

「もちろん、そのつもりですよ」

笑って頷いた俺の視線の先では、ついさっきまで勝利に浮かれていたウォルフが、好戦的な笑みを浮かべ、特別観覧席（プレミアムラウンジ）にいる俺に向かって指を差していた。

次は、おまえの番だ――そう言いたいらしい。

「友人として、容赦無く叩き潰してやろうと思っています」

笑みを深くする俺の隣で、カイウスは表情を強張（こわば）らせていた。

第一ブロック予選は無事に終了した。予選は明日も続くが、この様子なら大きな問題も無く進められるだろう。

ドリーが言っていた異界教団（テロリスト）も、今のところ目立った動きは見られない。だからといって警備を緩めるつもりはないが、奴（やつ）らが行動に出るのは予選ではなく本戦だと俺は予測していた。本戦には七星（レガリア）の面々も集まるからだ。Aランクに致命傷を与えるほどの生体爆弾を製作できる奴らなら、たとえ七星（レガリア）であっても恐れるとは思えない。むしろ、七星（レガリア）が一つ所に集まるのは、最高の好機だと考えるはずだ。

奴らの好き勝手にさせないためにも、本戦の警備は更に厳重にしなくてはならない。だが、そうすると発生する問題もあった――。

特別観覧席（プレミアムラウンジ）を出た俺は、フィノッキオと明日以降の打ち合わせをするために、会議室を目指していた。長い廊下に、コツコツと俺の靴音だけが反響している。これからのことに思考を巡らせながら歩いていた時、不意に廊下の反対側から別の足音が聞こえてきた。

運営スタッフではない。戦いに身を置く者特有の足音だ。敵の奇襲に備える一方で、敵を奇襲することを意識した足運び。常在戦場――聞こえてくる足音は、そう物語っていた。手強い相手なのは間違いない。また、足音に交じって、じゃらじゃらと金属が擦れる音がする。鎖を武器に使う者なのだろうか？

俺は立ち止まって、煙草に火を付けた。焦る必要は無い。相手がどう仕掛けてくるか、ゆっくりと待つことにしよう。

煙草を吹かしながら待っていると、廊下の曲がり角から、痩せ細った若い男が現れた。ゆったりとした服を着た灰色の髪の男は、身体中の至る所をシルバーアクセサリーで飾っている。じゃらじゃらと鳴っていた音の正体は、それらが擦れたものらしい。ネックレス、ブレスレット、チェーン、そして顔中のピアス。また、緩い首元からは、骨ばった鎖骨と共に、トライバルタトゥーが見える。

かなり派手な格好だ。だが、格好に反して、男には頼りない印象があった。骨がはっきり浮き出ているほど痩せているだけでなく、寝不足のせいなのか目の下に大きな隈がある。また、猫背で姿勢が悪い。そんな様子だから、派手な格好をしているのに、少しも強そうに見えない。顔立ちが人形のように整っているのが、せめてもの救いだ。

だが、俺を警戒させた足音の主は、この男なのである。

「お初にお目に掛かります」

男は短く刈り込んだ頭を掻きながら、ふらふらと歩み寄ってくる。

「どうも、自分は探索者クラン〝帝国悪童會〟の番を張っている、キース・ザッパって言います。以後、お見知りおきを」

俺の前で立ち止まった男――キースは、笑顔で目礼した。笑った顔は幼い。身長差はあるが、俺よりも年下なんじゃないだろうか？　キースの白い歯には、矯正するための針金も巻きつけられている。

いや、それ以前に――

「おまえが帝国悪童會のキース・ザッパだと？　嘘を吐くな。七星杯の選手は全員、事前に調査済みだ。おまえはキース・ザッパじゃない」

俺の知っているキースと、目の前の男はまるで似ていない。実際に会ったことはないが、情報屋の調査報告書に記載されていた容姿とは全く異なっていた。

本物のキースは筋骨隆々の大男だ。また、探索者登録した僅か一ケ月後に、協会からクラン創設の承認を得られるほどの功績を挙げた、稀代の豪傑だとも聞いている。この男が強いのは認めるが、聞き及んでいるイメージとは合致しなかった。

訝しむ俺を嘲笑うように、キースを騙る男は薄ら笑いを浮かべる。

「いいえ、俺がキース・ザッパです。嘘だと思うなら、うちの担当監察官を呼びましょうか？　俺が本物のキース・ザッパだと証明してくれますから」

キースが何を言いたいのかはすぐに理解した。

「なるほど、俺の雇っている情報屋を買収したのか」

俺はまんまと嘘の調査報告書を摑まされていたというわけだ。裏切者への制裁は後にすることにして、この場で重要なのはキースの真意が何なのか、である。

そもそも、情報屋を買収しただけでは、俺を騙すことはできなかった。情報屋の調査報告を基に、バルジーニ組の工作員たちが身辺調査を行っていたからだ。構成員たちのフィノッキオに対する忠誠心は強い。情報屋と違って、彼ら全員を買収することは絶対に不可能だ。つまり、キースは情報屋に嘘の調査報告書を書かせただけでなく、平時から偽物のキースを自らの代理として動かしてきたのだろう。

何故、そこまでする必要があったのか？

考えられる一番の理由は、自身の戦闘能力の隠匿だ。無名の探索者だと対戦相手を侮らせることができれば、それだけ戦いが有利になる。あるいは、隠しておきたい特殊な能力もあるのかもしれない。いずれにせよ、悪知恵の回る男だ。定石に囚われない発想力と行動力を持っているだけでなく、忍耐力もある。

それだけに、この状況の意味がわからなかった。

「おまえ、莫大なコストを払って俺を騙しておきながら、何のためにネタ晴らしをしに来た？　俺を騙したことで、出場資格を取り消されるんじゃないかとビビったのか？　だから、謝りに来た？」

「そんなダサい真似はしませんよ。なにより、謝る必要ありますか？　たしかに、俺はノエルさんを騙しました。でもそれは、ノエルさん個人です。大会のルールには背いていません。なのに、俺の出場を取り消すんですか？　だとしたら、運営の横暴だなぁ。七星杯に出たい俺としては、色々なところに相談する必要がありますね」

　こいつ、運営が不正を働いていると喧伝するつもりか。俺を騙しただけでなく脅すなんて、良い度胸をしてやがる。

「だったら、何の用で俺の前に現れた？　まさか、騙してやったぞって、わざわざ自慢しに来たわけじゃないだろ？」

「いえいえ、自分の目的はまさにそれです」

「……はぁ？　どういう意味だ？」

　俺が首を傾げると、キースは照れ臭そうに頬を掻いた。

「実は自分、ノエルさんの大ファンなんすよ。最弱の【話術士】というハンデを背負っているにも拘らず、あらゆる手を使って名立たる大物たちを手玉に取り、今や天下の七星だ。探索者の後輩として、ノエルさんほど憧れる先輩はいません」

　だから、とキースは目を細める。

「ノエルさんを欺けたこと、御本人の前で自慢したいなと思いまして」

「……そうか。事情は理解した。おまえ、馬鹿だろ？　情報屋を買収できたぐらいで調子に乗りやがって。少しは恥を知れ」

「ノエルさんとは思えない言葉ですね。情報を支配できる強さは、貴方が一番知っているはずですよ？　七星杯の運営で忙しいのはわかりますけど、雇っている情報屋の管理もできないのは論外です。千変万化をロダニアに派遣している分、気を付けるべきだったんじゃないですか？」

「おまえ……」

何故、この男が、そこまで知っている？　俺がロキをロダニアに派遣したと知っているのは、クランメンバー含めて極近い関係者だけだ。どの顔を思い浮かべても、内通者になるとは思えない。そもそも、キースはどうやって俺が雇った情報屋の存在に気が付くことができた？　帝都中に目が無ければ、説明がつかない状況だ。

つまりは、そういうことなのだろう。

「ひょっとして、探索者協会（シーカーギルド）に働き掛けて、ハロルドを俺たちの担当から外させたのもおまえか？」

俺が尋ねると、キースは臆面もなく頷いた。

「はい。ノエルさんなら、そうすると思いまして。ですよね？」

「ノーコメント。俺に答える義理は無いね」

「なんだよ、ケチだなぁ。……ひょっとして、怒ってます？」

キースは更に一歩近づき、俺を上から覗（のぞ）き込んできた。

「正直、がっかりしているんすよね。帝国屈指の武闘派探索者（シーカー）、蛇と恐れられているノエルさんが、俺みたいな駆け出しに振り回されていちゃ駄目でしょ。ねぇ？」

俺が何も答えないでいると、キースは鼻で笑った。

「自分、こないだ十五になったばっかりで、やっと探索者（シーカー）登録できたんすけど、なんだかあっさりとクランを創設できるまで伸し上がれちゃって、拍子抜けしていたんですよね。憧れのノエルさんだって、ちゃ～んと一年間も下積みしたっていうのに。これじゃあまるで、俺の方がノエルさんより上みたいじゃないですか」

　そんなわけないですよね、とキースは挑発的な笑みを浮かべる。

　ぺらぺらと良く舌の回る奴だ。俺に憧れているからといって、挑発の仕方まで真似する必要は無いだろうに。後進（フォロワー）の手本にされるというのは、嬉しい反面、共感性羞恥心で居た堪れない気もちになってくるな。

　だからもう、終わりにすることにした。

「キース、一つ聞きたい」

「えっ、何すか突然？」

「親父さんの力でイキリ散らかすのって、虚しくないか？」

　確信があったわけではない。俺は鎌を掛けただけだった。現状から得られる情報を基に、消去法で答えを予測しただけに過ぎない。だが、高い確率で、俺の予想は当たっているはずだ。帝都に於いて、バルジーニ組（ファミリー）を上回る監視網を持ち、なおかつバルジーニ組（ファミリー）の組員たちの動向を知ることができる組織など、片手で数えられるほどしか存在しない。

　果たして、キースは俺の言葉に驚き、それから怒りを露わにした。先ほどまでの余裕然とした態度はどこへやら、獣のような殺気を見せている。

　どうやら、よほど突かれたくない弱点だったらしい。もっとも、それも当然か。俺に憧れて真似するような男なんて、自尊心の塊に決まっている。親の脛齧りだと馬鹿にされて怒らないわけがない。予想通りの反応過ぎて、俺が思わず噴き出すと、キースは、はっとした顔になった。

「……やられた。鎌を掛けたんすね？」

「そんなつもりは無かったんだが、顔に出やすいタイプなんだな」

「……強いなぁ。口じゃ敵いそうにないや」

　キースは大きな溜息を吐き、表情を改める。

「今は無理でも、いずれ負けを認めさせます。もちろん、話術ではなく探索者としてね。今日はその御挨拶に来たんすよ。大事でしょ、挨拶って？」

「殊勝な心掛けだな。先達として褒めてやるよ」

「恐縮です。ノエルさんがやってきたように、行く手を阻む全てを踏み潰すつもりなんで、期待していてください」

　そうか、と俺は頷き、すっかり短くなった煙草を廊下の脇に投げ捨てた。

「ところで、お誂え向きにも、今ここにいるのは俺たちだけだ。だから、いずれなんて日和ったこと言わないで、この場で俺を超えたらどうなんだ？」

　俺が微笑みながら首を傾げると、キースは目を見開いた。

「……ノエルさん、マジで言っているんすか？」

「俺はおまえと違って、つまらない嘘を吐く趣味は無い。言っておくが、こんな絶好の機会、二度と訪れないと思うぞ」

「だからって……ここで？　ここは、大事な七星杯のための場所ですよ？　試合でもないのに、俺みたいなルーキーと喧嘩したら、格が落ちるんじゃないですか？」

予想外の事態に狼狽えているキースは一歩後退り、今度は俺が一歩前に出る。

「常在戦場。俺を超えたいんだろ、ルーキー？　もし、俺がおまえなら、目の前の獲物を逃がすことなんてしないぜ」

「……ハハハ、マジっすか？……マジで最高っすね、あんた。……では、お言葉に甘えさせて頂きます――」

興奮を押し殺すように笑ったキースは、臨戦状態に入る。この男、やはり強いな。構えに隙が無く、魔力の淀みも感じない。実に滑らかで自然な戦闘態勢だ。だが、俺が静かに魔銃へと手を伸ばした時、キースは不意に戦闘の構えを解いた。

「最高のお誘いですが、やっぱり止めときます」

降参だとばかりに両手を上げるキースに、俺は失笑するしかなかった。

「諦めが早いんだな。そんなことじゃ、俺を追い越せないぞ」

「ですね。身の程を知りました。今だけは、謙虚な気もちです。憧れのノエル・シュトーレンは、俺の想像以上に賢く、大きく、そして――狡猾だ。今の俺じゃ、何千回戦っても勝てない。勝てない勝負はしない主義なんすよ、俺」

俺を警戒しながら、キースはゆっくりと後退っていく。

「というわけで、俺は逃げさせて頂きます。ノエルさん、今日は直接話せて本当に良かった。明日の第二ブロック、絶対に見に来てくださいね」

キースは不敵な笑みを残し、俺の前から脱兎(だっと)の如(ごと)く去った。逃げ足の速い男だ。苦笑しながらキースの消えた曲がり角を見ていると、《思考共有(リンク)》を通して念話が届く。

『あの子、凄(すご)いね。ボクに気が付いていたよ』

声の主は、二日前に遠征から帰ってきたアルマだ。今は俺の護衛として、天井裏に潜んでいる。

『完全に気配を殺せていたはずなんだけどなぁ。ちょっと凹(へこ)むかも』

気落ちした様子のアルマに、俺は笑って首を振った。

『いいや、スキルこそ使っていなかったが、おまえは完全に気配を殺せていたよ。あいつの感覚が並外れていただけだ』

『天才、か。逃がしてよかったの？　さっきなら確実に殺せたよ』

『カイウス皇子の言った通りだ。冥獄十王(ヴァリアント)との戦いに備えて、今は優秀な戦力を欠くわけにはいかない』

『ふぅん、納得』

それにしても、とアルマは笑い混じりに続ける。

『ノエルって、本当に変なのにモテるね』

『おい、ブーメランで首が飛んでいるぞ』

『変な方が楽しいじゃん。ボクは量産型お嬢様より、あのキースって男の子の方が好きだなぁ。あの子なら、お姉ちゃんも安心——って、冗談だよ冗談ッ！　無言でこっちに魔銃（シルバーフレイム）向けるの止めて！』

　俺は溜息と共に、天井に向けていた魔銃（シルバーフレイム）をホルスターに収める。アルマが遠征でいなかった平穏な日々が恋しい。

　だが、変な方が楽しいという意見には同感だった。どうせ短い命なんだ。楽しませてくれる相手は多い方が良い。

　キース・ザッパ、どれほどのものか、明日に期待だな。

†

　明けて翌日、第一ブロックの興奮冷めやらぬ中、第二ブロックの幕が開いた。競技場に集まった観客たちの熱狂は、昨日よりも更に熱く、真冬の寒さも吹き飛ばす勢いだ。

　こうも盛り上がっているのは、ウォルフが成し遂げた大物喰い（ジャイアント・キリング）が大きい。単純に観客の心を摑（つか）む試合だっただけでなく、バルジーニ組（ファミリー）が取り仕切っているギャンブルの対象となっていたからである。

　ランクと経歴で劣っていたウォルフは、当然ながら賭ける者が少なかった。あまりにも偏っていたせいで、賭けが成立するギリギリだったらしい。だが、激闘を制したのは、ウォルフだった。ウォルフに賭けていた者たちは莫大な配当金を手に入れ、賭けに負けた者たちも次こそは、とギャンブル魂に火が灯ったのだ。

結果、予選二日目である今日は、昨日以上に賭け金が動いている。昨日の売上総額が五百億フィル。今日の売上予測が八百億フィルだ。賭けに参加しているのは一般人だけでなく、貴族や豪商たちも含むが、それにしても俺とフィノッキオが予想していた以上の売上だ。また、フィノッキオが事前に国外で広報活動を行ったらしく、他国の資産家たちも使用人を使って、遠方から賭けに参加していると聞いている。実際に、ここ数日の間、帝都への外資の流入が激しい。

まだ予選二日目なのに、この勢いだ。本戦でどれだけの金が動くのか、今の勢いを基に計算したところ、天文学的な数字が弾き出された。昨日の会議で、興奮したフィノッキオが、眼を金貨のように輝かせていたことを覚えている。

だが、どれだけバルジーニ組が賭博で儲かろうと、俺に金は入らない。そういう契約だからだ。俺の得られる金は、興行収入のみであり、それもフィノッキオと分配する約束になっている。もちろん、チケット代と競技場内貸店舗の収益も順調に伸びているものの、賭博の収入と比べたら微々たるものだ。

フィノッキオは契約を見直してもいいと言っていたが、俺は断った。フィノッキオにはルキアーノ組の新会長になってもらわなければいけない。賭博で得た金は、そのための軍資金だ。俺が手を付けるわけにはいかない。

ルキアーノ組（ファミリー）の幹部会は今日の夜だ。フィノッキオと共に俺も参加する。幹部たちがどういう反応を見せるか、予測と対策は既に立てているが、絶対ではない。最悪、派手な殺し合いに発展する可能性もあることを覚悟しておくべきだろう。

もちろん、そうならないように動いてきたが、その時はその時だ。戦いをお預けされて不満そうにしていたフィノッキオも、大喜びすることだろう。

今晩に備えて頭を働かせていると、第二ブロックで最も注目している選手、即（すなわ）ちキース・ザッパが舞台（リング）に立った。

キースの職能（ジョブ）は【魔法使い】系Bランクの【死霊使い（ネクロマンサー）】。人や魔物、そして悪魔（ビースト）の死体から魂――生体情報を抽出し、自身の魔力で再現する力を持った職能（ジョブ）である。【魔法使い】そのものは一般的な職能（ジョブ）だが、【死霊使い（ネクロマンサー）】に至れる者は珍しい。とはいえ、鑑定士協会によって、【死霊使い（ネクロマンサー）】の職能（ジョブ）性能は全て解明されているため、周囲に秘匿するほどの職能（ジョブ）ではないのも事実だ。

奴（やつ）の行動には謎が多い。その真意を、戦いから知ることができるだろうか？

「さあ、次の試合の準備が整いました！」

実況のルーナが声を張り上げる。

「予選第二ブロック第二試合も、注目のカードが目白押しだ！　中でも、私が注目しておりますのは、キース・ザッパ選手です！　彼は驚くことに、探索者（シーカー）になってまだ一ヶ月のルーキーなのです！　にも拘（かかわ）らず、破竹の勢いでクランを創設した豪傑でもある！　一体全体、彼がどんな戦いを見せてくれるのか、眼を離すことができません！」

興奮するルーナに、フィノッキオが頷いた。

「アタシも彼には注目しているわ。なにしろ、彼は今日に至るまで、徹底して自分の存在を隠してきた策士でもあるの。これまで表に出てきたキース・ザッパは、彼が用意した代理の人間だった。そうまでして秘匿したかった、彼の真の力、是非とも拝見したいわね」

二人の言葉に影響されて、観客たちもキースの立つ舞台(リング)に注目する。キースの対戦相手は、【闘拳士(モンク)】の大男だ。

七星杯(しちせいはい)のルール上、前衛かつ武器を持たずに戦える職能(ジョブ)が強い。職能(ジョブ)の有利不利だけを考えるなら、【死霊使い(ネクロマンサー)】よりも【闘拳士(モンク)】の方が圧倒的に有利だ。大男もそれを理解しているのか、既に勝利を確信した笑みを浮かべていた。また、キースの風体も理由だろう。こんな病人みたいなガキ、一撃で葬ってやる、と考えているに違いない。

だが、大男の余裕に満ちた顔は、一瞬で苦悶(くもん)の表情に変わる――。

試合の開始を告げる鐘が鳴った瞬間、キースは後衛職とは思えない速さで大男の懐に潜り込み、その土手っ腹に豪快な前蹴り(ヤクザキック)を放っていたのだ。苦痛に耐えきれなかった大男は、白目を剝(む)いて倒れ伏すと、そのまま気絶した。

「し、信じられません！　キース選手、【闘拳士(モンク)】相手に前蹴り(ヤクザキック)一発で勝利を捥(も)ぎ取りました！　後衛とは思えない破壊力です！　ま、まさか、キース選手は職能(ジョブ)も偽っていたのでしょうか!?」

困惑するルーナに、フィノッキオは首を振る。

「いいえ、彼は【死霊使い（ネクロマンサー）】よ。前蹴り（ヤクザキック）の一撃で【闘拳士（モンク）】を葬ることができたのは、【死霊使い（ネクロマンサー）】のスキルのおかげ。まだ戦いが残っているからアタシは何も言えないけど、運営の一人として、彼に不正は無いと断言できるわ」

ただの実況者であるルーナと違って、フィノッキオは選手が事前に登録した二つのスキルを把握している。もし不正があっても、フィノッキオなら簡単に見破ることができるだろう。つまり、キースは間違いなく、【死霊使い（ネクロマンサー）】というわけだ。

俺はキースの登録スキルを知らないため、確かな判断を下すことはできないが、キースがすぐに見破られるような不正を働くとは思えなかった。それでも、驚かなかったと言えば、嘘（うそ）になる。――驚異的な戦闘能力だ。塔のダメージ吸収が無ければ、あの一撃で対戦相手の身体（からだ）は真っ二つになっていただろう。

たしかに、後衛でも発動したスキル次第で、前衛と殴り合うことは可能だ。――可能だが、キースのように一撃で倒せるほどの強さは稀有（けう）なのだ。なるほど、正体を偽ってまで戦力を隠匿したかったのも納得である。

感心する俺の視線の先で、キースは次々に対戦相手を瞬殺していく。そして第二ブロック最後の戦い、またしてもキースの前蹴り（ヤクザキック）一発で対戦相手は昏倒（こんとう）した。結局、キースは余力を大きく残し、前蹴り（ヤクザキック）だけで全ての戦いを制した形になる。

「予選第二ブロックの覇者は、キース・ザッパ選手です！【死霊使い（ネクロマンサー）】が前蹴り（ヤクザキック）だけで、並み居る強豪たちを打ち倒しました！　私たちは白昼夢でも見ているのか!?　いや、これは現実です！　これが才能です！　対戦相手たちも強かった！　だが、それ以上に彼は強かった！　探索者（シーカー）たちよ、刮目（かつもく）せよ！　これが新世代の実力だッ!!」

ルーナが勝者であるキースを高らかに褒め称（たた）えると、観客からも熱烈な声援が発せられた。衆目に顔を晒（さら）したのは初めてなのに、もうすっかり人気者だ。

いや、だからこそか。正体を偽ってきた、謎のルーキーという個性（キャラクター）が、その驚異的な戦闘能力と合わさり、観客の心を摑んだのだ。奴がクランを創設したのは一ケ月前、おそらく七星杯（しちせいはい）を耳にした際に、この演出を思いついたのだろう。

つまり、正体を偽ってきたのは、単に戦闘能力を隠匿したかっただけではない、ということだ。行動の全てが密接に絡み合い、奴の追い風になっている。

面白い。単なる猿真似（さるまね）野郎じゃないことを証明しやがったな。

「……ちょっと、凄い顔になっていますよ」

不意に隣から肘で突かれ、俺は思わず腰を伸ばす。視線を舞台（リング）から横に移すと、隣に座っているベルナデッタが、恐ろしいものを見るような目で俺を見ていた。

「急に獣みたいな顔になったから、驚きました」

「……失礼。職業柄、少し興奮してしまっただけです」

俺は軽く咳払（せきばら）いをし、ワインで喉を潤す。感情が顔に出やすいのは、俺も同じだな。ベルナデッタには恥ずかしいところを見られてしまった。

特別観覧席(プレミアムラウンジ)にベルナデッタを誘ったのは俺だ。偽装とはいえ、七星(レガリア)の主催者が恋人を誘わないのは問題だと判断し、声を掛けた。

「七星杯(しちせいはい)は如何(いかが)でした？」

俺が尋ねると、ベルナデッタは柔らかく微笑(ほほえ)んだ。

「正直、争いごとはあまり好きじゃありません。ですが、血が出ないのは良かったです。純粋に競技として楽しむことができました」

「そうですか。楽しんで頂けたのなら、なによりです」

俺は立ち上がり、ベルナデッタに手を差し出した。

「今日は御一緒できて嬉(うれ)しかった」

「私の方こそ、また誘ってもらえて嬉しかったです」

ベルナデッタは俺の手を取って立ち上がる。そして、俺の顔をまじまじと見つめた。

「どうかしましたか？」

俺が尋ねると、ベルナデッタは首を振った。

「特に何かがあったわけじゃありません。ただ――」

「ただ？」

「間近で見ると、本当に綺麗(きれい)な顔をしているんだなぁって……」

「……普通、そういう台詞(せりふ)を言うのは、逆じゃないですか？」

呆(あき)れて眉を顰(ひそ)める俺に、ベルナデッタは頭を下げる。

「ごめんなさい。殿方が綺麗だと言われても嬉しくないですよね」

「他の男は知りませんが、私はこの顔のせいで苦労してきましたから……」

　女みたいな顔だと舐められるばかりか、男が好きだと勘違いされることも多い。だが、俺の苦悩を知ってか知らずか、ベルナデッタは忍び笑いを漏らした。

「そんなに人の不幸が面白いですか？」

「本当にごめんなさい。顔が綺麗で困る人って、珍しくて……」

「……おまえ、性格悪いな」

　俺が指摘すると、ベルナデッタは頷いた。

「かもしれません。なにしろ、私はヒステリー女ですから」

「あれは失言でした。糞ガキだから、思ったことを言ってしまうんです」

「ふふふ、お互いに、ろくでもないですね」

「否定できないのが辛いところです」

　俺とベルナデッタは顔を見合わせると、声を上げて笑った。


　競技場を出た俺たちは、馬車に乗ってベルナデッタの家を目指している。ベルナデッタを家に送り届けた後、フィノッキオの許を訪れる予定だ。俺が窓の外に視線を向けていると、不意にベルナデッタが上擦った声を上げた。

「私、考えたんです」

「……考えたって、何を？」

「やっぱり、父を騙すのは良くありません。だから、本当に交際しませんか？」

俺は驚き、ベルナデッタに顔を向けた。ベルナデッタは頬を赤く染め、ドレスの裾を握り締めながら、俺に熱っぽい視線を向けている。

「……駄目、ですか？」

上目遣いに尋ねられた俺は、溜息を吐いた後、窓の外に視線を戻した。

「……どうして、そう考えたんですか？」

「気が合う、と思ったからです。一緒にいて嫌じゃない。喧嘩もしたけど、嫌いになるより、どこか爽快感がありました」

「爽快感？」

「ああいう風に口喧嘩をしたのって、初めてでしたから。とても新鮮でした。感情を表に出すのも悪くないなって思えました」

「口喧嘩が楽しいだなんて、変わっていますね」

「でも、そういうことなんだと思います。普通なら抱かない感情を抱くことを、特別って言うんじゃないでしょうか？」

窓ガラスに映るベルナデッタは、胸に両手を当て、俺の言葉を待っている。どう答えるべきか言葉を選んでいると、窓の外に楽しそうに歩く親子の姿が見えた。幼い子供は父親に肩車をしてもらい、父親と母親は仲睦まじく手を繋いでいる。俺に両親の記憶は無いが、心の奥が温かくなる光景だった。

　家庭を持つのも、悪くないのかもしれない。たとえ、余命が十年だとしても、俺が残せる物は多いはずだ。だが、そう考える一方で、俺の理性が囁く。

　おまえに、そんな資格は無い、と——。

「ベルナデッタ、あんたは俺のことを何もわかっていない」

　俺は視線を合わせないまま、語りかける。

「俺はあんたが思っている以上に、ずっと悪党なんだよ」

「……話は父から聞いています。仲間を奴隷に堕としたこともあると……。でもそれは、相応の理由があったからでしょう？」

「俺が言っているのは、その話じゃない。たしかに、俺は仲間を奴隷に堕としたこともあるし、他にも悪いことをたくさんしてきた。それらは、あんたが言うように相応の理由——言い訳ができるレベルの悪事だ。……だが、唯一つだけ、誰にも言い訳できない罪を、俺は抱えている」

　その先を言葉にするのは、想像以上の苦痛を伴った。

「……俺は、俺を慕っていた子どもを殺したことがある」

「どういう、ことなんですか？」

「直接手を下したわけじゃない。だが、俺の選択で彼女が酷い目に遭うのをわかっていながら、俺は自分を通すことに拘った。……結果、彼女は酷い死に方をした」

ミンツ村で俺を騙した村長に制裁を与えた時、それがどういう結果を招くのか、俺は理解していた。ヤクザに借金をした以上、金を返せないでは済まされない。借金のカタとして、チェルシーがヤクザたちにどんな扱いを受けるのかは、想像に難くなかった。殺されるとは思っていなかったが、だからといって俺の決断が正当化されるわけでもなく、罪の大きさにも違いは無い。

「俺は、そういう男なんだよ」

ベルナデッタに向き直り、正面から見据える。

「必要なら、自分を慕っていた子どもを殺す決断だって、躊躇（ちゅうちょ）なくできる。そして、そこに後悔は無い。次も、その次も、何度だって、俺は――」

あの子を殺す、そう断言しようとした瞬間、ベルナデッタが俺に抱きついた。

「ごめんなさい。辛いことを思い出させる気は無かったんです」

「……慰めてもらう必要は無い。これは俺の問題だ」

俺の胸に顔を埋（うず）めているベルナデッタは、その状態のまま頷いた。

「わかっています。でも、他にどうしたらいいのか、私にはわからないんです」

罪を糾弾することなく、また許すこともなく、ベルナデッタはただ俺に寄り添い続けている。人に触れられるのは嫌いだ。ましてや、同情で抱きつかれるなんて、反吐（へど）が出る。だから、振り払おうと思った。――だが、できなかった。

抱かれるまま時間が経（た）ち、馬車がベルナデッタの家の前に到着した。ベルナデッタは俺から離れ、優しい笑みを見せる。

「さっきの返事、またいつか聞かせてください」

待っています、と言って、ベルナデッタは馬車から降りようとした。――まどろこしいのは嫌いだ。他人ならまだ我慢できるが、自分は絶対に許せない。だから俺は、素早く彼女の肩を掴（つか）んで振り向かせると、そのまま唇を奪った。

「……んんっ!?」

口を塞がれたベルナデッタは、眼（め）を限界まで開いて驚いていたが、抵抗することはなかった。口内で互いの熱い吐息が混じり合う。ベルナデッタは少し苦しそうな、同時にどこか甘えた声を漏らし、身を捩（よじ）った。

どれぐらいの時間が経っただろうか。俺が唇を離すと、ベルナデッタは恥ずかしそうに視線を逸（そ）らした。彼女の華奢（きゃしゃ）な肩が、荒い呼吸で揺れている。

「さっきの返事、これでいいだろうか？」

首を傾（かし）げる俺に、ベルナデッタは視線を逸らしたまま頷く。俺は軽く微笑んで馬車を下りると、ベルナデッタ側の扉を開いて右手を差し出した。

「どうぞ、お姫様」

「あ、ありがとうございます」

ベルナデッタははにかみながらも、俺の手を取って馬車から降りた。俺は御者に少し待ってほしいと頼み、そのままベルナデッタを屋敷の中までエスコートする。そして、視

線を合わせようとしないベルナデッタに別れの挨拶を済ませ、馬車に戻った。

「もういいぞ。行ってくれ」

俺の指示に従って、馬車が動き出した。移り行く窓の外の光景に視線を向けながら、俺は煙草(たばこ)を取り出し、火を付ける。吸い込んだ煙がいつもより甘く感じるのは、決して気のせいではないはずだ。——唇が熱い。ベルナデッタの熱が残っている唇を、軽く舌で舐めると、ガラスに凶悪な笑みを浮かべる俺の顔が映った。

「甘いな。——これが、嘘吐き女の味か」

†

豪奢(ごうしゃ)な会議室にて、ルキアーノ組(ファミリー)の定例幹部会は、滞りなく開かれた。会長、ヴィトー・ルキアーノの邸宅に集まった十三人の幹部たちが、ヴィトーを上座に、向かい合う形で着席している。

白髪の老紳士——ヴィトーの右側、本家若頭(ナンバー2)が座る席には、黒髪をオールバックにしたタキシード姿の優男が、優雅に腰掛けていた。本家若頭(ナンバー2)にして跡目候補筆頭、そしてヴィトーの息子でもある、アレッシオ・ルキアーノだ。

アレッシオの席から左右交互に、幹部たちの序列が続いていく。フィノッキオの席は、ヴィトーの左にしてアレッシオの正面、つまり組織のナンバー3である証拠だ。

以前はナンバー5だったが、組長を失ったガンビーノ組を傘下に置いたことで、ナンバー3に昇格した。そのため、フィノッキオの斜め前には、元ナンバー3にして現ナンバー4の幹部が座っている。よほどナンバー3の座を奪われたことが許せないらしい。他の幹部たちの目があるにも拘らず、ずっとフィノッキオに憎悪で歪んだ顔を向けていた。

名前はドゥリン・ハンマーヘッド。ルキアーノ組で唯一の、ドワーフの幹部だ。他のドワーフがそうであるように、筋肉質でずんぐりとした体形をしており、頭は剝げているものの、代わりに立派な髭を蓄えている。

ドゥリンはフィノッキオにとって、兄貴分に当たるヤクザだ。昔、ストリートチルドレンだったフィノッキオが、ルキアーノ組傘下の二次団体に拾われた時には既に、その組の若頭補佐として幅を利かせていた。

ドゥリンとの折り合いは最初から悪く、新入りだったフィノッキオが理不尽な目に遭ったのは、一度や二度の話ではない。毎日のように殴られ蹴られ、また当時はルキアーノ組の敵対組織がまだ多かったこともあり、鉄砲玉として危険な役回りを強要された。

だが皮肉にも、フィノッキオは短期間に鉄砲玉として名を上げ、本家からも一目を置かれるほどのヤクザになった。〝気狂い道化師〟と恐れられ始めたのも、ちょうどこの頃からだ。決定的だったのは、所属していた組の組長が不祥事を起こし、それに激怒した本家の指示によって、フィノッキオ自らが組長の首を取った時である。本来、ヤクザにとって親殺しは重罪だが、本家の指示を見事に果たしたフィノッキオは、本家から多大な信頼を得る結果になった。

もちろん、フィノッキオを恨む者たちも多い。その筆頭が、かつての兄貴分にして、フィノッキオに親を殺された復讐心(ふくしゅうしん)を抱く、ドゥリンである。

ルキアーノの目があるため、これまでフィノッキオに直接手を出すことはできなかったが、ドゥリンの復讐心は本物だ。酒に酔っては、フィノッキオを殺してやると兄弟分や仲間に息巻いているらしい。それでもドゥリンが実行に移そうとしなかったのは、単に本家の目があるだけでなく、自分の方が序列は上だという矜持(きょうじ)があったからだ。

だが、序列が覆った今、ドゥリンはフィノッキオに暗く汚れ切った感情を募らせている。同じくフィノッキオを快く思っていない幹部たちと結託し、反フィノッキオ連盟を築こうと画策しているらしい。

愚かね、とフィノッキオは内心でドゥリンを嘲笑(あざわら)った。何もかもが遅過ぎる。未(いま)だに幹部たちと手を組めばどうにかできると信じているだなんて、お花畑の妖精さんもいいところだ。

たしかに、ドゥリンが他の幹部たちと手を組んだら厄介ではあった。だが、それはフィノッキオが独りだった時の話。こっちには、あのノエル・シュトーレンがいるのだ。

ルキアーノ組(ファミリー)が帝国最大の裏社会組織となって数十年、すっかり平和ボケした幹部たちが何人結託しようと、現役の武闘派クラン、しかも七星(レガリア)を味方に付けたフィノッキオに敵(かな)うはずがない。——そう、敵うわけがなく、一方的な戦いになるとわかっているからこそ、ノエルの手を借りたくはなかったのだ。

　協力者のおかげで楽をして勝ったところで、その勝利にどれほどの価値があるというのだろうか？　少なくとも、フィノッキオはそんな勝利を望んでいない。やはり、ノエルの協力は断るべきだった。断るべきだと理解していたのに断れなかった、己の乙女心が心底恨めしい。

「時間だな」

　ヴィトーが呟くと、アレッシオは頷き、幹部たち全員を見回した。

「では、これより定例幹部会を開始する」

　威厳のある声だ。幼い頃から帝王学を学び、ルキアーノ組の後継ぎとして育てられたアレッシオは、間違いなく次の会長に相応しい逸材である。年齢こそフィノッキオと変わらないが、ストリートチルドレンから成り上がったフィノッキオとは異なり、生まれながらの王者だ。人を従えるのが彼の本分であり、これからも覇道を歩み続けるはずだった。

　もし、己一人の力で彼と対決することができたのなら、どれほど心躍っただろう。だが、フィノッキオは己の闘争心よりも、惚れた漢を立てる道を選んだのだ。

「若頭、その前にちょっといいかしら？」

　フィノッキオが声を上げると、アレッシオは怪訝そうな顔をした。

「どうした？　何か話でもあるのか？」

「ええ、あります。ありますとも。大事な話があります」

　フィノッキオは頷き、ヴィトーに視線を向けた。

「会長、この場を借りてお願い申し上げます。ルキアーノ組の会長の座、このフィノッキオ・バルジーニに譲って頂けないでしょうか？」

　一瞬にして場は凍り付いた。突然の提言――それもトップの座を代われという要求に、幹部たちの誰もが動揺することになった。そんな混乱の最中に、ヴィトーだけが、真っ直ぐフィノッキオを見据えている。

「理由を聞こうか？」

　ヴィトーに静かに問われ、フィノッキオは背筋を正す。

「理由は単純です。会長は既に御年七十七歳。まだまだ御壮健かつ、帝国に比類なき賢者ではあるものの、指導者として全盛期よりも衰えているのは事実です。だからこそ、アルバート・ガンビーノの無法を許すままにしてしまった」

　アルバートを最終的に粛清すると決めたのはヴィトーだが、その判断はあまりにも遅かった。あの男を野放しにしたせいで受けた被害は甚大だ。老いたヴィトーが、ガンビーノ組の先代組長との義理に囚われ、冷静な思考能力を失っていたのは、ヴィトーに近しい者なら誰もが知るところだ。

「私が極道に入った頃の会長なら、絶対にあんな愚か者の好きにはさせませんでした。今ならまだ間に合います。有終の美を飾るためにも、会長は自らの意思で引退するべき時なのです」

「そして、オイラがいなくなった後は、おめえが仕切ると？」

はい、とフィノッキオは強く頷いた。

「私こそが、相応しいと自負しております」

フィノッキオが断言すると、ヴィトーは不敵な笑みを浮かべる。

「ほう、言い切るか。流石(さすが)は、気狂い道化師(マッドピエロ)だな」

「酔狂こそが漢の華道だと、会長に教えられましたから」

「ははは、違ぇねぇや。おめえは昔から良く出来た子分だよ」

ヴィトーは声を上げて笑い、椅子に深く座り直した。そして、愉快そうに目を細めると、幹部たちを見回した。

「フィノッキオの言ったことは正しい。オイラが耄碌(もうろく)したせいで、おめえらにも苦労掛けた。もう、オイラの肩にルキアーノ組(ファミリー)の看板は重過ぎる。潮時ってやつだな」

引退を認めたヴィトーに、幹部たちはざわつき始める。これからどうするんだ、本当にフィノッキオが次の会長になるのか、驚愕(きょうがく)と不安で混乱する者たちばかりの中、ナンバー2のアレッシオは堂々とした態度のまま事態の行く末を見守り、ナンバー4のドゥリンは怒りに任せて立ち上がった。

「どういうつもりなんや、会長ッ!?」

激しい剣幕を見せるドゥリンに、全員の注目が集まる。

「会長が引退するのはええ。ご老体に鞭(むち)を打つのは、ワシらも心苦しいですからのう。せやけど、跡目が親殺しの糞オカマ野郎ってのは、我慢なりませんわ」

「フィノッキオに親殺しを命じたのはオイラだ。あの件がフィノッキオを跡目から除外する理由にはならねえ」

ヴィトーの毅然とした態度に、ドゥリンは苦虫を噛み潰したような顔になったが、すぐに気勢を取り戻した。

「わかりました。親殺しの件は、ひとまず置いときます。ただ、新しい会長を誰にするかは、ワシらで決めさせてくれませんか？　会長が引退するのは、御自分の判断能力の衰えを自覚したからですやろ？　せやったら、跡目を誰にするかも、後進に任せてもらいたいんですわ」

「オイラはフィノッキオを会長にするとは言ってねえよ。だが、おめえの言うことも、道理だな」

ヴィトーは頷き、アレッシオに視線を向けた。

「おめえは、どう思う？」

「私もドゥリンに賛成です。新しい会長は、幹部たち全員で決めるべきでしょう。ですが、その前にはっきりさせておきたいことがある」

アレッシオは言葉を区切り、フィノッキオを見据えた。

「フィノッキオ、おまえは自分こそが新会長に相応しいと言ったな？　何故、そう思う？　その理由を言ってみろ」

挑戦的なアレッシオの口調に、フィノッキオは微笑(ほほえ)んだ。

「理由は二つ。一つは、アタシが仕切っている七星杯(しちせいはい)が、多大な利益を得ていること。今日の定例幹部会では、各組(ファミリー)の商売の状況と、本家への上納金を報告し合う予定だったけど、アタシのせいで滞っちゃったわね。だから、迷惑ついでに、アタシが先に発表させてもらうわ。バルジーニ組(ファミリー)の下半期売上(シノギ)は、現段階で二千億フィル。更に、七星杯(しちせいはい)が本戦まで終了した際には、約八千億の儲(もう)けが出る予定よ。つまり、一兆フィルね」

フィノッキオが笑顔で発表すると、幹部たち全員が言葉を失った。七星杯(しちせいはい)が莫大(ばくだい)な利益を上げることは誰もが知っていたことだが、一兆フィルという天文学的な数字に達するとは予想できなかったからだ。

もちろん、ただ七星杯(しちせいはい)を開催しただけでは、一兆フィルもの儲けを出すことはできない。七星杯(しちせいはい)を観戦できなかった者たちも賭けに参加できるよう、事前に帝国の新聞会社と協力して、全国に独自の情報共有網(ネットワーク)を張り巡らせたことが、今回の収益に繋(つな)がったのだ。また、国外にも宣伝活動を行った結果、他国の資産家たちも賭けに参加し、現在進行形で予測売上は伸び続けている。

「で、でたらめやッ！　一兆フィルなんて売上、ありえへんッ！」

ドゥリンは大袈裟(おおげさ)に首だけでなく手も振り、フィノッキオが嘘(うそ)を吐(つ)いていると主張するが、単に往生際が悪いだけなのは、誰の目から見ても明らかだった。

「嘘じゃないわよ、ドゥリンちゃん。本家への上納金は、アタシたちの売上の二割ってルールなんだから、見栄張ってもアタシが大損するだけじゃない」

「おのれが会長になれば、上納金で損した分も帳消しやろうがッ！」

「はぁ、信じられない。仮にもルキアーノ組の幹部ともあろう者が、物事の真偽を見極めることもできないの？　状況が理解できていないから、そんな妄言を平然と吐けるのよ。どうやら、耄碌したのはアンタのようね」

「なんやと!?　どういう意味やッ!?」

フィノッキオはこれ見よがしに溜息を吐き、ドゥリンに冷たい眼差しを向ける。

「言葉通りの意味よ。アンタが七星杯を仕切っても、一兆フィルも稼ぐことは不可能でしょうね。でも、アタシならできる。格が違うのよ、アンタとアタシでは」

「お、おのれぇ……っ」

激昂したドゥリンは茹で蛸のように真っ赤になり、荒い呼吸を繰り返している。今にも飛び掛かってきそうだが、そうしないだけの理性はまだ残っているらしい。正当防衛を理由にドゥリンを殺したかったフィノッキオとしては、興醒めな展開だった。

「ドゥリン、場を弁えろ」

アレッシオが短く、だがはっきりと警告すると、ドゥリンは怒りに顔を歪めながらも、椅子に座り直した。

「一つ目の理由は理解した」

アレッシオは膝の上で手を組み、話を続ける。

「一兆フィル、素晴らしいな。上半期の全組合わせた売上とほぼ同額だ。幹部として、十分に跡目を要求するだけの資格がある。それで、二つ目の理由は？」

あくまでも余裕の態度を崩さないアレッシオに、フィノッキオは内心で首を傾げた。いくら本家のナンバー2だからといって、あまりにも泰然自若としている。まさか、こちらの思惑に気が付いているのか？　だが、だとしても、今更になって作戦を変更することはできない。後は、出たとこ勝負だ。

「二つ目の理由、それを語るなら、専門家の意見も必要ね」

「専門家だと？」

「ええ、アタシの言葉だけでは説得力に欠けるのよ。若頭、この場に彼を呼んでもいいかしら？」

フィノッキオの言葉に、アレッシオは暫く考えた後、頷いた。

「いいだろう。会長も、よろしいですか？」

意見を求められたヴィトーは、大袈裟に肩を竦める。

「オイラはもう引退すると決めた身だ。新しい会長が決まるまでは、おめえが代行として仕切んな」

「承知しました。フィノッキオ、その専門家とやらを呼ぶといい」

承諾を得たフィノッキオは、耳に付けていたイヤリング型の交信機に魔力を通し、外で待機している専門家に連絡を取った。

『アタシよ、準備が整ったから、中に入ってきてちょうだい。ウチの組員と一緒なら、警備も通してくれるわ』

『了解した。すぐに行く』

明瞭な答えが返ってきてから五分も経たない内に、会議室のドアがノックされる。アレッシオが「入れ」と許可を出すと、ドアが開かれ、黒髪黒衣の美少年が姿を見せた。七星の一角、嵐翼の蛇のクランマスター、ノエル・シュトーレンである。

幹部たちが呆気に取られている中、ノエルは散歩に出かけるような軽やかな足取りでヴィトーの前に進み、その場で恭しくお辞儀をした。

「お初にお目に掛かります、御老公。私は、嵐翼の蛇のクランマスター、ノエル・シュトーレンです。アンドレアス・フーガーの件ではお世話になりました」

頭を上げたノエルと視線が合ったヴィトーは、朗らかに笑った。だが、その笑みの奥に黒い感情が秘められていることを、フィノッキオは知っている。

何故なら、ノエルは以前、ルキアーノ組が擁護していたフーガー商会と争った経緯があるからだ。結果としてフーガー商会は崩壊し、ルキアーノ組は大切な金蔓の一つを失うことになった。だが一方で、ノエルは七星杯の大切な運営パートナーでもある。実際には、ヴィトーを介さないフィノッキオとノエルだけの関係ではあるものの、ヴィトーにしてみれば大した違いはない。だから、ヴィトーの内心はともかく、その顔から笑みが消えることはなかった。むしろ、好々爺の趣すら感じられる朗らかさだ。

「なるほど、おめえが蛇か。良い面構えをしている。だが、祖父さんとは全く似てないな。祖母さんの方にそっくりだ。オイラがおめえの祖母さんに振られた話、祖父さんから聞いているか？」

「いいえ、残念ながら。祖父はあれで秘密主義でしたから」

「ふふふ、そうか。ところで、おめえが専門家ってことでいいのか？」

笑って尋ねるヴィトーに、ノエルは頷いた。

「はい、若輩者ですが、本日はよろしくお願い致します」

「わかった。不滅の悪鬼の孫のお手並み、オイラに見せてくれ」

ノエルは微笑で返すと、振り返って幹部たちに視線を向けた。

「さて、早速本題に入りましょう。私が皆様に話したいのは、帝国が冥獄十王に勝った後、裏社会の勢力図がどのように変わるのか、ということです」

ノエルの言葉に、アレッシオは眉を顰めた。

「裏社会の勢力図が変わるだと？　どういう意味だ？」

「誤解を恐れずに申し上げるなら、今のままだと、新しい裏社会にルキアーノ組の居場所はありません。即座に淘汰される運命が待っています」

当然のように淡々と話すノエル。だが、おまえたちは滅びると明言された側は、平静でいることなどできない。すぐに激怒した幹部たちから怒号が飛び交い、会議室は剣呑な雰囲気となった。中でも、ドゥリンの怒りは凄まじかった。

「言うに事欠いて、ワシらが淘汰されるやと⁉　おのれが何を抜かしとるんか、理解しとるんやろうなッ⁉　舐(な)めたことほざいとると、ドタマかち割るぞ、ワレぇッ‼」

　ドゥリンの怒声に他の幹部たちも同調するが、当のノエルは涼しい顔をしていた。七星(レガリア)を冠するクランの長が、ヤクザの脅しなど恐れるわけがない。

「では、逆に聞きましょう。あなた方は、どんな商売敵にも勝てるのですか？」

「当たり前やろうがッ！　今更、他のヤクザなんか目ちゃうわボケぇッ‼」

「ヤクザ、ね。たしかにヤクザなら、あなた方に勝てる組織は存在しない」

　ですが、とノエルは冷たく笑う。

「相手が探索者(シーカー)クランなら、あなた方は勝てますか？」

「な、なんやとぉっ⁉」

　ドゥリンは驚愕し目を見開く。他の幹部たちも同様だ。唯一、アレッシオだけが、得心したように小さく頷いた。

「蛇、おまえの言いたいことがわかったぞ。つまり、探索者クランがヤクザ化し、私たちの競合相手になる、ということだな？」

　アレッシオの言葉に、ノエルは頷く。

「その通りですよ、若頭」

　先見の明があるアレッシオは、ノエルが言わんとすることを即座に理解した。だが、他の幹部たちは全く理解できていないようだった。

「どういうことや、ガキ!? ワシにもわかるように説明せいッ！」

自らの愚かさを棚に上げ、ふてぶてしく説明を要求するドゥリンに、ノエルは虫ケラを見るような眼差しを向ける。

「そもそもの話をしましょう。我々探索者（シーカー）と、あなた方ヤクザに、大きな違いは無いと私は考えています。共に公権力に属さず、暴力を生業（なりわい）とする生き方だ。我々の暴力の対象が悪魔（ビースト）なのに対して、あなた方の対象は弱者、明確な違いはそれぐらいしかありません。暴力を背景に勢力を拡大しようと目論（もくろ）んでいる点では、同じ穴の狢（むじな）です」

「そないなこと言うても、違うもんは違うやろうが。おのれの言い分を真に受けるなら、男も女も同じことになるやんけ。まあ、おのれは男の癖に女みたいな顔しとるし、つるんどるフィノッキオもオカマ野郎やから、物事の区別ってのがつかんのかもしれんがのう」

話を茶化すドゥリンに、他の幹部たちも下卑た笑い声を上げる。だが、ノエルは怒ることもなく、ただ冷淡な笑みを浮かべた。

「他人を茶化して注目を得ようとするのは、幼い頃に親から十分な愛情を得られなかった証拠だ。普通は恥ずべき行いです。なのに、その歳（とし）になっても改めることができないなんて、よほど劣悪な幼少期を過ごされたんですね。心から同情します」

「な、なんやと、この糞（くそ）ガキッ!?」

簡単に言い負かされたドゥリンは激怒し、椅子から腰を浮かせるが、それをアレッシオが鋭く制した。

「いい加減にしろッ！　これで警告は二度目だぞ！　次は無(ね)ぇと思えッ！」

「くっ、くぅぅっ……」

　アレッシオに逆らえないドゥリンは、不満そうに押し黙った。

「話を戻します」

　ノエルは何事も無かったかのように話を続ける。

「探索者(シーカー)とヤクザの間に大きな違いはない。ならば何故(なぜ)、今まで探索者(シーカー)たちは、あなた方の競合相手にならなかったのか？　答えは簡単です。面倒だからですよ。悪魔(ビースト)を討伐するだけで十分な報酬を得られるのに、あえてヤクザの競合相手になるような面倒な真似(まね)はしたくない。それだけのことなんです。ですが、今後は状況が変わる」

　いつの間にか、幹部たちはノエルの言葉に集中し始めていた。

「冥獄十王(ヴァリアント)を首尾よく討伐できたとしても、社会的混乱は免れない。その混沌(こんとん)の最中なら、これまで面倒だと考えていた副業も、実行が簡単になる。何故なら、あなた方ヤクザはもちろん、行政府も、全ての事態を正確に把握できる余裕が無くなるからです」

　実行が簡単なら、多くの探索者(シーカー)クランが、悪魔(ビースト)討伐以外の副業に手を出し始めるだろう。加えて、手っ取り早く儲けるなら、手続きが面倒な表の仕事よりも、暴力によって強引に進められる裏の仕事の方が良い。その結果として蔓延(まんえん)するのが、アレッシオの言った、探索者(シーカー)クランのヤクザ化だ。

　ここまで説明され、漸(ようや)く危機的状況にあることを理解した幹部たちは、すっかり顔色を悪くしていた。ノエルは畳み掛けるように続ける。

「皆さん、その顔色から察するに、全てを理解して頂けたようですね。今までも、探索者（シーカー）が準暴力団（半グレ）に堕（お）ちるケースはあった。だが彼らは、探索者（シーカー）の競争から脱落した者たちだ。ところが、そのレベルの者たちにも、あなた方は苦戦させられることが多かった」

　事実だ。気狂い道化師（マッドピエロ）と恐れられている、フィノッキオの縄張り（シマ）でさえも、これまでに何度も準暴力団（半グレ）に荒らされたことがあった。最終的には排除できたが、厳しい戦いだった。それほどに、探索者（シーカー）は強い。

「なのに今度は、第一線で活躍している探索者（シーカー）クランと争うことになる。それも、特定のクランではなく、複数のクランだ。今一度聞きましょう。あなた方は彼らと戦って、勝つことができますか？」

　答えられる幹部はいなかった。誰もが気まずそうに視線を逸（そ）らしている。当然だ。昔のルキアーノ組（ファミリー）ならともかく、今の平和ボケしたルキアーノ組（ファミリー）に、探索者（シーカー）クランと正面から戦えるだけの戦力も気概もありはしない。

「ちょ、ちょっと待てやッ！」

　ドゥリンが動揺しながらも声を上げる。

「たしかに、探索者（シーカー）クランが競合相手になったら、ワシらもヤバいかもしれん！　せやけどな、ワシらには皇室の威光があるんやぞ！」

　帝国の裏社会の支配者であるルキアーノ組（ファミリー）は、皇室とも強い繋（つな）がりを持っている。互いに持ちつ持たれつの関係を築けていることも事実だ。

だが——

「皇室の威光？　そんなものが、本当にあなた方を守ってくれると信じているんですか？　だとしたら、愚かとしか言いようがありませんね」

ノエルはドゥリンを嘲笑し、その根本的な勘違いを指摘する。

「皇室はあなた方の友人ではない。ただのビジネスパートナーだ。あなた方に裏社会を支配する能力が無いと判断すれば、すぐに関係を絶ちますよ。義理人情こそが極道だと標榜(ひょうぼう)するあなた方だって、それだけでは腹が膨れないことは御存じでしょう？」

「そ、それは……」

ドゥリンが答えに窮すると、アレッシオが口を開く。

「探索者(シーカー)クランのヤクザ化は、確実に起こるだろう。だが本当に、今の勢力図を覆すほど蔓延するのか？　実際、前回は我々を脅かすような探索者(シーカー)クランは現れなかった」

「前回と今回では探索者(シーカー)の母数が違います。探索者(シーカー)の数は数十年前よりも増え、その質も上がった。対してあなた方は、勢力こそ拡大できたものの、リソースのほとんどを経済活動に回した結果、戦闘面では著しく弱体化した」

数十年前は、ルキアーノ組(ファミリー)も探索者(シーカー)クランに対抗できるほど強かった。戦力面だけでなく、戦いへの心構えが違った。だが、裏社会の覇者になったことで、戦いよりも経済活動を重視するようになった。現在に於(お)いて、ルキアーノ組(ファミリー)の組織としての強さは、血を伴う暴力よりも、資本力という名の暴力の方が大きい。

「たしかに、私たちは弱くなった。だがそれは、戦いの場での話だ。むしろ、資本力は数十年前と比較にならないほど強大になった。どれだけ裏稼業への参入ハードルが低くなろうとも、この数十年の間に蓄積された資本力と各界への影響力、そして商売ノウハウを、素人が簡単に覆すことはできないぞ」

「せ、せや！　素人にヤクザの仕事が務まるかいボケ！」

　アレッシオの反論にドゥリンが同調し、他の幹部たちも頷く。だが、ノエルは笑みを崩すことはなかった。

「素人でも商売を成功させる簡単な解決方法があります。暴力を使って、あなた方から丸ごと商売を奪えばいいんですよ。そうすれば、全て解決です」

　ノエルの答えに、幹部たちは絶句するしかなかった。これまで泰然自若としていたアレッシオですら、返す言葉が見つからず目を丸くしている。一般人(カタギ)のノエルの口から、ヤクザですら躊躇(ためら)う、血腥(ちなまぐさ)い解決方法が出るとは思わなかったからだ。だが、フィノッキオだけは、これがノエルという男の本質だと理解している。

「何故、そんなにも驚いているんですか？　勢力争いに於いて、乗っ取りは基本中の基本でしょう？　あなた方だって、最初はそうやって勢力を拡大したはずだ」

　首を傾(かし)げるノエルに、アレッシオは頭(かぶり)を振った。

「……それは昔の話だ。今はヤクザの商売も複雑化しているし、乗っ取ったからといって、必ず上手(うま)くいくわけじゃない」

「ですが、やるなら、この方法だ。これが一番手っ取り早い」

「だとしても、これまで一般人(カタギ)だった者たちが、そこまで思い切れるものか？」

「できますよ。一度やると決めたら、徹底して合理的に実行する。それが、探索者(シーカー)という生き物です」

　なにより、とノエルは笑みを深くし、自らを両手で示した。

「私という〝最高の代表的事例(モデルケース)〟がありますからね。探索者(シーカー)の身でありながら、人魚の鎮魂歌(ローレライ)の鉄道利権を横から掠(かす)め取り、更に七星杯(しちせいはい)という過去最大級の祭典を実現した、この私の在り方に、多くの探索者(シーカー)たちが倣うでしょう」

　ノエルの言葉が持つ説得力は、幹部たち全員に鋭く突き刺さった。後進が成功者に倣うのは、当然の行動だ。古今東西、そうやって人は繁栄してきた。もちろん、ノエルを完全に真似ることは不可能だが、同じようにして利益を得ようと考えることは、自然な流れである。ヤクザの商売を乗っ取るぐらい、大した葛藤も無く決断するはずだ。

　会議室に沈黙が流れる。幹部たちはもはや、ノエルの話術に思考を支配されていた。アレッシオも、ドゥリンも、ヴィトーですらも、何も反論することができない。ノエルの言葉が正しいと信じ切っている。

　こうなることは予測できていたが、それにしても完璧な舞台だった。なによりも恐ろしいのは、全てが神懸かり的に噛(か)み合っている点だ。おそらく、ノエルは七星杯の開催をフィノッキオに持ち掛けた時点で、この舞台の台本も思いついていたのだろう。そうでなければ、ここまで何もかもが噛み合うわけがない。

――ねぇ、ノエルちゃん、覚えている？

フィノッキオは心の中でノエルに尋ねる。

――アナタは以前、アタシに言ったわよね。

『フィノッキオ、おまえはルキアーノ組（ファミリー）の会長となり、帝国の裏社会を支配する。そして俺は、七星（レガリア）の一等星となり、表社会で最も名誉と権力を持った男になる。つまり俺たちが手を組めば、事実上この帝国は俺たちのものだ』

アンドレアスの一件の際、フィノッキオはノエルに手を引くよう脅したが、当のノエルから返ってきた答えは、七星杯（しちせいはい）の開催を餌としたフィノッキオの懐柔だった。それどころか、フィノッキオにルキアーノ組（ファミリー）の新会長になるべきだと提案し、共に帝国を牛耳ろうと誘ったのだ。

『選べ、フィノッキオ・バルジーニ。いや、気狂い道化師（マッドピエロ）。アンドレアスごときのために死ぬか、それとも、この俺と頂点を取るか。答えは、二つに一つだ。――さあ、選べッ！
おまえの漢（おとこ）としての答えを言ってみろッ!!』

答えあぐねるフィノッキオに対して、ノエルは容赦なく決断を迫った。あの時の衝撃は、今でも覚えている。自分よりも年下のガキに、臆病者だと誹（そし）られた怒りと悔しさ、何よりも自分が日和（ひよ）っていたという事実への羞恥心で、感情を滅茶苦茶（めちゃくちゃ）にされた。

だが、それ以上に、魂が熱くなった。この漢となら、頂上を獲れると思えた。それほどまでに、あの時のノエルは眩しく輝いていたからだ。

――アタシは、アナタこそが最高の相棒だと確信したわ。……だけど、それは間違いだった。アタシは、アナタを見誤っていたわ。

「専門家としての意見は以上です。その上で、皆様に問いたい」

会議室は既に、ノエルの独壇場と化していた。唯一人の演者であるノエルは、観客たちに向かって歌うように話を続ける。

「ヤクザ化した探索者クランが群雄割拠する裏社会の新時代で、このルキアーノ組の新会長を、自分なら果たせると約束できる方はいますか？」

声を上げる者は誰もいなかった。威勢の良かったドゥリンだけでなく、跡目候補筆頭だったアレッシオでさえ、静観することに徹している。ここで立候補すれば、新会長として多くの責任を負うことになるからだ。具体的に言えば、ヤクザ化した探索者クランに対抗できる、新たな組織の再編と、それに伴う資金提供である。

閉口している幹部たちに、それほどの器を持つ者はいない。だが、この場には唯一人だけ、戦闘員としての実績に伴う戦術知識と、有り余る資金、そして優秀な探索者とのコネクションまでも持つ者がいる。

「アタシがやるわ」

フィノッキオは立ち上がり、幹部たちを見回した。

「アタシなら、裏社会の新時代でも戦える。それどころか、このルキアーノ組を、更に大きな組織にすることもできる」

だから、とフィノッキオは声を張り上げる。

「オマエら、このオレに付いてこいッ!!」

僅かな沈黙の後、誰かが拍手をした。それは次々に広がり、あっという間に会議室は拍手喝采で包まれた。新たな会長の誕生を祝っているのだ。

「お、おのれら、どういうつもりじゃ!?」

ドゥリンは焦って喚くが、もう遅い。拍手をしている幹部たちの中には、ドゥリンがフィノッキオに対抗すべく裏で手を組んでいた者もいる。七星杯の売上とフィノッキオの実績、そしてノエルの話術によって、誰に付くべきなのかが明らかになった今、ドゥリンの如きに靡くわけがない。

「ワシは認めんぞ！　おのれが新会長やなんて、絶対に認めんッ!!」

往生際の悪いドゥリンに、アレッシオは首を振る。

「諦めろ。私たちの負けだ」

そして笑みを漏らすと、アレッシオもまたフィノッキオに拍手を送った。

「どうやら、これで決まりみてぇだな」

ヴィトーは満足気に頷き、フィノッキオを見据える。

「ルキアーノ組の新会長は、フィノッキオ・バルジーニだッ！」

拍手が更に大きくなる。新会長となったフィノッキオは、ノエルに視線を向けた。ノエルもまた、微笑を浮かべながら拍手をしている。純粋に新たな〝闇の王〟の誕生を祝ってくれているのだろう。だが、フィノッキオの考えは違った。

――アタシは王じゃない。やっと認めることができたわ。ノエルちゃん、アナタこそが、光と闇の両方を統べる、真の王よ。

フィノッキオにとってノエルの存在は、もう共に歩む相棒（パートナー）ではない。忠誠を誓うべき、真の王だ。実際、フィノッキオが新会長になれたのは、全てノエルのおかげ。両者が生まれ持った器は、あまりにも違い過ぎた。

もちろん、相棒（パートナー）になれなかった悔しさはある。

だが、それ以上に――

「悪くない気分ね」

フィノッキオは小さく呟（つぶや）き、ノエルに微笑（ほほえ）んだ。

†

定例幹部会が終わり、他の幹部たちが去った後、アレッシオとドゥリンだけは、互いの側近たちと共に会議室に残っていた。

「あんの糞（くそ）オカマ野郎が、このワシを舐（な）め腐りやがってッ!!」

怒りが収まらないドゥリンは、何度も地団駄を踏んだ。

「若頭ァ、ほんまにフィノッキオを認めるつもりなんですか!?」

「認めるも何も――」

アレッシオは葉巻に火を付けながら続ける。

「既に私も含めて、他の幹部たちの承認を得た状況だ。おまえがどれだけ否定しようと、あいつが新しいルキアーノ組の会長だよ」

「せやかて、このまま放っておいたら、あいつの天下ですよ!?」

「だからって、今から私たちにできることはない」

もう終わったことだ、と取り澄ました表情で紫煙を燻らせるアレッシオに、ドゥリンはますます怒りと苛立ちを募らせていく。

「何寝ぼけたこと言っとるんですか、若頭ァッ!?　ほんまやったら、あんたが新会長になるはずやったのに、それを横から取られて悔しゅうないんですかッ!?」

「たしかに、思うところはある」

「せやったら――」

「だが、今回はあいつの方が上手だった。潔く負けを認めるべきだ」

「そんなアホな話があるかいボケェッ!!」

いよいよ我慢の限界を迎えたドゥリンは、アレッシオへの体裁までもかなぐり捨てた。

互いの上下関係など、完全に頭の中から消えている。

「ワシはな、おのれが新会長になると思うてたから、今まで黙って従ってきたんや！　せやのに、会長を諦めるやと!?　そうかい！　せやったら、あのオカマ野郎のケツの穴を好きなだけ舐めたらええわ！　ワシはもう知らん！　ワシもワシの好きなようにやらせてもらいますわ！　今まで溜め込んできた鬱憤、思う存分晴らせてもらう！」

「……おまえ、親に弓引くつもりか？」

アレッシオは鋭く睨(にら)み付けたが、ドゥリンは鼻で笑った。

「あいつは親やなくて、親の仇(かたき)や。大義はワシにある」

「見上げた根性だが、おまえがフィノッキオに勝てるのか？」

「あんなオカマ野郎に、ワシがビビると思っとんのか？　そもそも、あいつが新会長になれたんは、あのノエルとかいうガキのおかげや。ノエルさえおらんかったら、あいつは今でもワシの下やった。あいつは、単に運が良かっただけや」

せやから、とドゥリンは邪悪な笑みを浮かべる。

「まずは、ノエルを殺したる」

「なんだと？……馬鹿が、七星(レガリア)に勝てるわけがないだろ」

「ワシが狙うんは七星(レガリア)やない。ノエル個人や。嵐翼の蛇(ワイルドテンペスト)が強いのは、仲間のおかげ。頭のノエルは最弱の【話術士】やぞ？　いくらでもやりようはあるわい」

自信満々に嘯(うそぶ)いたドゥリンに、アレッシオは心の底から呆(あき)れ果てるしかなかった。だが、当のドゥリンは、アレッシオが閉口しているのを、言い負かしてやったものだと勘違いしたらしい。急に機嫌が良くなると、大声で笑い始めた。

「がっはっはっはっ！　まあ、おのれは黙って見とれや！　ノエルの後は、すぐにフィノッキオの首も取ったる！　そんで、あいつの金を奪ったら、ワシがルキアーノ組の新会長じゃ！　おのれも頭を下げるんやったら、若頭のままでいさせたるでぇ？」

「……考えておくよ」

「そうかい！　ほな、ワシは忙しいから、もう帰るわ！」

　ドゥリンが子分たちを引き連れて会議室を後にすると、アレッシオは疲れた顔で大きな溜息を吐いた。

「昔はもっと頭の切れる男だったんだがな……。権力にふんぞり返っている内に、脳みそに蛆虫が湧いてしまったらしい……」

　間違いなく、ドゥリンが有能だった時代はあった。そうでなければ、亜人であるドワーフが、ルキアーノ組の大幹部になれるわけがない。

「時の流れというのは残酷だな。ああなったら御終いだ」

　アレッシオが不満を零すと、傍に控えていた側近が口を開いた。

「組長、放って置いていいんですか？」

「あのドワーフがドブ川に浮かぼうと、私の知ったことじゃない」

「いえ、ドゥリンの叔父貴のことではなく……。新会長の座、本当にフィノッキオの叔父貴に渡してよかったんですか？」

　不安そうに尋ねてくる側近に、アレッシオは苦笑した。

「それこそ知ったことじゃない。あいつがやりたいって言っているんだから、やらせてやればいいんだ」

「で、ですが……」

「いいか？　冥獄十王(ヴァリアント)戦後の混乱した帝国で新会長を務めても、苦労するだけで何の旨味(うまみ)も無いんだよ。フィノッキオは蛇の口車に乗せられたに過ぎない」

「蛇の？　どうして？」

「そこまでは知らんが、蛇はルキアーノ組(ファミリー)の力を使いたいんだろうさ。だから、フィノッキオを騙(だま)して、新会長に据える必要があったんだ」

　確証は無いが、おそらく間違いないはずだ。アレッシオの知る限り、フィノッキオは地位に拘(こだわ)る男じゃなかった。それが翻意したのは、唆す奴(やつ)がいたからだ。

「奴は憐れな道化師(ピエロ)だよ。舞台に上がった以上、死ぬ気で観客を満足させなければいけない。だが、前座としては上等だ。冥獄十王(ヴァリアント)戦後の混乱した帝国に於(お)いて、奴ほど指導者に相応(ふさわ)しい男もいない。舞台を降りてもらうのは、役目を果たした後だ」

　アレッシオは決して、会長の座を諦めたわけではない。今すぐ新会長になる必要は無いと理解しているだけだ。

「ですが、フィノッキオの叔父貴の政権が盤石になったら、いくら組長(オヤジ)でも会長の座を奪うのは難しいんじゃないですか？」

側近の質問に、アレッシオは笑って頷く。

「その通りだな。私の力だけでは難しいだろう。だから、フィノッキオと同じように、私にも相応しい相棒が必要だ。単に蛇よりも優秀なだけでなく、私と強い絆で繋がれた相棒の存在が欠かせない」

「蛇よりも優秀で信頼できる相棒？　そんな人がいるんですか？」

「時が来れば、おまえにもわかるよ」

アレッシオは側近から視線を外し、紫煙を燻らせながら窓に近づいた。窓の外には、幼い頃に愛犬と駆け回った庭園が見える。ここは――ルキアーノ組は、アレッシオの物だ。他の誰にも渡すつもりはない。

――ドゥリンは、一つだけ正しいことを言った。

フィノッキオは単に運が良かっただけ。たしかに、その通りだ。フィノッキオは運良くノエルとの繋がりを得て、一気に新会長の座を手にすることができた。だが、だからといって、不公平だと嘆くことはできないし、ドゥリンのように短慮を起こすのは以ての外だ。幸運はいつだって不確定。だからアレッシオは、運に頼らない。必要な物は、いつだって自分の手で作り出す。

今から十数年前、アレッシオは更なる勢力拡大のために、探索者の相棒を探していた。だが、優秀な探索者と相棒になるには問題があった。まず、地力で伸し上がれる実力者は、あえてヤクザと手を組む必要はないということ。こちらから金銭的援助を申し出ても、他にも支援者はいると門前払いされるに決まっている。仮に支援者になれたところで、その他大勢の一人では意味が無い。ヤクザ間の〝杯(さかずき)〟ですら既に形骸化しつつあるというのに、探索者(シーカー)がただの支援者に便宜を図ってくれるとは到底思えなかった。

　そこで、アレッシオは考えを変えた。既存の探索者(シーカー)と望ましい関係を結ぶことができないのなら、アレッシオ自らが優秀な探索者(シーカー)を擁立すればいい。それも、決して絶つことができない、絶対的な絆で結ばれた探索者(シーカー)だ。

　方針(スタンス)を決めたアレッシオは、最も望ましいと判断した探索者の女に、身分を隠して近づいた。女は若くして優れた実績を持つ探索者(シーカー)だったが、所属しているクランからは女というだけで冷遇されていた。独立しようにも相応しい仲間が見つからず、なによりも探索者(シーカー)業界に飽いていた。そういった心の隙間に付け込んだアレッシオは、すぐに女と深い関係になることができた。

　女は惚(ほ)れた男のためなら何でもする。ヤクザ業界では、いかにして女を利用するかが基本であり、そのテクニックは、アレッシオにも伝授されていた。自分がヤクザであることを明かしたのは、女がアレッシオに完全に惚れた時だ。また、アレッシオは当時既に、妻子を持つ身だったが、愛しているのは女だけだと誓った。女は当然の如(ごと)く怒ったが、アレッシオとの関係を切ることができないところにまで踏み込んでいた。

　その後、女は探索者(シーカー)を引退し、アレッシオが郊外に用意した邸宅に住み始めた。人目を盗んで逢瀬(おうせ)を重ねるうちに、女はますますアレッシオの虜(とりこ)になった。禁断の愛に燃え上がるのも女の性だ。互いに互いを激しく求めあった結果、女はアレッシオの子を孕んだ。本来なら不倫相手が子を孕むなど不利益しかないが、アレッシオにとっては違った。何故なら、それこそが女に近づいた真の目的だったからだ。

　子どもが産まれると、アレッシオは本妻との間の子以上に愛を注いだ。また、どれだけ忙しくても互いに触れ合う時間を取り、アレッシオ自ら子どもにルキアーノ流の帝王学を教えた。一方、母親となった女は、我が子に探索者の訓練を課し始めた。女もまた、アレッシオの目的を理解していたからだ。

　やがて月日は流れ、子どもに発現した職能は、女と同じ戦闘系職能だった。血統上、子の職能は母方の影響を受けやすい。特に、母と祖母が同じ職能だった場合、ほぼ確実に子の職能も同じものになる。鑑定士協会が公表した研究論文通りの結果だった。アレッシオは事前に女の素性を調べ、最も理想的な血だと知っていたのだ。

　子に戦闘系職能が発現すると、アレッシオは金に物を言わせて、探索者として大成するのに必要な全ての知識と技術を与えた。その甲斐もあり、アレッシオの子は、他を圧倒するほどの才能を発揮し始めた。

　アレッシオは確信している。我が子こそが、いずれ探索者の頂点に立つ、と。ノエルとフィノッキオが結託したのは予想外だったが、アレッシオの計画が揺らぐことはない。我が子が表社会の頂点に立ち、アレッシオは裏社会を完全に支配する。七星杯も、冥獄十王も、そしてフィノッキオも、そのための踏み台でしかないのだ。

——フィノッキオ、おまえはどこまでいっても、ただの道化だ。

フィノッキオとノエルの間にある絆は儚い。所詮は他人同士だからだ。だが、アレッシオと我が子の間にあるのは、絶対的な血という絆なのである。

「真の闇の王は、おまえじゃない。この俺だ」

アレッシオは小さく、だが確固とした意志で呟いた。

†

フィノッキオがルキアーノ組の新会長に就任してから五日、七星杯の予選は滞りなく進み、今日を以て終了した。勝ち残った七人の探索者たちは、明日から始まる本戦に参加することができる。

全ては順調。——そしてそれは、俺とベルナデッタの関係も同じだった。

「平気か？」

尋ねる俺に、ベルナデッタは辛そうな顔で頷く。

「な、なんとか……」

ホテルから出ると、外はすっかり夜の帳に覆われていた。外は寒いのに、ベルナデッタの顔には薄らと汗が滲んでいる。立っている姿もやや不自然で、痛いところを庇うような様子が見られた。

「強がるのは止めておけ。回復薬を持っているから使うか？」

燕尾服姿であるため、アイテムポーチは装備していないが、いざという時のために携帯用の回復薬を持っている。最近は物騒だ。多少嵩張っても、護身用の魔銃だけでなく、各種アイテムを常にどんな場でも持ち歩くべきだと学んだ。

俺がジャケットの内ポケットから回復薬の小瓶を取り出そうとすると、ベルナデッタは首を振った。

「いいです。いらない。……回復薬を使うと、変にくっつくって聞いたから」

「……マジかよ？　ただの噂じゃないのか？」

「かもしれないけど、本当だったら嫌じゃないですか……」

顔色を青くするベルナデッタに、俺は苦笑した。すると、それが不愉快だったのか、ベルナデッタはじろりと俺を睨んだ。

「男はいいですね。痛いのも汚れるのも女だけじゃないですか」

「ははは、それを言われると立つ瀬が無いな」

俺は笑って、ポケットから銀色のペンダントを取り出した。

「お詫びとして、これをやるよ」

「これ……」

ベルナデッタは受け取ったペンダントに目を丸くする。

「嵐翼の蛇のクランシンボルじゃないですか」

俺がベルナデッタに手渡したのは、翼の生えた銀色の蛇のペンダント——まさしく嵐翼（ワイルドテンペスト）の蛇のクランシンボルだ。

「どうして、私にこれを？」

「男として何か贈り物をするべきだと考えていたが、おまえほど恵まれた環境に生まれた女に、いったい何を贈ればいいのかずっと迷っていたんだ。ちょっとやそっとの宝飾品じゃ、眉一つ動かしそうにないからな」

「私はそんな高級志向じゃありませんよ」

「だが、見慣れた物に心動かされないのも事実だろ？」

「それは、そうかもしれませんけど……」

「だから、俺が持っている物の中で、一番価値のあるものを贈ることにした。つまり、七星（レガリア）である我がクランのシンボルだ」

ベルナデッタは手の中のクランシンボルを改めて見る。

「でも、いいんですか？　私はメンバーじゃないのに」

「メンバーでなくても、将来的なことを考えれば、おまえが持っていることに異議を唱える者はいないさ。それは、そういう意味としても受け取ってほしい」

俺の言葉にベルナデッタは大きく目を瞠（みは）り、そして頬を赤く染めながら、輝くような笑顔を見せた。

「嬉（うれ）しいです。ありがとう、ノエル」

俺は頷き、ベルナデッタの腰に手を回した。ベルナデッタもまた、俺の首に両手を回す。互いに互いを求め合い、俺たちは熱い口づけを交わした。

そうやって抱き合っていると、事前に手配していた馬車がやってきた。顔を離した俺に、ベルナデッタは照れ臭そうに笑う。

「初めての頃よりは余裕ができましたけど、まだ慣れないです」

「俺もだよ」

「嘘(うそ)ばっかり。あなたが狼狽(ろうばい)したことなんて一度も無いじゃないですか」

「顔に出づらいだけだよ。ほら、手汗だってびっしょり」

両手を広げて見せると、ベルナデッタは困ったように笑い、俺の手の上から華奢(きゃしゃ)な指を絡ませてきた。

「さらさらじゃないですか。なんで嘘吐(つ)くんです？」

「なんだよ、俺が巷で何て言われているのか知らないのか？　俺は――」

笑って先を言おうとした時、急にベルナデッタの表情が強張(こわば)った。

「護衛も付けず女と乳繰り合って、ええ身分やのう、蛇」

どこかで聞いた濁った声。後ろを振り返ると、そこにはドワーフのヤクザ――ドゥリン、そして奴が率いるハンマーヘッド組(ファミリー)の子分たちが、俺たちに下卑た視線を向けていた。

「おのれと話したいことがあるんや。ちょっと面(ツラ)貸してもらおうか」

手招きするドゥリンに、俺は苦笑する。

「これは驚いた。あんたにも楽しくお喋りできるだけの脳があったんだな。てっきり、馬の糞だけが詰まっていると思っていたよ」

「抜かせ、糞ガキ！　ええから、早よこっちにこんかいボケッ！」

ドゥリンが叫ぶと、怯えたベルナデッタが俺の袖を握り締めた。そんなベルナデッタを見たドゥリンは、愉快そうな笑みを浮かべる。

「安心せえ、ゴールディングのお嬢さん。ワシらは紳士やからのう。お嬢さんを傷つける気は端から無いんや。ただ、蛇が大人しく付いてこんつもりなら、ワシらも不本意な方法を取らざるを得んがのう」

要するに、ベルナデッタを助けたいなら、言う通りにしろということだ。俺は溜息を吐き、ベルナデッタを馬車の方に軽く押した。

「行け。あいつらは本気だ。おまえの親父さんを敵に回すことも覚悟している」

「で、でも！」

「どのみち、おまえが居たら戦えない。いいから、早く行け」

俺が鋭く命じると、ベルナデッタは痛みを耐えるような顔で頷いた。

「……すぐに助けを呼びます」

小さく言ったベルナデッタが馬車に乗り込むと、すぐに御者が馬を走らせる。遠退いていく馬車を確認し終えた俺は、ドゥリンに向かって首を傾げた。

「それで、どこに案内してくれるんだ？」

「こ、こっちや！　さっさと付いてこんかい！」

ドゥリンは動じない俺に困惑しながらも、街の裏通りへと俺を連れていく。周囲は子分に固められており、抜け出すのは困難な状況だ。

　やがて人目に付かない空き地に着くと、そこには更に多くの武装した子分たちが待ち構えていた。ざっと数えて、三十人はいる。中でも、よく似た顔立ちをしている、二人のエルフの男は、明らかに他とは異なる空気を漂わせていた。

　たしか、ファーレン兄弟と呼ばれている、元・探索者(シーカー)の無頼漢だ。ドゥリンの子分ではないが、親しい間柄にあり、二十年ほど前に所属していたクランを素行不良で追い出されて以降、食客のような立場に収まっているらしい。

　兄が【剣士(ビースト)】、弟が【槍兵(そうへい)】、共にAランクに達しており、実の兄弟特有のコンビネーションで、悪魔、人を問わず、数多くの敵対した者たちを葬ってきたと聞いている。また、昔の話だから真偽は不明だが、自分たちを追い出したクランを逆恨みし、たった二人で皆殺しにしたという噂もある危険な兄弟だ。

　ドゥリンは俺に向かって嗜虐心(しぎゃくしん)に満ちた笑みを浮かべた。

「七星(レガリア)ちゅうのも大したことないのう。おのれが護衛も付けずに女とホテルに入ったのを子分から聞いた時は、自分の耳を疑ったわ。おのれ、顔に似合わずお盛んなんは褒めたるが、致命的に頭悪いやろ？　頭ん中が精液で一杯になって、腰振ることしか考えられへんようになったんか？」

ドゥリンが腰を振りながら大笑いすると、子分たちも声を上げて笑った。――だから俺は、堪らず忍び笑いを漏らす。

「何がおかしいんじゃ、糞ガキッ!?」

一転して怒りを露わにするドゥリンに構わず、俺は煙草とマッチを胸ポケットから取り出し、いつものように咥えて火を付けた。そして、紫煙を燻らせながら、ただ笑みを浮かべてドゥリンを見据える。

「お、おのれ、糞ガキ……。どこまでもワシを虚仮にしよって……。もう面倒や、さっさと殺してドブ川に沈めたれッ！」

ドゥリンの命令に従って、子分たちが武器を構えながら俺に迫る。

だが――

「な、なんやと!?」

その手が俺を捕らえることはなかった。子分たちは見えない壁に阻まれ、更にぶつかった反動で弾き飛ばされたのだ。

「防壁!? な、なんで、【話術士】のおのれが、そんな能力を……」

驚愕するドゥリンの無様な姿に、俺はいよいよ噴き出してしまった。

「ははは、おまえ、ヤクザよりも芸人の方が向いているぜ。ちょっと考えれば、何が起こっているかわかるだろうが」

「ど、どういうことや？」

「まだわからないのか？　おまえたちは最初から詰んでいたんだよ」

俺がドゥリンたちに煙草を向けると、近くの建物の屋上から、剣と盾を携え、白銀の鎧（よろい）を身に纏（まと）った男が、勢いよく目の前に降り立った。

嵐翼の蛇（ワイルドテンペスト）のサブマスター、レオンである。ドゥリンの子分たちを弾いたのは、レオンが展開した防壁（バリア）だったのだ。

「なっ、伏兵やと!?　ま、まさか、おのれは――」

ドゥリンは漸（よう）く自分が置かれている状況に気が付いたようだが、もう手遅れだ。俺が笑みを深くすると、次々に子分たちが悲鳴を上げ始める。

「ぎゃあああああぁぁぁぁああぁぁッ!!」

ある者はナイフで切り裂かれ、またある者は突如として現れた人形兵に頭を握り潰される。瞬く間すら無く、大勢いた子分たちは物言わぬ骸（むくろ）と化し、ドゥリンに残されたのはファーレン兄弟だけとなった。

ナイフを携え残酷な微笑を浮かべるアルマ、そして人形兵を背後に従え、氷のように冷え切った眼（め）をしているヒューゴが、ドゥリンたちの後ろに立つ。

「おまえが仕掛けてくるのはわかっていた」

俺は煙草を吹かしながらドゥリンに語り掛ける。

「フィノッキオの会長就任に納得がいかず、おまえが短慮を起こすだろうことは、誰の目から見ても明らかだったからな。だが、こちらから先手を打っておまえを排除すると、他の直参組長たちに恐怖政治を行うつもりだと誤解される恐れがある」

　だから、と俺はドゥリンに――憐れな愚か者に向かって微笑む。

「おまえから仕掛けやすいよう、俺自らが囮になることにした。思慮の足りないおまえはまんまと騙され、罠に掛かったというわけだ。おまえが俺を子分に尾行させていた時、俺の仲間たちもまた、おまえの動きを見張っていたんだよ」

「そ、そんな、アホな……。組織の長が、自ら囮になるやと？　お、おのれ、正気か!?　おのれが死んだら、全てが終わるんやぞ!?」

　理解できないと叫ぶドゥリンに、俺は溜息を吐く。

「そんな認識の甘さだから、おまえはフィノッキオに負けたんだよ」

「ワシが、あのオカマ野郎に劣る言うんか!?」

「おまえがフィノッキオに勝っているものなど一つも無い」

「くっ、くぅぅっ……」

　怒りと羞恥心に囚われるドゥリンは、ただ歯を噛み締めることしかできなかった。一方、ドゥリンを警護しているファーレン兄弟は、武器を構えたまま、油断することなく俺たちに注意を払っている。

「ドゥリンの旦那、そろそろ決めてください。逃げるか、戦うか」

「兄貴の言う通りだぜ。逃げるにしても戦うにしても、早い方がいい」

「わ、わかっとるわ！」

ファーレン兄弟に決断を急かされたドゥリンは、大声で叫ぶ。

「こんなもんやっとられるか！　さっさと逃げるが勝ちゃッ!!」

「「了解！」」

脱兎の如く駆け出すドゥリンと、その退路を確保するファーレン兄弟。

「逃がさないよ！」

アルマが真っ先に鉄針を投擲するが、その全てがファーレン兄弟の剣と槍に切り払われた。投擲を無効化されたアルマは舌打ちをすると、自ら追撃を仕掛ける。瞬時に交わされる、音を超えた剣戟の火花。そしてヒューゴの人形兵も参戦し、互いのコンビネーションがぶつかり合う。

「以前よりも連係の精度が上っているな。あのファーレン兄弟にも負けていない。――だが、今日の目的は、二人の連係を確認することじゃない」

俺は呟き、横目で隣に立っているレオンを見る。

「レオン、防壁を展開して奴らの行動を阻害しつつ、待機場所に誘導しろ」

「わかった。――《聖盾防壁》、展開」

レオンのスキルが発動し、不可視の防壁がファーレン兄弟の周囲に展開された。防壁はただ身を守るためだけでなく、障害物としても利用できる。たちまち、ファーレン兄弟の動きが悪くなり、アルマとヒューゴが押し始めた。

「探索者を辞めてからのブランクが長いせいで、戦闘の対応力が鈍っているな。現役のA

ランクなら、すぐに対応している」

俺の戦況分析に、レオンも頷いた。

「彼らも強いけど、アルマとヒューゴの敵じゃないよ。殺ろうと思えば、とっくに殺れている」

「希少なAランクの敵だ。二人には悪いが、あいつに譲ってもらう」

アルマとヒューゴ、そしてレオンの防壁に苦戦を強いられているファーレン兄弟は、俺が意図した方向に誘導されていく。――最初に異変に気が付いたのは、ファーレン兄弟の兄貴と呼ばれた方だった。

「気を付けろ！　何かいるぞ!?」

弟に警戒を促した瞬間、闇の濃い暗がりから、鋭い光が放たれた。――美しく残酷な、白刃の煌めき。兄は咄嗟に剣で防いだが、それは無意味な行動だった。

「兄貴ぃぃぃぃぃぃぃぃッ!!」

弟の悲痛な叫びが響き渡る中、兄の身体が剣ごと真っ二つに割れ、その場に倒れた。溢れ出す血と臓物。もはや、いかなる回復スキルでも癒すことはできない。

「て、てめぇ、よくも兄貴をッ！」

兄の死に激昂した弟が、槍を構えて暗がりに突撃する。自殺行為なのは明白だ。果たして、新たな閃光が迸り、弟の身体もまた真っ二つに両断された。

「ひっ、ひぃぃぃぃぃっ！　ファ、ファーレン兄弟がっ!?」

頼みの綱だったファーレン兄弟を瞬殺されたドゥリンは、恐怖の余り腰を抜かしてへたり込み、女のような悲鳴を上げた。

戦いは終わった。暗がりの中から、抜き身の刀を握った【刀剣士】――コウガが姿を現す。ファーレン兄弟を瞬殺したのは、修行の果てにランクアップしたコウガだった。

コウガは刀を振るって血を払うと、慣れた所作で鞘に納刀する。そして、自らが斬り殺したファーレン兄弟に向かって、両手を合わせた。

「ワシを恨んでくれてもええ。じゃが、今はただ、冥福を祈らせてもらう」

静かに祈りを捧げるコウガを見た俺は、自然と口角が上がるのがわかった。

「素晴らしい。ランクアップしたばかりだというのに、息一つ切らさず同格を殺せるのか。あの野郎、完全に化けやがったな」

「コウガが強くなったのは君のためだ。そのことだけは忘れないでやってくれ」

諭すようなレオンの口ぶりに、俺は眉間に皺を寄せる。

「だから、頭でも撫でてやれって言っているのか？」

「そうすることが相応しいと君が思うなら、そうするべきだと思う」

「ちっ、コウガには特別賞与を出す。それでいいだろ？」

俺が舌打ちをすると、レオンは困ったように笑った。

「素直じゃないなぁ」

「黙れ。そんなことは、俺が一番知っている」

顔を背けて煙草を咥えた時、アルマが大股で近づいてきた。その整った顔は、明らかに俺への怒り一色で塗り尽くされている。

「ちょっと、ノエル！　あれってどういうこと!?」

「なんだよ、いきなり……」

「あのお嬢様とホテルに入るなんて、聞いてないんだけど!?　そこまでする予定じゃなかったでしょ!?　あれはやりすぎ！」

なるほど、そのことか。俺は短くなっていた煙草を捨て、失笑した。

「馬鹿馬鹿しい。まさか、あの女に妬いてんのか？」

「妬いてる！　だから、ボクにもチュウして！　チュウ！」

なりふり構わないアルマは爪先立ちになると、眼を閉じてキスを求めてきた。御丁寧なことに、口をすぼめて指で示している。むかつくから顔面を叩いてやろうと思ったが、すぐに考えを改めた。ひょっとして、いつも適当に流してきたせいで、こいつは俺のことを舐めているんじゃないだろうか？　だとしたら、俺のやるべきことは一つだ。

「わかった。おまえの言う通りにするよ」

「……えっ？」

俺は素早くアルマを抱き寄せると、その紅い唇を奪った。案の定、俺の行動が予想外だったのか、アルマは眼を見開き仰天している。驚き固まっているアルマに構わず、そのまま唇を重ね続けると、段々力が抜けていくのがわかった。これ以上は限界だろう。実際、俺が解放した時にはもう、アルマは自分で立っているのもやっとの有様だった。

「これで満足か？」

「……う、うん」

アルマは曖昧に頷き、酒に酔ったようにふらふらとした足取りで、俺から離れていく。

あの様子なら、暫くは俺に舐めた態度を取らないだろう。内心で満足していると、レオンとヒューゴの冷たい視線に気が付いた。

「サイテー。見損なったよ、ノエル」

「女の敵だな。いつか刺されるぞ」

「文句があるなら、おまえたちがあいつの相手をしろ」

睨む俺に、二人共が視線を逸らした。まったく、これだから甲斐性無しは困る。俺は溜息を吐き、二人から離れると、こそこそ逃げようとしているドゥリンの背後に立った。

「どこへ行くつもりだ？」

ドゥリンはゆっくりと俺を振り返る。その顔には、ただ恐怖だけがあった。

「まだまだ夜は長い。楽しむ時間はいくらでもあるぞ。いくらでも、な」

「終わった、か」

使い魔を通して事の顛末を見届けたベルナデッタは、誰もいない建物の屋上で小さく呟く。ノエルがヤクザ如きに後れを取るとは思っていなかったが、いざという時には加勢す使い魔がだ。るつもりで待機していた。もちろん、ベルナデッタではなく、使い魔がだ。

「それにしても、コウガまでAランクになっただなんて……」

状況から判断して間違いない。でなければ、あのファーレン兄弟を瞬殺できるはずがなかった。これで、嵐翼の蛇はマスターのノエル含め、五人のAランクが所属していることになる。人数こそ少ないものの、名実共に七星に相応しいクランになった。

ベルナデッタはポケットから蛇のペンダントを取り出す。ノエルに渡された、嵐翼の蛇のクランシンボルだ。その美しくも禍々しい有翼の蛇を見つめながら、今後について思考を巡らせる。ノエルを利用する手段は思いついた。ベルナデッタがしくじらない限り、これで全てが上手く行くはずだ。

だが、それは本当に正しい手段なのだろうか？

目的のためなら全てを捧げる覚悟はある。悪魔であるマーレボルジェと手を組み、また裏社会で伝説として語り継がれていた、蝿の王の名を騙っているのも、ベルナデッタに課された使命を果たすためだ。

なのに、何かが間違っている気がする。上手く言語化することはできないが、蝿の王を騙るようになってからのことを思い出そうとすると、いくつか矛盾する記憶にぶつかるのだ。まるで、誰かに記憶を書き換えられたかのように……。

「痛ぅっ！」

不意にやってくる、頭が割れそうな痛み。激痛に耐えかねて全ての思考を手放すと、次第に痛みが和らいでいった。

「……なんだろう？　私、何か大切なことを考えていたような……」

思い出そうとしても、何も思い出せない。ただ、酷い頭痛から解放されたことが嬉しく、穏やかな気もちだった。思考力を欠いたベルナデッタが夢現状態で立っていると、近くの空間に突如として穴が開く。そこから現れたのは、マーレボルジェだった。

「ここにいたんだね、ベルナデッタ」

マーレボルジェは朗らかに笑い、ベルナデッタの前に立った。

「例の男、ロダニア共和国の諜報員との計画が決まったよ」

「それを報せるために、ここへ？」

「ああ、大事な計画だからね。念話だと傍受される恐れがあるだろ？」

「たしかに。それで、私はどうすればいいのかな？」

ベルナデッタが尋ねると、マーレボルジェは表情を改めた。

「当初の予定通り、君の使い魔と異界教団の信徒を使って、七星杯の本戦当日に大規模テロを起こす。詳細やタイムテーブル、ロダニア共和国の諜報員との連携については、この紙に書かれている内容に従ってくれ」

マーレボルジェが胸の谷間から取り出した計画書を、ベルナデッタは頷きながら受け取った。

「これで全てが変わる。私たちの望み通りね」

邪悪な笑みを浮かべるマーレボルジェに、ベルナデッタは曖昧に笑い返した。そう、これで全てが変わる。きっと、それは正しいことなのだろう――。

†

「ドゥリンちゃんもね、昔はあんな愚物じゃなかったのよ」

ここはフィノッキオの邸宅。応接間で俺を迎えたフィノッキオは、深々と溜息を落とした。ハンマーヘッド組(ファミリー)の襲撃を退けた後、首謀者であるドゥリンの身柄はフィノッキオに託すことにした。今や、ルキアーノ組(ファミリー)の会長はフィノッキオだ。幹部の不始末を正しく裁くのも、その役目である。

レオンたちは帰らせたので、応接間には俺とフィノッキオしかいない。問題を起こしたドゥリンの判決も、既に決まっている。

「昔から嫌な男だったけどさ、漢気(おとこぎ)に溢れるヤクザでもあったの。だから、亜人(ドワーフ)なのに皆からの信頼も厚く、ルキアーノ組(ファミリー)の幹部になることもできた。それが、ああなっちゃうなんて、元妹分としては純粋に悲しいわ……」

悲しげに眉尻を下げたフィノッキオは、小指を立てながら紅茶を啜(すす)る。俺も紅茶で喉を潤し、フィノッキオの言葉に同意した。

「お気もち、察するよ。期待していた奴に裏切られた時ほど悲しいことはない」

「ノエルちゃんも色々と苦労したものね……」

「今となっては、それも糧になったと思っているよ」

「アタシも、そう思える時が来るかしら？」

「ああ、きっとそう思える日が来るさ」

「ふふふ、今日はえらく優しいわね。お姉さん、ときめいちゃいそう」

「ふふふ、気もち悪いことを言うんじゃねえ。紅茶吐くぞ」

俺とフィノッキオが互いに微笑み合っていると、応接間にこの世のものとは思えない凄まじい叫び声が届く。それは、ドゥリンの悲鳴だった。

「やめろぉぉおおぉぉぉッ！　やめてくれええぇぇぇええぇぇぇッ!!　痛い痛いッ、痛いいいいぃぃいいいぃいぃいぃぃッ!!　助けてくれぇぇぇえええぇぇえぇぇッ!!」

ドゥリンは今、地下室で処置を受けている。その痛みに耐えられず、喉が裂けんばかりの叫び声を上げ続けているのだ。応接間から地下室まで距離と遮蔽物があるにも拘らず、はっきり悲鳴として聞こえるなんて、よほど耐え難い苦しみを受けているのだろう。

もっとも、それも当然か。生きたまま皮を剝がれるなんて、死んだ方が幸せだと思えるほどの苦しさに決まっている。

「あんな汚いおっさんの剝製が欲しいだなんて、気狂い道化師の酔狂は底無しだな。心から尊敬するよ」

「馬鹿言わないで。あんな汚いの、アタシの家に置くなんて御免よ」

フィノッキオは露骨に嫌そうな顔をしながら手を振った。

「アタシの客に人体蒐集家がいてね。ドワーフの剝製が欲しいと言っているの。ドゥリンちゃんは汚いおっさんだけど、元ルキアーノ組の大幹部って箔があるから、きっと高値で買い取ってもらえるわ」

それにしても、とフィノッキオは話を変える。

「なんだかんだ言って結局、流血沙汰になったわね」

「大切なのは筋道だよ。おまえが正しく会長として認められた今、その相談役である俺を襲ったドゥリンは明らかな造反者だ。俺は正当防衛が成り立つし、おまえは堂々と処分できる名目を得た。だから、誰も文句を言うことはできない。だろ？」

「最初から全て想定済みってわけ？　アンタだけは絶対に敵にしたくないわ」

呆れたように笑ったフィノッキオは、椅子に背中を預ける。

「とは言え、これでアタシに歯向かう一番の厄介者を排除できたわ。ドゥリンちゃんがいなくなれば、他の幹部たちもアタシに逆らうことはないはずよ」

「いや、まだ一番の大物が残っているだろ」

俺は目を細めて、その名前を口にする。

「先代の息子、現・本家若頭のアレッシオだ」

「アレッシオ？　でも、アレッシオはアタシの就任に賛成の立場よ？」

「今はな。だが、いずれ会長の座を狙って動くはずだ」

「……どういうこと？」

　身を乗り出して尋ねるフィノッキオに、俺は声を落として説明する。それは、俺に接触してきた新人探索者（シーカー）、キース・ザッパに関する情報だった。

「状況から判断して、奴（やつ）は間違いなく、アレッシオと深い関係にあるはずだ。奴に鎌を掛けた時の感触的に、隠し子だな」

「驚いたわね。あのキースがアレッシオの隠し子だったなんて……。ノエルちゃんに頼まれた情報屋の始末、あれもキース関係だったのね」

「ああ。しっかり管理できているつもりだったが、奴の方が上手だったよ。攻める側よりも守る側の方が弱い。そんなこと、わかりきっていたはずなのにな……」

　俺は苦笑して続ける。

「お互いに慢心せず、気を引き締めていこう。アレッシオはドゥリンとは違う。簡単に排除することはできない」

「その通りね。排除するにしても、失うものが大き過ぎる。アレッシオは次期会長を担う者として、これまで本家若頭の務めを果たしてきた。組（ファミリー）全体に対する情報量はもちろん、各界へのコネクションの豊富さも、新会長に就任したばかりのアタシとは比較にならないわ。ドゥリンのような失策をするとも思えない」

「実に手強（てごわ）い親子だよ。——楽しみが増えるな？」

　笑って尋ねる俺に、フィノッキオは力強く頷（うなず）いた。

「アタシとノエルちゃんの絆の方が上だと、思い知らせてあげましょう」

「そうだな。その時がくるまで、俺の命が尽きないよう調整するつもりだ」

え、とフィノッキオの瞳が揺れた。

「ノエルちゃん、命ってどういう意味？」

「話すのが遅れたが、俺の寿命は残り十年らしい」

「余命十年!?　ど、どういうこと!?　説明しなさい！」

慌てふためくフィノッキオに、俺は事の次第を話すことにした。

「俺が人魚の鎮魂歌――そのクランマスターであるヨハンと戦ったことは、おまえも知っているな？」

「え、ええ……。詳細までは知らないけど、聞き及んでいるわ……」

「その時に無理をしたせいで、俺の寿命は大幅に削れることになった」

「そんな……」

「医者の診断だと、俺の余命は十年だ。もっとも、それは身体に負担を掛けず、常に安静に過ごした場合の話。このまま探索者業を続けるなら、もって三年といったところだな」

俺の話を聞き終えたフィノッキオは、感情の無い顔で、じっと俺のことを見据える。

「……もう、どうにもならないの？」

「ならないな。これぱっかりは、もうどうしようもない」

フィノッキオは言葉を失ったように、何も話そうとしなかった。互いに無言のまま、時間だけが過ぎていく。ドゥリンの悲鳴も、とっくに聞こえなくなっていた。やがて、フィノッキオは乾いた微笑を浮かべ、ゆっくりと口を開く。

「ノエルちゃん、アタシはね、いつかこんな日が来るんじゃないかって思っていたの。だって、そうでしょう？　アナタはいつだって生き急いでいたから。流れ星のように刹那の輝きを見せ、そうして消えていく。アナタはそういう男。だからね、アナタの話を聞いても、何も感じないわ。……そう、思っていたのにね」

フィノッキオの頬を、一筋の雫が伝い落ちる。気狂い道化師と恐れられる、帝国最凶のヤクザが、静かに涙を流していた。

「フィノッキオ、俺は――」

「今は止めて」

フィノッキオは俺を手で制すると、そのまま顔を覆って俯いた。

「……今だけでいいの。一人にしてちょうだい。明日からは、また戦える」

俺は無言で頷き、立ち上がって応接間を後にした。フィノッキオの子分たちが護衛として俺に付き添う。邸宅の外に出ると、門の前に見知った男が立っていた。

「コウガ、どうしたんだ？」

門が開き、コウガは俺に歩み寄ってくる。

「……護衛が必要じゃろ？　ワシが宿まで送ったる」

「どういう風の吹き回しだ？」

俺は首を傾げたが、コウガは何も言わなかった。仕方なく、フィノッキオの子分たちを下がらせ、コウガを護衛にすることにした。

街灯の淡い光が照らす夜道を、コウガと共に歩く。コウガは何も言わず、俺もまた煙草を吸うだけで、何も話すつもりはなかった。やがて、俺の下宿先である星の雫館が見えてきた。俺は足を止め、コウガに視線を向ける。

「ここでいい。護衛、助かったよ」

「……わかった」

「じゃあな。明日の本戦、活躍を期待しているよ」

それだけ告げ、俺はコウガに背を向ける。

「ノエル！」

突然の大声に振り返ると、コウガは真剣な表情で俺を見ていた。

「ワシはあんたを死なせとうない。……たとえ、その命が短かろうと、ワシは最後まであんたの剣として生きるつもりじゃ。じゃけぇ、約束してくれ。もし、ワシが七星杯に優勝したら、もう二度と無茶はせんと」

「できると思っているのか？」

「できる！　ワシは、そのために強くなった！」

コウガは馬鹿だが、決して愚かではない。Aランクになった今でも、本戦に参加する者たちに勝つことは容易ではないと理解しているはずだ。にも拘らず、〝できる〟と断言した。ならば、俺は嵐翼の蛇（ワイルドテンペスト）のクランマスターとして――そして、コウガの友として、その言葉を信じるだけだ。

「いいだろう。俺の祖父、ブランドン・シュトーレンの名に誓って約束しよう。――コウガ、必ず勝て」

「応！　任せとけ！」

コウガは笑って頷いた。だから、俺も笑った。

強い想い（おも）は奇跡を起こす。常人では成しえない奇跡をいくつも積み重ねた果てに、人は後世に名を残す星（英雄）となるのだ。そして、夜空に輝く数多（あまた）の星の中、最も強い輝きを放つ星は誰なのか、その答えがついに明らかとなる。

世界よ、刮目（かつもく）せよ。真なる七星杯（しちせいはい）を、その歴史に刻め――。

七星杯(しちせいはい)、本戦当日――。

競技場の最上階、特別観覧席(プレミアムラウンジ)の一室には、カイウスと彼の護衛たちが集まっていた。元・暗殺者(アサシン)教団の教団長であるサイモン・グレゴリー、嵐翼の蛇(ワイルドテンペスト)のアルマ、白眼の虎(カーン)のクランマスターであるメイス、そして太清洞(たいせいどう)のクランマスターであるワイズマンだ。

アルマはノエルが護衛として寄越(よこ)し、メイスとワイズマンは自身が参加しない代わりとして、護衛役を買って出た。共に、優れた功績を持ちながらも、冥獄十王(ヴァリアント)の総指揮官としては不適格だと評価されているためだ。

メイスはクランそのものが血縁者で固められているため、またワイズマンは他国からやってきた者であるため、他の探索者(シーカー)への指揮能力が不安視されている。前者は血縁者独自の連係を基準に戦況を動かす恐れがあり、後者は単純に異国の者に対する信頼度の問題だ。両者とも不適格だという自覚があるため、自ら参加して総指揮官の座を狙うよりも、若手に託すことで経験を積ませることを優先したのである。

覇龍隊のクランマスターのヴィクトルもまた、二人と同じ理由で七星杯(しちせいはい)には参加しておらず、彼の代わりにサブマスターであるジークとシャロンがエントリーしている。当のヴィクトルは覇龍隊のメンバーと共に、別室――真向かいの特別観覧席(プレミアムラウンジ)で、皇帝を筆頭とする他の王侯貴族たちの護衛を務めていた。

　カイウスが皇帝たちと同じ部屋にいないのは、テロリストに狙われた際、共に全滅することを防ぐためだ。いくら帝国の探索者たちが優秀であるとはいえ、国を指揮する者がいなくなれば、他国に一方的に蹂躙される未来しかない。――というのは、自らを納得させる後付けの理由でしかなく、カイウスの本音は単に身内を嫌っていることにある。体面上、予選の際に同席することもあったが、決して良い気分ではなかった。

　カイウスは心のどこかで望んでいる。――為政者の誇りを忘れ、役人の傀儡に成り下がったあの虚ろな人形たちが、テロの標的となって死ぬことを。

「おっ、トーナメント表が発表されるみたいだぜ」

　カイウスが暗い考えに囚われていると、メイスが声を上げた。開会式は既に終わっており、作業スタッフが舞台の上で空間転写機の準備をしている。トーナメントの組み合わせは既に抽選で決まっているが、まだ発表されていない。誰が誰と戦うことになるのか、観客の誰もが固唾を呑んで待ち構えている。暫く待っていると、空間上に、どの角度からも確認できる逆四角錐の形で、トーナメント表が大きく浮き上がった。

　わっと上がる歓声。その発表内容に、カイウスは思わず目を見開く。

「これは驚きましたネ……」

　ワイズマンが興味深そうに呟くと、メイスが顎を撫でながら頷いた。

「まさか、初戦がうちの長男と、チビガキ様とはねぇ……」

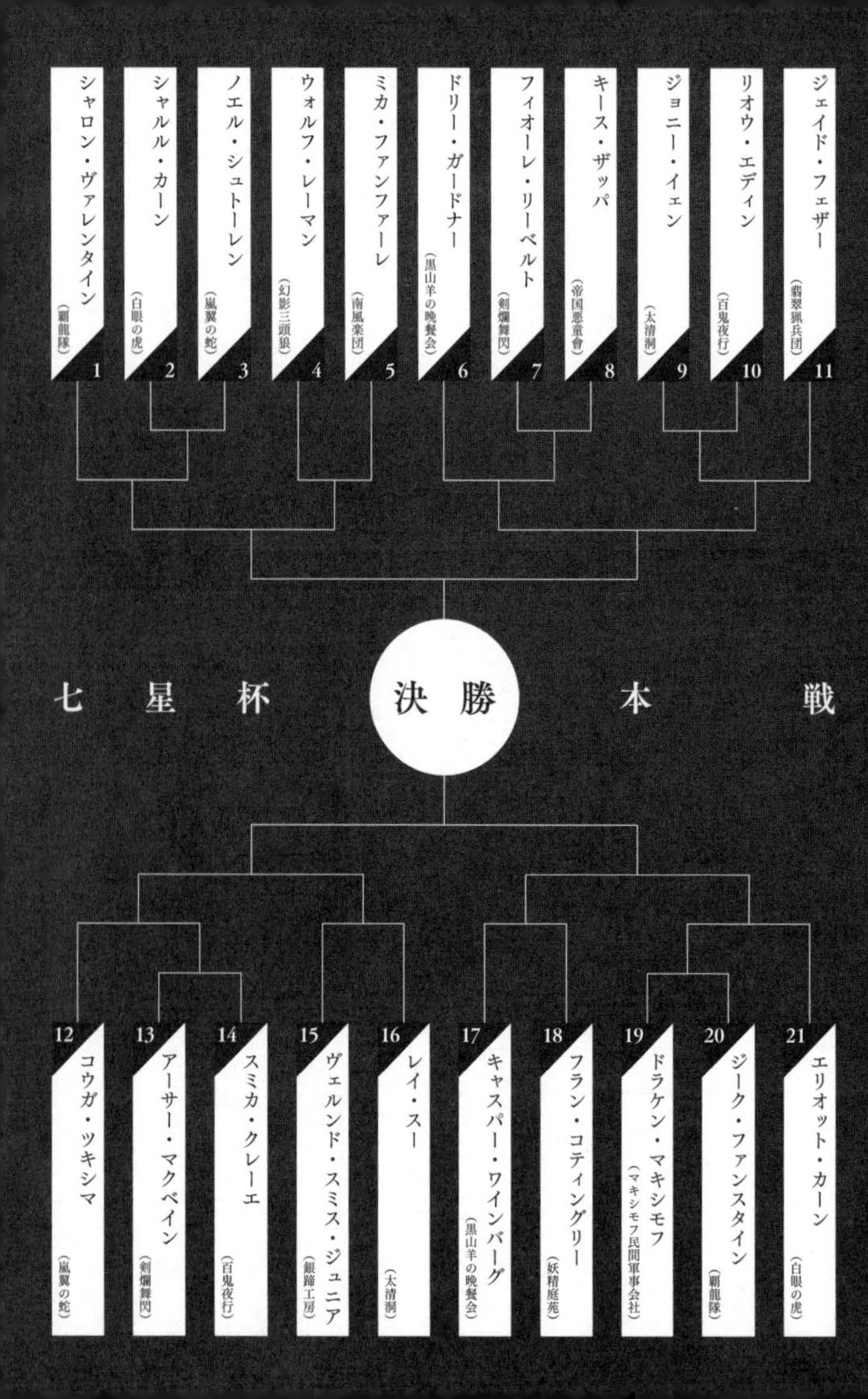

七星杯 決勝 本戦
1 シャロン・ヴァレンタイン（覇龍隊）
2 シャルル・カーン（白眼の虎）
3 ノエル・シュトーレン（嵐翼の蛇）
4 ウォルフ・レーマン（幻影三頭狼）
5 ミカ・ファンファーレ（南風楽団）
6 ドリー・ガードナー（黒山羊の晩餐会）
7 フィオーレ・リーベルト（剣爛舞閃）
8 キース・ザッパ（帝国悪童會）
9 ジョニー・イェン（太清洞）
10 リオウ・エディン（百鬼夜行）
11 ジェイド・フェザー（翡翠猟兵団）
12 コウガ・ツキシマ（嵐翼の蛇）
13 アーサー・マクベイン（剣爛舞閃）
14 スミカ・クレーエ（百鬼夜行）
15 ヴェルンド・スミス・ジュニア（銀蹄工房）
16 レイ・スー（太清洞）
17 キャスパー・ワインバーグ（黒山羊の晩餐会）
18 フラン・コティングリー（妖精庭苑）
19 ドラケン・マキシモフ（マキシモフ民間軍事会社）
20 ジーク・ファンスタイン（覇龍隊）
21 エリオット・カーン（白眼の虎）

白眼(カーン)の虎のサブマスターにしてメイスの長男、シャルル・カーン。弱冠二十歳にして、七星(レガリア)のサブマスターを務める天才探索者(シーカー)が、ノエルの対戦相手だ。

シャルルはメイスの息子であるものの、線が細く優男然としており、父親譲りの白髪以外は全く似ていない。だが、外見はともかく、探索者(シーカー)の才能は正しく受け継がれている。

シャルルの職能(ジョブ)は【槍兵(そうへい)】系Aランク、【大戦槍(ターミネーター)】。細身ながら巨大なハルバードを自在に操り、十歳の頃から戦場を駆け巡ってきたシャルルは、これまでに二十体もの魔王(ロード)の討伐に関わってきた猛者だ。

また、いかなる戦場でも、身に纏(まと)っている美しい純白の鎧(よろい)に、決して一つの汚れも付けないことから、純白の殺戮者(キリングドール)と呼ばれてもいる。

才能、腕力、経験、全てに於(お)いてノエルを超えている対戦相手だ。相手が悪過ぎる。善戦できれば御の字、絶対に【話術士】が勝てる相手ではない。

カイウスの頬に冷たい汗が流れる。ノエルの言葉を信じて協力した手前、初戦敗退するようでは、他の王侯貴族たちに示しがつかない。どれだけ七星杯(しちせいはい)そのものが成功しようとも、肝心のノエルが自らの価値を示してくれなければ困るのだ。

「あれだけ大口を叩(たた)いていたのに、初戦敗退ですカ……。私が彼なら、恥ずかしくて自殺してしまいますネ」

嘲笑するワイズマンに、メイスも笑った。

「日頃からシャルルには、誰が相手でも全力を出せと言ってある。あいつに慢心は無ぇ。

チビガキ様には悪いが、瞬殺させてもらうぜ」

　メイスとワイズマンは、既にノエルが敗退するものだと決めつけている。ノエルを擁立しているカイウスは、彼を信じたいと思いながらも、その心の中には疑念と不安しかなかった。

「安心して、皇子様」

　カイウスにだけ聞こえる声で言ったのは、隣に立つアルマだ。

「勝つのはノエル」

「……なんだと？」

「ノエルは皇子様が思っている以上に強いよ」

「……信じていいんだろうな？」

　訝しみながらも尋ねるカイウスに、アルマはただ微笑を浮かべる。嘘を吐いているようには思えない。どのみち、今からカイウスにできることは、ノエルの勝利を信じることしかないのだ。カイウスは背筋を伸ばし、眼下の舞台に集中する。

「ヨハンを屠った実力、偽りではないと証明してみせろ……」

　舞台の上では、ノエルとシャルルの戦いが始まろうとしていた。

「ノエル選手、魔素濃度のチェックは完了しました」

　小型測定機を持った運営スタッフによる魔素濃度測定が終わり、事前に強化スキルが掛かっていないことが証明された。七星杯で使用できるスキルは、事前に申請した二つのみであるため、他のスキルを使用、また使用した状態で舞台に上がると失格になる。魔素濃度の測定は、不正を炙り出すための対策だ。

「それでは、こちらを装着してください」

運営スタッフから黒い腕輪を手渡される。方尖柱と同期するための腕輪だ。この腕輪を装備している限り、舞台上で受けたダメージの全てを方尖柱が肩代わりしてくれる。だが、吸収できるダメージの許容範囲を超えた場合、身体の自由を奪う機能も有している。七星杯の要となる特別な装置だ。

俺は腕輪を装備しながら、対戦相手であるシャルル・カーンを観察した。シャルルはまだ魔素濃度測定が終わっていないようで、運営スタッフが小型測定機片手に、シャルルのチェックを済ませようと奮闘していた。

「動かないでください！　じっとして！」

運営スタッフが大声で注意する。シャルルは観客席に向かって様々なポーズを決めているのだが、その度に手に持っているハルバードが振り回されるため、作業スタッフが近寄れずにいるのだ。しかも、何故か介添人がバラの花びらを撒き散らしているせいで、作業スタッフの苛立ちは募る一方だった。

「ははは、そう怒らないでくれたまえ、スタッフ君！　じっとしていたいのは山々なんだが、ボクの天使たちが許してくれないのさ！　そうだろ、君たち！」

シャルルが観客席に向かって投げキッスを贈ると、黄色い声援が爆発するように起こった。女性ファンの熱烈な声援に、シャルルは更に大袈裟(おおげさ)な身振り手振りで応える。

「ああ、なんたる悲劇！　ボクの天使が行く手を阻むなんて！　だが、ボクは乗り越えてみせよう、この試練を！　はーはっはっはっ!!」

「いいから、動かないでください！　失格にしますよ!?」

高笑いするシャルルと運営スタッフのやり取りを眺めていると、隣に俺の介添人(セコンド)であるレオンが立った。

「ふざけた男だね……。でも、油断はできないよ」

「ああ、わかっている。あいつ、茶番を演じながらも、俺への警戒を一度も切っていない。若くして白眼の虎(カーン)のサブマスターを務めるだけはあるな」

「おそらく、君の対策も済んでいるだろうね」

レオンの分析に、俺は頷(うなず)く。この大会、対戦相手が想定する、最弱の【話術士】である俺の唯一の勝機は、《狼の咆哮(スタンハウル)》だ。どんな猛者であっても、停止状態(スタン)になってしまえば、成す術(すべ)無く魔銃(シルバーフレイム)の一撃で終わるためである。

だが、その対策自体は簡単だった。停止(スタン)を含む精神異常(デバフ)は、一度掛かると暫くの間、耐性が付くのだ。つまり、事前に同類の攻撃を受ければ、耐性がある状態で戦いに臨むことができる。

統計的に一度で十分、二度で三十分と耐性が続く時間は延び、最大で二十四時間まで維持することが可能だ。《話術士》でなくても精神異常(デバフ)を行える職能(ジョブ)は多いため、労することなく行える確実な対策である。また、精神異常(デバフ)に対する耐性は、個人の体質なので、魔素(マナ)濃度が上がることもない。

《狼の咆哮(スタンハウル)》の対策さえ完璧なら、【話術士】など恐れるに足りない最弱の対戦相手だ。誰もがそう考えているのは、聞くまでも無く明白だった。

だからこそ、俺の価値を示すには絶好の場なのである――。

「ノエル選手、シャルル選手の準備が終わったので、舞台(リング)に上がってください」

運営スタッフに促されて、俺は前に出る。

「ノエル、君の本当の力を、全員に見せてやれ」

拳を握り締めるレオンに俺は笑って頷き、舞台(リング)の上に上がった。俺の訓練相手を務めたレオンは、俺がどう戦うかを知っている。――この七星杯(しちせいはい)、勝つつもりはない。だが、負けるつもりもない。

「さあ、七星杯(しちせいはい)本戦、注目のAブロック第一試合が幕を開けます！」

実況のルーナの声が会場に響き渡る。

「対戦カードは、まさかの二人！　一人は白眼の虎(カーン)のサブマスター、シャルル・カーン！　そしてもう一人は、本大会の主催者でもある、嵐翼の蛇(ワイルドテンペスト)のクランマスター、ノエル・シュトーレンだぁっ!!」

興奮の絶頂にあるルーナは、声を上擦らせながら続ける。

「片や【槍兵】という前衛職の最高峰、片や最弱の支援職（バッファー）である【話術士】、戦いの結果は火を見るよりも明らかに思えますが、ノエル選手はただの【話術士】ではない！　創設したクランを僅か半年で七星（レガリア）にまで押し上げた天才です！　どんな戦い方を見せてくれるのか、期待と興奮でワクワクが止まりません！　解説のフィノッキオお姉様は、この戦いをどう見ていますか？」

話を振られたフィノッキオは、やや間を置いてから答える。

「……そもそも、【話術士】が最弱だと評されているのは、自衛手段の欠如が理由よ。集団戦はもちろん、一対一で戦った場合は更に大きなハンデね。もし、このハンデを覆せるとしたら——」

「したら？」

「彼はまさしく、全ての探索者（シーカー）の頂点に立つ男だわ」

フィノッキオの言葉に、会場の観客たちは更なる盛り上がりを見せた。五万人の大歓声が、舞台（リング）に立つ俺たちに向かって叩きつけられる。流石（さすが）の俺も、釣られて感情が昂（たかぶ）りそうだ。シャルルに気取られないように深い呼吸を行い、精神の安定化を図る。効果はすぐに現れた。僅かな感情の揺らぎも消え、集中力が極限まで高まる。

「ノエル君、悪いけど容赦はしないよ」

シャルルが微笑（ほほえ）んで言った。

「勝つのは、このボクだ。だが、安心してくれたまえ。君の名は必ず、ボクの英雄叙事詩に刻ませてもらうよ。敗者の名を背負うのも、英雄の義務だからね！」

気障ったらしく髪を掻き上げ、勝利宣言するシャルルに、俺は軽く微笑んだ。

「殊勝な心掛けだな。俺も見倣わせてもらうよ」

互いに定められた位置に付くと、ルーナが声を張り上げた。

「両者共、戦いの準備は万端！　試合のゴングが鳴るのを、今か今かと待ち構えています！　世の女性をときめかせる美しき二人の男、軍配が上がるのは果たしてどちらなのか!?　今、ゴングが鳴ります！」

戦いの開始を告げるゴングが鳴った刹那、シャルルが槍を構えて俺に突進を仕掛けていた。予備動作の無い、無拍子で行われる急襲は、音の何倍もの速度に達している。速度上昇スキルと、攻撃力強化スキルの併用であるのは一目瞭然だ。

【話術士】の俺では、防ぐことも躱すことも難しい。だが、【話術士】の俺だからこそ、シャルルの動きを事前に予測することができていた。

刹那の未来予知。【話術士】の高速演算補正を使い、周囲の状況から刹那の先の未来を予測する力は、シャルルがどう動くかを俺の脳裏に映し出している。加えて、ランクアップし【真言師】となった今、思考速度は更に上昇し、未来予知と同時に時の流れを〝止まって〟認識することもできるようになっていた。

シャルルの攻撃のタイミングと軌道は、完全に把握できている。もちろん、それだけでは駄目だ。どれだけシャルルの動きが見えていても、身体が動かなければ意味が無い。直撃すれば、たった一撃で場外に飛ばされるだろう。だから俺は、シャルルが動き出すと同時に〝迎撃〟を行っていた。

不可視にして不可避の秘技が、シャルルを停止(スタン)させる。

《狼の咆哮(スタンハウル)》ではない。俺の使った秘儀は、口腔(こうこう)から発した三半規管を狂わせるノイズ――つまり口笛だ。

特殊な音域の口笛が、シャルルの足元をぐらつかせる。停止させられるのは、秒にも満たない僅かな間だけだが、獲物を仕留めるには十分過ぎる時間だった。

放たれた矢のように、慣性だけで動き続けるシャルル。精彩を失ってなお凄(すさ)まじいシャルルの刺突を、俺は紙一重のところで躱し、そのままハルバードの柄に身を委ねつつ前に踏み込む。結果、刺突の威力を吸収する形になり、独楽(こま)のように激しく回転しながら、シャルルの背後に回り込むことになった。瞬間、俺は跳躍し、遠心力を乗せた肘打ちを、シャルルの後頭部に解き放つ。

口笛によって三半規管に異常を生じさせ、独楽のように回転しながら、敵の後頭部に肘打ちを当てる秘技には、二重の意味で渦が掛かっている。一つは、渦巻状の形をした三半規管。もう一つは、渦を巻くように踏み込む歩法。

故に、この秘技を、俺はこう呼んでいる――。

「――〝渦潮(うずしお)〟」

肘から伝わってくる、後頭部を穿(うが)った確かな感触。もし、シャルルが方尖柱(メガリス)と同期(リンク)していなければ、俺の肘打ちはシャルルの後頭部を完全に穿ち抜いていただろう。だが、直接のダメージは無くても、方尖柱（メガリス）は同期している者の身体に、ダメージの再現をする。

「がっ、は……」

人体の後頭部は神経が集中した部位。そこに強烈な一撃を受けて、意識を保っていられるわけがなかった。シャルルは意識を失い、倒れ伏す。もはや、この戦いの中で起き上がることは、絶対に不可能だろう。

戦いの結末に、五万人の観客たちが水を打ったように静まり返っていた。無理も無い。まさか、俺が勝つとは夢にも思わなかったはずだ。

俺は観客たちに勝利を伝えるため、右拳を掲げようとした。だが、全身を苛（さいな）む強烈な痛みのせいで、上手（うま）く腕を動かせなかった。シャルルに渦潮（うずしお）を放った反動だ。肘打ちに使った左腕の痛みが特に酷（ひど）く、油断すると気を失いそうになる。実戦だった場合、左腕が千切れ飛んでいたほどの反動だったのだから、当然と言えば当然だ。

俺は気合で痛みに耐えて笑みを作り、改めて右拳を天に突き出すことで、言外に勝利宣言をした。観客たちは漸（ようや）く事態を理解し、大歓声を上げる。

「だ、第一試合、決着ッ!!　勝者は、ノエル選手ですッ!!」

ルーナは動揺しながらも、俺の勝利を宣言する。

「し、信じられないことが起こりました！　あのシャルル選手を、【話術士】であるノエル選手が、たった一撃で仕留めたのです！　これが、ノエル選手の真の実力だというのか!?

ただ、何が起こったかを理解できた人は少ないでしょう。私もわかりません！　フィノッキオお姉様、是非とも戦いの解説をお願いします。……お姉様？」

実況席に視線を向けると、首を傾(かし)げるルーナの隣で、フィノッキオが立ち上がっていた。

フィノッキオは涙を流しながら、俺に向かって拍手を贈っている。

「まだ一戦目なのに、大袈裟な奴(やつ)だな」

俺は笑って踵(きびす)を返すと、舞台(リング)から降りた。

「そ、そんな、馬鹿ナ……」

ノエルとシャルルの戦いの結末に、ワイズマンは驚愕(きょうがく)するしかなかった。

「同ランクとはいえ、支援職(バッファー)が前衛職を真っ向から打ち倒すなんて……。しかも、スキルを使うこともなく……」

「言っておくが、俺のガキが弱かったわけじゃねえぞ」

神妙な顔で言ったメイスに、ワイズマンは頷く。

「わかっています。シャルルの急襲は完璧でした。あれを躱せた蛇が異常なのです……。一瞬の出来事だったので確実かはわかりませんが、おそらく口腔から三半規管を狂わせる音波を発することで、シャルルの動きを止めることに成功したのでしょう」

「俺も試合を見た限りでは同じ分析だ。《狼の咆哮(スタンハウル)》の対策はできていたが、チビガキ——いや、ノエルの攻撃は職能(ジョブ)がもたらした異能(スキル)ではなく、純粋な修練によって得た戦技(スキル)

だった。あれを初見で対応できる奴はいねえな……」

「音響攻撃も恐ろしいですが、最も恐れるべきなのは、シャルルを一撃の下に倒した、あの肘鉄です……。ただ遠心力を乗せただけの肘鉄では、あそこまでの威力に達しません。間違いなく、浸透勁が使われています……」

「浸透勁(けい)だと!?」

　メイスは声を上げて驚いた。

「たしか、打撃を人体の内部に伝える戦技だったな。だが、浸透勁は、おめえの国の戦技だろ？　なんで、ノエルが習得してんだ？」

「私に聞かれても知りませんヨ……。ただ事実なのは、実戦レベルで浸透勁を扱える者は、私の本国にも数えられるほどしかいないということです……。ノエル・シュトーレン、彼の対人戦闘技術は、もはや人を超えている……」

　二人は生唾を呑(の)み込み、そのまま黙り込む。暫(しば)くして、メイスが口を開いた。

「……間違いねえ、ノエルの本来の適性は、前衛職だ」

「ええ、私も同意見です。運命の悪戯(いたずら)で適性外の職能(ジョブ)が発現しましたが、それでも常軌を逸した強さを発揮しています」

「もし、あいつに適性通りの職能(ジョブ)が発現していたら……」

「そんなこと、恐ろしくて考えたくもありませんネ……」

　メイスとワイズマン、二人の名高い猛者は、青い顔をして口を噤(つぐ)む。二人の顔には確かに、明らかな恐怖の色が滲み出ていた。

「だから言ったでしょ」

カイウスの隣で、アルマが微笑を浮かべる。

「勝つのはノエルだって」

「あの男の強さは、よくわかった。だが、あれが全てではないだろ？」

「スキルのことなら、次の戦いで見せてくれると思うよ」

「次の戦い……覇龍隊のシャロン・ヴァレンタインか……」

近代探索者論の立役者にして、覇龍隊の元サブマスターの実力は、シャルルの比ではない。シャルルが英雄なら、シャロンは大英雄だ。だからこそ、もしシャロンをも退けられるなら、ノエルは途方もない高みへと至るだろう。

「ノエル・シュトーレン、おまえはいったい――」

――どれほどの価値を見せるというのか。

カイウスは拳を握り締め、沸き上がる興奮を押し殺そうとする。だが、その顔には、カイウスの抑えきれない激情が、凄烈な笑みとなって表れていた。

――今日この日、帝国の歴史が変わる。

カイウスは、そう確信せざるを得なかった。

「身体の具合はどうだい？」

競技場最上階の選手控室、レオンの使った回復スキルが俺の損傷を癒した。俺は椅子から立ち上がり、全身の状態を確認する。やや痺(しび)れは残っているが、問題無く動かすことができた。

「良い具合だ。ありがとう、レオン」

俺の礼に、どういたしまして、とレオンが微笑んだ。

「それにしても、初戦から強敵相手だったのは運が悪かったね。上手く勝てたものの、次の戦いはどうなるか……」

「クジ運はどうしようもない。泣き言を言っても始まらないさ」

俺はシャルルを瞬殺することができたが、それは作戦が上手く噛(か)み合ったおかげだ。

シャルルは弱い相手ではない。本戦でも上位の戦闘能力を持つ探索者(シーカー)だ。だから、全力で挑む必要があった。――身体の負荷を度外視してでも。

「次の相手は、あのシャロン・ヴァレンタインだ。しかも、君の戦い方を見られている。シャルルの時のように瞬殺することは不可能だろうね」

「わかっているよ」

「シャルルに勝ったことで、君が単なる支援職(バッファー)じゃないことは示せた。もう十分じゃないかな？　これ以上の負荷は今後に響く。棄権するべきだよ」

「……わかっている」

「方尖柱(メガリス)は外部からのダメージは吸収してくれるけど、自らの運動負荷によるダメージは対象外だ。またシャルルを倒した時のような戦い方をすれば、いくら俺が回復しても後遺症になる可能性は大きい。……ノエル、本当にわかっているのかい？」

わかっている、と俺は改めて頷（うなず）いた。

シャルルに勝てたのは、単に俺の対人戦闘能力が上回っていただけでなく、脳のリミッターを外していたからだ。いわゆる、〝火事場の馬鹿力（オーバークロック）〟状態である。

方尖柱（メガリス）の被検体としてあらゆる痛みを経験したことで、俺は痛みの感覚を意識的に軽減できるようになった。その副次的効果として、限界を超えた筋肉の運動も可能になったのである。だが、痛みという危険信号を無視して限界を超えるということは、それだけ身体への負荷も大きくなるということ。レオンが不安視するのも当然だった。

「……はあ、何を言っても無駄みたいだね」

明確な答えを出さない俺に、レオンは溜息（ためいき）を吐（つ）いた。

「何が、勝つつもりはない、だよ。優勝する気満々じゃないか」

「そこまで身の程知らずじゃないさ」

ただ、と俺は笑って続ける。

「せっかくだから、楽しめるところまで楽しみ尽くしたい。それだけだよ」

勝つつもりはない。だが、簡単に負けてやるつもりもない。もし俺が優勝できるなら、それもまた一つの結果だ。

俺は窓に近寄り、次の試合が始まるのを待つことにした。選手控室は全て特別観覧席（プレミアムラウンジ）と同じく最上階に位置し、ここから試合を観戦することもできる。他の待機選手たちも俺と同じようにして窓辺に立っていた。

次の試合には、ウォルフが出る。相手は同じ予選通過選手だが、七星(レガリア)所属ではないからといって簡単に勝てる相手ではない。

「俺の前で見得を切ったんだ。がっかりさせるなよ」

小さく呟(つぶや)いた時、部屋のドアがノックされた。レオンが応じてドアを開けると、そこにはハロルドが立っていた。

「ノエルさん、お疲れ様でした」

ハロルドはにこやかな笑みを浮かべながら控室に入ってくる。

「実に見事な勝利でした。公の場であれだけ活躍すれば、もう誰もあなたのことを、〝仲間たちの後ろで偉そうにふんぞり返っているだけの雑魚〟なんて言わないでしょうね」

「そりゃどうも」

巷(ちまた)では、若くして七星(レガリア)のクランマスターにまで上り詰めた俺を評価する声は多いが、同時に優秀な仲間に恵まれただけの男だと侮る声も少なくはなかった。ハロルドが言ったように、シャルルに勝利した実績は、そういった評価を覆すことになるだろう。

「実力はともかく、いつも偉そうにふんぞり返っているのは事実だけどね」

「おい」

レオンの軽口に俺が眉を顰(ひそ)めると、ハロルドは声を上げて笑った。

「ははは、ノエルさんが尊大なのは、今に始まったことじゃないですからね」

「糞爺(くそじじい)、俺に嫌味を言うためだけにきたのか？」

まさか、とハロルドは肩を竦(すく)める。

「嫌味なんてとんでもない。私はノエルさんを激励しようと思っただけです」

「どうだか……」

「それと、これからトルメギドに出発するので、その前にお会いしとこうと」

「今からか？……随分と急だな」

ハロルドがトルメギドに赴任することは以前から決まっていたことだが、正式な日取りについては何も聞いていなかった。

「本当ならもっと早くに赴任している予定だったのですが、無理を言って延ばしてもらっていたんです。せめて、あなたの試合だけは観(み)ておきたいと思いまして」

「なるほど。満足したか？」

「ええ、とても。やはり、あなたは素晴らしい」

ハロルドは満足そうに笑った。

「このまま決勝が終わるまで残りたいところですが、機関車の出発時間に間に合わなくなってしまいますので、そろそろお暇(いとま)させて頂きます」

帝国の鉄道計画が再開して二ケ月と少し。正式な商業運転こそまだであるものの、国からの強い支援を受けたヴォルカン重工業が、その技術力と莫大(ばくだい)な金を最大限に活用した結果、既に帝都と主要都市を繋ぐ線路の大半が開通している状況にある。

関係者の間では試運転を兼ねた利用も行われているため、コネを使って鉄道を利用することができれば、半日でトルメギド近郊に到着することが可能だ。ハロルドは恭しく礼をすると、踵を返して退出した。

「ハロルドさん、厄介なことに巻き込まれないといいんだけどな……」

心配そうに呟いたレオンに、俺は頷く。

「他国にしてみれば、あそこの地脈を暴走させるだけで、冥獄十王がすぐにでも現界するんだからな。標的になる可能性は高い」

「だけど、絶対ってわけじゃないんだろう？　帝国も要所だとわかっているから、警備は厳重だ。他国の工作員が数人集まったぐらいじゃ、簡単に落とせるとは思えない」

「他国の工作員だけならな……」

脳裏をよぎったのは、先日の爆破事件だ。あの時に感じたのは、確かに人とは異なる魔力だった。

「……どういう意味だい？」

尋ねてくるレオンに、なんでもないと俺は首を振る。

「ハロルドが警備主任を務めるなら、仮に襲撃を受けても大丈夫だろう。それに、テロの襲撃を受けるなら、要人が集まっている七星杯の方が可能性は高い」

「そうだね。……うん？　ひょっとして、七星杯を開催したのは、工作員をここに集中させる目的もあったのかい？　ここが襲われても、七星（レガリア）の主要メンバーが集まっている今なら、自然に彼らを工作員の討伐に駆り出すことができる。ノエル、そうなんだろう？」

「ノーコメント」

俺はレオンから眼下の舞台（リング）に視線を戻した。ちょうど次の試合の準備が整ったようだ。ウォルフと、その対戦相手である南風楽団（サマーメモリーズ）のミカ・ファンファーレが、舞台（リング）上で睨（にら）み合っている。

「さあ、Aブロック第二試合の始まりです！」

実況のルーナが叫んだ瞬間、戦いの始まりを告げるゴングが鳴らされた。

†

「あっぶなかったぁ……」

試合が終わり控室に戻ったウォルフは、椅子に座って安堵（あんど）の息を吐いた。

「あと少しでやられるところだったぜ……」

対戦相手のミカは【弓使い】系Bランクの【鷹の眼（ホークアイ）】。予選を勝ち抜いた猛者なのは間違いないが、同じBランクだと油断したのも束（つか）の間（ま）、ミカの猛攻に晒（さら）され、危うくそのまま負けるところだった。

なんとか試合中に立て直し、勝利することはできたが、どちらが負けてもおかしくない戦いを終えたせいで、ウォルフの心臓は今も激しく鼓動を打っている。

「このバカ狼ッ！」

「あ痛ッ！」

幻影三頭狼のサブマスターであるヴェロニカが、怒声を上げながらウォルフの頭を小突いた。

「予選ではAランクに勝っておきながら、あの醜態はなんですの!?」

「う、うるせえな！　勝ったんだからいいだろ！」

ウォルフが殴られた頭を押さえながら涙目で反論すると、同じく控室に集まっていた切り込み隊長のローガンが深々と嘆息する。

「はぁ～、おまえのそういうとこ、クランマスターになったら改善するかと思っていたが、全く直る様子が見られねえな」

「そ、そういうとこって、どういうとこだよ？」

「慢心して実力を出し切れないところだよ」

うっ、と言葉を詰まらせるウォルフに、二人は呆れたように首を振った。

「なんとかここまでこられたが、次は無理そうだな」

「まあ、ウォルフにしては上出来でしたわね」

「おい、勝手に俺の負けを決めるんじゃねえ！」

怒ったウォルフは椅子から立ち上がって、二人を指差した。

「俺は絶対にノエルに勝つんだよ！　もう慢心はしねえ！」

ウォルフの宣言に、二人は目を丸くする。

「ノエルに勝つって……、あっちはまだ、あのシャロン・ヴァレンタインとの試合が残っていますのよ？　たしかに、ノエルは強かったですけど、シャロンに勝てるとは思えませんわ。対策するなら、シャロンの方ですわ」

ヴェロニカの指摘に、だがウォルフは首を振って表情を改めた。

「いいや、ノエルは負けないよ」

普段の軽薄さとは打って変わった、有無を言わせない迫力を纏ったウォルフに、ヴェロニカは思わずたじろいでしまう。

「たしかに、あいつが簡単に負けるとは思えねえな」

ローガンは太い笑みを浮かべ、ウォルフに同意した。

「体術に優れているのはもちろん、あいつはまだスキルも使っていない。なにより、あいつが簡単に負けを認めるわけがねえ」

「そういうこと。だから、対策を練るならノエルの方だ」

ウォルフとローガンは、顔を見合わせて頷き合う。いつもは犬猿の仲なのに、二人の意見は完璧に同じだった。

「まったく、これだから男は……」

付き合ってられない、とヴェロニカは首を振り、隣のリーシャを見た。

「リーシャ、あなたからもあの馬鹿二人に何とか言ってください！」

「……へ？　ああ、そうだね……」

だが、当のリーシャは曖昧に頷くだけで、それ以上は何も言わなかった。ただただ、ボンヤリと虚空を眺めている。

「やっぱり、駄目そうだな……」

リーシャの様子を見たウォルフが、やれやれと首を振った。

「こいつ、ノエルとベルナデッタ嬢のお見合いを知ってから、ずっとこの調子だぜ？　気ぃ張っている時はまともだから介添人（セコンド）を任せたけどよぉ、ちょっと放っておくとすぐに放心状態になっちまう。こりゃ元に戻るまで長引きそうだなぁ……」

ウォルフの言葉に、ヴェロニカも頷く。

「仕方ありませんわね。そっとしておいてあげましょう……」

二人が脱魂状態のリーシャに憐（あわ）れみの視線を向けていると、ローガンが興奮した声を上げる。

「おい！　次の試合が始まるぞ！」

Aブロック第三試合は、予選通過者のキースと、剣爛舞閃の若手エースアタッカー、【剣王（ソードマスター）】フィオーレ・リーベルトの戦いだ。予選を前蹴り（ヤクザキック）だけで勝ち上がったキースが、格上のAランク相手にどう戦うのか、注目の試合である。

「相手は【剣王（ソードマスター）】か……。しかも、あの剣爛舞閃のエースアタッカーだ。対して、キースは後衛職だろ？　これまでの相手と違って、体術が通じるとは思えないな……」

窓の前に立ったウォルフの分析に、ローガンとヴェロニカも頷（うなず）いた。

七星（レガリア）である剣爛舞閃は、その名の通り〝剣〟に重きを置いたクランだ。所属している探索者（シーカー）の大半を【剣士】が占めており、【剣士】以外の職能（ジョブ）も武器に剣を選んでいる。後衛職ですら、全員が剣術を習得しているのだから、徹底した在り様だ。

だが、クランマスターのアーサーは、酔狂でやっているわけではない。自身の方針（スタンス）が、最もメンバーを強くする方法だと知っているのだ。

マクベイン流・剣闘術、それは帝国で最強と謡われる武術流派である。その歴史は四百年にも亘（わた）り、脈々と受け継がれてきた。マクベイン流・剣闘術が他の流派よりも優れている点は、単に【剣士】に最適化した剣術を扱うのではなく、【魔法使い】を始めとした後衛職とも親和性がある点だ。

実際、過去の当主には【魔法使い】や【弓使い】もいた。彼らによって更に発展した遠近自在の戦闘技術は、一門以外の後衛職も参考にするほどであり、現代では探索者（シーカー）養成学校の必修技術にもなっている。

現当主にして、歴代最強とも噂（うわさ）されるアーサーの下で、本物のマクベイン流・剣闘術を学んだ【剣王（ソードマスター）】、その強さはもはや想像するだけで恐ろしい。

誰もが、キースの敗北は確実だと考えている。だが、当のキースは、余裕の笑みを浮かべていた。いや、余裕というよりも、相手を嘲るような憎たらしい笑みだ。

「あの子、自殺願望でもあるんですの？」

誰へともなく尋ねるヴェロニカに、ウォルフとローガンは苦笑を浮かべた。

キースの挑発を受けたフィオーレは、遠目にでもわかるほど色をなしている。格下に侮られたのだから、当然だ。おそらく、彼の頭の中では、憎たらしいキースを瞬殺する光景が思い描かれていることだろう。

だが、試合の結果は、誰もが予想しない形で幕を閉じた――。

「Aブロック第三試合、決着ぅッ！　勝ったのは――」

実況のルーナが興奮した声で、勝者の名前を宣言する。

「キース・ザッパ選手です！　大物喰い（ジャイアント・キリング）達成！　BランクがAランクに勝利しました！　本戦でもこれを見られるとは驚きだぁッ!!　更に驚くべきなのは――」

ルーナは言葉を区切り、一気に実況の熱を放出する。

「キース選手がたった〝一撃〟で勝利したことです！　しかもしかも、その戦い方はノエル選手と全く同じでしたぁッ!!　信じられません！　二人はもしかして、同じ師の下で学んだ仲なのでしょうか!?」

「そんなわけあるかよ……」

ウォルフは力無くルーナの言葉を否定する。

たしかに、キースの勝ち方は、ノエルと全く同じだった。試合が始まった瞬間、激昂（げきこう）したフィオーレが急襲を仕掛けたのに対して、キースはノエルがしたように攻撃を捌（さば）き、後頭部に強烈な回転肘打ちを食らわせることで勝利を手にしたのだ。

だが、ノエルに弟弟子がいたなんて話は聞いたことがない。血縁関係にも見えないし、おそらくは赤の他人のはずだ。ならば何故（なぜ）、キースはノエルと同じ戦技を使えたのか？

その答えに思い至ったウォルフたちは、戦慄するしかなかった。

「あのガキは、ノエルの戦技を一度見ただけで盗んだんだ」

「し、信じられねぇ……。いったい、何がどうなってやがるんだ……」

「あ、ありえませんわ……。あんな神業を盗むことができるなんて……」

ウォルフ、ローガン、ヴェロニカは、自分たちよりもキャリアで劣るはずのキースが見せた圧倒的な実力に、二の句を継ぐことができずにいた。

三人が言葉を失っている中、Aブロック第四試合の準備が始まる。対戦カードは、百鬼夜行のクランマスターであるリオウ・エディンと、太清洞の若手エースアタッカー、【死徒（デス）】のジョニー・イェンだ。

共に七星（レガリア）だが、百鬼夜行が三等星なのに対して、太清洞は二等星。クランそのものの序列は、太清洞の方が上である。もっとも、探索者（シーカー）としての格は、リオウの方が上だ。リオウは広大な帝国でも三人しかいないとされる、EXランクの探索者（シーカー）だからである。神域到達者（EXランク）の実力がいかなるものかは、ウォルフたちもよく知るところ。勝つのは誰がどう考えても、リオウだった。

「まさか、今回も盤狂わせがあるってことは……ないよな？」

固い笑みを浮かべながら尋ねるウォルフに、二人もまた固い笑みで応える。舞台には両選手が既に上がっていた。片や、太清洞のエースアタッカーである【死徒】。片や、獅子を模した仮面を着けた神域到達者の【武神】。

両者の戦いは、刹那の間に決着が付いた――。

「Aブロック第四試合、決着ぅッ！　勝ったのは仮面のクランマスター、リオウ・エディン選手です！　神域到達者の実力を見せつけた、まさに神懸かり的な戦いぶりでしたッ！　ていうかぶっちゃけ、何が起こったかわかりませぇぇんッ!!　フィノッキオお姉様、解説をお願いします！」

ルーナはフィノッキオに解説を求めるが、返答はなかった。ただ両眼を見開き、石像のように固まっている。

「……おまえら、何が起こったか見えたか？」

ウォルフが尋ねると、二人は首を振った。何が起こったかわからなかったのは、ルーナだけではない。ウォルフたちも同じだ。そして、おそらくこの競技場に集まっているほとんどが、リオウの攻撃を目に捉えることができなかった。

殴ったのか蹴ったのか、全くわからない。ただ試合が始まると、リオウの対戦相手が舞台から消え、後方の壁にめり込んでいたのだ。それがリオウの攻撃によるものだとわかったのは、無残に抉れた舞台を目撃したからである。眼にも止まらぬ攻撃の余波が、リオウの立っている場所から一直線に、舞台を深く抉っていた。

ウォルフたちは、リオウの凄（すさ）まじさに絶句するしかなかった。嵐翼の蛇（ワイルドテンペスト）と人魚の鎮魂歌（ローレライ）が争った際に、神域到達者（EXランク）の強さは目の当たりにしたが、それでもここまでの衝撃はなかった。明らかに、生まれ持った才能が違い過ぎる。

リオウはもちろん、キースもまた、三人を遥（はる）かに超えた才能の持ち主だ。だが、三人もまた、探索者（シーカー）の中では天才と呼ばれる逸材であり、その自負もある。ただ、上には上がいる、それだけの話だった。

「おい、あっちを見てみろ」

ローガンが顎で示した方向は、ノエルの控室だ。ノエルもまた、窓辺に立って試合を観（み）ていた。だが、リオウの試合の結果に対する反応は、ウォルフたちと異なっていた。

「あいつ、笑ってやがる……」

ノエルは両腕を組み、獰猛（どうもう）な笑みを浮かべながら、リオウを見下ろしている。それはまるで、獲物を見つけた猛獣が牙を剥（む）くような笑みだった。

「あの戦いを見た後で、どうしてあんな顔ができるんだ……」

リオウは恐ろしい。だがそれ以上に、今はノエルが恐ろしい。ウォルフは血の気が引くのがわかった。恐怖のせいで、眩暈（めまい）すらしてくる。

「ウォルフ」

ヴェロニカが鋭い声を発し、ウォルフを真（ま）っ直（す）ぐ見据える。

「あの男に、本当に勝てますの？」

ウォルフは何も答えられなかった。先を行かれても、まだライバルのつもりだった。だが、現実に横たわっている互いの距離は、あまりに遠過ぎる。

「ウチ、良い作戦を思いついたかも」

控室に張りつめた重たい沈黙が流れ出した時、置物のようになっていたリーシャが突然声を上げた。三人は驚き、リーシャに注目する。

「良い作戦って、なんだよ？」

尋ねるウォフルに、リーシャは神妙な顔をして答える。

「あのね、こういうのってどうかな？　試合が始まったら――」

リーシャの提案した作戦に、三人は驚愕(きょうがく)するしかなかった。

「リーシャ、本気ですの!?」

「おまえ、何てことを考えやがるんだ！」

非難めいたヴェロニカとローガンの反応に、リーシャは困ったように笑う。

「わ、わかってるって。褒められた手段じゃないってウチも思う」

でも、とリーシャは表情を改めた。それは、悪魔と戦う時の顔だった。

「この方法なら、ノエルが何をしようと関係ないよ」

たしかに、リーシャの作戦が上手(うま)くいけば、ウォルフにも勝機はあるだろう。だが、この作戦には、大きな問題もあった。

「……まあ、リーシャの言うことにも一理あります。それに、ノエルの好戦的で負けず嫌いな性格なら、お目溢しいしてくれる可能性も高そうですわね……」

頬に手を当てながら呟いたヴェロニカに、ウォルフは首を振った。

「その考え方じゃ駄目だ」

「駄目って？」

「リーシャの作戦そのものには一考の価値がある。ヴェロニカのノエル評も正しい。問題なのは、実際に戦う俺が持つべき心構えだ」

いいか、とウォルフは三人を見回して続ける。

「汚い手を使ってもノエルなら許してくれるなんて打算的な考え方じゃ、仮に勝てたとしても、ノエルに勝利を恵んでもらったことにしかならないんだよ」

「それは……」

「汚い手を使う以上、絶対に勝つ。どんな汚名も受け入れる。失格になってもいい。それでも、ノエルと同じ土俵に立つ。大切なのは、そういうことだと思う」

言い訳は絶対にしない、とウォルフは強調する。

「俺にはその覚悟がある。だが、これは俺だけの問題じゃない。勝っても失うものの方が大きい戦いだ。おまえたちが止めろというなら、俺は止める」

発案者のリーシャは既に覚悟を終えているようだった。ローガンとヴェロニカは暫く考え込み、それから根負けしたように頷く。

「好きにしろ」「同じく。他のメンバーも理解してくれるはずですわ」

ありがとう、とウォルフは仲間たちに頭を下げた。

「いざという時は、俺が全ての責任を負う。だから、俺に勝たせてくれ」

†

Aブロックの第四試合までが終わり、次からは人数調整のための試合が行われる。七星杯(しちせいはい)本戦に集まった選手の数は二十一人。その全てを消化するためには、選手によって戦わなければいけない数を増やす必要があった。

Aブロックで対象となったのは、ノエルとキースとリオウの三人である。そして、次の第五試合はノエルの二戦目であると同時に、シャロンの初戦でもあった。

控室を出たシャロンは、介添人(セコンド)と共に舞台(戦場)を目指す。その脳裏には、クランマスターであるヴィクトルとの会話が蘇(よみがえ)っていた。

「私が二人目の選手に？」

ヴィクトルの執務室に呼び出されたシャロンは、自分の代わりに七星杯(しちせいはい)に出てほしいと頼まれたのだった。

「ああ、頼むよシャロン。私よりも君が適任だ」

「あなたは神域到達者(EXランク)よ？　あなた以上の適任なんていないわ」

首を傾(かし)げるシャロンに、ヴィクトルは苦笑を浮かべる。

「私は老いた。今はもうAランクほどの実力しかない」

「それでも——」

反論しようとするシャロンを、ヴィクトルの手が制する。

「君の言いたいことはわかっている。それでも、大半の相手にならら勝てる。そう、言いたいんだろう？」

「大半じゃ意味が無いんだ。……私は誰にも負けたくない」

シャロンが無言のまま頷くと、ヴィクトルは深く嘆息した。

「……どういうこと？」

「私はかつて全盛期の頃、間違いなく帝国最強の探索者だった。君たちと共に数々の偉業を成し遂げてきたし、それは客観的に見ても事実だろう。……だから、怖いんだ。私が負けてしまえば、全てが嘘になるような気がして、たまらなく怖い……。きっと私はもう、探索者としての自分を誇りに思えなくなる……」

「ヴィクトル……」

ヴィクトルの吐露した弱さに、シャロンはやるせない感情になった。共に覇龍隊を率いてきた、最も信頼できる仲間が初めて見せた弱さに、ただただ胸が痛かった。

実際のところ、ヴィクトルは老いてなお、他を圧倒する探索者だ。戦闘能力、指揮能力、どれを取っても一流である。

だがそれでも、老いは間違いなく、彼の探索者として最も強かった部分——即ち〝心〟

を腐食させてしまったのだ。その感覚は、不老のエルフであるシャロンには無いものだったが、数十年来の付き合いがヴィクトルの痛みをシャロンに共感させていた。

「わかったわ。七星杯には私が代わりに出ます」

ヴィクトルとの会話を思い出しながら歩いている内に、舞台に辿り着いた。対戦相手の蛇――ノエルは先に到着していたらしく、運営スタッフの魔素検査を受けている。

一瞬、二人の目が合った。ノエルは不敵な笑みを浮かべ、シャロンは嫌悪で顔を歪める。

ノエルが象徴するものは〝若さ〟と〝破壊〟。対するシャロンが象徴するものは〝品格〟と〝維持〟。互いに決して交わることのない関係だ。唯一、互いに武器として選んだ〝魔銃〟だけが、ホルスターの中で冷たい殺気を放っている――。


戦いの準備が整った俺とシャロンは、互いに舞台の上で睨み合っている。

「さあ、第五試合の始まりです！　対戦カードは【真言師】ノエル選手ＶＳ【魔弾の射手】シャロン選手！　両者の職能は異なりますが、同じ魔銃使いがいかなる戦いを見せてくれるのでしょうか!?　運命のゴングが、今鳴り響きます！」

ルーナの宣言と共にゴングが鳴った瞬間、俺はシャロンに向けて魔銃を抜き放った。

シャロン目掛けて発射される霊髄弾。直撃すれば、その破壊力は塔の耐久力を大きく削るだろう。だが、霊髄弾はシャロンに直撃する寸前で、不自然に軌道を変えた。

「《射撃無効》だと!?」

《射撃無効(アンチミサイル)》は【銃使い(ガンナー)】または【弓使い】が習得可能な、全ての飛び道具を無効にする強力な防御スキルだ。だが、たった二つしかスキルを使えない七星杯(しちせいはい)ルールに於(お)いては、選ぶ確率は低いと考えていた。何故(なぜ)なら、《射撃無効(アンチミサイル)》が有効なのは飛び道具攻撃だけだからだ。飛び道具攻撃を持たない対戦相手には、完全な死にスキルである。つまり、シャロンは飛び道具攻撃を持つ相手を完封するためだけに、《射撃無効(アンチミサイル)》を選んだのである。

「私、あなたのことが嫌いよ。このまま何もさせずに終わらせてあげる」

シャロンが明確な敵意を込めて宣言した刹那、俺は四方八方から殺意を察知した。高速演算による未来予知が脳裏に映し出したのは、無数の霊髄弾(ガルムバレット)が直撃し、魔力爆発に呑(の)み込まれる俺の姿だ。

魔弾スキル《銃王の道(ロイヤル・ロード)》。標的との距離を無視して、直接攻撃を当てるスキルだ。だが、未来予知によって全ての着弾点を見抜いていた俺は、間一髪のところで魔弾の包囲網を抜け出すことに成功した。

飛び出した先は前。魔力爆発によって生じた爆風で更に加速し、眼前のシャロンへと迫る。同時に魔銃(シルバーフレイム)を持っていた手を高速で振り抜く。シャロンは笑った。俺が苦し紛れに魔銃(シルバーフレイム)を投擲(とうてき)したと考えたのだ。投擲ならば《射撃無効(アンチミサイル)》の対象であり、躱(かわ)すまでもない。

だが、俺は魔銃(シルバーフレイム)を投げてはいなかった。既に魔銃(シルバーフレイム)をホルスターに納めていた俺は無手だ。無手の状態からスナップを利かせて放った高速の裏拳(バックブロー)は、大気を押し出し〝風の魔弾〟となってシャロンの顔面に直撃した。

「ぐっ、眼が!?」

技の名は〝蜉蝣〟。シャロンには《射撃無効》があるが、蜉蝣は実体を持たない風の魔弾であるため、無効化されることはない。故に、その威力は顎を上げさせる程度のものだったが、完全に無警戒だった顔面に直撃したせいで、視力を奪うことに成功していた。

　両眼を押さえて苦しんでいるシャロンに、俺は追撃の構えを取る。狙うのは心臓。そこに渾身の拳撃を叩き込み、心臓震盪を起こすことで昏倒させる。塔の耐久力は関係ない。心臓震盪を起こすことができれば俺の勝ちだ。

　俺は右拳をシャロンの胸目掛けて、全力で振り抜く。――だが、その瞬間、蜉蝣によって視力を奪われていたはずのシャロンが、突然両眼を開いた。

「残念ね、私の両眼は〝義眼〟よ」

　しまった、と思った瞬間には、シャロンのハイキックが俺の側頭部目掛けて放たれていた。強烈なカウンターを左腕で防ぐことに成功したが、代償として、塔から反映されたダメージが左腕を使えなくする。実戦なら、左腕をへし折る威力ということだ。

　空中に蹴り飛ばされた俺の脳裏に映ったのは、《銃王の道》によって全方位から襲来する魔弾の光景。危ういところで地面に右手が付いた俺は、片腕の力だけで勢い良く後方転回し、《銃王の道》を潜り抜ける。そのまま後方転回を繰り返し、シャロンから距離を取ることに成功した。もっとも、【魔弾の射手】相手に距離を取らざるを得ない状況は、死地以外の何物でもないのだが……。

「大した体捌(たいさば)きね。さっきの技といい、体術ではあなたの方が上よ」

だけど、とシャロンは酷薄な笑みを浮かべながら続ける。

「私には勝てない。気が付いた？　あなたが猿のように飛び回っている間も、私はここから一歩も動いていないわ」

　事実だ。俺にカウンターを食らわせた際にも、シャロンは同じ場所にいる。

「それと、あなたの選択したスキルがわかったわ。たしか、思考力に補正が掛かる職能(ジョブ)は、周囲の状況を基にして限定的な未来予知ができるようになったわね。だけど、私の《銃王の道(ロイヤル・ロード)》を完全に読み切るには、あなたの視点からでは難しいはず。つまり、あなたにはあなた以外の視点がある。【話術士】の《思考共有(リンク)》を介した、お仲間との視点の共有が行われているのは明白ね」

　御名答。真祖(ノーブル・ブラッド)の力を使えていた時ならともかく、今の俺では一人で《銃王の道(ロイヤル・ロード)》を読み切ることはできない。だから俺は、シャロンとの戦いが始まった瞬間から、常に《思考共有(リンク)》を発動し、上から試合を観(み)ているアルマとレオンの視界を使わせてもらっていた。以前までは念話しかできなかったスキルだが、Aランクになったことで強化され、今では視界の共有も可能なためだ。結果、三視点から導き出される、より正確な未来予知のおかげで、俺は《銃王の道(ロイヤル・ロード)》を回避できたのである。

「あなたの選択スキルは《思考共有(リンク)》、そして《狼の咆哮(スタンハウル)》。【話術士】のあなたにとって、この戦いで有効なのはそれだけ。あとは体術による奇策だけど、種は全てわかった。もう私には何も通用しないわ。このまま完封してあげる」

シャロンは笑みを深くし、再び《銃王の道(ロイヤル・ロード)》を発動した。銃口から直接俺に飛来する魔弾の雨を、俺は未来予知を駆使して回避していく。シャロンの持ち弾にも限りがあるはずだが、その前に俺の体力が尽きるだろう。また、たとえ直撃しなくても、霊髄弾(ガルムバレット)が引き起こす爆発の連続が、俺にダメージを蓄積していった。

五分後、俺の身体(からだ)に限界が訪れる。左腕だけでなく、もう右足も使い物にならない。片足で案山子(かかし)のように棒立ちしている俺を、シャロンは嘲笑(あざわら)った。

「よく耐えたわね。だけど、これで終わりよ」

シャロンに慢心は無かった。動けない俺に手を抜くことなく、《銃王の道(ロイヤル・ロード)》を発動させる。だが、シャロンに慢心が無いように、今の俺にも慢心は無かった。

「真言スキル《神句発令(ゴッドフラグメンツ)》、展開。――剣を取る者は皆、剣で滅びる」

俺が呟いた瞬間、シャロンの魔銃(シルバーフレイム)が、突如としてその手から弾(はじ)け飛んだ。

「なっ、何が!?」

驚愕(きょうがく)するシャロン。その様子を見た俺は、声を上げて笑う。

「ははは、魔銃(シルバーフレイム)に嫌われたようだな」

シャロンは俺に構わず魔銃(シルバーフレイム)を拾おうとしたが、また弾け飛ぶだけだった。まるで魔銃(シルバーフレイム)が意思を持ったかのように、シャロンを拒絶し続ける。

「……これは、あなたのスキルなの？」

シャロンの問いに、俺は頷く。

「正解。あんたは切れ者だが、一つだけ間違えた。俺の選択したスキルに《狼の咆哮》は無い。選んだのは《思考共有》と、この真言スキル《神句発令》だ」

「真言スキルですって!? 鑑定士協会は【真言師】をただの支援職だと発表していたはずよ!? こんな直接的な効果はありえないわ！」

「ああ、それは鑑定士協会の嘘だ。俺が金を握らせて、本当の能力を隠すように頼んでおいたんだよ」

「な、なんですって……」

呆然とするシャロンに、俺は笑みを深くした。

「公的機関である鑑定士協会を操るには、多額の費用が必要だったよ。だが、その甲斐はあったようだな。あんたをまんまと騙すことができた」

俺は悔し気に奥歯を噛み締めるシャロンを見据えながら話を続ける。

「《神句発令》が発動している限り、効果範囲内の対象者は、武器を所持することができなくなる。そして、その効果範囲は、俺を基準に半径三十メートル。対して、この舞台の大きさは、二十メートル四方。つまり、効果範囲外に逃げようとすれば、自動的に場外負けするってわけだ」

「武器を持てなくなる!? 他者を支配する精神系のスキルだとしても、そこまで強力なものはありえないわ！　必ず抵抗（レジスト）に成功するはずよ！」

「その通り。だからこそ、このスキルには縛りがある。一つ、効果を受けるのは、対象だけでなく、俺も同じだ。二つ、このスキルを発動させるためには、対象と十メートル以内の距離に、五分間連続して居続けなければいけない」

「縛りによって効果が増幅するスキル……」

　スキルには条件をクリアすることで発動するタイプがあり、その場合は通常のスキルよりも強い効果を発揮する。たとえば、【断罪者（パニッシャー）】の《神罰覿面（ジャッジメント）》は、対象が術者の願いを三度断ることで発動するが、あれを無効化することはほぼ不可能だ。同じランクなら、必ず心臓を抉（えぐ）り出されることになる。

「あなたのスキルは理解したわ。だけど――」

　シャロンは冷静さを取り戻し、拳を構えた。

「たとえ魔銃（シルバーフレイム）を持てなくなっても、死に体のあなたに負ける気はしないわね」

「だろうな。俺もこのまま勝てるとは思っていないよ」

　俺が素直に頷くと、シャロンは警戒心を露（あら）わにした。正解だ。このままでは勝てない。だから、《神句発令（ゴッドフラグメンツ）》は次に移行する。異変を察知したシャロンは、素早く俺との距離を詰めようとしたが、もう全てが手遅れだった。

「俺が親切心でスキルのネタバレをしたと思ったか？　馬鹿め、それが次の効果を発揮するための条件なんだよ！」

シャロンの拳が俺に届くよりも早く、俺は宣言する。

「力を捨てよ。知れ、私は法」

《神句発令》第二フェーズは、効果範囲内の対象から、全ての職能補正を奪う能力だ。スキルを使えなくなるだけでなく、身体能力も大幅にダウンすることになる。対象には俺も含まれるが、《神句発令》だけは発動し続け、またそもそも【話術士】である俺の職能補正は思考力のみであるため変化は少ない。

一方、【魔弾の射手】であるシャロンの変化は大きかった。職能補正が消え、通常時の敏捷さを失ったシャロンの攻撃は、死に体の俺でも捌けるほどに精彩さを失っていたのだ。

「楽しい戦いだったよ、シャロン・ヴァレンタイン」

俺はシャロンの攻撃に合わせて跳躍、その腕を摑み取ると同時に、両足でシャロンの首を圧迫した。――三角締め。相手の肩を利用して、頸動脈を締める極め技である。頸動脈を締められたシャロンは、数を数える間もなく気を失った。塔の耐久力が残っていても関係ない。頸動脈洞反射によって血圧が急激に下がれば、必ず失神するからだ。

俺は失神したシャロンから手足を離し、よろけながら立ち上がった。そして、第一試合の時と同じように、観客たちに向かって拳を掲げる。五万人の割れんばかりの歓声が、一斉に俺に向かって浴びせられた。

「……シャロンまで負けてしまったか」

特別観覧席（プレミアムラウンジ）にて王侯貴族たちの護衛を務めていたヴィクトルは、試合の結果に小さく呟（つぶや）いた。だが、その顔に特別な驚きは無い。まるで、この結果がわかっていたかのように、ヴィクトルは無表情で舞台（リング）に視線を向けている。

「これは驚きましたな！　流石（さすが）は不滅の悪鬼（オーバーデス）の孫だ！」

興奮した若い貴族の男が、上擦った声を上げる。

「支援職（バッファー）でありながら、見事な勝利！　それに比べて、シャロン女史には落胆させられましたね。彼女は追い詰められるまで、本気で戦おうとしなかった」

素人の分際で知った風な口を利く男に、他の貴族たちも異口同音に同意する。

「もっと早くに全力で攻めるべきだった」「無効化スキルを有効活用できていない」「そもそも本当に強いのか？」「彼女の名声は全て過大評価だったのではないか？」

貴族たちのシャロンへの言葉は次第に彼女を侮辱するものに変わっていき、やがて決定的な言葉がヴィクトルの耳に届く。

「どんな功績を挙げても、所詮は亜人（エルフ）。人間様には敵（かな）いませんよ」

あまりの差別的発言に、ヴィクトルは盛り上がっている貴族たちを鋭く睨（にら）み付けた。ヴィクトルの怒りを察知した貴族たちは、一睨みされただけで震え上がり、気まずそうに顔を背けた。

――これが敗者への評価か。

ヴィクトルは内心で嘆息すると、舞台（リング）に視線を戻す。そこでは勝者であるノエルが一身に観客たちの称賛を受け、一方で敗者のシャロンは惨めに倒れ伏していた。

――たった一度の敗北が、全てを台無しにする。

ならば一体、ヴィクトルたちは何のために戦ってきたのだろうか。勝ち続けることが探索者(シーカー)の宿命であるならば、この老いた身体で何ができるというのだ。ヴィクトルは舞台(リング)の上で倒れ伏す盟友の姿に、自らを重ねて見た。勝者の傍らで土を噛みながら愚物共に軽んじられる己の姿は、想像するだけで吐き気を催すほどのおぞましさがある。

――力が欲しい。

ヴィクトルは己の内に、沸々と怒りが込み上げてくるのがわかった。

――力を取り戻したい。

怒りは燃え盛る黒い炎となり、ヴィクトルの内側を炙(あぶ)る。

――若かりし頃の、あの絶対的な力を取り戻したい。

そう、そのためなら――。

「私は私の全てを捧げてもいい……」


選手控室、次の試合を待っているリオウの紅(あか)き双眸(そうぼう)は、舞台(リング)の上で拳を掲げているノエルに注がれていた。

「あれが蛇。不滅の悪鬼(オーバーデス)の真なる後継者……」

リオウが小さく呟いた声は、仮面に反響して不気味に震える。控室にはリオウ以外いない。誰も入るなと命令してある。雑魚は嫌いだ。同じ空気を吸っているだけで虫唾が走る。求めるのは強き者のみ。だからこそ、ノエルには何の期待もしていなかった。七星杯に参加したのも、ただ挑発に乗っただけのことだ。

だが、ノエルは強過ぎた。最強と呼ばれるリオウですら、身の内に熱い炎を感じるほどに、その強さは誰よりも抜きん出ている。

「ノエル・シュトーレン……」

リオウは呟きながら、仮面を外す。

「おまえが、俺の探し求めていた存在なのか？」

窓に手を当て問いかけるリオウの顔には、ただ獰猛な笑みだけがあった。

†

天才という言葉は、自分のためにあるとキース・ザッパは考えている。

物心が付いた頃から自分に出来ないことなどなく、あらゆることを誰よりも完璧にこなすことができた。数学を始めれば僅か一年で著名な数学者たちも匙を投げた問題を完璧に証明し、ピアノを弾けば帝都最高のピアニストが感動の涙を流すほどの演奏を見せた。

万能の天才であるキース。運命は彼にあらゆる才能を与えたが、中でも最も秀でた才能が探索者である。職能の発現後、父と母に言われるままに探索者の修行を始めたキースは、十五の成人を迎えた時には既に、一流の探索者（シーカー）と呼ばれるに相応（ふさわ）しい実力を備えていた。

もちろん、探索者（シーカー）の聖地である帝都では、キースのように若い頃から特別視される者たちは大勢いる。だがそれでも、キースは誰よりも自分こそが最も優れていると考え、実際にその自信に相応しい才能の片鱗（へんりん）を示してきた。

キースの中で唯一の例外があるとすれば、それは――。

「激闘！　激闘が繰り広げられていますッ!!」

ルーナの魂を込めた実況が、会場に響き渡る。

「Aブロック第六試合、対戦カードは【大天使（アークエンジェル）】ドリー選手VS【死霊使い（ネクロマンサー）】キース選手ッ!!　共に後衛職でありながら、この戦いは想像を超えている！　高速で交わされる、拳と拳ッ！　蹴りと蹴りッ！　なんという高レベルな接近戦なのでしょうか!?　私たちは白昼夢を観（み）ているのか!?　いや、これは現実だ！　これが帝都最高峰の後衛職の戦いだッ!!」

キースとドリーの戦いは、開幕から体術のぶつかり合いだった。片や、【魔法使い】系Bランクの【死霊使い（ネクロマンサー）】。片や、【治療師（ヒーラー）】系Aランクの【大天使（アークエンジェル）】。それぞれの職能（ジョブ）を知らない者にとっては、肉弾戦が苦手な職能（ジョブ）に思われる。だが、互いにその弱点を克服して余りあるスキルを習得していた。

死霊スキル《英霊憑依（ソウルインストール）》。死者の魂を解析し、刺青（いれずみ）として自分に刻むことで、生前の職能（ジョブ）補正を自身に適用できるスキルだ。現在キースが使用している魂は、かつて高名だった【龍拳士】。その職能補正が、キースに高レベルの接近戦を実現させていた。

対するドリーもまた、キースとは異なる方法で身体能力を向上させていた。【治療師】は命を司る職能。そのAランクともなれば、単に傷を癒すだけでなく、自身を活性化させることで膂力の底上げをするぐらい簡単なことだ。

激しい格闘戦を続ける二人。互いに決定打こそ受けないものの、超至近距離で繰り広げられる拳撃と蹴撃の応酬は、本職にも引けを取らない武の極致だ。盛り上がる観客の歓声に引き上げられるように、互いの攻防の速度は更に増していく。

だが、速度を上げ続けるドリーに対して、キースの動きに陰りが見え始めた。スキルに必要な魔力量の差が原因だ。体術の腕ではキースの方が僅かに上回っているものの、このままではジリ貧である。一計を案じたキースは、ドリーの鋭い蹴りを躱すと同時に、バックステップで大きく距離を取った。

「ははは、流石っすね。流石は、七星のクランマスターだ」

キースはあえて余裕の笑みを浮かべながら、ドリーに語り掛ける。

「このまま殴り合っても、まるで勝てる気がしねぇや。だけど、そんな勝ち方は、ドリーさんも本意じゃないでしょう？」

「何の話？」

首を傾げるドリーに、キースは話を続ける。

「ジリ貧の相手をただ追い詰めるだけの勝ち方なんて、塩試合もいいところだって話ですよ。俺のようなペーペーならともかく、七星(レガリア)のクランマスターなら勝ち方にも拘(こだわ)らないとね。ほら、観客たちだってさっきより興奮が収まってきている」

「物は言いようね。それで、あなたの望みは何？」

「塩試合が嫌なのは、俺も同じです。だから――」

キースは一転して、凶悪な殺気を迸(ほとばし)らせる。

「全力で終わらせてもらいますッ!!　《魍魎行軍(ワイルドハント)》ッ!!」

瞬間、キースの眼前に、無数の探索者(シーカー)たちが姿を現した。死霊スキル《魍魎行軍(ワイルドハント)》。自らに刺青として刻んだ魂を、魔力で実体化するスキルだ。その数、十三。全員、Aランク以上の猛者たちである。発動までに時間が掛かり、また発動後には丸一日動けなくなるほどの反動もあるが、キースが格上相手に逆転を狙える唯一の手段だ。

奥の手として選んだ二つ目のスキルは、ドリーに話し掛けた時から発動準備に入っていた。キースの奇襲は思惑通り成功し、十三の英霊がドリーに殺到する。もはや回避は不可能。蘇(よみがえ)った英霊たちの攻撃が届こうとしたまさにその瞬間、だがドリーは不敵に微笑(ほほえ)んだ。

「《死天降臨(キラー・ジョーカー)》」

突如として、ドリーの背後に現れる、翼の生えた山羊(やぎ)頭(あたま)の怪物。その両手には、刀身に無数の目と口が蠢(うごめ)く巨大な鎌が携えられている。キースは悟った。ドリーはキースの思惑を読み、自らもまた上位者を召喚するスキルの発動準備に入っていたのだと。

「GYEEEEAAAAAAAA!!」

獣の断末魔にも似た、悍ましい叫び声を轟かせた怪物は、凄まじい勢いで鎌を振り抜く。その餌食となったキースの英霊たちは、成す術も無く両断され、光の粒子と化した。怪物もまたドリーの影に消えたが、英霊たちと違い自らの役目を果たしたからだ。

勝敗は既に決していた。頽れ荒い呼吸を繰り返すキースの前に、ドリーが優雅な足取りでやってくると、艶やかな笑みを浮かべながら小首を傾げた。

「まだ続ける？」

「……いいえ、俺の負けです」

敗北を認めたキースが両手を上げると、試合終了のゴングが鳴らされた。

「試合決着！　激闘を制したのは、ドリー選手ですッ!!」

ルーナが勝者の名前を高らかに宣言する。疲れ果てたキースは、そのまま舞台の上に寝転んだ。

「かぁ〜っ、疲れたぁ〜〜ッ！」

運営スタッフが担架で運んでくれるのを期待していると、ドリーが不思議そうにキースの顔を見下ろしてくる。

「あなた、負けたのに全然悔しそうじゃないわね？」

「いいえ、凄く悔しいですよ。だけど、ドリーさんに勝つのは難しいとわかっていましたから。――今は、ね」

「生意気。何度やっても同じよ。坊やじゃ私には勝てないわ」

機嫌を悪くしたドリーは踵（きびす）を返し、舞台（リング）を降りていく。

「いいえ、次は俺が勝ちますよ」

キースは笑って呟（つぶや）き、自分の右手を見る。そこには他の刺青とは違う、髑髏（どくろ）の紋様があった。——ランクアップが可能である証（あかし）だ。

キースは大会に参加する前から、Aランクになる資格を得ていた。だが、あえてBランクのままで挑んだ。弱いまま戦った方が、より上質な戦闘経験を得ることができるからだ。

実際、格上のドリーと戦ったことで、キースは自分の才能が更に磨かれたことを強く実感している。だが同時に、まだ足りないという実感もあった。

キースは寝転んだまま、探していた人物に視線を向ける。最上階、選手控室の一室に、目当ての人物はいた。

「遠いな。まだ全然届きそうにないや」

ノエル・シュトーレン。才無き身でありながら頂点に上り詰めようとしている、キースが唯一認めた真の探索者（シーカー）。

「だけどいずれ、勝ってみせる。全ての勝利と敗北を糧にして——」

キースは手を伸ばし、虚空を摑（つか）んだ。まるで、眩（まばゆ）い星を捕らえるかのように。

†

七星杯の本戦は、テロの脅威に晒されることもなく順調に進行し、Aブロック第六試合に続いて第七試合も終了した。勝者はリオウ。前の試合と同様に、眼にも止まらぬ攻撃で対戦相手である翡翠猟兵団のジェイド・フェザーを瞬殺した。

七つの試合を終えたAブロックは、次なる戦い――準決勝に進む。第一試合は、ノエルVSウォルフ。共に前戦のダメージを抱えながらも、控室から舞台に向かっていた。

「しかしまあ、よくあんな作戦を思いついたよな」

舞台に向かう道中、ウォルフは呆れたように隣のリーシャに言った。

「やっぱあれか？　失恋の怒りってやつか？」

笑いながら尋ねるウォルフに、リーシャは仄暗い視線を向ける。

「……何か言った？」

「い、いえ、なんでもないっす……」

悪魔よりも恐ろしいリーシャの殺気に、ウォルフは縮こまりながら謝罪した。そんなウォルフの情けない姿を見たリーシャは、深々と嘆息する。

「……別に、ノエルに恨みがあるわけじゃないよ。そもそも、ウチとノエルはただの知り合いだしね。お見合いの話だって、新聞で初めて知ったし。な～んにも教えてくれないんだもんなぁ～」

いじけたようにぼやくリーシャに、ウォルフは苦笑する。

「まあ、あいつは忙しいからな」

「偉くなったもんだよね。ついこないだまでウチらと同格だったのに、今は七星のクランマスターだもん。おまけに、こんな凄い大会まで開いてさ。もう完全に雲の上の人だよ」

だけど、とリーシャはウォルフを見据える。

「だからって簡単に諦めちゃ駄目でしょ。ウチらだって強いってところ、ノエルに見せてやんなきゃね」

「そうだな。ああ、その通りだ」

ウォルフは力強く頷いた。その時、選手通路の奥から、観客の歓声が聞こえた。どうやら、先にノエルの方が入場したらしい。今からノエルと戦うのだと自覚すると、急に足から震えがやってきた。このままでは駄目だ。

「おい、リーシャ。悪いけど一発殴って活を入れてくれ」

「え？　やだよ、気もち悪い」

「おい！　そこは察してくれよ！」

「嘘嘘、わかってるって。――じゃあ、きついのいくよ？」

パン、と渇いた音が入場通路に響く。リーシャの平手のおかげで、ウォルフの足の震えは止まっていた。

「よっしゃぁッ！　行くぞッ！」

身体が怠い。頭の働きも少し鈍い。シャロンとの戦いのダメージが残っているせいだ。

勝つことこそできたものの、既に俺の身体は限界を迎えていた。レオンにはしつこく棄権するよう言われたが、俺はまた舞台（リング）の上に立っている。計画を成功させるだけなら、ここまでする必要は無い。それは俺だってわかっている。

だが——

「ノエル、手加減はしないぜ」

不敵に笑うウォルフ。——こいつから逃げるのだけは絶対に嫌だ。

「格下が偉そうなことを抜かしてんじゃねえよ。おまえは瞬殺だ」

「その傲慢、噛（か）み千切ってやるぜ」

俺とウォルフが睨（にら）み合う中、ルーナの声が会場に響いた。

「Ａブロック・準決勝！　第一試合は【真言師（しんごんし）】ノエル選手ＶＳ【剣闘士（グラディエーター）】ウォルフ選手です！　独自情報によると、どうやら二人は因縁がある仲のよう！　その決着を舞台（リング）の上でどのように迎えるのでしょうか。注目の試合が、今始まりますッ!!」

鳴り響くゴング。俺は宣言通りウォルフを瞬殺するべく、魔銃（シルバーフレイム）に手を掛ける。だが、その瞬間、予想外の光景を目にした。

「物言いだと!?」

ウォルフの介添人（セコンド）であるリーシャが挙手をしている。それは、俺に不審な行動があったと訴えるための行動。ルール上、介添人（セコンド）には異議申し立て権がある。だが、異議申し立てができるのは、試合開始前か試合終了後のみ。ゴングが鳴った後に挙手したリーシャの物言いは完全に無効だ。そもそも、俺は何の不正も働いていない。わけがわからず動向を見守っていると、リーシャはそのまま身体を後ろに逸らした。

「う、う～ん、身体を伸ばすと気もち良いなぁ～」

白々しいリーシャの言葉に、俺は目を丸くするしかなかった。物言いしようとしたのは間違いない。だが、途中で無効だと気が付き、誤魔化そうとしているのか？　呆気に取られていた時、レオンの叫び声が耳に届いた。

「ノエル、前だッ！」

その声で我に返った俺は、リーシャからウォルフに視線を向ける。いや、正確には視線を向けずとも、《思考共有》を通してウォルフの動向にも気が付いていた。ウォルフは背中の双剣を抜き放ち、俺に襲い掛かろうとしている。

なるほど、リーシャの行動は俺の注意を逸らすためのものか。たしかに注意を逸らしていた分、反応に遅れはしたものの、俺の体術ならウォルフの攻撃を捌くのは可能だ。――そう考えていた俺の前で、ウォルフは信じられない行動に出る。

「なんだと!?」

驚愕する俺に飛来したのは、二本の剣。ウォルフはあろうことか、自らの剣を俺に向かって投げ捨てたのだ。だが、この程度の攻撃、簡単に躱すことができる。むしろ、武器を失って不利になるのはウォルフの方だ。――だが、投擲の軌道を計算した時、俺は自分の失態に気が付いた。駄目だ、投擲を回避できても、体勢が崩れてしまう。

　二本の剣はブーメランのように投擲されており、ちょうど両隣から弧を描く形で俺に迫っている。剣そのものを回避することは容易いが、眼前に迫っているウォルフの攻撃を捌く余裕が無くなるのだ。

《思考共有》でウォルフの行動は見えていた。常時なら未来予知を発動し、剣の回避と共にウォルフの攻撃も捌くことができた。だが、リーシャの行動に注意を逸らされていた俺は、未来予知の発動が遅れてしまった。また、前の二戦で未来予知に頼り過ぎていたせいで、未来予知を使えない際の判断力が鈍っていた。

　漸く発動できた未来予知が俺に見せるのは、自らの失態が招いた結果。投擲された剣を躱したせいで体勢が崩れた俺の顔面に、ウォルフの拳が迫っている。見えているのに、もうそれを避ける時間が無い。そして、未来の光景が現実と重なる時がきた。

「うおぉぉぉぉっ！」

　ウォルフは雄叫びと共に俺の顔面を打ち抜く。両眼に散った火花。反撃しようにも、そのダメージのせいで意識が遠のき、まともに立っていることも難しい。二人の猛者を圧倒した体術を使う余裕も無い。――野郎、最初からこの状態に持ち込むのが狙いだったのか。

　身動きできない俺に、ウォルフの猛打が浴びせられる。辛うじて両腕でガードしているが、このままでは一方的に殴り倒されるのも時間の問題だ。塔から反映されたダメージが、俺の身体に蓄積していく。

　負けるのか？　この俺が？　このまま？　いや、そんなことは許されない！

「俺を舐めるなぁぁぁぁぁぁッ!!」

咆哮と共に繰り出したのは、全力の頭突き。頭突きはウォルフの鼻っ面に直撃し、猛攻を止める。刹那、俺はウォルフの鳩尾目掛けて、前蹴りを放った。

「ぐふぉっ!」

苦悶の表情を浮かべ、後ろに飛ぶウォルフ。俺はすぐに追撃を仕掛けようとしたが、ダメージのせいで足が前に出なかった。仕方なく、深呼吸を繰り返すことで脳に酸素を送り、少しでも身体の機能を取り戻すことに努める。

「……クク、おまえにしては頭を使ったじゃないか」

自然と込み上げてくる笑いと共に、俺はウォルフに語り掛ける。

「褒めてやるよ。おまえもやればできるんだな」

「うるせえ。喋って体力回復しようとしているのが見え見えだぜ」

「それは腹に一発食らって苦しんでいるおまえも同じだろ」

ウォルフは俺と違って、痛みを軽減する術を持っていない。受けたダメージは俺の方が上だが、頭が働くようになってきたおかげで、ウォルフよりも先に動けそうだ。

「さあ、続きを始めようか?」

俺がウォルフに向かって一歩前に出た時だった。

「ウォルフの卑怯者ッ! そこまでして勝ちてえのかよ! 恥を知れッ!!」

観客席から、ウォルフを罵倒する野次が飛んできたのだ。野次はその一つに止まらず次々と飛び交い、ウォルフだけでなく介添人のリーシャまで対象となった。

「糞エルフ！　汚い手を使うんじゃねえ！」「正々堂々と戦えよ！」「見損なったぞ、幻影三頭狼ッ‼」「こんな試合、無効だろ！」「運営はさっさと失格にしろ！」「卑怯者はとっとと帰れ！　目障りなんだよ！」

　やがて五万人の野次は帰れコールで統一され、ウォルフとリーシャは反論することなく、言われるがままになっている。最初、何が起こったのかわからなかった。だが、観客の立場で考えれば、たしかに二人の行動は反則に近い。当の俺がいつも汚い手段を使っているせいで、何が問題なのかを理解するのが遅れてしまった。

「会場に溢れる帰れコール！　私もウォルフ選手の奇襲は、ルールに抵触するのではないかと考えています！　フィノッキオお姉様は、どう考えますか？」

　ルーナに判断を問われたフィノッキオは、ゆっくりと口を開いた。

「アタシも誤認を狙った悪質な行為だったと考えているわ」

「では、ウォルフ選手はこのまま失格ということでしょうか？」

「そうねぇ……。そうしたいのは山々なんだけど……」

　言い淀むフィノッキオの視線は、俺に向けられている。最終的な判断は任せる、ということだ。答えは最初から決まっている。汚名を被るとわかっていながらも、俺に勝つことだけを考えた二人に、悪感情などあるわけがなかった。むしろ、称賛の方が大きい。俺は軽く笑ってから、観客たちに声を張り上げる。

「皆様、御静粛にッ!!」

観客たちは徐々に静かになり、ひそひそと話し合う声だけが聞こえる。

「私は選手の一人として、そして運営の一人として、ウォルフ選手の取った行動を、この試合に限り認めてほしいと思います！」

ざわつく観客たち。また騒がしくなる前に、俺は話を続ける。

「ウォルフ選手の取った行動は、ルールの面では限りなく黒に近い。失格にするのは簡単だ。しかしながら、本大会は勝ち負けを競うだけでなく、選手たちが探索者（シーカー）として何をできるかを皆様に知ってもらう目的も大きい。対人戦では卑怯に思える作戦も、これが悪魔（ビースト）を狩るための知恵として活用されるなら、それは皆様の益にも繋（つな）がるのです。故に私は、ウォルフ選手の行動が、そういった探索者（シーカー）の基本理念に基づいて行われたものだと判断しています」

俺の弁護を聞いた観客たちは、納得する者が多かった。首を傾（かし）げる者もいるが、当事者の俺が言うのだから、外野が口出しをするのは難しい。

「もちろん、競技性の面を考えると、以降の試合では許すことはできません。だからこそ折衷案として、この試合だけは皆様にも認めて頂きたい。何故（なぜ）なら、ウォルフ選手は私にとって、ライバルの一人だからです。この戦いは、誰にも邪魔されず終えたい」

俺のライバル宣言に、観客たちは一斉に沸き上がった。

「ノエル、おまえ……」

ウォルフは感極まったように言葉を詰まらせた。

「大衆はこういうドラマを好むからな。これでもう邪魔は入らない」

休憩の時間は終わりだ。俺は魔銃を場外に投げ捨てると、ウォルフに向かって手招きをした。

「こいよウォルフ。格の違いを教えてやる」

「応ッ！　いくぞ、ノエルッ!!」

ウォルフの手に剣は無く、俺もまた魔銃（シルバーフレイム）を捨てた。互いに互いの強さを証明できるのは、己の拳のみ。これは、そういう戦いだ——。

†

「全然起きないね。本当に大丈夫なの？」「回復スキルは使ったけど、限界を迎えた身体で、あんな戦いをしたからなぁ……」「え、このまま起きないとヤバくない？」「う〜ん、とりあえず気付け薬を使ってみようか」「そんなのより、ボクがチュウすれば一発だよ」「やめろ！　後で怒られるのは俺なんだって！」「可愛（かわい）い寝顔。お姉ちゃんの目覚めのチュウですよ〜。チュ〜」「ああもう勝手に！」

騒々しいやり取りに眼（め）を開けると、眼前にはアルマの顔があった。俺は動揺することなく、その鼻っ面に掌打を放つ。

「痛いッ！　何するの!?」

　鼻を押さえて文句を言うアルマを無視し、俺は長椅子から身体を起こした。さっきまで舞台に立っていたはずだが、俺が今いるのは選手控室だ。

「糞っ、頭がクラクラする。……俺は気を失っていたのか？」

「ウォルフとの戦いのせいでね」

　レオンは困ったように笑いながら、事情を説明してくれた。——どうやら、俺とウォルフは互いに気を失うまで殴り合っていたらしい。最後にはダブルノックダウン。勝者は無しという結果になったようだ。

「観客は皆、盛り上がっていたよ。あれならウォルフたちに悪評も残らないだろう。そこまで計算しての行動だったとしたら、君並みの策士だね」

「あいつは俺とは違うよ。計算を超えた行動で人の心を掴む男だ」

　だからこそ、俺はあいつをライバルだと素直な心で公言することができた。

「でも、カイウス皇子は凄く怒ってたよ」

　アルマは渋い顔をしながら続ける。

「期待させておいて、あんな負け方があるかって言ってた」

「ははは、それは悪いことをしたな」

　俺が笑うと、アルマは溜息を吐いた。

「計画のことを言うわけにもいかないし笑って誤魔化していたら、目障りだから消えろって追い出されちゃった……。あの糞皇子、絶対に復讐してやる……」

　カイウスの護衛を任せていたアルマがここにいるのは、そういう理由か。

「最後にはカイウス皇子も理解することになる。今は放っておこう」

　俺は立ち上がり、窓辺に向かった。

「試合はどこまで進んだんだ？」

「Ｂブロックの第五試合」「次はコウガの試合だ」

「そんなに進んだのか!?」

　驚いて振り返ると、二人は頷いた。

「早く進んだのは、試合が少なくなったからだね」

　レオンは持っていたトーナメント表をテーブルに置いた。そこには試合結果が書き込まれている。

　Ａブロック準決勝・第一試合、勝者無し。第二試合、百鬼夜行・リオウの不戦勝。決勝、リオウの不戦勝。

　Ｂブロック第一試合、剣爛舞閃・アーサーの勝利。第二試合、太清洞・レイ・スーの勝利。第三試合、妖精庭苑・フランの不戦勝。第四試合、覇龍隊・ジークの勝利。

「君とウォルフが二人共消えた後、次の試合ではドリーが棄権したんだ」

「棄権だと？　どういうことだ？」

「急な用事ができたみたいだね。もう一人のメンバーのキャスパーも一緒に棄権したよ。

だから、本来よりも試合数が減っている状況なんだ」

　なるほど。黒山羊の晩餐会（ゴートディナー）そのものが抜けたということは、ドリーが追っていた例の教団に、何らかの動きがあったということだろう。

「結果、Ａブロックはリオウが残りの試合を戦うことなく勝ち抜き、次のＢブロックに移行したというわけさ」

「そして、次がコウガの試合か」

　レオンの話を聞いた俺は頷き、舞台（リング）へと視線を戻した。試合の準備は既に整っており、両選手とも舞台（リング）に立っている。コウガの対戦相手は七星（レガリア）の三等星、剣爛舞閃（けんらんぶせん）のクランマスターであるアーサー・マクベインだ。アーサーが相手では、Ａランクになったコウガでも分は悪い。勝てる確率は一割も無いだろう。だが、それでも――。

「おまえの魂を俺に見せてみろ」

　俺は小さく呟（つぶや）き、煙草（たばこ）に火を付けた。


「七星杯（しちせいはい）本戦も残す試合はあと僅か！　Ｂブロック第五試合の対戦カードは、【闘将（ブレイヴァー）】アーサー選手ＶＳ【剣魂（フツミタマ）】コウガ選手ですッ!!」

　ルーナの実況と観客たちの歓声を聞きながら、コウガはかつて剣奴だった時のことを思い出していた。――戦いたくなかった。誰も傷つけたくなかった。だが、剣奴だったコウガに拒む自由は許されなかった。叶うことなら、もう二度と戦いたくなかった。

「そいなのに、今はワシの意思でここに立っとる……」

コウガは運命の皮肉を自嘲した。自由になった身で選んだ道は、惚れた漢の剣として生きること。そこに後悔も恐怖も無い。あるのはただ、忠義と使命感のみだ。

「コウガ、わかっているな？」

後ろから介添人であるヒューゴの声がした。振り返ると、舞台の外に立つヒューゴが、真剣な眼差しでコウガを見ていた。

「わかっとる。任せとけ」

コウガはヒューゴに笑みを見せ、視線を戻す。その先には、対戦相手であるアーサーが泰然と立っていた。共にAランク。だが、アーサーの方が遥かに格上だ。まともに戦っても、軽く一蹴されるだけである。実際、前の試合がそうだった――。

「――迦楼羅族のAランクが、手も足も出んのか……」

Bブロック第一試合、アーサーの対戦相手は百鬼夜行のサブマスター、スミカ・クレーエだった。迦楼羅族であるスミカの身体能力は人間よりも上であり、また職能はAランクの【剣豪】。キャリアでは負けていても、善戦できるだろうとコウガは考えていた。だが、実際の試合では、スミカはアーサーに完封されたのだ。もはや赤子も同然だった。しかも、アーサーはスキルを使うこともなく、剣技だけでスミカを圧倒した。

「アーサーの実力なら、迦楼羅族のAランクだろうと関係ない。奴は、四百年の歴史を誇る、帝国最強の武術流派、マクベイン流・剣闘術の最高傑作だからな」

　隣で共に試合を観戦していたヒューゴは、硬い表情で言った。

「傭兵(ようへい)時代、奴に雇われて共に戦ったことがある。その時に間近で見た奴の戦いぶりは、まさに鬼神そのものだったよ。コウガ、君も強くなったが、勝てる相手じゃない」

「じゃけど、ワシは……」

「わかっている。ノエルのために勝ちたいんだろ？　なら、これを使え」

　ヒューゴの手が輝き、そこから一振りの脇差が現れる。【傀儡師(くぐつし)】のスキルで製作された武器だ。

「これを使えば、アーサーにも勝てるかもしれない。いいか、この刀には――」

　――コウガはヒューゴから託された脇差を意識しながら、アーサーを見据える。二本のロングソードを背負うアーサーの職能(ジョブ)は、【剣士】系Aランクの【闘将(ブレイヴァー)】。【騎士(ナイト)】から派生した【闘将(ブレイヴァー)】は、防御性能こそ同ランクの【聖騎士(パラディン)】よりも劣るものの、豊富な支援スキルを有する前衛職能(ジョブ)だ。

　一方、コウガの職能(ジョブ)は【剣魂(フツミタマ)】。生まれ故郷である金剛神国において〝フツ〟は剣を振るう音、〝ミタマ〟は魂を意味する。同ランクの【剣豪】が純粋な攻撃特化なのに対して、トラップや継続ダメージ付与など、事後発動スキルが多い職能(ジョブ)である。

　一対一の戦いでは、【剣魂(フツミタマ)】の方がやや有利。だがそれでも、アーサーの卓越した剣技は簡単に超えられる壁ではない。

「睨み合う二人の剣客。果たして、その剣技の鋭さは、どちらが上回るのでしょうか。戦いのゴングが――今鳴りますッ！」

ルーナが叫び、ゴングが鳴り――アーサーは双剣を抜き払うと同時にコウガへ迫った。

迎え撃つコウガは、淀みない動作で抜いた本差を振るい、アーサーの猛襲を受け止める。金属同士が絡み合う火花が互いの眼前で散ったのも一瞬、二人は瞬きをする間もなく白刃を繰り出し、剣戟の火花を乱れ咲かせていく。

アーサーの双剣とコウガの一刀流の対決は、意外にもコウガの方が鋭く冴え渡っていた。そもそも、双剣のメリットは同時に攻撃を行える点にあるが、片手持ちの代償として速さと重さを欠くデメリットがある。真っ向からぶつかり合えば、強いのは両手持ちの方だ。だがコウガは、次第にアーサーの剣が速く、また重くなっていくのを感じた。

「速度を上げるぞ。ちゃんと付いてこい」

これまで鉄のように無表情だったアーサーが不敵な笑みを浮かべた瞬間、宣言通り双剣の勢いが跳ね上がっていく。

「くっ、こ、これはっ！」

双剣を自在に扱うアーサーの一振りは、もはやコウガの全力の一撃を凌駕するまでに達していた。そのあまりに凄まじい豪剣に、コウガはアーサーが二人いると錯覚しそうになってしまう。膂力そのものがコウガよりも上回っているわけではない。剣そのものの重さを攻撃に活かす剣技の腕前が、コウガを遥かに上回っているのだ。

「ちぃっ、舞えよ天駆ける刃――《天羽々斬(アメノハバキリ)》ッ!!」

　アーサーの猛攻を捌(さば)き切れなくなったコウガは、堪(たま)らず舌打ちと共にスキルを発動する。

剣魂(フツミタマ)スキル《天羽々斬(アメノハバキリ)》は《秘剣燕返(ひけんつばめがえし)》の上位スキルであり、空間に固定した斬撃を解き放つだけでなく、自動追尾と威力上昇の効果を備えている。――固定されていた斬撃は刀となって具現化し、アーサー目掛けて全方位から襲い掛かった。

「ふむ、これは悪(あ)し」

　だが、アーサーの双剣は、いとも容易(たやす)く全ての刀を斬り落とした。どれだけ威力と手数があっても、フェイントができない自動追尾攻撃等、アーサーの剣技の前には微風にも等しい。――そんなことはわかっていた。

「まだじゃッ！　我が刃に宿れ神気――《天叢雲剣(アメノムラクモ)》ッ!!」

剣魂(フツミタマ)スキル《天叢雲剣(アメノムラクモ)》。刃に込めた魔力に比例して威力が上がる攻撃スキルであり、また切った対象に魔力を流し込むことで、内部から侵食破壊する効果も持つ。当たれば一撃必殺の斬撃。《天叢雲剣(アメノムラクモ)》を発動したコウガは、《天羽々斬(アメノハバキリ)》の弾幕によって生まれた死角からアーサーに迫り、白刃を横薙(よこな)ぎに閃(ひらめ)かせた。

「うむ、これは良しッ！」

　だが、アーサーは死角からの一閃(いっせん)を軽々と跳躍して躱(かわ)し、同時に空中回し蹴りをコウガの顔面に放った。そのまま蹴り飛ばされたコウガは、危うく意識を手放しそうになりながらも、後方転回することで態勢を立て直し、着地と同時にアーサーの追撃に備えた。だが、アーサーは追撃を仕掛けてくることなく、ただ不敵な笑みを浮かべている。

「……おどれ、何のつもりじゃ？」

不審に思ったコウガが尋ねると、アーサーは表情を柔らかくする。

「七星会議(レガリア)でのやりとりを聞いたか？　ノエルとは反目し合うスタンスを見せたが、実のところ奴への悪感情は無いんだよ。あれはヴィクトルに義理を立てただけだ。あの人には恩があるからな」

「……いったい、何の話じゃ？」

「俺は強い奴が好きだ。それも、大きな可能性を秘めた若い原石は特にな。──剣を合わせてわかった。コウガ、おまえはもっと強くなれる。俺との戦いが、おまえを更なる高みに昇らせるだろう。学べ、おまえにはその資格がある」

要するに、試合を通して訓練をつけてやると言っているのだ。薄々察してはいたが、アーサーはコウガのことを完全に舐(な)めている。いや、舐める以前に、対戦相手とも見なしていない。実力差を考えれば当然の思考ではあるものの、腹の立つ男だ。

「ありがたい話じゃが、師ならもうおる」

コウガは親指を後ろに向けた。その先にいるのはヒューゴだ。実際、コウガがAランクになれたのは、全てヒューゴのおかげである──。

「──理解した。コウガ、私は今から本気で、君のことを殺そうと思う」

遠征先での訓練中、どうしても限界を超えることができないコウガに、ヒューゴは殺意を露わにした。止めようとするレオンを押し退け、ヒューゴは冷たい声で続けた。

「本気の殺意のぶつかり合いの果てにしか、君の才能の扉は開かない。死にたくなければ、今すぐにここから去れ。二度と私たちの前に姿を現すな。それが、君のためでもある。安心しろ、ノエルのことは私たちが支える。――君は不要だ」

あの晩、何が起こったのかは記憶にない。だが、コウガは逃げなかった。逃げずに全力のヒューゴと戦い、退けることに成功した。そして、ランクアップが叶った。

「コウガ、忘れるなよ。君はたった一人で私に勝ったんだ」

ヒューゴが本気で向かい合ってくれたからこそ、今のコウガがある。負けることは許されない。――絶対に勝つ。

「……何の真似だ？」

笑みを消し、眉を顰めるアーサー。コウガは今、ヒューゴから託された脇差を抜き、二刀流の構えを取っていた。

「おおっと、コウガ選手、ついに二本目の刀を抜きました！　ここからが本番だということでしょうか⁉　余裕の笑みを浮かべていたアーサー選手も警戒している様子ですッ！」

ルーナの実況に合わせて、観客たちも大歓声を上げる。だが、アーサーの見解は全く異なるものだった。

「勝てないからといって虚勢を張るのは止めろ。二刀流の欠点は理解しているはずだ。それは悪し。何の学びも得られない戦いになるぞ」

コウガは答えず、二刀流の構えも解かない。アーサーは深々と嘆息した。

「まったく理解できない。ノエルにしてもそうだ。何故（なぜ）、おまえたちは生き急ぐ？　焦らずとも堅実に学んでいけば、いつかは相応（ふさわ）しい実力を得られるはずだ。何が、おまえたちをそこまで駆り立てる？　もう一度言う。一刀流に戻──」

「御託はええ。さっさと掛かってこんかい」

アーサーの忠告を、コウガは挑発で遮った。一瞬の沈黙の後、アーサーの顔から全ての表情が消え、残酷な殺意だけが残る。

「……いいだろう。もはや、おまえには何の期待も無い」

瞬間、舞台上（リング）に炎が吹き荒れた。燃料も無く燃え続ける炎は、間違いなくアーサーが発動したスキルの結果だ。

「《破滅の炎（フレイムハザード）》。俺が斬ったものは、際限なく燃え続ける。たとえ、空間そのものだろうとな。おまえに、この攻撃を防ぐ手段は無い」

いくぞ、とアーサーは静かに囁（ささや）き、音をも置き去りにする速度でコウガに斬り掛かった。

──速い。さっきまでとは段違いの速度だ。コウガはなんとか回避に成功し、二刀流で反撃するものの、簡単に捌かれてしまう。両手持ちから片手持ちに変えた結果、攻撃速度が半減しているためだ。攻撃をしても隙を見せるだけ。すぐに防戦一方となったコウガは、アーサーの猛攻と周囲の炎に体力を削られ続ける。

熱い。息が苦しい。炎は熱さで苛（さいな）むだけでなく酸素を奪う。──いや、それだけではない。コウガの体内から、魔力が霧散していく。

「こ、こん炎は、敵の魔力を糧にするんか!?」

コウガは自身の異常な疲労感から、《破滅の炎（フレイムハザード）》に対象の魔力を奪う効果もあることを理解する。まるで疲れた様子が見られないアーサー、そして勢いを増していく炎に対して、コウガの限界は間近に見えていた――。

「これで終わりだッ!!」

疲れで足を滑らせたコウガに、アーサーの双剣が振り下ろされる。受けることも回避することもできない。――だが、コウガはこの時を待っていた。アーサーが勝ったと確信し、油断するこの時を――。

「終わるんは、おどれじゃッ!!」

「なにッ!?」

刹那、コウガの脇差から白刃が射出される。驚愕（きょうがく）するアーサー。まさか、脇差に射出機構（ギミック）があるなど予想できなかったからだ。

機構（ギミック）のある武器は、それだけ脆（もろ）くなる。激しい打ち合いをすれば、すぐに使い物にならなくなる。そんな武器を使うなど、流石（さすが）のアーサーにも予想できなかった。更に止（とど）めを刺そうとする僅かな隙を狙われたことで、完全に意表を突かれる結果になった。

だがそれでも、アーサーは直感的に残る選択スキルで防壁（バリア）を展開。【闘将（ブレイヴァー）】は【騎士（ナイト）】の上位職能（ジョブ）であるため、防御スキルにも長（た）けている。果たしてアーサーの防壁（バリア）は、迫りくる刀身を防ぎ切った。――防壁に突き刺さる刀身。アーサーは安堵の笑みを漏らす。その瞬間――

「まだ終わっとらんぞッ！　弾けろ、《天叢雲剣》ッ!!」

　アーサーの防壁に刺さっていたコウガの刀が爆発を起こす。事前に刀身にチャージしていた魔力が、コウガの意思によって炸裂したのだ。

　砕け散る防壁、爆発の威力で仰け反るアーサー。コウガは残った本差を全力で振り抜く。

　アーサーは体勢を崩しながらも双剣で迫る剣を防ぐ。閃光が衝突した瞬間、互いの手から衝撃で刃が離れた。

　しまった。剣を手放してしまったアーサーは焦る。好機、刀を失ってなおコウガの勢いは止まらない。同じ剣客でありながら、刃を失った際の考えは全く異なった。何故ならコウガは、刀を失っても使える、対人戦闘技術の最強奥義を知っていたからだ。

　その名は――

「――轟雷ッ!!」

　跳躍と共に放たれたコウガの回し蹴りが、アーサーの心臓を捉える。その衝撃で心臓震盪を起こしたアーサーは、糸が切れた操り人形のように倒れ伏した。

「アーサー選手ダウン！　勝者はコウガ選手ですッ!!　剣客勝負に勝ったのは、まさかの蹴り技ッ!!　予想できない決着でしたッ!!」

　興奮するルーナの実況を聞いたコウガは、安堵と共に笑みを零す。

「悪いのう、アーサーさん。いつか、じゃ駄目なんじゃ」

コウガはアーサーに頭を下げ、舞台(リング)から降りた。そこには、満足そうな笑みを浮かべたヒューゴがいた。互いに無言のまま、笑顔で手を叩(たた)き合う二人。パン、となった渇いた音は、勝鬨(かちどき)の代わりだった。

†

七星杯(しちせいはい)本戦が進む裏で、暗躍する者たちにも動きがあった。

異界教団を操る仲介屋のレイセンことマーレボルジェと、帝国崩壊を目論(もくろ)むロダニア共和国の工作員たちは、マーレボルジェが用意した帝都内のアジトの一つで、計画の最後確認を行っている最中だった。準備は万端。後は予定通りのタイミングで実行するだけだ。

誰もがそう考えていた時、アジトに悲鳴が響き渡った。

「敵襲!?　ここが勘づかれたのですか!?」

すぐに事態を察した工作員は、驚きながらマーレボルジェに尋ねた。一方のマーレボルジェは動じることなく、薄い笑みを浮かべながら頷(うなず)く。

「そのようですね。これは困ったことになりました。こうなっては迎え撃つしかないでしょうね」

「迎え撃つだと!?　十分な戦力はここにあるのか!?」

焦るあまり余裕を失いつつある工作員に、マーレボルジェは首を振った。

「まさか。教団員のほとんどは既に持ち場についていますし、蝿の王も同様です。ここには非戦闘員の幹部たちしか残っていませんよ」

「なんだと!? なら、いったいどうするつもりだ!?」

「そんなことを私に言われても困ります。後は貴方たちの裁量で乗り切るしかないでしょうね。無力な私には応援することしかできません」

「貴様あぁッ!!」

激昂した工作員がマーレボルジェに摑み掛かろうとした瞬間、部屋のドアがいきなり吹き飛んだ。そこには、血のように赤い髪の女が、妖艶な笑みを浮かべて立っている。

「黒山羊の晩餐会のクランマスター、ドリー・ガードナー……」

工作員は驚愕に震える声で、ドリーの名前を口にした。

「おやおや、これは強敵だ。頑張らないと殺されちゃいますねぇ」

あくまで飄々としたマーレボルジェの態度に、工作員たちは激しい怒りを見せながらも、この窮地を切り抜けるべくドリーを取り囲む。

「油断するなよ！　この女は七星のクランマスターだ！　全員で仕留めるぞ！」

一斉にドリーに襲い掛かる工作員たち。

だが――

「邪魔」

既に自己強化をしていたドリーの拳撃が、刹那の間に工作員たちを物言わぬ肉塊へと変えた。部屋に飛び散る工作員たちの血と臓物。マーレボルジェは顔に付いた血を指で拭うと、薄い笑みを浮かべながら赤い舌で舐め取った。

「同じAランクをまとめて瞬殺ですか」

「へえ、Aランクだったの。てっきり、Cランクだと思っていたわ」

「やれやれ、本当なら君はもっと疲弊しているはずだったんだけどな……」

上手(うま)くいかないものだ、とマーレボルジェは嘆息した。

「私が君と戦う予定は無かったが、こうなっては逃げられそうにもないな。仕方ない。お相手しよう、黒山羊(くろやぎ)の魔女」

戦いの構えを取るマーレボルジェに、ドリーは残酷な笑みを浮かべる。

「仇討(かたきう)ちなんて趣味じゃないけど、あなたは特別よ。ここで惨(むご)たらしく殺してあげるわ。生きたまま解体される恐怖を堪能しなさい」

†

長く続いた七星杯(しちせいはい)本戦も、いよいよ残すところ二試合のみとなっていた――。

「皆様お待たせいたしました、Bブロックの決勝戦が始まりますッ！」

ルーナの実況に、五万人の観客たちが大歓声を上げた。舞台(リング)に上がった二人はジーク、そしてコウガだ。ジークは第六試合で白眼の虎(カーン)・エリオットを下した後、黒山羊の晩餐会(ゴートディナー)・キャスパー棄権により、準決勝を戦うことなく決勝に上がった。コウガは準決勝で太清洞(たいせいどう)・レイを下し、ジークの前に立っている。

共に試合数は二つ。だが、ジークに疲労は一切無いのに対して、コウガの方は誰の目から見ても疲労困憊(こんぱい)していた。太清洞(たいせいどう)・レイとの戦いは、勝つことこそできたものの、その身に簡単には癒えることのないダメージを刻んでいたのだ。

調子は最悪。アーサー戦で使った小細工も、二度は通用しないだろう。なのに、コウガの前に立ちはだかるのは、最強の神域到達者の一人だ。勝てる見込みは限りなくゼロに近い。だが、諦めるわけにはいかない――。

「対戦カードは【剣聖】ジーク選手ＶＳ【剣魂(フツミタマ)】コウガ選手！　最強の神域到達者相手に、アーサー選手を退けたコウガ選手はいかにして挑むのでしょうか!?　試合を告げるゴングが――今鳴らされますッ！」

ゴングが鳴らされると同時に、コウガは腰を落とし、鞘(さや)に納まったままの刀に手を掛けた。それは、極東に伝わる抜刀術、居合抜きの構え。

【刀剣士】には《居合一閃(いあいいっせん)》という居合抜きを条件としたスキルがあるが、選択スキル外であるため使用することはできない。コウガの行っているのは、純粋な居合抜きの構え。鞘から勢い良く抜き放つことで抜刀速度と威力を上げ、更に斬撃のタイミングと軌道を読みづらくする技術。また、居合抜きには、一瞬の勝負に全てを賭ける覚悟を、敵に示す意味もある――。

「勝負じゃ、ジーク・ファンスタインッ‼」

コウガはジークに向かって叫ぶ。それは暗に、おまえも一撃に全てを賭けろというメッセージ。神域到達者であり、帝国最強クランのサブマスターであり、なによりも自分こそが最強だと考えているジークが、五万人の観衆の前で逃げるわけがないという打算。余力の少ないコウガが戦いを長引かせずジークに勝ち、更にその先に待つリオウと戦うには、そんな見え透いた作戦に頼るしかなかったのだ。

「いいだろう。戦っている途中に倒れられるのは、僕も本望じゃない」

受けて立つ、と微笑を浮かべて宣言したジークは、コウガと全く同じ居合の構えを取る。

だが、ジークの得物は直剣。居合抜きをしても、曲刀を抜刀する際のようなメリットは得られない。むしろ、速度を大きく減退させることになるだろう。

つまり、それがジークの返答だった。弱ったおまえなど、まともに相手するまでもないというパフォーマンス。一人の探索者(シーカー)として、悔しくないと言えば嘘(うそ)になる。だがそれでも、コウガは勝ちたい。もはや、プライドなどいらない。求めるのは勝利のみ。

「ワシは絶対に――」

氷が溶けるように脱力したコウガは、上半身が地面につきそうになるまで倒れた瞬間、弛緩(しかん)させていた全身の筋肉を完璧なタイミングで躍動させ、弾丸をも超える加速力で一気に間合いを詰める。――縮地。極東に伝わる、神速の戦技(スキル)。

「――勝つんじゃッ!!」

居合の構えのままジークに迫ったコウガは、鞘の中で魔力をチャージしていた刀身を勢いよく抜き放つ。剣魂スキル《天叢雲剣》。直撃すれば、ジークが相手でも打倒できるはずだ。コウガの白刃が閃き、ジークの首に吸い込まれる――その刹那、ジークの呟いた言葉を、コウガは確かに耳にした。

「彼は良い仲間を持ったな。――だけど、僕の敵じゃない」

時間の流れを考えれば、絶対にありえない体験。極限まで濃縮された刹那は、コウガを無限の時の牢獄に閉じ込める。――刀がいつまで経ってもジークに届かない。まるで夢の中にいるように止まった時は、突如として終わりを見せた。

視界一杯に広がる蒼き閃光が、コウガの意識を塗り尽くす――。

――コウガが目を覚ますと、そこは自分の控室だった。慌てて起き上がろうとしたが、身体がまったく言うことを聞かない。なんとか首を横に動かした先には、ヒューゴが腕を組んで立っていた。

コウガは視線でヒューゴに問いかける。結果はわかっているが、それでも尋ねずにはいられなかった。ヒューゴは暫くの間を置いて、それからゆっくりと首を振った。

途端に、自分でも信じられないほどの涙が溢れ出てくる。コウガはジークに負けたのだ。全てを捧げても勝ちたいと思っていたのに、必ず勝つとノエルに約束したのに――ノエルを助けたかったのに、手も足も出ず負けてしまった。

コウガは泣いた。声にならない声を上げて泣いた。それはまるで、獣の慟哭だった。己の無力さが悔しく、許せない。泣き続け、残っていた僅かな体力も底をついた時、そのまま意識を失ってしまった。

「……君はよく戦ったよ。私は君のことを心から誇りに思う」

起きている間は掛けられなかった言葉をヒューゴは呟き、控室の外に出る。すると、部屋の前に煙草の残り香が漂っていた。嗅ぎ慣れた香りが誰の残したものなのか、考えるまでもない。ヒューゴは思わず噴き出してしまった。

「まったく、素直じゃないな……」

†

「子どもの頃、近所の男の子たちが捕まえたバッタの脚を捥いで遊んでいたの。私はなんて残酷なことをするんだと、子ども心に憤ったのを今でも覚えているわ。――でも、意外にやってみると楽しいものね」

癖になりそう、とドリーは残酷に笑い、手に持っていた右腕を投げ捨てた。その先には、右腕を失い、荒い呼吸を繰り返すマーレボルジェの姿がある。

「レイセン、あなたが何らかの能力でスキルを無効化できるのは、前回学ばせてもらったわ。だけど、肉弾戦に切り替えれば、まるで敵じゃないわね」

ドリーはレイセンの真の名を知らない。だが、その圧倒的な実力は、レイセン——マーレボルジェを一方的に追い詰めていた。

「下の階もあらかた片付いたみたい」

周囲の音に耳をそばだてたドリーは、笑みを深くする。先ほどまで聞こえていた悲鳴はもう聞こえず、足音の数も減っていた。おそらく、黒山羊の晩餐会（ゴートディナー）のメンバーが、教団の幹部たちを全て仕留めたのだろう。

「さあ、お楽しみの続きといきましょうか」

ゆっくりと迫りくるドリーに、だがマーレボルジェは恐怖するどころか、冷や汗一つ流すことなく、余裕の笑みを浮かべた。

「残酷な女だ。人間にしておくには惜しい逸材だよ」

「私は優しいわよ。相手を選ぶだけ。だってあなた、人じゃないでしょ?」

悪魔ね、とドリーは表情を改め、確固とした口調で糾弾する。

「もうネタは上がっているの。どうやって深淵（アビス）外でも活動できているのかは知らないけど、それも解剖分析すればわかることだわ」

「そうか、そこまでわかっていたのか。だとしたら——逆に失望だな」

「……なんですって?」

「私を悪魔（ビースト）だと知っていたのに、ここまでするとは考えなかったのか!?」

マーレボルジェは残された左腕を異空間に突っ込むと、そこから取り出した〝モノ〟をドリーに向かって放り投げた。投擲というには威力が足りず、また仮に十分な威力があったとしても、真正面から投げられたものなら、ドリーは軽々と躱せただろう。

だが、ドリーはそれを目撃した瞬間、身体が動かなくなった。身体は動かないのに、思考だけは高速で働いている。

――あれは、もう十年近く前のことだ。まだ十五だったドリーは、幼馴染の婚約者との間に子どもを身籠っていた。だが、子どもが産まれた日に、婚約者は事故で亡くなった。女一人で子どもを育てられるだけの貯えも伝手も無かったドリーは、断腸の思いで産んだばかりの子どもを孤児院に託し、自分は一人で働きに出るしかなかった。

選んだ道は探索者。幸運だったのは、ドリーに類稀な才能があったこと。ドリーはあっという間に探索者として大成し、七星のクランマスターにまでなった。不運だったのは、あまりにも優秀な才能を持っていたこと。我が子を迎えに行けるほどの地位と財力を手に入れたにも拘らず、強者となったドリーは今更母親という立場に縛られるのを拒んだ。だから、子どもを迎えに行かず、ただ莫大な仕送りだけを続けた。

だが、ドリーも血の通った人だ。まったく罪悪感に苛まれなかったと言えば嘘になる。満たされなかった母性は、たしかにドリーの心の棘となっていた。一度だけ、孤児院に我が子の姿を見に行ったことがある。成長した子どもの姿は、自分の幼い頃の姿にうり二つだった。黒い髪色だけが婚約者に似ている。

それが先日のこと。自らの判断ミスで部下が重傷を負った後、心が弱っていたドリーは、自分が捨てた我が子の安否が気になって仕方なかったのだ。子どもは元気だった。安心したドリーは、自分でも驚くほど心が癒されるのがわかった。そして、遠目でもいいから、またあの子の姿を見たい、そう考えるようになった。

——記憶をそこまで思い出した時、やっと固まっていた身体が動き出した。ドリーは駆け出す。マーレボルジェが投げた〝モノ〟を回避するためではなく、〝受け止める〟ために。果たして、ドリーはそれを受け止めることに成功した。温かく柔らかで、ミルクの香りがする〝赤ん坊〟が、ドリーの腕の中で無垢な笑みを浮かべている。

「……良かった、無事で」

受け止めた赤ん坊に怪我は無い。赤の他人の子どものはずなのに、かつて失った温もりを思い出したドリーは優しく微笑む。——その時だった。

「あ～あ、やっちゃった」

マーレボルジェが、背筋の凍るような声で嘲笑った。——教団は、人を生体爆弾に変える。不意に思い出した、恐るべき教団の真実。だが全てはもう、手遅れだった。俄かに赤ん坊が光を帯び始めた時、逃れられないと悟ったドリーは、赤ん坊を投げ捨てるのではなく、ただ強く抱きしめた……。

†

「さあ、七星杯本戦も、ついに最後の試合となりましたッ!!」

今まで以上に熱の宿ったルーナの実況が、競技場内に響き渡る。

「誰もが注目する決勝戦の対戦カードは、共に神域到達者ッ!!　大会中、大物喰いが何度か見られましたが、やはり神域到達者は別格ッ!!　数多の猛者たちをも一蹴してのけた神と神との戦いが、今まさに始まろうとしていますッ!!」

神と神との戦い、言い得て妙だ。ジークとリオウは共に人の身ではあるが、もはやその力は神にも等しい。まさしく、今日この日、この場で、五万人の観衆たちは神話の戦いの目撃者となるのである。

「君と戦えるのを、どれほど待ち焦がれたかわからないよ」

ジークは冷たい笑みを浮かべながら、リオウに語り掛ける。

「同じ神域到達者だからこそ、君の退屈はよく理解できる。神が如き力を持っているにも拘らず、敵のいない苦痛と孤独。君がそんな仮面で自分を覆い、投げ槍に生きてきたのは、そのせいなんだろう?　だが、安心したまえ。君の退屈は、今日終わる。この僕が君に敗北という名の刺激を与えてあげよう」

饒舌に語るジークに対して、リオウは沈黙を守っている。ただ、鼻先で笑ったのが、仮面の奥からも伝わってきた。――舐められている。そう理解したジークの形相が、凄まじい怒りで歪んだ。

「【武神】リオウ選手VS【剣聖】ジーク選手ッ!!　片や王喰い(キングスレイヤー)の金獅子、片や玲瓏たる神剣(イノセント・ブレイド)、共に知られる異名は飾りではないッ!!　その名を体現する絶対的な力が、今ここに——ぶつかり合いますッ!!」

試合開始を告げるゴングが鳴った刹那、リオウの神速の拳がジークを襲った。前の二試合で対戦相手を一方的に沈めた眼(め)にも止まらぬ拳を、だがジークは軽々と躱してのけ、更にカウンターの右拳をリオウの顔面に叩(たた)き込む。仰(の)け反(ぞ)ったまま衝撃で後ろに飛んだリオウは、場外寸前のところで持ち堪(こた)えた。

「剣を使わなかったのは慈悲だ。次は無いぞ。——本気でこい、リオウ」

ジークがリオウに向かって宣言した瞬間、リオウの仮面の一部が砕け散り、露(あら)わとなる深紅の左眼。その眼がゆっくりと細められ、狂気を帯びていくのをジークは感じた。——来る。血に飢えた金獅子(きんじし)が牙を剝(む)く——。

「……まさしく、神話の戦いだね」

選手控室から試合を観戦しているレオンは、青褪(あおざ)めた顔で呟いた。ジークとリオウの戦いは、もはや災害にも等しい激しさを伴いながら繰り広げられており、舞台(リング)に備えられた防壁機構(バリア)が限界を迎えるのも時間の問題だ。

神域到達者同士の戦いは、以前にもジークとヨハンの戦いで目の当たりにしたが、あの時よりも更に激しい。ジークの剣技はヨハン戦を経て成長しており、リオウはそもそもヨハンよりも体術に優れている。もっとも、レオンの眼ではその全てを把握することはできない。辛うじて眼の端に捉えた二人の行動の結果から、周回遅れで状況を推測しているに過ぎなかった。

「……駄目。ボクの眼でも、七割しか動きがわからない」

悔しそうに言ったのは、隣に立つアルマだ。

「あと少しで追いつけると思っていたのに、まだこんなにも遠いなんて……」

震える声で呟いたアルマの両眼には、薄らと涙が滲んでいる。嵐翼の蛇内で最も戦闘の才能を持ったアルマですら、ジークとリオウの戦いには絶望を感じざるを得なかったのだ。神の座は、それほどまでに至高の領域なのである。

だが唯一、そこに届く男が隣にいた――。

「――剣聖スキル《旋風烈波》発動。舞台上全範囲攻撃に対して、リオウは上空へ脱出。ジークの追撃。互いに大気を蹴って移動しながらの攻防。リオウのフェイントが入る。空中での拳突きからハイキックへの移行。ジークは上半身を逸らすことで回避しながら、斬り上げで迎撃。リオウ、これを後方に飛んで回避し、そのまま地面に着地。空中から迫りくるジークと衝突する寸前に、武神スキル《護法拳神》発動。足元に広がる蓮状の陣から、同時に展開される三千の拳を予測確認。ジーク、《旋風烈波》で対抗。両スキル、相殺。即座に近接戦を再開。ジークの高速連撃スタート。十七回目の中断突きにフェイント。リオウが横に回避した瞬間、横薙ぎに移行。だが、リオウは拳で受け流し――」

　目まぐるしく変わる戦況を、ノエルは高速で呟き続けている。そして、その全ては事後結果ではなく、これから起こる未来だった。ノエルの予知した未来をなぞるかのように、ジークとリオウの行動が実現していく。

　だが、古来より、神を直視した者の眼は焼き潰れると語り継がれているように、神域の戦いの全てを把握しようとするノエルの身に、深刻な代償が生じ始める。ノエルの眼から流れ出る血の涙は、まさしく神罰の一端だった。

「ノエルッ!?　もう止(や)めろ！　限界だッ!!」

　未来予知の連続発動による過負荷(オーバーロード)だ。血が流れている両眼だけでなく、高度な演算処理を続けている脳へのダメージは更に深刻なはず。レオンは堪(たま)らずノエルを止めようとしたが、それをアルマの手が阻んだ。

「駄目だよ、レオン。今ノエルを止めたら、これまでの全てが無駄になる」

「だが、このままだとノエルの脳が焼き切れるぞ！　せめて回復だけでも！」

「……それも駄目。ノエルに言われたでしょ？　回復スキルは被術者の治癒能力を向上させる分、一時的に脳の思考力を衰えさせるって。普通なら大きな影響は無いけど、未来予知を続けているノエルには致命的」

　反論する言葉を持たないレオンは、己の無力さを噛(か)み締めるしかなかった。計画に必要な手順は理解していたはずなのに、実際に弱っていくノエルをただ見守ることしかできない状況は、レオンの心に想像を絶する痛みを与えていた。

「……コウガの言っていたこと、本当はボクも正しいってわかっていた」

アルマもまた、悲痛に堪えるようにして言葉を紡ぐ。

「この人に全てを任せていたら駄目だ……」

レオンは項垂(うなだ)れるように頷(うなず)いた。強くならなければいけない。余命僅かな仲間に全てを任せて得られた勝利など、何の価値も無いのだから――。

「――時が来た」

ノエルは両眼から血を流しながらも、不敵な笑みを浮かべて言った。

「ここからが本番だ。レオン、すぐに下りられるよう準備しておけ。計画通り、俺の前に出るんじゃないぞ」

「あ、ああ。……わかっている！」

　有無を言わせないノエルの指示に、レオンは頷くことしかできなかった。


　荒れ狂う神と神との戦いの余波は、いよいよ舞台(リング)の防壁(バリア)機構を破壊しようとしていた。そうとも知らない五万人の観客たちは、至高の戦いに大歓声を上げ続けている。たとえ、何をしているかわからなくても――いやだからこそ、彼らの中で極限まで畏敬の念と興奮が高まり、恍惚状態(トランス)に入りつつあった。

　二人の神がまします競技場は、さながら神殿。五万人の信者たちの前で、神の戦いは更に熾烈(しれつ)を極めていく――。

ジークは戦いの中で、自らの剣が研ぎ澄まされていくのを感じていた。強者と戦うことで得られる経験値の膨大さは、対ヨハン戦でも経験した感覚。無限に力が高まっていき、星をも切断できるような万能感すら湧いてくる中、だがジークの心には、白紙に垂らした墨の如く広がっていく焦りがあった。

——底が、見えない!?

互いの攻防は一進一退。決してジークがリオウに劣っているわけではない。——なのにジークは、まるで闇の中で剣を振り続けているような錯覚を抱きつつあった。焦る脳裏に、いつかノエルが言った言葉が蘇（よみがえ）る——。

『……俺はリオウと直接会ったことはない。だが、奴（やつ）の戦闘記録を見る限りでは、リオウの方が強い。真に最強の探索者（シーカー）は、間違いなくリオウだ』

——不意にやってくる怖気（おぞけ）。それは極僅かな雑念（ノイズ）ではあったが、神を人に堕とすには十分な不純物だった。

「ぐっ、ガハッ!!」

ジークの腹を打ち抜く、リオウの正確無比な豪拳。僅かな隙を突かれたジークは、その常識外れの破壊力に、ブラックアウト寸前のダメージを受けた。剣を舞台（リング）に突き立て、辛うじて場外負けを避けることには成功したが、塔からフィードバックされた強烈なダメージが、ジークを悶絶（もんぜつ）寸前まで追い込む。

少しでも気を抜けば意識を失うであろう激痛と苦しみ。だが、塔の吸収限界はまだ訪れていない。呼吸を整えれば身体は動く。試合は終わっていない。さっきは油断しただけだ。ここから巻き返す。――そこまで考えた時、同時にひやりとしたものが心中で鎌首をもたげた。――実戦なら、さっきの一撃で死んでいる。

ジークの視界が揺らぐ。ダメージは既に消えつつあり、呼吸も整っているにも拘らず、心に大きな迷いが生じていた。そして、ジークの動揺を見透かしたように、リオウは追撃を仕掛けることなく、ただ冷たい視線を投げかけている。

「…………ク、ククク っ」

込み上げてくる笑い。ジークはやっと理解した。自分がリオウよりも遥かに劣っていることを。だからこそ、こんな舞台では力を出し切れないことを――。

「後で、ノエル君に謝らないとな」

ジークは呟き、舞台外にいる自らの介添人に視線を向ける。

「君はもういい。ここからすぐに避難してくれたまえ」

「えっ？……ひ、避難ってどういう意味ですか？」

「僕は今、とても機嫌が悪い。二度は言わないよ」

「わ、わかりましたッ!!」

ジークの介添人は、踵を返すと一目散に去って行った。

「こんなこともあろうかと、聞き分けの良い部下を選んで正解だったな……」

ジークは笑って呟き、リオウとは明後日の方向に剣を振るう。――一閃。ジークの剣が振るわれた瞬間、自らが同期している塔が切断され、音を立てながら倒壊した。

「こんなものがあるから、次があると心を弱らせる。真の戦いに救済などいらない。勝つか負けるかではなく、生きるか死ぬかのみッ!!」

ジークは剣の切っ先をリオウに向け、己を奮い立たせるように吠えた。

「ここからが本番だ。リオウ、僕は僕の全てを懸けて、おまえに勝つッ!!」

闘志を新たにし、剣を構えるジーク。対するリオウは、視線だけで自らの介添人を下がらせ、更に塔を蹴撃で破壊することで応えた。

「いいだろう。おまえが望むなら、ここから先は〝死合〟だ」

拳を構え宣言したリオウに、観客たちは悲鳴染みた大歓声を上げた。

「ま、まさかのデスマッチ宣言ッ!? ジーク選手とリオウ選手は、共に己の命を賭す覚悟を我々に見せましたッ!!」

興奮するルーナの実況には、だが同時に大きな動揺もあった。

「し、しかし、これは大会のルールを超えた行為です! フィノッキオお姉様、運営はいかなる判断を下すつもりでしょうか!?」

「……運営はデスマッチを許容しません」

だけど、とフィノッキオは絞り出すように続ける。

「あの二人を誰が止められるというの……」

神は自ら鎖を引き千切り、荒神と化した。もはや、その戦いを止められる者など、誰も居はしない。仮に運営スタッフが止めに入っても惨殺されるのがオチだ。フィノッキオの恐怖を裏付けるように、二柱の荒神が猛々（たけだけ）しく叫んだ。

「「殺すッ!!」」

刹那の衝突。ジークは剣聖スキル《神魔絶界（ワールドエンド）》を発動。対ヨハン戦で習得した剣の極致は、神も魔も——世界すらをも断つ究極の一撃。音速を超え光速に限りなく近い白刃に、断てぬ物無し。蒼（あお）き光がリオウに迫った時、リオウもまたスキルを発動した。

「天もまた地獄。巡る魂の残滓（ざんし）に救済を。——《六道輪廻（ろくどうりんね）》」

リオウの拳から放たれた金色の光が、ジークの蒼き光を呑（の）み込んだ——。

それは全てを無に帰す、救済にして滅びの光。直撃した物質は、完全にこの世から消失することになる。《神魔絶界（ワールドエンド）》と衝突したことで大きく威力が減退してはいたが、それでもなお、直撃を受けたジークは全身に重傷を負うことになった。

倒れ伏すジークは意識こそあったが、指一本たりとも身体を動かすことができない。

——瀕死（ひんし）のジークの耳に届く死の足音。霞（かす）む視界の端に捉えたリオウの紅（あか）き瞳には、悍（おぞ）ましい狂気の光が宿っていた。

「——死ね、虫けら」

動けないジークに振り下ろされる豪拳。ジークが薄れゆく意識の中で死を覚悟した時、上空から二人の人影が現れた。

「《絶対聖域（エクス・インビンシブル）》、展開ッ!!」

着地と同時にスキルを発動するレオン。あらゆる攻撃を防ぐ絶対防壁が、リオウの攻撃を食い止める。

だが――

「雑魚が。邪魔をするなら、おまえたちも死ね」

反射されたダメージに怯むことなく、リオウの拳がレオンに向けられる。――まさにその刹那、信じられないことが起こった。盾役であるレオンを庇うように、支援職のノエルがリオウに急襲を仕掛けたのだ。

「おまえの動きは解析済みだ」

リオウの豪拳と交差するように放たれた、ノエルの空中回転蹴り。あらゆる猛者を一撃で仕留め、同じ神域到達者であるジークのみが対応できたリオウの拳を、ノエルは紙一重で掻い潜ることに成功したばかりか、跳躍の勢いを殺すことなくリオウに迫っている。

そのありえない光景を目の当たりにしたジークは、漸く全てを悟った。七星杯は、この時のためだけに用意された、ノエルの謀略だったのだと――。

「ノエル、君の真意がわかったぞ」

今から一ケ月前、ヒューゴは俺が七星杯を開く本当の理由を推理した。

「君は負けるつもりはないと言った。だが、勝つつもりもないんだろ？――私の読みが正しければ、君の本当の狙いは、ジークとリオウの戦いを利用することにある」

ヒューゴは謎が解けた興奮のせいか、ずれた眼鏡を指で押し上げた。

「おそらく、神域到達者である二人が戦えば、必ず何か問題が起こるはずだ。それを君が止めることで、二人よりも格上だと公の場で証明することが目的なんだろ？」

正解、と頷いた俺の前で、レオンが首を傾(かし)げた。

「問題って？」

「具体的なことはノエルじゃないからわからないが、あの二人の性格が伝聞通りなら、七星杯(しちせいはい)のルールを破って、真剣の死闘を始めるんじゃないかな」

ヒューゴが口に指を当て、考える素振りを見せながら答えると、レオンは仰(の)け反(ぞ)りながら瞠目(どうもく)した。

「つまり、暴走した神域到達者を止めるっていうのか!?　どうやって!?」

「君の《絶対聖域(エクス・インビンシブル)》を使えば可能だ。あらゆる攻撃を一度のみ防ぐ絶対防御で、二人の戦いに割って入るんだよ」

「だ、だけど、防げるのは一度切りだぞ!?　その後はどうするんだ!?」

「ノエルには〝轟雷(ごうらい)〟がある」

轟雷——敵の胸に強力な蹴脚を見舞うことで、心臓震盪(しんとう)を起こす技術。ヒューゴの答えにレオンは唸(うな)り、腕組みしてから質問を続ける。

「……轟雷を神域到達者に当てられるのか？」

当たるよ、と横から答えたのは、アルマだった。

「二人同時なら絶対に無理だけど、一人ならいけるはず。つまり、一方が倒れ伏して、もう一方も疲弊している状況がベスト。更に、ノエルがそこに至るまでの戦いを分析した後なら、未来予知を駆使し、相手の攻撃を潜り抜けて轟雷を命中させられると思う」

「当たったとして、神域到達者が心臓震盪を起こすのかい？」

「神域到達者も身体の構造自体は同じだよ。ボクが保証する」

「そういえば、アルマはあのアルコルの血縁者だったね……」

暗殺者（アサシン）教団の前教団長、アルコル・イウディカーレは、神域到達者にして、アルマの肉親だった男だ。故に、アルコルから戦闘訓練を施されたアルマなら、神域到達者の限界も心得ているはず。不滅の悪鬼（オーバーデス）の孫である俺がそうであるように。

「そもそも、心臓震盪は外圧を受けた心臓が痙攣（けいれん）する状態のことだから、弱い力でも起きる時は起きるよ。重要なのは確実に外圧を心臓に届かせる技術。その技術さえあれば、相手が神域到達者でも関係ない」

「な、なるほど……」

レオンが納得して頷いた時、ヒューゴが咳払（せきばら）いをした。

「アルマ、轟雷の説明はもういいかな？」

いいよ、と頷いたアルマは、俺に顔を寄せると耳元で囁（ささや）いた。

「ヒューゴって、普段は無口なのに、興奮すると止まらないんだね」

アルマの声は意外に大きく、ヒューゴの耳にも入ったはずだが、眉一つ動かすことなく黙殺された。ヒューゴは堂々と話を続ける。

「話を戻そう。ノエルの計画通りに事が進めば、トーナメントの組み合わせや、各勝敗結果は関係ない。大会がどう転んでも、勝つのはジークかリオウのどちらかだ。二人は必ずどこかで戦うことになる」

「そして、暴走した二人を止められた者が、更に格上だと証明できる……」

「その通り。優勝はできなくても、公の場で神域到達者をもコントロールできると証明できれば、来るべき冥獄十王(ヴァリアント)との戦いで、ノエルこそ総指揮官を担うに相応(ふさわ)しい人材だと、誰もが考えるようになるだろう」

「だけど、他の探索者(シーカー)が先に止めたらどうするんだい？」

「仮にAランクが集団で止めに入ったとしても、策も無しに神域到達者の相手になるとは思えないね。神域到達者同士の戦いは君も見ただろ？　どんな命知らずだって、躊躇(ちゅうちょ)するに決まっている」

「……たしかに、何の準備も無く飛び込んでも、自分が死ぬだけだ」

「唯一、可能性があるとしたら同じ神域到達者のヴィクトルだが、彼はもう老いた。ジークとリオウを止められるだけの実力は無い」

　加えて、とヒューゴは言葉を足す。

「神と神との戦いなんて、滅多に見られるものじゃない。止めようとする理性よりも、明確な勝敗結果を知りたいという心理も働くだろう。――ってところかな？」

解答を求めるヒューゴに、俺は笑って頷(うなず)いた。

「素晴らしい。完璧な答えだ」

――極限まで加速した思考の中で、俺の体感する世界は完全に静止していた。

周囲に舞う細やかな光の粒子は、レオンが俺に付与していた防壁(バリア)スキルの残骸だ。俺はリオウの拳を躱(かわ)すことに成功したが、その余波だけで防壁(バリア)を砕かれたのである。

リオウの胸に俺の轟雷が届くまで、現実時間で0．01秒。既に人が対応できる時は超えている。だが、神域到達者なら、ここからでも対応できるだろう。なのに、リオウは動けなかった。理由は一つ。ジークとの戦いで疲弊しているからだ。

リオウはジークに圧勝こそしたが、人智(じんち)を超えた高速戦闘、そして最後の大技の使用によって、平時よりも大幅に能力が落ちていたのである。だから、俺の轟雷を回避することも、迎撃することもできない。

にも拘らず、リオウの紅き眼(め)は――笑っていた。

俺が何をしようとしているのか、リオウなら理解しているはずだ。リオウはコウガがアーサー戦で轟雷を使ったのを見ていた。いや、たとえ初見だったとしても、その類稀(たぐいまれ)な戦闘センスがあれば、俺の攻撃の狙いを見抜いていただろう。

それでも、リオウの眼には、恐怖も焦りも無く、ただ獰猛(どうもう)な殺意と愉悦だけが渦巻いている。もし不発したら、即座に返す拳で殺す。リオウの眼は、そう語っていた。

実際、今のリオウに轟雷が効く可能性は低い。たしかにリオウは疲弊しているが、予想していた以上に、余力が残っているからだ。このままでは、轟雷がリオウの胸に命中しても、心臓震盪が起こる確率は限りなく零に近いだろう。

発動している未来予知が、止まった時の中のリオウの隣に、轟雷が不発し迎撃に入っているリオウの姿を見せる。その未来では、俺はリオウの拳に胸を貫かれていた。

未来はまだ確定していない。だが、リオウの胸に俺の轟雷が届くまで、既に現実時間で０．０１秒を切っている。リオウが轟雷を回避できないのと同様に、俺もまた轟雷を止めることはできない。

――だが、それがどうした？

刹那を那由多にまで拡張した時の中で、俺の脳裏に在りし日の記憶が蘇(よみがえ)る。

「――十回に一回というところじゃな」

気を失っていた祖父は、起き上がるなり胸を摩(さす)りながら言った。

「見事じゃ。神域到達者の儂(わし)にも、おまえの轟雷は届く。もはや、儂がおまえに教えられることは何も無いな」

満足そうな太い笑みを見せる祖父に対して、だが俺は不満しかなかった。

「十回に一回の成功率なら、実戦では全く使い物にならないじゃねえか」

「馬鹿を言うな。老いたとはいえ、儂は神域到達者じゃぞ？　たとえ訓練であっても、儂に轟雷を成功させただけで驚嘆に値する。ノエル、この不滅の悪鬼(オーバーデス)が保証してやる。おまえさんの体術は、とっくに神域に入っておるよ」

「……それに何の意味があるんだよ」

俺は大きな溜息を吐き、祖父を真っ直ぐ見据えた。

「最高の探索者にしてやる、祖父ちゃんは俺にそう言ったよな？　たしかに、俺は祖父ちゃんの教えのおかげで強くなれた。悪魔の知識、戦闘技術、軍学、他にも多くのことを教わったし、習得してきた。だけど、同時にわかったこともある。やっぱり、【話術士】の俺じゃ、探索者としてやっていくことは難しい……」

たしかに【話術士】の支援能力は強力だが、支援職でなくても支援スキルを覚えられる職能は少なくない。畢竟、戦闘能力だけでなく自衛手段も劣る【話術士】は相対的に価値が低く、故に〝上〟に行くことができないのだ。

「祖父ちゃんのおかげで、中堅レベルでなら活躍できると思う。だけど、これまで必死にやってきて、結局その程度かよって思ったら……」

「虚しくなったか？」

「まあ、そんなところ……」

俺が頷き渇いた笑みを漏らすと、祖父は表情を改めた。

「ノエル、儂が何故、悪魔には効かない轟雷を、おまえに与えたかわかるか？」

「え？……荒くれ者が多い探索者業界で、俺が舐められないためだろ？」

対人戦闘技術に長けていれば、探索者同士で諍いが起こっても身を守ることができる。

悪魔と戦う前にまず人との戦いに勝て、と祖父は日頃から俺に教えてきた。

「それだけではない。轟雷は、おまえを支える〝柱〟じゃ」

「……どういう意味？」

「おまえの言う通り、【話術士】は探索者に相応しい職能ではない。じゃが、一方でおまえは、神域到達者を打ち倒せるほどの技を持っておる。今は実感できなくても、それはおまえにとって、大きな精神的柱となるじゃろう。そしてまた、他の探索者には無い、新たな可能性を支える柱ともなる」

「……新たな可能性？」

「答えは言わん。じゃが、おまえならいずれ辿り着けると儂は信じておる」

なにしろ、と祖父は——祖父ちゃんは、優しく目を細める。

「おまえは儂の孫じゃからな」

——意識が現在に集中する。

俺の胸を貫くリオウの未来の映像は、より一層濃くなっていた。だがそれでも、俺は俺の勝利を疑わない。疑うわけがない。

リオウ、おまえという神は、たしかに最強だ。おそらく、全盛期の不滅の悪鬼にも匹敵するだろう。

故に、俺は負けない。負けるわけにいかない。たとえ、目の前に立ちはだかるのが当世最強の男だろうと、祖父から全てを託された俺に、敗北は許されない。おまえが最強なら、俺はその〝上〟を行く。

何故なら、ノエル・シュトーレンは、不滅の悪鬼の孫だからだ――。

「――轟雷ッ!!」

俺の放った回転蹴りが、リオウの胸を打ち抜いた。鳴り響いたのは、雷鳴が如き轟音。

そして、俺の死を映していた未来が、現実と同期する――。

「……な、なん……だと？」

リオウは俺に反撃することなく、苦し気な声を漏らしながら倒れ伏した。それこそが、真なる結果。未来――運命を跪かせた俺の轟雷が、神をも打ち倒した瞬間だった。


勝利の余韻は一瞬。俺は倒れ伏しているリオウから、驚愕と困惑で言葉を失っている五万人の観衆たちに視線を向けた。観客たちは、神を打倒した俺の言葉を待っている。

「本心を語りましょう。私は二人の戦いを止めたくはなかった」

俺は観衆たちに向かって声を張り上げる。

「ですが、彼らの行為は七星杯のルールに背くものであり、私は止めないわけにはいきませんでした。一方で、彼らのことを私は悪く考えてはいません。命を賭してまで最強を奪い合う生き様は、どこまでも純粋で美しい。全ての試合を観終えた観客の皆様も、きっと私と同じ思いがあるはずです」

すぐに観客席から同意する声が上がった。最初は数人の規模だったが、やがて声は大きく広まり、沈黙していた観客たちはジークとリオウを称え始める。——もちろん、最初に声を上げた数人は、俺が用意したサクラだ。

同調効果。人は集団の中で、皆と同じ行動を取るようにできている。誰かが声を上げれば、それに倣う者が現れ始め、いずれ全員が同じ思考に支配される。ましてや、ここに集まった観客たちは、今日一日を通して共に七星杯を観戦してきた仲だ。連帯感の生まれやすい下地はとっくに完成していた。

「だからこそ、本来なら二人共を失格にするべきところを、私はあえて一人の勝者を宣言したいと思っています。——その名は、リオウ・エディンッ!!」

実際、戦いに勝ったのはリオウだった。熱狂する観客たちは、七星杯の覇者となったリオウの名を一斉に呼び続ける。

一方、名を呼ばれたリオウは、漸く目を覚まし起き上がった。

「……おまえ、最初からこれが狙いだったのか?」

覚醒して間もないというのに、リオウは状況を把握していた。それも当然。観客たちはリオウを称えながらも、この俺に敬意の眼差しを向けていたからだ。リオウは勝者でありながら、内実の伴わない〝ハリボテの王様〟だった。

「リオウ、おまえは確かに強い」

だが、と俺は笑みを浮かべ、競技場全体を示すように両手を広げた。

「俺の方が、おまえよりも強い」

リオウは暫く沈黙した後、不意に哄笑を轟かせた。

「ククク、ハハハハハハッ!!　たしかに、これは真似できないなッ!!」

愉快そうに笑ったリオウの紅き瞳が、真っ直ぐ俺に向けられた。

「……おまえがあっさり敗退した時、何か仕掛けてくるとは思っていたが、ここまで周到に事を運ぶとは思わなかった。ノエル・シュトーレン、おまえは本当に強いんだな」

「上から語ってんじゃねえよ。おまえは俺に負けたんだ」

「そうだな。認めよう、俺はおまえに負けた。だから――」

不意に、リオウの手が自分の仮面に伸びる。

「もう、これはいらない」

リオウは仮面を脱ぎ捨て、その精悍な顔を衆目に晒した。正体を明らかにしたリオウに、観客たちが一斉に歓声を上げる。

「この顔をよく覚えておけ。俺は必ず、おまえを殺す。おまえは俺の獲物だ」

リオウは殺意と狂気、そして歓喜に塗れた凄絶な笑みを残し、舞台から降りていった。

その背中を見送っていた俺は、レオンが何かに驚いていることに気がつく。

「レオン、どうかしたのか?」

「……いや、なんでもない。世間は狭いと思っていただけさ」

俺が首を傾げると、レオンは困ったように笑った。すぐに何かを隠していると理解したが、あえて追及はしなかった。

「ノエル、ジークを治療してもいいと思うかい？」

レオンの問いに、俺は首を振る。

「あの状態で回復スキルを施すのは危険だ。生命力が更に削られる。――それに、ちょうど医療班が来た」

医療班は担架を持って現れ、重体のジークを運び出していく。

「行こう。もう戦いは終わった」

俺たちは観客席に向かって礼をし、万雷の拍手と歓声が贈られる中、共に舞台(リング)を降りていく。長くも短かった七星杯(しちせいはい)は、こうして幕を閉じた――。

†

重傷を負ったジークは、すぐに治療室に運ばれた。

だが、体力が極端に低下しているため、回復スキルを受けられず、一般的な治療が施された。優秀な医師のおかげで容態は既に安定しており、今日一日安静にしていれば、回復スキルを受けられるだけの体力も戻るだろうとのことだ。

全身に包帯を巻かれ、ミイラ男のような姿になったジークは、医療ベッドの上で非難がましい視線を俺に向けていた。

「君の悪辣さは理解していたが、まさかここまで酷(ひど)いとは思わなかった……」

恨み事を言うジークに、俺は苦笑する。治療室には他に誰もいない。ジークが人払いをした。今ここにいるのは、俺とジークだけだ。

「決めたのはおまえだろ？　人のせいにするんじゃねえよ」

「まあ、それを言われると何も返せないんだけどね……」

ジークは殊勝にも己の過ちを認め、深々と溜息を落とした。

「……初めての敗北というのは、想像以上に堪えるね」

「利用したのは謝るよ。悪かった」

「もういい。君に素直に謝られた方が惨めになる」

苦い顔で笑ったジークは、俺を見据えた。

「一つだけ教えてほしい。いったい君はいつ、あの謀略を思いついたんだ？　僕に七星杯の計画を持ち掛けた時には、シナリオが書けていたんだろ？」

「……ああ。実際はもっと前だよ」

「それはいつ？」

俺は少し迷い、それから正直に話すことにした。

「初めて帝都を訪れた十四の時だ」

「……つまり、探索者になる前に思いついた？」

ジークの問いに俺は頷き、話を続ける。

「帝都の情勢——探索者や経済状況、政治動向、文化、市民性、そして裏社会を調べ回る中で思いついた。多少の計画修正はあったけどな」

「駆け出しですらなかった君が、ただ調べただけで思いついたのかい？」

「ああ。最弱の支援職（バッファー）である俺が頂点に立つには、それしかないと考えた」

俺が断言すると、ジークは視線を逸（そ）らした。

「……頂点に立つためには？　馬鹿を言え。そんな壮大な謀略を思いつける時点で、君は、とっくに頂点に立っていいたんだよ。どんな猛者よりも、君は十四の時点で〝最強〟の座に就いていいたんだ……」

「実際には多くの失敗もあった。俺は決して最初から最強だったわけじゃない」

「なら、言い換えよう」

ジークは俺に視線を戻し、こう言った。

「君は最凶だ。――〝最凶の支援職（バッファー）〟」

虚空に指で描かれたのは、同じ読みの異なる言葉。俺がジークの言葉遊びに苦笑した時だった。――治療室のドアが、ノックも無しに乱暴に開けられる。そこには、俺の仲間たちがいた。

「ノエル、テロだッ!!」

最初に口を開いたのは、サブマスターのレオンだ。

「やはり、大会を終えて皆が疲弊している時を狙われたな」

次にヒューゴが、唸（うな）るような声で言った。

「だけど、変なの」

怪訝そうにしているアルマに、俺は首を傾げる。

「何が変なんだ？」

「テロが起こったのは、ここじゃなくて市街地なんだって」

「なんだと？　要人が集まっているここじゃなく、市街地でテロが起こっているのか？　そんなことをしても、ただの嫌がらせにしかならないぞ」

「そいがそうでもないんじゃ……」

コウガが硬い表情で言った。

「ノエルから聞いとった通り、教団の大半は素人ちゅう報告じゃ。生体爆弾も事前情報があったけぇ、官憲だけで対応できとった。じゃけど厄介なことに、奴らだけでなく、得体の知れない蟲の使い魔と、触手に寄生された敵がぎょうさん現れたらしい」

「間違いない。蠅の王が動いている」

ヒューゴは断言し、表情を険しくした。蠅の王に濡れ衣を着せられた恨みがあるため、心中穏やかではないようだ。

「奴のせいで現場は苦戦している。湧き上がる怒りを隠せていない。すぐに応援が必要だ」

「わかった。俺たちも向かおう」

俺が頷くと、レオンが一枚の羊皮紙を取り出した。

「カイウス殿下から預かってきた。皇帝陛下が、君を期間限定で全ての探索者の指揮官として認めた証だ。この効力は、冥獄十王（ヴァリアント）を討伐するまで続く」

　皇帝のサインがされている勅令を見た俺は、笑みを隠すことができなかった。

「この状況を利用して勅令を出させるなんて、頼りになる皇子様だ」

「競技場に残った皆が君の指示を待っている。マスター、指示を」

　レオンに促された俺は頷き、仲間たちを見回した。

「最初の指示（オーダー）を与える。おまえたち四人を基に、各クランと部隊を編成。以降、《思考共有（リンク）》を使って、俺が現場状況の共有を行い、テロリスト共を即座に鎮圧する。臆するな。俺たち嵐翼の蛇（ワイルドテンペスト）が、全てを掌握するぞッ!!」

「「「「了解ッ!!」」」」

　仲間たちは足早に治療室から出て行く。俺もその後に続こうとした時、後ろからジークの「ノエル君」と呼ぶ声がした。

「君の指揮下で戦うのが、今から楽しみだよ」

　だけど、とジークは声を強くした。

「リベンジはさせてもらう。君だけでなく、リオウにもね――」

「期待しているよ」

　俺は背中越しに手を振って、治療室を飛び出した――。

エピローグ

ハロルドを乗せた機関車は、線路上を猛スピードで走り抜けていく。

乗り心地は上々。未だ試運転下にあるため、豪奢な特等席にハロルド以外の客はいない。贅を凝らした車内で、柔らかなベルベット生地の椅子に腰掛け、上等なワインを楽しんでいると、まるで王様になったような気分だった。

車窓から見える風景は、冬であるため寂しさこそあるものの、それもまた風情がある。また、市街地の近くを通過した時などは、走る機関車に手を振ってくる人々の姿が見られた。笑顔で手を振る子どもたちに、ハロルドは手を振り返そうとしたが、あっという間に彼らの姿は見えなくなってしまった。

帝都から発車して四時間。途中の駅で貨物の積み下ろしを何度か挟んだが、それでも馬車を利用するより速い。飛空艇の一般利用がまだまだ難しい現在、同じ魔導機関を積んでこそいるものの、圧倒的に飛空艇より低燃費である機関車は、間違いなく人と物資の流通に革命をもたらすだろう。

「たった二ケ月で、よくぞここまで広大な線路を敷けたものです」

機関車の性能もさることながら、真に驚くべきは、短期間で帝国の主要都市間に線路を繋いだ、ヴォルカン重工業の完璧な工事計画だ。国からの強い支援を受けていた点を差し引いても、優秀な技術者、肉体労働に長けた職能補正を持つ作業員、そして資源を不足無く用意できた手腕は流石である。

　そもそも、ヨハンが鉄道計画を公表した時点で、全ての準備は整っていた。だが、ノエルが横槍を入れたせいで、計画は一時停止する羽目になったのだ。

「はた迷惑なお子様ですよ、あの人は本当に……」

　口では悪く言ったが、ハロルドの表情は好々爺のそれだった。

　ノエルは嵐だ。自らの利益のためなら国をも巻き込み、他人の迷惑も関係無しに掻き乱す。だが、だからこそ、そのスケールの大きさに人は惹かれ、また彼の存在を必要とするのだ。まさしく、帝国存亡の危機が迫っている、今この時のように——。

　冥獄十王、あの大災厄に人の常識は通用しない。全てを巻き込む嵐のような大英雄でなければ、あの大災厄には勝てない。コキュートスとの戦いを知っているハロルドは、そう確信していた。

「たとえ、彼の命が残り僅かだとしても……」

　帝国は真の救世主を求めている。だが、ノエルが他を超越した才能を発揮するには、大きな代償も必要だった。本来なら、親友の最愛の孫に、そんな道を進ませるべきではないのだろう。ハロルドにはノエルを止める義務があったはずだ。だが、ハロルドは止めなかった。それどころか、彼の後押しをした。公の利益を考えるなら必要なことではあったものの、ブランドンの親友としては、絶対に許されない所業だ。

「地獄で再会したら、出会い頭に殴られるでしょうね……」

日が傾き、黄金色の夕焼けが広がり始める。ハロルドは黄昏を眺めながら嘆息すると、煙草に火を付けた。——車両の貫通扉が開いたのは、その時だ。前の車両からやってきたのは、白いコートを羽織った黒髪の偉丈夫。男はそのままハロルドの前までやってくると、不敵な笑みを浮かべる。

「確認する。おまえが、ハロルド・ジェンキンスだな？」

男に尋ねられたハロルドは、怪訝そうに目を細める。知らない顔だ。車掌でないのはもちろん、貨物を管理する作業員にも見えない。一方で、初対面のはずなのに、既視感があったのも事実だった。

「……失礼ですが、どちら様ですか？」

「俺の名は、士魂のエンピレオ」

「士魂の……エンピレオ？」

「おまえたちに名乗るのは初めてだ。これを見せればわかるか？」

エンピレオと名乗った男は、右手を突き出した。ハロルドが警戒する中、男の右手は燐光を帯び始める。やがて光は実体化し、巨大な戦斧を形作った。

「そ、その戦斧は!?」

男が持つ戦斧を目の当たりにしたハロルドは、驚愕の余り言葉を失う。見間違えるわけがない。其の黒く武骨な戦斧の名を、ハロルドは知っている。

「鬼神楽!?」

「そう、鬼神楽（おにかぐら）。あの男と戦った際の戦利品だ」

「では、おまえは……まさか!?」

笑みを深くした男は、静かに頷いた。

「銃を抜け。ハロルド・ジェンキンス、俺は今からおまえを殺す」

†

テロの標的となった帝都市街地は、意外にも民衆の被害は少なかった。民衆のほとんどが、七星杯（しちせいはい）を観戦するために競技場に集まっていたからだ。チケットを買えなかった者たちも、競技場外に併設された屋台等にたむろしていた。

現在、競技場は避難施設として機能しており、要人たちだけでなく一般民衆たちも、護衛に残した探索者（シーカー）たちに守られている状況だ。

テロ鎮圧のための総指揮官となった俺は、編成した部隊に戦闘と救助活動の指示を並行して出しつつ、蝿の王の居場所を特定することに注力した。

これまでの状況から判断して、蝿の王は自ら戦うことなく、使い魔、または使い魔を寄生させた生物に戦闘の全てを任せている。この手の戦闘職は、操る使い魔の数が増えるほど、指示の届く範囲が狭まるのが一般的だ。つまり、より効率良く広範囲に使い魔を放つ場合、術者は狙った場所の中央に立つ必要がある。

　俺は各部隊から届く交戦情報を基に、蝿の王が潜んでいる場所を割り出した。潜伏先と思(おぼ)しき候補は、四つの建物。だが、その全てを調べる必要はなかった。コートのポケットに忍ばせてある感応石が震え出し、その振動の大きさで俺を蝿の王へと導く。

　場所はオーナーが破産した廃ホテル。俺は仲間を連れず独りでホテルに潜入し、感応石を頼りながら上へ上へと足を進める——。

　やがて、屋上に出た。冬の澄んだ空に冴(さ)え渡るのは、黄金色の夕焼け。そして、儚(はかな)くも美しい夕日が、細く濃い影法師を俺の足元にまで伸ばしていた。

　——いた。前方に、探していた蝿の王を見つけた。

　蝿の王はこちらに背を向けて立っている。また、都合良く風下であるため、息を潜めている俺に気がつく可能性は低い。周囲には護衛となる使い魔の気配も確認できなかった。おそらく、使い魔が放つ魔素(マナ)から、潜伏先を特定されるのを避けるためだろう。予想通りの展開だ。

　風上から、甘い花の香りが運ばれてくる。俺は気配を殺したまま、使い魔の操作に集中している蝿の王に近づいた。そして、魔銃(シルバーフレイム)を抜き放ち、その冷たい銃口を蝿の王の後頭部に当てる。

「今晩は、蝿の王。——いや、ベルナデッタ」

　我ながら冷たい声だ。俺が声を掛けると、ベルナデッタは背筋を伸ばした。

「そ、その声……ノエルなの？」

振り返ろうとするベルナデッタに、俺は銃口を強く押し付けた。

「動くな（フリーズ）。少しでも妙な真似（まね）をすれば、頭を吹き飛ばす」

「冗談は止（や）めて！　どうしてこんなことをするの!?」

「この期に及んで猿芝居か？　そいつは流石に無理があるだろ。なにより、この寒空の下で、おまえと言い争うのは楽しくない。まあ、俺の話を聞け」

　俺は銃口でベルナデッタを制したまま、話を続ける。

「実のところを言うと、おまえには出会った時から違和感を抱いていた」

「……なんですって？」

「職業柄、俺は他人の恐怖に敏感なんだ。そして、おまえからは、初対面の俺に強い恐怖心を感じた。不自然なほどにな」

「それは、あなたの噂（うわさ）を耳にしていたから……」

「恐怖心にも色々と種類があるんだよ。おまえから感じたのは、敵に対する恐怖だ。表情や声、それに身体（からだ）のこわばりから、おまえが恐怖心で逃げたいと考えているのではなく、恐ろしい相手をどう排除するべきか考えているのがわかった。ゴールディング家の箱入り娘が、どうして恐ろしい探索者（シーカー）を殺そうと考える？」

　ベルナデッタは答えない。背中越しであるため、どんな顔をしているかはわからないが、極度の緊張状態にあるのは伝わってくる。

「俺に敵は多いが、会ったばかりの箱入り娘に殺意を抱かれる覚えはない。そこで、俺は考えた。ひょっとすると、俺がわからないだけで、この女は俺と敵対関係にあるのかもしれない、と。そして、一人だけ、該当する存在がいた。それは、蝿の王。裏社会の何でも屋だ。奴と俺には因縁があるにも拘らず、顔を知っているのは奴だけだからな」

情報屋のロキを使っても、蝿の王の正体を知ることはできなかった。だが皮肉にも、知らないことが蝿の王の正体に繋がったのだ。

「ベルナデッタ、おまえが蝿の王だ」

「……全て、あなたの憶測でしょ？」

「ふふふ、往生際が悪いな。だが、決定的な証拠もあるんだよ」

「……証拠ですって？」

「俺がおまえに贈ったペンダント、あれには感応石が仕込んであったんだ」

息を呑むベルナデッタ。俺は笑って話を続ける。

「感応石は交信機に用いられる素材だ。魔力を通すと、分割した同じ石に振動が伝わり、それを音声として変換するのが交信機の仕組み。だが、交信機に埋め込まなくても、相手がスキルを使っているか知ることはできる。言っている意味がわかるな？　この状況で、こんな場所でスキルを使っている奴の正体など、考えるまでもないという話さ」

俺の仕掛けた罠を知ったベルナデッタは、大きな溜息を吐いた。

「……最初から、私を嵌めるつもりだったのね」

「それはお互い様だろ。おまえはただ、騙し合いに負けただけさ」

「何故、私を今まで泳がせていたの？」

「一つ、今まで確かな証拠を得られなかった。二つ、証拠があってもゴールディング家の令嬢の罪を弾劾するのは難しい。三つ、だから不慮の事故で始末できる時を待っていた。御納得頂けましたか、お嬢様？」

「……私が言えた口じゃないけど、本当に邪悪な人なのね」

　ベルナデッタの恨み言に、俺は声を上げて笑った。

「ハハハハハハ、俺が同業者に何て言われているか知っているか？――〝蛇〟だ。騙し合いや邪悪さで、俺に並ぶ奴はいない」

　神域到達者も、国すらも、俺の駒だ。蝿の王だろうと、敵じゃない。

「おまえが蝿の王なのは、揺るぎ無い事実だ。否定は無意味。だが、殺す前にいくつか質問をしたい。その内容次第では、生かしておいてやってもいい」

「…………何を知りたいの？」

「何故、競技場ではなく、市街地を襲っている？　人も少ない市街地で暴れて、おまえに何の利益があるというんだ？」

「……知らない」

「てめぇ、この状況で、よくも舐めたことを言えるな」

「嘘じゃないわ。私は何も知らない。本当なら、あなたの言う通り、競技場を狙うはずだった。だけど、あいつは土壇場で作戦を変えた……。状況が変わったせいで、競技場を襲っても意味が無くなったと言っていたわ……」

「あいつ？　おまえの雇い主か？」

俺が尋ねると、ベルナデッタは小さく頷いた。

「ロダニア共和国の工作員か？」

「いいえ、違うわ。だけど、共闘関係にはあった」

「他に関係者がいるのか？　そいつは誰だ？」

「……もう隠すつもりはない。全て話す。だけど、あなたが信じるかどうかはわからない。事態は、あなたが考えているよりも複雑なの」

声だけで真偽を確かめるのは難しい。《真実喝破》を使えば真実のみを白状させられるが、ベルナデッタの言うように複雑な事態だった場合、俺が正しい質問を投げないと効力が弱まる恐れがあった。やはり、ベルナデッタに話させながら微表情を読むのが、一番簡単かつ確実な尋問方法だ。

「こっちを向け」

俺は銃口を向けたまま、後ろに下がった。ベルナデッタがゆっくりと振り返る。冷たい風が、二人の間を吹き抜けた。

「いい眼をしている」

こちらを振り返ったベルナデッタは、デートの際に見せていた苦労知らずのお嬢様ではなく、覚悟を決めた者特有の鋭く底冷えするような眼つきをしていた。

「今のおまえなら、本気で惚(ほ)れそうだよ」

俺は薄く笑って、銃口をちらつかせた。

「話せ。可能な限り簡潔明瞭にな」

わかった、とベルナデッタは頷き、強い眼差(まなざ)しで話し始める。

「私の真の雇い主は――」

その時だった。俺の隣に銀髪の男が現れ、耳元で囁(ささや)く。

「奴が来るぞ――」

俺は直感に従って、後方に大きく飛んだ。刹那、俺が居た場所に、黒い稲妻が落ちる。

遅れてやってくる、轟音(ごうおん)と衝撃波。俺は吹き飛ばされそうになりながらも、前方に魔銃(シルバーフレイム)を構え続けた。

「ふむ、今のを躱(かわ)すか。未来予知のおかげかな？」

白煙が巻き起こる中、その奥から知らない女の声がした。やがて、屋上に逆巻いた突風が煙を掻(か)き消し、女の姿を落陽の下に晒(さら)し出す。

「おまえは……」

女が誰なのか、すぐにわかった。妖艶な狐耳(きつねみみ)の獣人は、以前にドリーが見せた写真と全く同じ顔をしている。――異界教団を操る仲介屋、レイセン。

レイセンは俺に向かって酷薄な笑みを見せると、手に持っていた何かを放り投げてきた。

回避するまでもなく途中で落ちた〝それ〟は、ゆっくりと俺の足元に転がってくる。——

そして俺は、〝それ〟と目が合った。

「ドリー……」

レイセンが投げて寄越(よこ)したのは、ドリーの生首だった。何故か優し気な表情で固定されているドリーの虚(うつ)ろな瞳が、俺の姿を映している。

「……てめぇのことはドリーから聞いた。仲介屋のレイセンだな？」

俺はレイセンに視線を戻し、魔銃(シルバーフレイム)を狙い定める。レイセンは臆することなく、俺とベルナデッタの間に立ちはだかった。

「蛇、こうして君と会うのは、初めてだね」

「俺のことを知っているようだな。だったら、どんな結末が訪れるのかもわかっているな？　女だからといって容赦はしない。おまえは俺が殺す」

「凄(すさ)まじい殺気だ。彼女とは仲が良かったのかい？」

「いいや。だが、てめぇへの嫌悪感だけで殺すには十分な理由だ」

「ふむ、嫌われてしまったか。悲しいな」

レイセンは眉を顰(ひそ)め、首を振った。

「我が子に嫌われるなんて、こんなにも悲しいことはない……」

「ああ？　今、何て言った？」

尋ねる俺に、レイセンは蠱惑的(こわくてき)な笑みを浮かべ、両手を豊かな胸に当てる。

「驚くのも無理はない。だが、真実だ。私はね、ノエル・シュトーレン。君という英雄の〝母親〟なんだよ」

　一瞬の沈黙の後、俺は声を上げて笑った。

「アハハハハハッ、この俺がおまえの息子だと？　おまえ、脳みそが腐ってんのか？　おまえのような薄気味悪い女の股から産まれた覚えはない！」

「私も君を産んだ覚えはない。だが、確かに私は、君という英雄の母親だ。微表情を読めるんだろ？　嘘かどうかわかるね？」

　嘘は……言っていない。不意に、うなじの毛が逆立つのを感じた。

「そもそも、君という英雄は、どうして誕生した？」

「……何の話だ？」

「最弱と評される【話術士】の職能が発現した君が、命を削ってまで探索者の頂点を目指した理由、それは最愛の祖父の死に起因する。あの日、街に逆流した膨大な魔素が、深淵を呼び、君の祖父を殺せる悪魔を現界させた」

　そうだ。そして俺は――。

「君は今際の祖父に誓った。必ず、最強の探索者になる、と。それが君の原点だ。あの出来事が無ければ、君は今のような探索者にはならなかった」

「おまえ……」

「頭の良い君だ。もう理解しているだろ？　あの事故を演出したのは私さ」

「おまええええぇぇッ!!」

思考を埋め尽くす激しい怒り、そして――祖父(じい)ちゃんとの思い出。俺は躊躇(ためら)うことなく、魔銃(シルバーフレイム)の引き金を引いた。果たして、銃口から解き放たれた霊髄弾(ガルムバレット)が、レイセンの眉間を撃ち抜く。

だが、肝心の魔力爆発は起こらない。それどころか、仰(の)け反(ぞ)り白い頤(おとがい)を見せていたレイセンが、ゆっくりと体勢を戻す。そして、薄い笑みを浮かべたまま、不発した霊髄弾(ガルムバレット)を口から吐き捨てた。

「自己紹介がまだだったね。私の名はマーレボルジェ。渾沌(こんとん)のマーレボルジェ。全ての渾沌(運命)を支配する――冥獄十王(ヴァリアント)の一柱」

最凶の支援職【話術士】である俺は世界最強クランを従える 4

発　　行　2021年12月25日　初版第一刷発行

著　　者　じゃき

発 行 者　永田勝治

発 行 所　株式会社オーバーラップ
〒141-0031　東京都品川区西五反田 8-1-5

校正・DTP　株式会社鷗来堂

印刷・製本　大日本印刷株式会社

Printed in Japan ISBN 978-4-8240-0063-7 C0193